Die Ehre des Highlanders

Hannah Howell
im Weltbild Taschenbuch

Das Schicksal des Highlanders
1430 – Balfour Murray und Maldie Kirkcaldy

Die Ehre des Highlanders
1437 – Nigel Murray und Gisèle DeVeau

Unter dem Schutz des Highlanders
1444 – Eric Murray und Bethia Drummond
(erscheint im März 2008)

Irrtum des Herzens
1465 – Gillyanne Murray und Connor MacEnroy

Die Spur des Highlanders
1471 – Laird MacEnroy und Lady Lindsey

Der Fürst der Highlander
1473 – Jolene Gerard und Sigimor Cameron

Alle Geschichten sind in sich abgeschlossen und
können in jeder beliebigen Reihenfolge gelesen werden.

Hannah Howell

Die Ehre des Highlanders

Deutsch von Andrea Hahn

Weltbild

Originaltitel: *Highland Honor*
Originalverlag: Zebra Books/Kensington Publishing Corp., New York

Besuchen Sie uns im Internet:
www.weltbild.de

Die Autorin

Hannah Howell hat sich seit ihrem ersten Buch 1988 einen Namen als Autorin romantischer historischer Romane gemacht. Die begeisterte England-Reisende lebt an der Ostküste der USA, wo ihre Familie seit 1630 ansässig ist. Sie ist verheiratet, hat zwei erwachsene Söhne, einen Enkel und fünf Katzen, von denen eine den Namen Oliver Cromwell trägt.

Weltbild Taschenbuch

1

Frankreich – Frühling 1437

Ein tiefer Seufzer entfuhr Nigel Murray, als er sich schwerfällig aufsetzte. Er griff sich an den Kopf, fuhr zusammen angesichts der dicken Dreckschicht, die seine braunen Haare verfilzte, und kniff im schwachen Licht der Morgendämmerung vor Schmerz die Augen zusammen, während er sich umsah. Dann verzog er voller Selbstekel das Gesicht. Er hatte es nicht einmal bis in sein kleines Zelt geschafft, sondern war unmittelbar davor im Schlamm eingeschlafen.

»Glück gehabt, dass ich nicht im Dreck ersoffen bin«, grollte er, als er sich taumelnd auf die Beine zog und das Hämmern im Kopf sein Schwanken noch verstärkte.

Langsam drang ein ranziger Geruch in sein Bewusstsein, und mit der Erkenntnis, dass er selbst die Quelle dieses unangenehmen Geruchs war, fiel seine Selbstachtung ins Bodenlose. Nigel fluchte und machte sich auf den Weg zu dem kleinen Fluss, in dessen Nähe das Heer sein Lager aufgeschlagen hatte. Das kalte Wasser würde hinreichend dazu beitragen, den Gestank abzuschrubben und seinen Kopf freizubekommen.

Während er sich zwischen den Bäumen hindurch einen Weg bahnte, musste er sich eingestehen, dass ihm die Dinge völlig aus der Hand geglitten waren. Wenn ein Mann ausgestreckt im Schlamm zu sich kam und nicht genau wusste, wo er sich befand oder wie er dorthin gekommen war, dann war das der Moment, an dem dieser Mann einen langen, eingehenden Blick auf sich selbst werfen sollte. Mit diesem Ratschlag hatte Nigel während der sieben langen Jahre, die er inzwischen für Frankreich kämpfte, so manchen seiner Waffenbrüder bedacht, doch nun war es an der Zeit, diese Weisheit bei sich selbst anzuwenden. Er wusste, er hatte den Punkt erreicht, wo er sich entweder zu ändern hatte oder zu Tode kommen würde.

Am Fluss angekommen, machte er eine seichte Stelle ausfindig, zog sich mit einem Ruck die Stiefel aus, schnallte sein Schwert ab und ging zum Ufer. Nachdem er kurz in dem betäubend kalten Wasser untergetaucht war, legte er sich flach hinein und ruhte seinen Kopf auf der Böschung aus, die mit weichem Grass bewachsen war und sanft von Wasser umspült wurde. Er räkelte sich, die Augen geschlossen, und erlaubte der Kälte, seinen vom Wein umnebelten Kopf freizubekommen, und der Strömung, den in seinen Kleidern und an seinem Körper haftenden Gestank wegzuspülen.

Seit er nach Frankreich gekommen war, hatte er sich zunehmend an den Alkohol und an unzählige gesichtslose und namenlose Frauen verloren. Die gelegentlichen Kämpfe mit den englischen oder französischen Feinden des jeweiligen französischen Krautjunkers, der gerade für Nigels Dienste bezahlte, boten die einzige Unterbrechung in diesem schier endlosen Kreis von Zerstreuungen. Nigel wusste, dass er von Glück sagen konnte, nach sieben Jahren voll solchen Stumpfsinns noch am Leben zu sein. Er hätte vergangene Nacht mit dem Gesicht im Schlamm landen können, zu betrunken, um sich selbst vor dem Erstickungstod zu bewahren. Er hätte in das feindliche Lager stolpern und niedergestochen werden können, bevor er seinen Irrtum auch nur bemerkte. Und ebenso gut hätte ihm eine der vielen dunklen Gestalten, die ständig in der Nähe des Heeres herumlungerten, die Kehle durchschneiden und ihn ausrauben können. Er war einer seltsamen Art von Wahnsinn verfallen, die ihn auf hundert Arten das Leben hätte kosten können.

Und warum? Das war die Frage, die er sich stellen musste.

Am Anfang hatte er sich dem Wein und den Frauen zugewandt, um den Schmerz in seinem Herzen zu betäuben, um den Qualen, die ihn von seinem Zuhause, von Schottland und Donncoill, weggetrieben hatten, ein Ende zu machen. Inzwischen, so vermutete er, war beides zu einer Gewohnheit geworden. Der Wein schenkte ihm eine verführerische Benommenheit und die Frauen seinem Körper vorübergehend Erleichterung. Doch das, entschied er bei sich, war nicht genug, um sein Leben aufs Spiel zu setzen. Als er Schottland verließ, hatte er seinen Brüdern versichert, nicht nach Frankreich zu gehen, um in einer Schlacht den Tod zu suchen. Und ganz gewiss wollte er auch nicht in betrunkenem Stumpfsinn enden.

Stimmen drangen an sein Ohr und lenkten ihn von seinen düsteren Gedanken und seiner unangenehmen Gewissenserforschung ab. Sobald er die Stimmen orten konnte, griff er nach seinen Stiefeln und dem Schwert und schlich sich leise an – getrieben von Neugier und dem Bedürfnis, sich von den Gedanken daran, wie tief er in den vergangenen sieben Jahren gesunken war, ablenken zu lassen.

Nigel konnte gerade noch verhindern, dass er geradewegs in das Paar hineinlief, dem er nachspürte. Es war näher, als er gedacht hatte, und befand sich auf einer Lichtung, die erst einsehbar wurde, wenn man sie schon fast betreten hatte. Rasch duckte er sich hinter eine Ansammlung niedriger Beerensträucher. Ein armseliges Versteck, aber die beiden auf der Lichtung waren so sehr in ihr Gespräch und ihr Tun vertieft, dass sie Nigel bestimmt nicht entdecken würden, solange er sich absolut still verhielt.

Den jungen Mann erkannte Nigel, auch wenn es einen Augenblick dauerte, bis er sich an seinen Namen erinnern konnte. Aber es war der kleinere Teil dieses Paares, der Nigels Aufmerksamkeit auf sich zog. Warum sprach Guy Lucette so eifrig zu einer kleinen, schwarzhaarigen Frau, die schlecht sitzende Jungenkleider trug? Ein schneller Blick auf den Haufen dicker, rabenschwarzer Haare, der am Boden lag, verriet Nigel, dass die kurzen Locken der Frau auf eine eben erst erfolgte Veränderung zurückgingen. Beim Anblick der abgeschnittenen Haarpracht durchfuhr ihn ein ungewöhnlicher Stich, und Nigel kam zu dem Schluss, dass es wohl jeder Mann bedauern würde, solch wunderschönes Haar weggeworfen zu sehen. Solches Haar war der Ruhm einer jeden Frau. Und das wiederum warf die Frage auf, warum die kleine Dame sich zu einer derart drastischen Handlung hatte hinreißen lassen. Er zwang sich, nicht mehr darüber nachzudenken und stattdessen ihrem Gespräch zuzuhören, wobei er Mühe hatte, ihrem schnellen Französisch zu folgen.

»Das ist verrückt, Gisèle«, murrte Guy, während er ihr beim Zuschnüren ihrer verschmutzten hirschledernen Beinlinge und des abgetragenen wattierten Wamses behilflich war. »Wir werden bald den Engländern in einer Schlacht gegenüberstehen. Da ist kein Platz für eine Frau.«

»DeVeaus Ländereien sind auch kein Platz für eine Frau. Insbesondere für diese Frau«, fuhr ihn die junge Lady an, als sie ihre neuen, sehr kurzen Locken mit langen, unruhigen Fingern berührte. »Allein dafür könnte ich diesen Mann umbringen.«

»Dieser Mann ist bereits tot.«

»Das hindert mich nicht daran, ihn umbringen zu wollen.«

»Warum? Er hat dir weder das Haar abgeschnitten, noch dich gebeten, es zu tun.«

»Dieser Bastard hat mich dazu getrieben, oder genauer seine Familie. Ich hatte keine Ahnung, dass die DeVeaus so überaus fruchtbar sind. Es sieht so aus, als stünde an jeder Ecke, um die ich biege, und hinter jedem Busch, an dem ich vorbeikomme, einer von ihnen.«

»Und es gibt wahrscheinlich einige DeVeaus in dem Heer, das sich hier versammelt hat«, sagte Guy leise. »Hast du das nicht bedacht, als du diesen verrückten Plan ausgeheckt hast?«

»Das habe ich«, antwortete sie, während sie an ihrem Wams zerrte und danach mit ihren kleinen Händen über die Vorderseite strich, um sicherzugehen, dass sich ihre Brüste nicht abzeichneten. »Ich habe mir auch überlegt, dass viele der DeVeaus wissen oder zumindest leicht entdecken können, dass du mein Cousin bist. Doch das tut nichts zur Sache. Kein Mensch wird auf die Idee kommen, mich unter den vielen Knappen zu suchen, die in diesem Lager herumlaufen.«

»Das mag schon sein, aber ich will trotzdem, dass du in meiner Nähe, oder noch besser, dass du so viel wie möglich in meinem Zelt bleibst, ohne dadurch Argwohn zu erwecken.« Guy studierte sorgfältig das Ergebnis ihrer beider Bemühungen, dann nickte er in stiller Genugtuung. »Wenn du von deinen Widersachern gesehen wirst, von ihnen hier entdeckt wirst, kann das deinen Tod bedeuten. Die DeVeaus haben eine hohe Prämie auf deinen hübschen kleinen Kopf ausgesetzt, und eine Menge Männer werden begierig darauf sein, sich damit die Taschen zu füllen.«

Nigel fragte sich, wie viel die DeVeaus bereit waren, für die Lady zu bezahlen, dann zuckte er die Achseln. Es tat nichts zur Sache. Er war fasziniert, und die Neugierde entzündete einen neuen Lebensfunken in seinen Adern. Zum ersten Mal seit seiner Flucht aus Schottland war er noch an etwas anderem als seiner eigenen Misere und dem Kämpfen interessiert, und er hatte seine Freude daran. Fragen türmten sich in seinem Kopf, doch es war ihm gleichgültig, wie die Antworten lauteten. Er wollte den beiden einfach nur zuhören.

Guy und die schlanke junge Frau, die er Gisèle genannt hatte, verscharrten ihr Haar und ihre Kleider in einer kleinen Grube und gingen weg. Nigel wartete mit der Verfolgung gerade so lange, bis er das aufgesammelt hatte, was sie hatten verbergen wollen, machte aus ihrem Umhang einen kleinen Sack, wickelte das Haar und die übrigen Kleider darin ein und brachte beides eilig zu seinem eigenen Zelt, bevor er sich auf den Weg zu Guys kleinem Zelt machte.

Es war sehr leicht, in die Nähe von Guys Zelt zu kommen, ohne gesehen zu werden. Der junge Ritter hatte seine beiden Waffenbrüder in dem letzten Scharmützel mit den Engländern verloren und sie bisher noch nicht ersetzt. Guy und Gisèle achteten nicht auf das, was in ihrem Rücken vor sich ging. Jemand, der das Mädchen verfolgt und seinen Aufenthaltsort entdeckt hätte, hätte sich bei ihrer Gefangennahme nicht sonderlich anstrengen müssen.

Während er auf den Eingang von Guys Zelt starrte, überlegte sich Nigel, was er als Nächstes tun sollte, fragte sich aber gleichermaßen, warum es ihn überhaupt etwas anging, wenn diese Narren niedergestochen würden, und kam zu der Überzeugung, dass alles, was ihn von dem zerstörerischen Weg abzog, den er eingeschlagen hatte, sinnvoll war. Zudem wusste er bisher nicht, ob das Paar tatsächlich etwas angestellt hatte, das ein Todesurteil verdiente. Es konnte alles ein Missverständnis sein. Seine Familie kannte die Folgen solcher Irrtümern nur zu gut. Wegen eines solchen Fehlers war eine lange währende, blutige Fehde ausgebrochen, und viele vorzügliche Männer hatten sterben müssen, bevor die ganze Wahrheit ans Tageslicht gekommen war. Zudem spürte Nigel, dass es mehr als nur Neugierde war, die ihn antrieb und ihn bei dem Gedanken an jegliches Leid, das Gisèle treffen könnte, erstarren ließ. Auch wenn er sich einzureden versuchte, dass jeder Mann mit Blut in den Adern es verabscheuen würde, ein solch hübsches Mädchen wie Gisèle leiden zu sehen, ganz besonders aufgrund eines Missverständnisses, erklärte dies nicht ganz die Heftigkeit seiner Reaktion.

»Hör mit deiner Trödelei auf, Nigel«, tadelte er sich selbst, während er fluchend vor Guys Zelt hin und her ging, weil ihm nichts Kluges einfallen wollte, um sich dem Paar zu nähern. Entweder gab es wirklich keinen einfachen Weg, oder sein Kopf war noch immer zu sehr vom Wein umnebelt, um auch nur den kleinsten Plan zu schmieden. Er beschloss, dass die direkte Annäherung die beste Art sei, und marschierte, einen Gruß schmetternd, in Guys Zelt. Belustigt registrierte Nigel die Blicke, die Cousine und Cousin ihm mit weit geöffneten Augen und offenem Mund zuwarfen. Guys Reaktion kam viel zu langsam, um sie vor dem vermeintlichen Feind zu retten, aber schließlich handelte der Jüngling doch. Nigel schmunzelte nur noch mehr, als Guy sein Schwert zog und im gleichen Augenblick Gisèle hinter sich schob. Dem jungen Mann war offensichtlich nicht bewusst, dass sein Verhalten Gisèles Weiblichkeit viel schneller verriet als jeder scharfe Blick.

»Das ist nicht notwendig«, sagte Nigel auf Englisch, wobei er inständig hoffte, dass sie seine Sprache verstanden. Sein Französisch hatte immer noch einen derart starken Akzent, dass nur wenige herauszufinden vermochten, was er eigentlich sagen wollte. Er streckte seine Hände ein Stück weit aus, um zu zeigen, dass er nicht vorhatte, seine Waffe zu ziehen.

»Nicht? Warum habt Ihr Euch dann hier hereingedrängt, wenn Ihr nichts Übles im Schilde führt?,« verlangte Guy zu wissen.

Nigel verdrängte den kurzen neidischen Stich, der ihn durchzuckte, als er sich eingestehen musste, dass Guys Englisch sehr viel besser war als sein Französisch. Er schaute zu Gisèle, die ihn hinter Guys breitem Rücken hervor genau beobachtete. Sie besaß große, wunderschöne Augen von einem so reinen Grün, wie er es bisher nur einmal gesehen hatte.

»Es ist äußerst ungewöhnlich, dass Euer Knappe nicht sein Schwert zieht und Euch zur Seite steht«, bemerkte Nigel gedehnt und mit einem weichen Lachen, als sich Guys dunkle Augen weiteten und der Jüngere leise fluchte. »Ihr schafft es, ein Mädchen wie einen Jungen aussehen zu lassen, wenigstens für die, die nur oberflächlich hinsehen, aber denkt nicht daran, sie auch als solchen zu behandeln.«

Gisèle spürte den Schauder der Angst. Ihr erster Gedanke war, dass dieser gut aussehende Schotte im Dienste der DeVeaus stand, aber zunehmend verwirrt musste sie sich eingestehen, dass in seinem verführerischen Lächeln oder seiner entspannten Haltung nichts Bedrohliches lag. Obwohl sie einen Moment brauchte, um hinter die Schönheit seiner dunklen, bernsteinfarbenen Augen zu sehen, konnte sie doch nur Heiterkeit und Neugierde dort entdecken, und dieser Blick begann sie zu ärgern. Denn weder konnte sie an ihrer schrecklichen Lage einen Grund zur Heiterkeit finden, noch wollte sie, dass sich irgendein gelangweilter Ritter einmischte, nur um sich die Langeweile zu vertreiben. Immerhin stand ihr Leben auf dem Spiel.

Trotz ihrer wachsenden Verstimmung und der unordentlichen Erscheinungsweise des Schotten war sein vornehmes Aussehen nicht zu übersehen. Er war groß und besaß eine schlanke, würdevolle Stärke, was sich dank der nassen Kleider, die an seinem kraftvollen Körper klebten, deutlich verriet. Sein Haar war noch nass und hing in langen Locken über seine breiten Schultern, stellenweise war es aber schon trocken genug, um erkennen zu lassen, dass sich die goldene Farbe seiner Augen in seinem Haar wiederfand. Lange blieb ihr Blick an seinem Gesicht hängen. Er wirkte erschöpft und hatte sich seit mehreren Tagen nicht rasiert, dennoch war er einer der bestaussehendsten Männer, die ihr jemals begegnet waren. Er hatte hohe Wangenknochen, eine lange, gerade Nase, die noch von keinem entstellenden Hieb getroffen zu sein schien, ein kräftiges Kinn und einen verführerischen Mund, der, dessen war sich Gisèle sicher, eine Menge Frauen verlockt hatte, seine sanfte Wärme zu kosten. Überrascht stellte sie fest, wie traurig sie darüber war, die ersten Spuren eines zügellosen Lebens darin zu entdecken – jene Falten, die ein Mann dem übermäßigen Genuss von zu viel Wein und zu vielen Sinnesfreuden zu verdanken hatte. Sie hatte solche Falten auf dem Gesicht ihres Mannes gesehen. Welche Sorgen konnte dieser starke, gut aussehende Mann wohl haben, dass er sich von ihnen zum Trinken verführen und in die Arme der Frauen treiben ließ?

Sein Blick traf den ihren, und Gisèle errötete verlegen. Sie hatte ihn viel zu lange und eindringlich gemustert, als dass ihre Blicke unbemerkt bleiben konnten. Hastig schaute sie beiseite. Sie brauchte einen Augenblick, um sich zu fassen und ihren Ärger über seine unpassende Heiterkeit wiederzubeleben. Als sie ihn erneut ansah, lächelte er sie an, und Gisèle hatte alle Mühe, an ihrer Verärgerung festzuhalten.

»Da ich eben erst diese Gestalt angenommen habe, müsst Ihr mir verraten, wie Ihr davon wissen könnt?«, fragte sie fordernd.

»Ich war auch unten am Fluss.«

»*Merde*«, murmelte sie und warf ihm erneut einen wütenden Blick zu, als er lachte. »Ihr seid also ein Spion?«

»Nein. Ich bin nur ein Mann, der gelegentlich sauber sein möchte.«

Sie beschloss, diese Spur von Frivolität zu übergehen und trat hinter Guy hervor. »Wenn Ihr mich also nicht verfolgt, warum interessiert es Euch dann, wie ich mich kleide oder was ich versuche zu sein?«

»Neugier ist eine starke Macht.«

»Und Ihr seid ein großer, starker Ritter. Bekämpft sie!«

»Gisèle«, zischte Guy, und stieß seine Cousine mit dem Ellbogen in die Seite. »Wir sollten herausfinden, was er will, bevor du deine Scharfzüngigkeit an ihm auslässt«, ermahnte er sie auf Französisch.

»Ich spreche Französisch«, murmelte Nigel in eben dieser Sprache und grinste, als Cousine und Cousin ihn anstarrten.

»Wie beängstigend«, sagte Gisèle und fluchte, als Guy sie einmal mehr anstieß.

»Ich kenne Euch, oder nicht?«, fragte Guy Nigel mit gerunzelter Stirn.

»Nur vom Sehen.« Nigel verbeugte sich leicht. »Sir Nigel Murray.«

»Sir Guy Lucette. Meine Cousine, Gisèle DeVeau. Habt Ihr vor, unser Täuschungsmanöver aufzudecken? Oder wünscht Ihr eine Entschädigung dafür, dass Ihr unser Geheimnis bewahrt?«

»Wie sehr Ihr mich doch verletzt.« Nigel war nicht beleidigt, denn er verstand, dass seine Handlungen Argwohn erregen mussten. »Ich schwöre bei der Ehre meines Clans, dass es reine Neugierde ist, die mich veranlasste, mich einzumischen.«

»Solch blinder Gehorsam gegenüber der Neugier könnte Euch leicht in den Tod führen«, erwiderte Guy, während er sein Schwert in die Scheide steckte. »Ich fürchte, sie muss diesmal unbefriedigt bleiben.«

»Muss sie das?«

»Ja«, fuhr Gisèle auf. »Das hier betrifft Euch nicht. Es geht Euch nicht im Geringsten etwas an.«

»Und Ihr habt nicht das Bedürfnis, Hilfe zu erhalten? Ein anderes Schwert, das Euren Rücken schützt?« Nigel bemerkte, dass Guy die Augenbrauen zusammenzog und offensichtlich über seine Worte nachdachte, aber Gisèle zögerte nicht.

»Dies ist eine Familienangelegenheit, Sir«, antwortete sie. »Wir benötigen keine Hilfe.«

»Nein? Ihr habt gerade erst mit Eurem Täuschungsmanöver angefangen, und doch habe ich es schon aufgedeckt.«

»Nur, weil Ihr uns nachspioniert habt.«

»Vielleicht war ich ja nicht der Einzige«, sagte er sanft, wobei er versuchte, ihr sowohl die Bedeutung seiner Entdeckung als auch seiner Anwesenheit verständlich zu machen.

Guy wurde blass, und Nigel nickte – froh dass der junge Mann verstand. Gisèles Reaktion war eine faszinierende Mischung aus Nervosität und Verärgerung. Die Vernunft sollte ihnen sagen, dass sie dringend Hilfe benötigten, aber Nigel wusste, wie viel dem vernunftgemäßen Handeln im Weg stehen konnte. Sie kannten ihn nur vom Sehen und hatten somit keinen Grund, ihm zu vertrauen. Hinzu kam der Stolz, von dem Cousin und Cousine vermutlich reichlich besaßen und der sie davon abhalten würde, sich und ihm einzugestehen, dass sie Hilfe benötigten. Nigel konnte nur hoffen, dass weder Vorsicht noch Stolz sie allzu lang gefangen nahmen.

»Ich glaube, wir hätten es bemerkt, wenn der Wald um uns herum vor Spionen gewimmelt hätte«, murrte Gisèle und verzog das Gesicht, als Guy sie schon wieder wie zur Strafe in die Seite stieß.

»Sir Murray, ich verstehe, was Ihr uns sagen wollt«, erwiderte Guy, wobei er Gisèle hastig einen wütenden Blick zuwarf, als sie anfangen wollte zu sprechen. »Wir sollten sicher sehr viel vorsichtiger sein und genauer beobachten, was hinter unserem Rücken vorgeht.«

»Aber Ihr weist meine Hilfe zurück.«

»Ich muss es tun. Dies ist nicht Ihr Problem. Es wäre unhöflich, Euch in unsere Schwierigkeiten mit hineinzuziehen.«

»Auch wenn ich bereit bin, hineingezogen zu werden?«

»Selbst dann.«

Nigel zuckte die Achseln. »Wir Ihr wünscht.«

»Wir danken Euch sehr herzlich für Eure gütige Fürsorge.«

»Wir?«, entgegnete Gisèle, doch Nigel lächelte einfach nur, und Guy überging ihren Einwurf.

»Seid trotz Eurer höflichen Zurückweisung meiner Unterstützung versichert«, sagte Nigel. »Ihr wisst, dass sie Euch weiterhin zur Verfügung steht und wo Ihr mich finden könnt, wenn Ihr Eure Meinung ändern solltet.«

Nigel verbeugte sich leicht und ging. Nur wenige Schritte von Guys Zelt entfernt blieb er stehen und schaute zurück. Flüchtig überlegte er, ob er zurückschleichen und das Zelt beobachten sollte, schüttelte dann aber den Kopf. Sie würden nun vorsichtiger sein, würden flüstern und auf ihre Worte achten und so das Mithören unmöglich machen. Er konnte nur abwarten und beten, dass sie ihn um Hilfe bitten würden, bevor die von ihnen so gefürchtete Bedrohung sie einholte.

»Das könnte ein Fehler gewesen sein«, sagte Guy leise, während er die Zelttür sicherte.

»Wir brauchen die Hilfe des Schotten nicht«, sagte Gisèle, indem sie sich auf eine kleine, mit einer Decke versehene Truhe setzte.

»Solches Vertrauen hast du in meine Fähigkeit, dich zu beschützen?« Guy ließ sich auf dem schmutzigen Boden neben einer von Steinen eingefassten Vertiefung nieder und begann Feuer zu machen.

»Du bist äußerst geschickt und als Ritter hochgeehrt.«

»Vielen Dank für diese Auszeichnung, aber meinen Ruf, so unbedeutend er ist, habe ich mir in Schlachten und im ehrenvollen Kampf erworben. Das hier ist etwas anderes. Ich bin das Einzige, was zwischen dir und einer wahrhaften Horde rachsüchtiger DeVeaus und ihren gekauften Schergen steht, von denen keiner für ehrenhaftes Verhalten bekannt ist. Ein weiteres Schwert könnte hilfreich sein.«

»Wir wissen nicht, ob er vorhat, dieses Schwert zu unserem Schutz zu gebrauchen oder um uns in die Hände unserer Feinde zu treiben. Der Schotte könnte ebenso gut einer von diesen DeVeauschen Söldnern sein.«

Guy schüttelte den Kopf. »Das kann ich mir nicht vorstellen.«

»Du kennst diesen Mann doch aber gar nicht.«

»Das stimmt, aber ich habe auch noch nie etwas Schlechtes über ihn gehört. Wir sollten ihn nicht völlig zurückweisen.«

Gisèle fluchte innerlich und rieb mit den Händen über ihr neues kurz geschnittenes Haar. Auch sie konnte nicht glauben, dass Sir Murray ihnen Schaden zufügen würde, aber sie fürchtete, dass ihre Meinung allzu sehr von dem fein geschnittenen Gesicht und den schönen Augen dieses Mannes beeinflusst wurde. Guys Bekenntnis, das gleiche Vertrauen in ihn zu haben, linderte ihr Unbehagen nur wenig. Sie war schon viel zu lange auf der Flucht und hatte sich schon viel zu oft verstecken müssen, um einfach so zu vertrauen – nicht einmal ihren eigenen Urteilen. Einige ihrer eigenen Verwandten glaubten den Anschuldigungen, die gegen sie erhoben wurden, und hatten sich von ihr abgewandt, warum also sollte ein Fremder aus einem seltsamen Land ihr Hilfe anbieten? Und würde er sie ihr auch dann noch gewähren, wenn er erfuhr, warum die DeVeaus sie verfolgten oder wie viel sie für ihre Gefangennahme bezahlten?

»Dann werden wir ihn eben nicht völlig zurückweisen«, sagte sie schließlich, »aber niemand wird ihn blindlings als unseren Freund akzeptieren.«

»Cousine, manchmal kann man auch zu vorsichtig sein.«

»In der Tat, aber vergiss nicht, warum ich mich verberge. Es könnte sein, dass Sir Murray nicht mehr so freundlich und hilfsbereit ist, wenn er den Grund für unsere Vorsicht und unser Täuschungsmanöver erfährt.« Sie lächelte schwach. »Eine Menge Männer finden es schwierig, einer Frau zu vergeben, die ihren Ehemann getötet hat.«

»Aber du hast ihn nicht getötet.«

»Die DeVeaus glauben das aber, und auch einige von unseren eigenen Verwandten. Warum sollte mir ein Fremder also mehr Glauben schenken?« Sie nickte, als Guy die Stirn runzelte und leise fluchte. »Wir werden ihn beobachten und unsere Entscheidung in Bezug auf den Schotten mit Sorgfalt treffen.«

»Einverstanden. Ich bete nur, dass uns die DeVeaus nicht vorher finden.«

2

»Die wenigsten Knappen tragen solche hübschen Amulette.«

Gisèle fluchte, schob ihr mit Granaten verziertes Medaillon zurück in ihr Wams und funkelte den grinsenden Schotten an, während sie sich ihren Sack mit Holz auf die Schulter hievte. Bemüht, sein strahlendes Lächeln zu übersehen, ging sie durch den Wald zurück zu Guys Zelt. Es war eine ganze Woche vergangen, seit Sir Murray in ihr Zelt gekommen war, und seither hatte dieser Mann jede ihrer Bewegungen verfolgt. Andauernd stieß sie mit ihm zusammen, sah dieses gewinnende Lächeln an jeder Wegbiegung und war sich nicht sicher, was sie mehr ärgerte, seine Beharrlichkeit oder doch die unerschütterliche Anziehungskraft, die dieser Schurke auf sie ausübte.

»Braucht Ihr Hilfe beim Holztragen?«, fragte Nigel, mühelos mit ihr Schritt haltend.

»*Non*«, fuhr sie ihn an – gereizt, weil sie nicht schneller gehen konnte als er. »Habt Ihr Euch schon einmal überlegt, dass all die Aufmerksamkeit, die ihr mir zukommen lasst, bei anderen Argwohn erwecken könnte?«

»Schon, aber der Argwohn wird sich kaum darauf beziehen, dass Ihr ein Mädchen und kein Junge seid.«

»Was sollten die Leute denken, wenn nicht das?«

»Dass ich der Frauen überdrüssig bin.«

Sie zog die Augenbrauen zusammen und wurde rot, als sie den Sinn seiner Worte verstand. »Das ist widerlich.«

Nigel zuckte die Achseln. »Das ist Frankreich.«

»Seid vorsichtig, mein edler Ritter, ich bin schließlich Französin.«

»Ja, und Ihr seid der hübscheste Anblick, auf den in den

sieben langen Jahren, in denen ich dieses Land durchstreife, mein Blick gefallen ist.«

Dieses überschwängliche Kompliment ließ unwillkürlich ihr Herz schneller schlagen, und Gisèle verfluchte diesen Mann insgeheim. »Habt Ihr nichts anderes, mit dem Ihr Eure Zeit und Eure Gedanken füllen könnt, als meine armseligen Probleme?«

»Im Moment nicht.«

Am Waldrand, wo sie sich noch im Schutz der Bäume befanden, wandte sich Gisèle um und schaute ihn an. Warum musste er nur so gut aussehen? Warum empfand sie überhaupt etwas für ihn? Sie war sich so sicher gewesen, dass ihr brutaler Ehemann jegliches Interesse an Männern in ihr getötet hatte, aber sie erkannte sehr wohl die Anzeichen einer gefährlichen Anziehungskraft, auch wenn es mehr als ein Jahr her war, dass sie so etwas verspürt hatte. Wo war dieser edle Ritter denn gewesen, als sie eine Tändelei, die Wärme ihres Blutes und die Umnebelung ihrer Gedanken ohne Angst hätte genießen können? Plötzlich dachte sie mit finsterem Gesichtsausdruck: *Er war unterwegs, um dem Wein und den Frauen zu frönen.*

»Dies ist kein Konflikt, um den Ihr Euch kümmern müsst«, sagte sie.

»Das weiß ich, aber ich habe mich dafür entschieden, einzugreifen.« Er lächelte kurz, lehnte sich gegen einen Baum und kreuzte die Arme über seiner breiten Brust. »Warum verfolgen Euch die DeVeaus?«

»*Merde*, Ihr seid wie ein hungriger Hund, der sich in einen Knochen verbissen hat.«

»Meine Brüder sagten immer, ich könnte ein sturer Hund sein. Mädchen, ich weiß, dass man Euch verfolgt, und ich weiß, wer es ist. Eure Maske ist für mich seit dem Augenblick, in dem Ihr sie angelegt habt, kein Geheimnis. Ich weiß auch, dass auf Euren süßen Kopf eine Prämie ausgesetzt ist. Das Einzige, was ich nicht weiß, ist warum.« Er begegnete ihrem Blick und hielt ihn fest. »Warum wollen die DeVeaus Euren Tod? Vermutlich glauben sie, Ihr habt einen ihrer Verwandten getötet. Wenn das der Wahrheit entspricht, welcher Verwandte ist es dann? Und warum sollten sie auf die Idee kommen, dass ein hübsches kleines Mädchen wie Ihr jemanden tötet?«

Er war nah an der Wahrheit, zu nah, dachte sie bei sich, gefesselt von der Wärme seiner bernsteinfarbenen Augen. Verzweifelt wünschte ein Teil von ihr, sich ihm anzuvertrauen. Aber was noch bedenklicher war: Etwas anderes in ihr wollte, dass er an ihre Unschuld glaubte.

Aus Angst, sein Blick könnte ihr die Wahrheit entreißen, zwang sie sich wegzusehen. Ihm die Wahrheit zu offenbaren würde bedeuten, ihr Leben und mit ziemlicher Wahrscheinlichkeit auch Guys aufs Spiel zu setzen. Sie konnte diese Chance einfach nicht ergreifen. Zu ihrem Ärger hatte sie zugleich Angst davor, er würde ihr nicht glauben und sich wie so viele andere gegen sie stellen. Und dies würde sie tief verletzen.

»Ich versuchte bereits, Euch deutlich zu machen …«, begann sie, merkte aber, dass er ihr nicht mehr zuhörte und sich stattdessen straffte und gespannt zum Lager schaute. »Stimmt etwas nicht?«

»Die Angelsachsen», zischte er.

»Die wer?«

»Die Engländer.« Sie vor sich herschiebend, eilte er zum Lager zurück. »Ihr müsst zu Guys Quartier und dort bleiben.«

»Aber ich sehe nichts. Es wurde kein Alarm gegeben. Wie könnt Ihr wissen, dass die Engländer nah sind?« Sie strauchelte, wurde jedoch von ihm grob hochgezogen und vorwärtsgestoßen. »*Merde*, riecht Ihr sie oder was? Oder seid Ihr einfach nur verrückt?«

»Oh ja, ich kann diese Schweine riechen.«

Bevor Gisèle weiterfragen konnte, ging ein Schrei durchs

Lager. Männer sprangen auf und griffen hastig nach ihren Waffen. Verblüfft sah sie Nigel hinterher, als er sie in Guys Zelt schubste und verschwand. Das erste Schwerterklirren riss sie aus ihrer Verwirrung. Sie warf ihren Sack mit Reisig zur Seite, ergriff einen von Guys Dolchen und setzte sich mit Blick auf den Zelteingang auf den schmutzigen Boden. Wenn der Kampf bis zu ihr vordringen sollte, war sie bereit, ihm zu begegnen.

Während sie dasaß, angespannt und alarmbereit, ertappte sie sich dabei, wie sie über den Schotten nachdachte, etwas, was für ihren Geschmack inzwischen viel zu oft geschah. Es war keine gute Zeit dafür, sich wegen eines Mannes Gedanken zu machen. Eine derartige Ablenkung konnte ihr leicht das Leben kosten. Sie hatte alle ihre Aufmerksamkeit auf eine Sache zu konzentrieren, eine einzige Sache: den DeVeaus zu entgehen. Herz und Verstand schienen diese Tatsache allerdings nicht beachten zu wollen. Egal, wie sehr sie sich bemühte, den Schotten mit den bernsteinfarbenen Augen aus ihren Gedanken zu verbannen, er schlich sich ständig dorthin zurück.

Nigel Murray war ein außergewöhnlich gut aussehender Mann, und nur wenige Frauen würden es schaffen, ihn zu ignorieren. Dieses Wissen trug aber kaum dazu bei, Gisèles Interesse und Gereiztheit zu mindern. Sie sollte es besser wissen, sie hatte die dunkle Seite der Männer erlebt, die schwarze Seele gesehen, die sich hinter einem schönen Gesicht verbergen konnte. Der Schotte schien diesen Makel nicht zu besitzen, aber Gisèle wusste, dass sie in solchen Dingen ihrem eigenen Urteil nicht mehr vertrauen konnte. Heftig, wenn auch vergeblich, hatte sie die Heirat mit DeVeau zurückgewiesen, weil sie all den dunklen Geschichten über diesen Mann Glauben geschenkt hatte, aber selbst sie hatte nicht die Abgründe seines unmoralischen und brutalen Wesens erkannt.

Gisèle fluchte, als sich ihr mit den Gedanken an ihren toten Ehemann zugleich die Erinnerungen an die gemeinsame Zeit stürmisch aufdrängten. Es war nun fast ein Jahr her, dass sie seinen verstümmelten Körper gefunden hatte und, als ihr klar wurde, dass man ihr dafür die Schuld geben würde, um ihr Leben gerannt war. Sie waren erst seit sechs Monaten verheiratet gewesen, aber das, was ihr DeVeau angetan hatte, würde sie für ihr ganzes Leben zeichnen – und das galt auch für den, wie sie es empfand, Verrat ihrer Familie. Weder vor noch nach der Hochzeit mit DeVeau war sie ihr zu Hilfe gekommen, und viele von den Familienmitgliedern hatten der Anklage der DeVeaus geglaubt und sie für die Mörderin ihres Mannes gehalten. Auch wenn sich die Einstellung ihrer Familie inzwischen zu ändern begann, war sie sich bewusst, dass man nur langsam vergessen und ihr vergeben würde.

Ein Schrei lenkte ihre Aufmerksamkeit wieder auf ihre gefährliche Situation. Es war der Schrei eines Sterbenden, der ihr Kälteschauer über den Rücken jagte, doch noch mehr erschreckte sie dessen Nähe. Der Kampf kam dem Zelt gefährlich nahe. Als das Klirren von Schwertern nur noch wenige Schritten entfernt zu sein schien, erhob sich Gisèle. Es schien ihr nicht länger sicher, sich im Zelt zu verstecken, vielmehr empfand Gisèle es zunehmend als Falle.

Den Dolch fest in der Hand, schob sie sich durch den Zelteingang und hielt sogleich inne. Angst und Schrecken ließen sie wie angewurzelt stehen bleiben. Guy kämpfte erbittert um sein Leben gegen zwei Männer, deren Schilder die Farben des Hauses DeVeau trugen. Sie hatten sie gefunden und waren dabei, eines der wenigen Mitglieder ihrer großen Familie, das an sie geglaubt hatte, ebenso niederzumetzeln, wie sie auch Guys Freund Charles niedergemetzelt hatten. Gisèle schauderte und wandte hastig den Blick von dem Leichnam des liebenswürdigen jungen Ritters ab.

»Verschwinde!«, brüllte Guy, während er behände einem tödlichen Schwerthieb auswich.

Gerade als Gisèle erkannt hatte, dass die DeVeaus von ihrer Anwesenheit wussten, erschien ein dritter DeVeau und näherte sich ihr langsam mit dem Schwert in der Hand. Sie hielt ihm den Dolch entgegen, wohl wissend, dass der groß gewachsene Ritter allen Grund hatte, arrogant zu grinsen. Ihre winzige Waffe und sie selbst waren keine Bedrohung für ihn.

»Wirf den Dolch hin, du blutdürstige Hure«, rief er mit einer tiefen Stimme, die kaum mehr als ein wildes Knurren war.

»Macht es das leichter für Euch, diese Ungerechtigkeit zu begehen? *Non*, ich glaube nicht«, erwiderte sie.

»Ungerechtigkeit? *Non*, das ist Gerechtigkeit. Du hast deinen Gatten ermordet, ihm seine Männlichkeit abgeschnitten und in die Kehle gestopft. Du verdienst alles, was die DeVeaus über dich verhängen.«

Und plötzlich wusste Gisèle, dass sie aufgrund der Art und Weise, wie ihr Ehemann verstümmelt worden war, unter ihren Verfolgern niemals einen Verbündeten finden würde. Der Tonfall des Ritters ließ sie unmissverständlich wissen, dass die Verstümmelung weitaus schwerer wog als der Mord selbst. Ob Sir Nigel ebenso entsetzt sein würde, seine Unterstützung zurückziehen, ja, sich vielleicht sogar den DeVeaus anschließen würde? Doch sie zwang sich, ihre Aufmerksamkeit auf etwas viel Wichtigeres zu lenken – auf ihr Überleben.

»Ich werde nicht in die Höhle der DeVeaus zurückkehren«, sagte sie, während sie versuchte, ihn zu umrunden und einen freien Fluchtweg auszumachen, ohne dabei in seine Reichweite zu gelangen.

»Oh, *oui*, du wirst. Tot oder lebendig.«

»Tot? Ich denke doch, dass das DeVeaussche Hundepack mich lebend haben will, um mir noch mehr von seiner Brutalität zukommen zu lassen.«

»Dies alles dauert schon so lange, dass es sie wohl nicht mehr interessiert.«

»Aber mich interessiert es. Ich würde es vorziehen, wenn

dieses kleine Fräulein am Leben bleibt«, entgegnete eine von starkem Akzent gekennzeichnete Stimme auf Französisch.

Gisèles Augen weiteten sich, als sie hinter dem Angreifer Sir Nigel stehen sah, wobei sie vermutlich weniger überrascht war als der Ritter selbst, dem seine Angst deutlich ins Gesicht geschrieben stand. Schnell trat sie zurück, als er herumwirbelte, um Sir Nigel entgegenzutreten. Er war viel zu langsam, um sich zu retten. Obwohl sein Tod weitaus gnädiger war als der, den er Gisèle zugedacht hatte, wurde ihr übel, als Nigel ihn niederstach. Wortlos deutete sie auf Guy, der in schwerer Bedrängnis war und die beiden Männer, die versuchten, ihn zu töten, kaum zurückhalten konnte.

Trotz ihrer Angst, einen weiteren Toten, vor allem einen toten Guy oder Nigel, sehen zu müssen, wandte sie sich um, um den Kampf zu beobachten. Sein Ausgang würde über ihren nächsten Schritt entscheiden, ein Entschluss, der möglicherweise ohne Aufschub getroffen werden musste. Sie betete zudem leidenschaftlich, dass weder Sir Nigel noch Guy zu teuer für ihre Hilfe würden bezahlen müssen.

Als Nigel seinen Gegner niederschlug, fühlte Gisèle für einen kurzen Augenblick Erleichterung, sogar Hoffnung in sich aufsteigen. Dann jedoch gelang Guys Gegner ein sehr geschickter Hieb, den Guy nicht schnell genug parieren konnte. Gemeinsam mit Guy schrie sie auf, als das Schwert seine linke Schulter traf. Nur seine hastige Drehung nach rechts verhinderte, dass die Klinge sein Herz durchbohrte. Gerade als sie ihrem Cousin zu Hilfe eilen wollte, hielt Nigel den DeVeauschen Schergen davon ab, den tödlichen Schlag auszuführen. Schnell lenkte er die Aufmerksamkeit des Mannes davon ab, Guy zu töten, hin zu dem verzweifelten Versuch, sich selbst zu retten. Es war ein kurzer Kampf, und Sir Nigel setzte dem Leben des anderen ein schnelles Ende. Gisèle hatte sich eben erst neben Guy niedergekniet, als Sir Nigel schon sein Schwert am Wams des Toten abwischte, die Waffe in die Scheide steckte und ihr zu Hilfe eilte.

»Verzeih, Cousine«, murmelte Guy mit vor Schmerz zusammengebissenen Zähnen, während Gisèle sich abmühte, sein blutgetränktes Wams zu öffnen.

»Was denn?«, fragte sie, wobei sie mühsam das Blut und den Schmerz, den sie ihm verursacht hatte, zu übersehen versuchte.

»Mein erster Versuch, dich zu schützen, ist ziemlich daneben gegangen.«

»*Non*, Dummkopf, er war ausgesprochen tapfer.«

»Ist Charles tot?«

»Ich fürchte.«

»Verdammt seien die DeVeaus und ihre gesamte Nachkommenschaft. Charles war ein guter Mann, der beste aller Kameraden.«

»Ich werde mich darum kümmern, dass seine Leiche ehrenhaft behandelt wird«, sagte Nigel.

»Habt meinen aufrichtigen Dank.« Guy sah Nigel an und lächelte schwach. »Woher seid Ihr gekommen?«

»Als ich Eurem Gespräch am Fluss lauschte, hörte ich den Namen DeVeau und habe in der Zwischenzeit versucht, so viel wie möglich über diese Familie herauszufinden. Mitten im Kampfgeschehen sah ich vorhin, wie Ihr und Euer Freund in diese Richtung gerannt seid. Dann erspähte ich die Leute von DeVeau und hatte den Eindruck, dass ihr vielleicht Hilfe brauchen könntet.«

»Und er braucht jetzt noch mehr Hilfe«, warf Gisèle ein. »Alles was ich für die Versorgung dieser Wunde benötige, befindet sich im Zelt.«

Nigel hob Guy hoch und trug ihn ins Zelt. Gisèle folgte ihm, zeigte auf das Bett aus Schaffellen, das mit einer Decke belegt war, und er legte den jüngeren Mann vorsichtig darauf ab. Während Gisèle die Wunde ihres Cousins säuberte, nähte und verband, fand Nigel einen Weinschlauch, setzte sich auf eine Truhe und nahm einen herzhaften Zug.

In dem Moment, als er erkannt hatte, das Gisèle in Gefahr

war, hatte ein solch drängendes Gefühl von ihm Besitz ergriffen, wie er es seit Langem nicht mehr empfunden hatte. Wie sie einem hochgewachsenen, mit einem Schwert bewaffneten Ritter nur mit großem Mut und einem kleinen Dolch gegenüberstand, entfachte seine Bewunderung und ließ ihn außerdem darauf brennen, den Mann, der sie bedrohte, niederzuschlagen. Er fand dies ebenso eigenartig wie beunruhigend, war doch viel Zeit vergangen, seit er zuletzt solche Gefühle erlebt hatte.

Während sie mit blassem und sorgenvollem Gesicht Guys Wunde versorgte, musterte Nigel sie unauffällig. Sie war klein und schlank. Unter den Kleidern, die sie trug, waren kaum Anzeichen dafür zu entdecken, dass sie eine Frau war, dennoch reagierte sein Körper auf sie – schnell und regelmäßig. Gisèle war sehr hübsch mit ihrem schmalen Gesicht, ihrer leicht zugespitzten Nase und ihren großen, lebhaften grünen Augen, das war nicht zu bestreiten. Ihre dunklen Augenbrauen waren sanft geschwungen und ließen ihre Augen noch größer erscheinen, ihre Wimpern waren lang und dicht. Sie hatte die schönsten Augen, die er seit Jahren gesehen hatte. Doch all das erklärte nicht die Gefühle, die sie in ihm wachrief. Auch wenn sie anbetungswürdig war, so war sie doch keine betörende Schönheit, die Männer dazu bringen konnte, für ein Wort von ihren vollen Lippen alles zu riskieren. Und doch zog sie ihn unwiderstehlich an.

Sich in ihre Probleme einzumischen war unklug. Die DeVeaus waren, nach allem, was er über sie in Erfahrung hatte bringen können, eine riesige Familie, reich, mächtig und brutal. Ein Mann, der seinen Verstand beisammen hatte, würde alles in seiner Macht Stehende tun, um sich von den Feinden einer solchen Familie fernzuhalten und außerdem sorgfältig darauf bedacht sein, keinen DeVeau zu seinem Feind zu machen. Stattdessen warf er sich mitten hinein, mit erhobenem Schwert, und tötete drei ihrer Gefolgsmänner. Noch immer hatte er die Möglichkeit, sich zurückzuziehen, denn alle Zeugen seiner selbstlosen Tat waren tot oder würden den DeVeaus niemals etwas davon erzählen, aber er wusste, dass er das nicht fertigbringen würde. Er musste Gisèle einfach helfen, ob sie es wünschte oder nicht.

»Ihr habt beschlossen, nicht in den Kampf zurückzukehren?«, fragte Gisèle, als sie alles gesäubert hatte und das Feuer anmachen wollte.

»Als ich mich entschloss, herzukommen und Eure hübsche Haut zu retten, war diese Auseinandersetzung fast zu Ende.«

Sie sah ihn wütend an, beobachtete ihn aber zugleich äußerst genau, während er einen weiteren Schluck Wein trank. »Guy und ich haben uns gut geschlagen, obwohl ich Euch für Eure Hilfe dankbar bin.« Sie fluchte leise, als er grinste und damit verriet, dass er ihrer Behauptung genauso wenig Glauben schenkte wie sie selbst. Guy und sie hatten seiner Hilfe dringend bedurft, und irgendwie nahm sie ihm das übel.

»Es fällt Euch sehr schwer, zuzugeben, dass Ihr bis zum Hals im Dreck steckt und fast darin ertrinkt, oder?«, fragte er sie, wobei er noch immer grinste.

»Eine sehr anschauliche Ausdrucksweise«, murmelte sie. »Ich war fast zwei Jahre lang auf mich selbst gestellt und habe nur gelegentlich Unterstützung von meiner Familie bekommen. Ganz bestimmt werde ich auch weiterhin überleben.«

»Vor was immer Ihr wegrennt, Mädchen, es holt immer mehr auf. Ja, es ist so nahe, dass es einem Freund das Leben gekostet hat und fast auch Eurem Verwandten. War es das erste Mal?«

Gisèle setzte sich an das größer werdende Feuer, entriss seiner Hand den Weinschlauch und nahm selbst einen großen Schluck. »*Oui*, das hat es früher nicht gegeben. Es tut mir leid für Charles, sehr leid, denn er war jung und ehrenwert, ein Freund von Guy aus Kindertagen. Guy dagegen wurde durch seine Wunde zwar geschwächt, aber sie wird ihn nicht umbringen, sofern sie richtig versorgt wird.«

»Das stimmt, aber für Euch wird es eine schwierige Aufgabe werden.«

»Ich habe ein gewisses Geschick, wenn es um Krankenpflege geht.«

»Da bin ich mir sicher, so viel Geschick wie im Weglaufen. Aber wie viel Geschick glaubt Ihr zu haben, wenn Ihr beides gleichzeitig erledigen müsst?« Er lächelte mitfühlend, als sie blass wurde und ihre zarten Hände mit den langen Fingern im Schoß ineinanderschlang. »Ihr könnt nicht länger hier bleiben, Mädchen.«

»Ihr habt die Männer getötet, die mich gefunden haben.«

»Aber waren es die Einzigen, die die DeVeaus hergesandt haben? Außerdem könnten sie eine Nachricht an Eure Verfolger geschickt haben, eine Nachricht, dass sie ihre Beute gefunden haben. Es werden weitere kommen. Und Ihr müsst mir nicht erzählen, dass Ihr sonderlich gut laufen und Euch verstecken könnt, wenn Ihr einen verwundeten Mann mit Euch schleppt. Es würde Euch in Gefahr bringen, und die Wunde könnte tödlich werden.«

Gisèle schloss die Augen, sichtlich um Gelassenheit bemühte. Als sie Guy aufgesucht hatte, schien es ein so kluger Plan zu sein. Wer würde schon auf die Idee kommen, eine zarte, wohlerzogene Dame mitten in einem Heer zu suchen, oder gar vermuten, dass sie Schande riskierte, weil sie sich als Junge kleidete? Sie konnte nicht glauben, dass die DeVeaus ihre Absichten erraten hatten. Sie hatten Guy ausfindig gemacht in der Hoffnung, sie zu finden oder wenigstens von ihm zu erfahren, wo sie war.

Sir Nigel hatte recht. Bald würden die DeVeaus nicht nur erfahren, wo sie sich aufhielt, sondern, was noch schlimmer war, wissen, dass Guy ihr geholfen hatte. Sie konnte nicht länger bleiben, aber sie konnte auch Guy nicht zurücklassen. Er brauchte ihre Hilfe, und nun musste er sich ebenfalls verbergen, um der Rache zu entgehen, auf die die DeVeaus so versessen waren. Langsam öffnete sie ihre Augen und sah den

Mann an, der sich ihre Schwierigkeiten aufgeladen hatte, als habe er ein Recht dazu.

»Und was glaubt Ihr, soll ich tun?«

Nigel beugte sich nach vorn und blickte ihr direkt in die Augen. »Wegrennen.«

»Ich kann Guy nicht seinen Wunden und der Gnade meiner Feinde überlassen.«

»Das weiß ich. Ihr müsst ihn zuerst an einen sicheren Ort bringen. Es muss jemanden geben, der ihm Unterschlupf gewährt, auch wenn er ihn Euch nicht gibt.«

»Unsere Cousine Maigrat. Sie lebt einen knappen Tagesritt von hier.«

»Dann bringen wir ihn dorthin.«

»Wir?«

»Ja, wir. Ich biete Euch meinen Schutz an, kleine Gisèle.«

»Warum?« Sie legte die Stirn in Falten, als er lachte, wobei seine breiten Schultern zuckten.

»Darauf habe ich keine richtige Antwort«, erwiderte er. »Ich kann Euch den Schutz anbieten, den Ihr braucht, und vielleicht auch einen sicheren Zufluchtsort. Bevor ich in Eure Schwierigkeiten hineingeraten bin, habe ich darüber nachgedacht, nach Hause zurückzukehren. Ihr könnt mit mir kommen.«

»Nach Schottland?«, flüsterte sie, schockiert über seinen Vorschlag, obwohl sie sich eingestehen musste, dass es vielleicht ein sehr guter Plan war.

»Nach Schottland, in mein Zuhause. Selbst wenn die DeVeaus entdecken sollten, dass Ihr bei mir seid und wohin Ihr geflohen seid, werdet Ihr dort noch immer sicherer sein als hier und jetzt in Eurem eigenen Land. Denn in Schottland werden die DeVeaus Fremde sein, unfähig, sich zu verbergen.«

Gisèle hätte sein Angebot nur zu gern angenommen, zögerte aber dennoch. Sie würde ihr Leben in die Hände eines Mannes legen, den sie überhaupt nicht kannte. Es war verrückt, dennoch war ihr nicht klar, ob sie überhaupt eine Wahlmöglichkeit hatte.

»Ihr müsst über mein Angebot nachdenken«, sagte er, indem er aufstand. »Ich verstehe das. Ich werde mich um den Leichnam des jungen Charles kümmern, wie ich es Eurem Cousin versprochen habe, und wir können weiterreden, wenn ich zurückkomme.«

»Jeder französische Ritter kann Euch sagen, wohin er gebracht werden muss. Ich nehme an, seine Familie würde es vorziehen, ihn auf ihrem eigenen Land zu bestatten.«

Nigel blieb im Zelteingang stehen und sah zu ihr zurück. »Es gibt eine Sache, um die ich Euch zu meiner Unterstützung bitte, Mädchen, nur eine einzige Sache.«

»Und was ist das?«

»Die Wahrheit.«

Sie fluchte, als er sie verließ, und vergrub ihr Gesicht in den Händen. ›Die Wahrheit‹, sagte er. Das war der Preis für seine so notwendige Hilfe. Unglücklicherweise konnte die Wahrheit dazu führen, dass er sein Angebot schnell zurückzog. Es konnte sein, dass er wie so viele andere nicht an ihre Unschuld glaubte.

Außerdem blieb noch immer die Frage, warum er bereit war, sein Leben um ihretwillen aufs Spiel zu setzen. Er konnte ihr keine zufriedenstellende Antwort darauf geben, und viele der Gründe, die ihr einfielen, waren nicht sehr angenehm. Wenn es Langeweile war, wie lange würde sie dann sein Interesse erregen? Würde sie vielleicht bald schon mitten in einem fremden Land verlassen dastehen? Er forderte als Preis für seine Hilfe nur die Wahrheit, aber sie würden wochen-, vielleicht monatelang zusammen unterwegs sein. Er könnte Hoffnung auf eine höhere Belohnung hegen. Und was war, wenn sich herausstellte, dass er für die DeVeaus arbeitete? Vielleicht war es nur eine raffinierte Falle, vielleicht war er nur jemand, der sie zu ihren Feinden locken würde, indem er ihr Vertrauen gewann. Diesen Plan konnte er sich sogar selbst ausgedacht haben, und zwar nachdem er von dem Preis, der auf sie ausgesetzt war, gehört hatte. Er hatte ihre Widersacher vielleicht nicht getötet, um sie zu retten, sondern um das ganze Geld für sich zu haben.

Gisèle wurde bewusst, wie sehr sie es hasste, so etwas von dem gut aussehenden Schotten auch nur zu denken. Trotzdem musste sie es in Betracht ziehen. Er konnte einfach nur das sein, als was er ihr erschien: ein guter, ehrenwerter Mann, der ihr seine Hilfe aus Gründen anbot, die er nicht benennen konnte. Aber ebenso wenig, wie sie beweisen konnte, dass er ihr Feind war, konnte sie beweisen, dass er genau das war, wofür er sich ausgab: ein Freund und Verbündeter.

»Ich weiß einfach nicht, was ich tun soll«, sagte sie laut und mit verzweifelter Stimme.

»Du musst mit ihm gehen«, erklang es schwach und unsicher hinter ihr.

»Guy.« Sie hastete an seine Seite und half ihm, einen Schluck Wein zu trinken. »Ich dachte, du schläfst.«

»*Non*. Ich war wegen der Schmerzen nur kurzzeitig bewusstlos.«

»Das tut mir leid. Ich habe versucht, sanft zu sein.«

»Es lag nicht an deiner bewundernswerten Geschicklichkeit, Cousine. Du hast sanfte Hände, aber selbst sie können eine Wunde nicht versorgen, ohne Schmerzen zu verursachen. Das ist die Natur von Wunden.«

»Es ist, Gott sei Dank, keine tödliche Wunde. Es tut mir so leid wegen Charles.«

»Das ist nicht nötig. Du hast ihn nicht getötet.«

»Ich habe seine Mörder hierhergeführt.«

»Hör auf, dir Vorwürfe zu machen, Cousine. Nichts von alldem ist deine Schuld. Hätte deine Familie von Anfang an auf dich gehört, dann hättest du diesen Mistkerl gar nicht erst geheiratet. Du bist unschuldig. Jeder Ritter, der seines Ritterschlags würdig ist, ist es seiner Ehre schuldig, dir zu helfen, und wird es auch so sehen.«

»Glaubst du, dass das auch Sir Nigel so sieht?« Sie feuchtete ein Tuch an und wischte ihm den Schweiß von der Stirn.

»Ich glaube schon. Ich habe dir ja gesagt, dass ich noch nie etwas Schlechtes über diesen Mann gehört habe. Er ist ein Söldner und verkauft sein Schwert an französische Adlige, er macht das schon seit vielen Jahren. Die meisten Schotten in unseren Reihen tun das. Es wird gesagt, dass er viel sorgsamer auswählt als die meisten und dass er eine Vorliebe für Frauen und Wein hat, allerdings habe ich ihn vergangene Woche sehr genau beobachtet und nichts von beidem feststellen können. Wenn das den Tatsachen entspricht, dann weiß er, wann er solche Laster aufgeben und standhaft seine Pflicht erfüllen muss, mit klarem Kopf und ruhiger Hand.«

Gisèle seufzte, sie war sich noch immer nicht sicher, sah aber langsam ein, dass sie keine andere Wahl hatte. »Du glaubst also, dass ich machen soll, was er vorgeschlagen hat – dich zu Maigrat bringen und mit ihm gehen?«

»So ist es. Alles, was er dafür haben will, ist die Wahrheit.«

»Was ihn leicht zu einer Sinnesänderung veranlassen könnte.«

»Möglich, aber ich denke, er wird dir glauben. Es tut mir leid, Cousine, aber inzwischen bin ich überzeugt, dass du keine andere Wahl hast, als dieses Spiel zu Ende zu spielen. Wenn er nicht derjenige ist, der er vorgibt zu sein, wenn er eine heimtückische Intrige spinnt, dann hast du ganz bestimmt die Intelligenz, es zu merken, bevor du einen zu hohen Preis bezahlen musst.«

Bevor Gisèle ihre Zweifel darüber in Worte fassen konnte, kehrte Sir Nigel zurück. Er sah kräftig aus, und es musste gut sein, ihn zur Seite zu haben, aber sie war sich einfach nicht sicher. Es ärgerte sie, von den DeVeaus so sehr in die Zwickmühle getrieben worden zu sein, dass sie keine andere Möglichkeit hatte, als auf die Ehre eines Mannes zu setzen, den sie nicht kannte.

»Charles wird zu seiner Familie gebracht«, verkündete Nigel, der Cousin und Cousine eingehend musterte.

»Danke, Sir Murray«, sagte Guy. »Ich bete darum, dass Ihr der von Gott Gesandte seid, als der ihr erscheint, denn meine Cousine und ich werden Euer Angebot, uns zu schützen und zu helfen, annehmen.«

»Ich habe noch nicht zugestimmt«, protestierte Gisèle und fluchte, als sie Guys strengem Blick begegnete. »Aber ich werde es jetzt tun.«

Nigel verbiss sich ein Grinsen. »Und erhalte ich die erbetene Gunst? Die Wahrheit? Ich denke, ich verdiene sie durchaus, seit klar ist, dass ich nicht weniger als mein Leben aufs Spiel setze.«

»*Oui*, Ihr verdient sie«, stimmte Gisèle zu. »Und Ihr werdet sie bekommen, sobald wir Guy sicher zu Maigrat gebracht haben.«

»Gisèle ...« Guy wollte widersprechen.

»*Non*, genau so wird es gemacht.« Sie blickte zu Nigel. »Es ist eine hässliche Geschichte, die ich Euch erzählen muss, Sir Murray. Ihr könntet daraufhin Eure Absicht, mir zu helfen, noch ändern. Ich muss wissen, dass Guy in Sicherheit ist, bevor ich das riskiere.«

»Das ist fair. Ich werde all meine Habseligkeiten zusammenraffen und allen, die es wissen müssen, sagen, dass wir dieses Heer jetzt verlassen. Wir werden in der frühen Morgendämmerung von hier aufbrechen«, fügte er hinzu, als er sich auf den Weg machte.

»Ich bin überzeugt, dass wir das Richtige tun«, sagte Guy nach einem Augenblick drückender Stille. »Ich wünschte, du würdest zuversichtlicher aussehen.«

»Und ich wünsche mir von Herzen, ich könnte zuversichtlicher sein«, antwortete Gisèle, seufzte und zwang sich Guy zuliebe zu einem Lächeln. »Alles wird am Ende noch gut werden.«

»Du glaubst nicht wirklich an das, was du sagst.«

»*Non*, dennoch habe ich das Gefühl, dass ich stärker daran glauben sollte.«

»Du bringst mich durcheinander.«

»Ich bringe mich selbst durcheinander. Ich habe keinen Grund, Sir Nigel zu misstrauen, nicht den geringsten, und doch habe ich Angst. Von dem Augenblick an, in dem ich von den Ländereien meines Mannes geflohen bin, habe ich mehr oder weniger für mich selbst gesorgt. Selbst hier, selbst unter deinem Schutz, hatte ich das Gefühl, dass ich meinen Weg bestimme, dass ich mehr oder weniger die Kontrolle über den Weg habe, den ich gehe. Doch sobald ich dir zustimmte und mich in Sir Murrays Schutz begab, hatte ich unvermittelt das Gefühl, die Kontrolle aus der Hand zu geben.«

Guy runzelte die Stirn und tätschelte ihr in dem schwachen Versuch, sie zu beruhigen, die Hand. »Ich glaube, deine Fantasie geht mit dir durch. Ich bin wirklich überzeugt davon, dass er ein zuverlässiger Mann ist.«

»Tief in meinem zerrissenen Herzen glaube ich das auch, doch nicht einmal das mindert meine Angst.«

»Dann sollten wir vielleicht …«

»*Non*, es kann jetzt kein *wir* mehr geben. *Du* musst gesund werden, und *ich* muss wieder fliehen. Beides zusammen geht nicht. Ich sollte die Bedenken fallen lassen, die ich einzig und allein meinem furchtsamen Herzen zu verdanken scheine, und Gott dafür danken, dass es jemanden gibt, der bereit ist, mir zu helfen.« Sie verzog das Gesicht. »Darauf werde ich mich konzentrieren, und vielleicht wird dann dieses Gefühl, dass ich gerade den Schritt über eine sehr hohe Klippe gemacht habe, vergehen.«

3

Gisèle durchschritt langsam Maigrats Küche. Sie hatten ihre Reise zu dem kleinen Herrensitz zügig zurückgelegt, aber Guy hatte gelitten. Als sie Maigrats Tore erreichten, war er blass und in Schweiß gebadet. Allein sein unheilvolles Aussehen war es, das Gisèle ihrer Meinung nach Einlass innerhalb dieser Mauern gewährt hatte, und es war schwer für sie, sich dieser schmerzhaften Wahrheit zu stellen. Man konnte nicht übersehen, wie hastig sie zum Rückgebäude gebracht worden waren, wobei man ihnen unmissverständlich erklärte, dass sie auf dem Weg ihre Gesichter zu verbergen hatten. Und sie hatten das Gebäude erst betreten dürfen, nachdem Maigrat die Dienerschaft aus der Küche geschickt hatte. Genauso wenig konnte sie ignorieren, dass ihnen keinerlei Erfrischung angeboten wurde, obwohl Maigrat selbst immer auf ihre Gastfreundschaft stolz gewesen war. Gisèle nahm an, ihre Cousine hoffte, dass sie wieder fort sein würden, bis sie Guy zu Bett gebracht hatte, doch Gisèle blieb da, wo sie war. Sie würde nicht gehen, bis sie wusste, dass man sich um Guy kümmerte.

Sie warf einen Blick auf Nigel, der sich an dem blank gescheuerten Tisch in einem Stuhl räkelte und müßig seine langen Finger über die glatte Oberfläche gleiten ließ. Sie schämte sich für ihre Cousine Maigrat. Obwohl sie nichts über die schottischen Gebräuche wusste, war sie sich sicher, dass er spürte, wie schäbig sie behandelt wurden. Wenigstens würde er ihr nun glauben, dass für sie vonseiten ihrer Familie keine große Hilfe zu erwarten war, und Gisèle hoffte inständig, dass er ihr nun auch sonst alles glauben würde, was sie ihm zu erzählen hatte. Sie freute sich nicht darauf, ihm die ganze schmutzige Geschichte erzählen zu müssen, doch die Zeit rückte näher.

»Ich glaube, sie wird sich um Guy kümmern«, sagte Nigel und sah Gisèle prüfend an. Es tat ihm leid, dass ihre Familie sie so offensichtlich verletzte.

»Das glaube ich auch«, bestätigte Gisèle ihm mit weicher Stimme.

»Aber nicht um Euch.«

»*Non*, mich wird sie nicht aufnehmen.« Gisèle lächelte traurig und wünschte, sie könnte ihren Schmerz verbergen, wusste aber, dass ihre Gefühle seinem scharfen Blick nicht entgangen waren. »Vermutlich hofft Maigrat, dass ich vor ihrer Rückkehr von hier verschwunden bin, aber sie wird gezwungen sein, mich noch einmal zu sehen. Sie muss mir versprechen, dass sie sich um Guy kümmert.«

»Einverstanden. Und wenn es möglich ist, ohne dass Euer Stolz allzu sehr darunter leidet, könntet Ihr sie auch um etwas Proviant bitten.«

»Muss das sein?«

»Hat sie einen Grund, Euch selbst diese kärgliche Hilfe zu verweigern?«

»Nein.«

»Dann bittet darum und beschämt sie so, dass sie Euch hilft. Wir brauchen alles, was wir zusammenbringen können, denn es ist möglich, dass wir nicht genug Gelegenheit haben werden, Proviant zu fassen, sei es mit unseren Händen oder Münzen.«

»Glaubt Ihr, dass wir so sehr bedrängt werden?«

Er zuckte die Achseln. »Ich kann es nicht sagen, aber es ist vernünftiger, auf einen scharfen Ritt vorbereitet zu sein.«

Sie nickte und straffte sich dann, denn Maigrat kam in die Küche. Ihre zusammengepressten Lippen und der Ausdruck auf dem rundlichen Gesicht der älteren Frau drückten deutlicher als jedes Wort ihr Missfallen über Gisèles Anwesenheit aus. Gisèle wollte diese Frau um nichts bitten, zwang sich aber dazu, Nigels Rat zu befolgen und ihren Stolz zu unterdrücken.

»Du wirst dich um Guy kümmern und ihn zur Sicherheit hierlassen?«, fragte sie. »Kannst du mir das versprechen, Maigrat?«

»Selbstverständlich«, fuhr Maigrat sie an. »Wir haben den Jungen viele Jahre lang in Pflege gehabt. Er ist wie ein Sohn für mich. Du hättest ihn niemals in deine Schwierigkeiten mit hineinziehen sollen.«

»Er hat damit nun nichts mehr zu tun.«

»So wie der arme junge Charles.« Maigrat nickte, als Gisèle blass wurde. »Du hast wahrhaft Talent darin entwickelt, tote Männer hinter dir zurückzulassen. Und jetzt sinkst du sogar noch tiefer in Schande. Schau dich doch an. Keine Frau mit auch nur einem kleinen Funken Ehre im Leib würde sich auf so skandalöse Art kleiden.«

Aus dem Augenwinkel heraus sah Gisèle, dass sich Nigel erhob, sein schönes Gesicht war wutverzerrt. Schnell signalisierte sie ihm, ruhig zu bleiben. Er konnte sie nicht vor allem schützen und sollte auch nicht darum gebeten werden. Dies war eine Familienangelegenheit, und so sehr es sie auch schmerzte, die Sache war es nicht wert, ihn da hineinzuziehen.

»Vielleicht, Cousine, habe ich beschlossen, dass das Leben wichtiger ist als die Ehre«, sagte sie ruhig. »Ich brauche ein paar Vorräte, und dann werde ich dich verlassen.«

»Ich habe mich selbst der Gefahr ausgesetzt, indem ich Guy aufgenommen und dir erlaubt habe, meine Ländereien zu betreten, und da willst du noch mehr von mir?«

»Genau so ist es. Was macht es schon, wenn du mir ein paar Brocken zu essen und etwas Wein gibst? Wenn die DeVeaus entdecken, dass ich hier war, dann glauben sie sowieso, dass du mir geholfen hast.«

Gisèle blieb regungslos stehen, während eine leise fluchende Maigrat einen Mehlsack mit Essen vollstopfte, ihn ihr zuwarf und danach Nigel zwei volle Weinschläuche reichte. In ihr brannte der schier unbändige Wunsch, Maigrat die Sachen vor die Füße zu werfen und zu gehen. Aber was sie gesagt hatte, entsprach der Wahrheit. Das Leben war so viel wichtiger als die Ehre, und ganz sicher war es noch viel wichtiger als ihr Stolz.

»Ist das ein neuer Dummkopf, den du umgarnt hast, damit er dir dabei hilft, der gerechten Strafe zu entkommen?«, wollte Maigrat wissen.

»Lasst es, Nigel«, murmelte Gisèle, als er einen Schritt in Maigrats Richtung zu machte. »Es lohnt den Ärger nicht.« Sie sah ihre Cousine an. »Manche Leute nehmen sich tatsächlich die Zeit, sich meine Geschichte anzuhören, und verurteilen mich nicht allein aufgrund der Gerüchte und Lügen, die die DeVeaus ausstreuen. Es ist traurig, dass nur wenige davon in meiner eigenen Familie zu finden sind. Sage Guy, ich werde ihn wissen lassen, wenn ich in Sicherheit bin«, fügte sie hinzu, als sie aus der Küche schritt.

Gisèle schwieg, während Nigel und sie zu den Pferden gingen, um das Grundstück zu verlassen, die Gesichter wiederum unter den Kapuzen ihrer Umhänge versteckt. Ihr Schmerz und ihr verletzter Stolz zogen sie hinab in einen düsteren Sumpf aus Gefühlen. Und als sie es endlich geschafft hatte, sich davon zu befreien, und sich umsah, war es schon fast dunkel. Einen Augenblick später gab ihr Nigel ein Zeichen anzuhalten.

»Wir werden hier übernachten«, sagte er, während er abstieg. »Die Stelle ist geschützt genug, um nicht entdeckt zu werden, aber nicht zu abgeschirmt, um zu einer Falle zu werden. Außerdem gibt es in der Nähe Wasser.«

Sie nickte und stieg ebenfalls ab. Solange sie ihre Pferde versorgten und sich um das Feuer kümmerten, herrschte Schweigen. Erst als sie sich mit Maigrats Brot und Käse satt gegessen hatten, spürte Gisèle, dass Nigel endlich reden wollte. Sie sah vom Feuer auf, in das sie die ganze Zeit gestarrt hatte, und bemerkte dabei, dass er sich näher zu ihr gesetzt hatte. Er lächelte schwach und hielt ihr den Weinschlauch hin.

»Ich denke, es ist an der Zeit, mir die Wahrheit zu erzählen«, sagte er leise, während sie trank.

»Welche Wahrheit? Meine oder die, die so viele andere glauben?« Sie verzog das Gesicht und trank einen weiteren Schluck Wein, als sie die Bitterkeit in ihrer Stimme wahrnahm.

»Erzählt mir einfach nur, was Ihr als die Wahrheit anseht. Ich denke, ich habe Verstand genug, um selbst ein Urteil zu fällen.«

»Nun denn ... Ich heiratete Lord DeVeau vor fast eineinhalb Jahren. Oh, ich protestierte auf jede nur erdenkliche Weise gegen diese Heirat, aber keiner hat mich beachtet oder mir geholfen. Er war aus guter Familie, einer mächtigen Familie mit schwerem Geldbeutel. Ein derart ehrbarer Ritter konnte auf keinen Fall so schlecht sein, wie in den Gerüchten behauptet wurde.«

»Aber Ihr habt den Gerüchten Glauben geschenkt.«

»Es waren zu viele Gerüchte, zu viele Geschichten über seine Bösartigkeit, es konnte nicht alles Lüge sein.«

»Also wurdet Ihr unter Zwang zum Altar geschleppt.«

Sie hatte kaum mit ihrer Geschichte begonnen, doch bereits jetzt konnte er den Schmerz verspüren, den sie ihr verursachte. Nigel war versucht, ihr zu sagen, dass es nicht mehr wichtig sei, dass sie nicht fortzufahren brauche, aber er verbiss sich die Worte. Er musste wissen, in was er da hineingeraten war. Es würde ohnehin schwierig genug werden, sie sicher bis Schottland zu bringen. Aber ganz gewiss würde es nahezu unmöglich werden, wenn er nicht genau wusste, warum und vor wem sie auf der Flucht war.

»Ja. In meiner Hochzeitsnacht erkannte ich, dass die Gerüchte der Wahrheit entsprachen.« Ihr Lachen war kurz und unsicher. »Die Gerüchte enthüllten nicht einmal annähernd, welche Bestie sich hinter meinem Gatten versteckte. Immer wieder wandte ich mich hilfesuchend an meine Familie, aber sie taten mein Flehen und meine Erzählungen achselzuckend als Fantastereien einer jungen Braut ab. Einzig die Tatsache, dass sich mein Mann schon bald mit mir langweilte, versprach Rettung. Oh, er bestand nach wie vor darauf, mit seiner Gattin zu schlafen und mich so zu formen, wie er mich als Frau haben wollte. Aber die Zeiten, in denen er mich ins Visier nahm, wurden schnell seltener. Ich war dazu bestimmt, seine Erben zu gebären. Darüber hinaus beachtete er mich kaum, solange ich mich ruhig verhielt und er mich nicht zu Gesicht bekam. Es gab andere Frauen, denen es nachzujagen galt.«

Heiß durchzuckte Nigel der Wunsch, dieser DeVeau würde noch unter den Lebenden weilen, um ihn umbringen zu können. Auch wenn Gisèle keine klaren Vorwürfe erhob, sondern nur in Andeutungen sprach, erkannte er dennoch nur zu genau die Brutalität, die sie durchlitten hatte. Das anhaltende Entsetzen schwang noch immer in ihrer weichen, zitternden Stimme. Sanft legte er ihr seinen Arm um die Schultern und spürte sofort, wie sie sich verspannte, aber da sie sich ihm nicht entzog, hielt er sie weiterhin fest.

»Meine Ehe folgte schließlich einem einfachen Muster: Er schlug mich, schlief mit mir und verließ mich danach für eine Weile – so lange wie ich ihm nicht lästig fiel. Doch es war schwer für mich, ein Schatten zu werden.«

»Das kann ich mir vorstellen. Ihr seid nicht die Art von Frau, die so unterwürfig sein kann.«

»Er brachte mich dazu, es mir zu wünschen. Ich fuhr fort, bei meiner Familie Unterstützung zu suchen, und glaubte fast schon, sie würden endlich anfangen, mir zuzuhören. Nur fürchte ich, es war nicht allzu hilfreich, dass ich mir immer stärker den Tod dieses Mannes wünschte. Ich habe sogar gesagt, ich würde mich eines Tages selbst aus dieser Folter befreien, wenn man mir weiterhin die Hilfe verweigert.«

Gisèle fühlte, wie sich Nigels Arm fester um ihre Schultern legte und kämpfte gegen die aufsteigende Angst an, die Angst, die sie unter DeVeaus Händen kennengelernt hatte. Doch gleich neben der Angst schlummerte die Sehnsucht nach Geborgenheit, nach Trost, und sie bemühte sich, dieses Gefühl zu erhaschen und die blinde Angst damit zu vertreiben. Es fühlte sich gut an, von solch einem starken, blendend aussehenden Mann sanft gehalten zu werden, und so weigerte sie sich, sich von DeVeau die Fähigkeit nehmen zu lassen, es zu genießen.

»Hat denn niemand nach einem Beweis für Eure Erzählungen gesucht? Hat sich niemand Eure Blutergüsse angeschaut?«

»Ich schämte mich zu sehr, um die Beweise zu zeigen.«

»Ihr hättet Euch doch deswegen nicht schämen müssen.«

»Vielleicht. Ich war kein niedliches, braves Kind gewesen. Und als Frau sagte man mir nach, mit dem Fluch eines schnellen und scharfen Mundwerks belastet zu sein. Sie dachten vielleicht, dass mir endlich jemand den Gehorsam einbläuen würde, den mir vorher keiner beigebracht hatte. Es gab Beleidigungen und Verletzungen, über die ich nicht zu sprechen wagte. Sehr intime Verletzungen«, fügte sie leise hinzu. »Als der sechste Monat meiner Ehe anbrach, wappnete ich mich, meiner Familie alles zu gestehen. Aber aus Angst, dass selbst diese Beleidigungen und Brutalitäten sie nicht auf meine Seite bringen würden, hielt ich mich auch diesmal zurück. So sehe ich das zumindest heute. Und schließlich nahm mir jemand die Entscheidung ab.«

»Euer Ehemann wurde getötet.«

»*Oui*, ermordet. Mein Gatte glaubte, alle Frauen würden ihm gehören und nahm sich eine junge Magd, die Tochter eines ansässigen Bauern. Er behandelte sie wie ein Tier und ließ sie beinahe tot zurück. Der Bauer konnte niemanden finden, der diesem Verbrechen Gerechtigkeit widerfahren ließ, so nahmen er und seine Familie die Gerechtigkeit in die eigenen

Hände. Sie fanden meinen Gatten betrunken auf seinem Bett, schnitten ihm die Kehle durch und verstümmelten ihn.«

»Verstümmelten ihn?«

Gisèle errötete und starrte in das Feuer. »Sie schnitten ihm seine Männlichkeit ab und stopften sie ihm in die Kehle. Um ehrlich zu sein, ich glaube, sie haben das zuerst gemacht und ihm dann die Kehle durchgeschnitten. Ich habe seine Leiche gefunden, und dem Ausdruck auf seinem Gesicht nach zu urteilen, hatte er keinen leichten Tod. Vermutlich war das die Strafe, die sie für sein Vergehen als recht empfunden haben.«

»Ein entsetzlicher Tod, aber ich stimme Euch zu: Es passt zu seinem Verbrechen. Und die DeVeaus und Eure Familie dachten, dass Ihr das getan habt?«

»Na ja, ich fürchte, ich habe ihm hinter seinem Rücken von Zeit zu Zeit grausame Dinge angedroht. Sie hatten bereits angefangen, mich genau zu beobachten. In dem Augenblick, in dem ich DeVeau da liegen sah, wusste ich – ja, ich wusste es einfach, dass sie mir die Schuld geben würden. Es war vielleicht nicht klug, aber ich rannte davon, und zwar so schnell ich nur konnte. Ich bin überzeugt, einige der Bediensteten haben für meine Flucht büßen müssen, da die DeVeaus sicherlich glaubten, dass sie meine Flucht gesehen hatten. Das haben sie auch, und sie haben nichts unternommen, mich zurückzuhalten. Ich bin geradewegs zu meiner Familie gelaufen.«

»Um herauszufinden, dass sie Euch nicht helfen würde.«

Nur mühsam hielt Gisèle die Tränen zurück. Das war die größte Verletzung von allen, und selbst nach so vielen Monaten schmerzte sie nicht minder heftig. »Sie halfen mir nicht. Sie fürchteten den Skandal, verhörten mich und sprachen sogar davon, mich den DeVeaus auszuliefern. Ich habe nicht gewartet, bis ich feststellen konnte, ob sie tatsächlich so weit gehen würden. Ich bin geflohen, und Flucht ist seit fast einem Jahr meine Lebensweise.«

Obwohl sie sich lieber soweit zusammengenommen hätte,

um sich vorher die Tränen aus den Augen zu wischen, sah sie zu Nigel auf. »Ich schwöre bei allem, was mir lieb ist, bei Guys Leben, wenn Ihr so wollt, dass ich diesen Mann nicht ermordet habe. Ich bin dieses Verbrechens nicht schuldig, aber da mir so wenige aus meiner eigenen Familie Glauben schenken, wird es lange dauern, bis ich das beweisen kann.«

Nigel musterte das ihm zugewandte Gesicht, seine zarten Linien, die durch den sanften Feuerschein wunderbar hervorgehoben wurden. Es war ihm bewusst, dass er sich möglicherweise von ihrer Schönheit und von der Stärke ihrer Anziehungskraft beeinflussen ließ, aber er konnte einfach nicht glauben, dass sie einen Mann getötet haben sollte. Und, so grübelte er, während er ihr eine Träne von der Wange strich, selbst wenn sie es getan hätte, wäre es gerechtfertigt gewesen. Er war überzeugt, dass Gisèle ihm nicht die ganze Wahrheit über die Schwere der Verletzungen, die DeVeau ihr zugefügt hatte, erzählt hatte und es vielleicht auch nie tun würde.

»Kein Mann hat das Recht, eine Frau so zu behandeln, wie er Euch behandelt hat«, bemerkte Nigel ruhig.

»Ihr glaubt also an meine Schuldlosigkeit?«

»Ich glaube zuerst einmal, dass DeVeau genau das bekommen hat, was er verdient hat.«

Gisèle starrte ihn an, gefesselt von der Wärme seiner bernsteinfarbenen Augen. Es war ein gefährlich schönes Gefühl, seiner Wärme so nah zu sein und von ihm gehalten zu werden. Er würde ihr helfen. Ihre Ängste ließen ein Stück weit nach. Als er sanft die Tränenspur auf ihrer Wange wegküsste, erzitterte sie. Sie wusste, dass sie wegrücken sollte, konnte sich aber nicht dazu zwingen, den Himmel in seinen Armen zu verlassen. Plötzlich keimte in ihr ein Gedanke und sie krauste die Stirn. Sollte sie recht behalten und Nigel wollte mehr als nur die Wahrheit als Bezahlung für seine Hilfe erhalten?

»Ich habe Euch, wie Ihr verlangt habt, die Wahrheit gesagt.«

»Ja, das habt Ihr.« Selbstvergessen bedeckte er ihr schmales Gesicht mit Küssen und genoss das Gefühl ihrer weichen Haut unter seinen Lippen, vergaß aber dennoch nicht, auf Zeichen von Angst oder Rückzug zu achten.

»Und das war der einzige Preis, den Ihr verlangt habt.«

»Richtig.«

»Warum aber habe ich zunehmend den Verdacht, dass ihr mehr als das von mir wollt?«

»Weil Ihr ein kluges Mädchen seid?«

Gisèle wurde unsicher, als seine Lippen die ihren berührten. Sie waren weich, warm und sehr einladend. Angst stieg in ihr hoch, gepaart mit Neugier. Schon als sie sich das erste Mal begegnet waren, hatte sie sich gefragt, wie es wohl sein würde, ihn zu küssen, und ob sie es ohne Angst tun könnte. Was sie hier tat, war ganz und gar nicht klug, denn er hatte eindeutig vor, sie zu verführen. Vielleicht war er sogar der Ansicht, dass sie als Gegenleistung für seine Hilfe einwilligen würde, mit ihm zu schlafen, und ihr fehlte es an Willensstärke, ihn sofort und mit aller Macht zurückzuweisen.

»Ich brauche Hilfe und ein starkes Schwert an meiner Seite, aber ich werde nicht die Hure spielen, um das zu erhalten.«

»Darum habe ich Euch nicht gebeten.«

»Aber Ihr versucht, mich zu küssen.«

»Oh ja, das versuche ich. Ich habe kein Geheimnis daraus gemacht, dass ich Euch für ein hübsches Mädchen halte. Ich suche nur ein bisschen von dem Geschmack jener Lippen zu kosten, nach denen es mich seit einer Woche verlangt.«

»Und vielleicht noch eine Menge mehr?«

»Euer Verdacht ist unbegründet, süße Gisèle. Ich werde nicht lügen und behaupten, dass ich Euch wie eine Nonne behandle, aber Ihr dürft Euch beruhigt zurücklehnen, denn ich werde mir nie etwas nehmen, das Ihr mir nicht freiwillig geben wollt – mit Ausnahme dieses einen einzigen Kusses.«

»Ich bin mir nicht sicher, ob Ihr ihn Euch stehlen müsst«, flüsterte sie.

Wenn auch heftig aufgerüttelt von ihren zärtlichen Worten, hielt Nigel es jedoch für klüger, dies zu verbergen, und so lockerte er seine Umarmung. Er strich mit seinen Lippen über die ihren und kostete die Süße ihres zitternden Mundes. Es war zweifellos wenig ehrenhaft, an die Verführung einer Frau, die sich unter seinen Schutz begeben hatte, auch nur zu denken, zumal wenn sie vorher so misshandelt worden war wie Gisèle. Doch Nigel wusste, dass er versucht war, genau das zu tun. Als er den Kuss langsam vertiefte, schwor er sich, ihr niemals Schmerz zuzufügen. Stattdessen wollte er alles in seiner Macht Stehende tun, um ihr zu zeigen, dass nicht alle Männer wie ihr brutaler Ehemann waren.

Gisèle klammerte sich an Nigel, öffnete schüchtern ihren Mund, als er mit seiner Zunge ihre Lippen betastete. In ihr tobte ein Krieg, in dem die Leidenschaft mit der Angst um die Vorherrschaft kämpfte. Jede Berührung seiner Zunge, jede Faser seines starken Körpers, der eng an den ihren gedrückt war, forderte ihre Leidenschaft heraus. Es fühlte sich gut an. Er fühlte sich gut an. Gisèle klammerte sich verzweifelt daran fest, um endlich das kennenzulernen, von dem sie die Minnesänger hatte singen hören. Aber ihre Angst wuchs und wuchs.

Und plötzlich, so schnell, dass sie nahezu geblendet wurde, schoss ihre Angst empor und erstickte ihre Leidenschaft. Ihr wurde eiskalt und ihr Körper erstarrte vor Panik. In dem Moment, als sie so weit zu Bewusstsein kam, um sich von ihm zu lösen, hörte Nigel auf, sie zu küssen. Sie schloss ihre Augen, während er sie sanft an den Schultern nahm und von sich hielt. Nach ein paar tiefen Atemzügen hatte sie sich wieder unter Kontrolle und öffnete vorsichtig die Augen, um ihn anzusehen. Ihre Augen weiteten sich, als sie noch immer die Wärme der Leidenschaft in seinem Gesicht erkennen konnte, eine Wärme, die mit einer Spur Traurigkeit einherging, nicht aber mit dem Zorn, den sie erwartet hatte.

»Ihr müsst keine Angst vor mir haben, Gisèle«, sagte er ruhig.

»Ich glaube nicht, dass ich Angst habe.« Sie lächelte ein wenig, als er sie freigab und ihr den Weinschlauch reichte. »Ich weiß, dass diese Angst nicht von Euch verursacht wurde.«

»Das dachte ich mir. Ihr habt mir die Wahrheit gesagt, soweit ich sie tatsächlich kennen muss, aber ich vermute, dass Ihr mir nicht alles gesagt habt. Wie auch immer, dieser Kuss hat mir mehr verraten als die Tatsache, dass ich mir wünsche, Euch noch einmal zu küssen. Er hat mir verraten, dass DeVeau panische Angst in Euch erzeugt hat, sie ist so tief und so stark, dass sie die Leidenschaft töten konnte, die zwar da ist, aber leider nur kurz zu spüren war. Allein schon dafür war der Mann des Todes.«

Sie wurde ruhig und schaute ihn unablässig an, während er ihre Decken ausbreitete. »Ihr glaubt, dass ich ihn getötet habe.«

»Ja und nein.«

»Ihr könnt nicht gleichzeitig an meine Unschuld und an meine Schuld glauben, entweder bin ich schuldig oder nicht.«

»Ihr seid unschuldig und verdient es nicht, zu sterben. Ich habe mir nur kein Urteil darüber erlaubt, ob ihr den Mann getötet habt oder nicht. Er verdiente es zu sterben, Gisèle. Falls es Euch tröstet, ich sehe Euch nicht als eine bösartige Mörderin. Wenn Ihr es getan habt, dann seid Ihr durch die Verbrechen dazu getrieben worden, von denen ich mir nicht sicher bin, ob ich sie erfahren möchte.« Er streckte sich auf seiner Decke aus und klopfte auf die Decke, die er neben sich ausgebreitet hatte. »Geht zu Bett, Mädchen, Ihr müsst Euch ausruhen. Vor uns liegt ein langer, harter Ritt, und es könnte sein, dass bald nicht mehr viel Zeit zum Ausruhen bleibt.«

Gisèle war wie betäubt und legte sich nieder, unfähig, etwas zu sagen. Sie wünschte sich, dass Nigel an ihre Schuldlosigkeit glaubte, aber momentan erkannte er lediglich an, dass sie im Recht gewesen wäre, diesen Mann umzubringen. Als sie sich unter ihrer Decke zusammenrollte, wunderte sie sich, warum sie weder wütend noch beleidigt war. Vermutlich lag es daran, dass er ihrer Erzählung mehr Glauben schenkte als viele ihrer Familienangehörigen. Trotzdem war es ihr sehnlichster Wunsch, ihn davon zu überzeugen, dass sie niemanden töten konnte. Aber wenigstens war er sich sicher, dass sie im Recht gewesen wäre und sich einfach nur selbst verteidigt hätte. Es war gut, das zu wissen, andererseits aber wollte sie, dass ihm klar war, wie viel stärker sie doch sein konnte.

»Ihr bringt mir mehr Güte und Verständnis entgegen als meine eigene Familie«, sagte sie und drehte sich zu ihm. »Ich sollte mich damit zufrieden geben.«

»Das tut Ihr aber nicht.«

»Ich fürchte, nein. Ich bin stärker, als Ihr glaubt. Ich hätte mich auf andere Weise befreit. Ich verspreche Euch: Bis wir in Schottland sind, glaubt Ihr an meine absolute Schuldlosigkeit.«

»Das ist nur gerecht. Auch ich gebe ein Versprechen.«

»Will ich das wirklich hören?« Sie sah sein Grinsen und fluchte innerlich.

»Vermutlich nicht, aber ich finde es einfach gerecht, es Euch zu geben. Nennt es eine Warnung, wenn Ihr so wollt. Bis wir in Schottland sind, gedenke ich, Euch bewiesen zu haben, dass nicht alle Männer wie Euer Ehemann sind. Ich gedenke, die Leidenschaft, die er in Euch ausgelöscht hat, wiederzuerwecken.«

Gisèle wandte sich schnell von ihm ab. Sie verspürte eine seltsame Mischung aus Aufregung und Schrecken. Ein Teil von ihr wünschte sich verzweifelt eine Erfüllung dieses Versprechens, der andere Teil schreckte zutiefst davor zurück. Als sie die Augen schloss, betete sie, die Stärke zu haben, ihm die Erfüllung seines Versprechens zu erlauben.

4

Das kalte Wasser des kleinen Flusses fühlte sich auf ihrer Haut gut an, und Gisèle sehnte sich danach, darin unterzutauchen. Doch es war keine Zeit dazu. Nigel tränkte wenige Schritte entfernt die Pferde und hatte ihr sehr deutlich zu verstehen gegeben, dass dies nur eine kurze Atempause auf ihrer Reise wäre. Zwei lange Tage waren sie mit wenigen Pausen von Sonnenaufgang bis Sonnenuntergang geritten. Ihr ganzer Körper schmerzte. Glücklicherweise war sie bei Anbruch der Nacht so erschöpft, dass ihr nicht einmal die größten körperlichen Beschwerden den Schlaf rauben konnten. Sie konnte sich nicht daran erinnern, sich jemals derart gequält zu haben, um ihren Feinden zu entgehen.

Sie warf einen Blick auf Nigel. Er stand bei den Pferden und wirkte geschmeidig und ausgeruht, als hätte er sich eben erst nach langer, friedlicher Nachtruhe von einem weichen, behaglichen Bett erhoben. Es ärgerte Gisèle, obwohl sie wusste, wie unsinnig das war. Nigel war ein Ritter, der vermutlich bereits im Sattel gesessen hatte, bevor sie laufen konnte. Er sollte also munter sein und nicht erschöpft von ein paar Tagen auf dem Pferderücken. Sie wusste, sie war neidisch auf seine Kraft, ebenso wie sie über ihre eigene Kraftlosigkeit beunruhigt war.

Als sie sich an der Uferstelle, an der sie kniete, aufrichtete, fuhr Gisèle zusammen und rieb sich die schmerzende Verlängerung ihres Rückens. Sie dankte Gott, dass sie nach wie vor die Kluft eines Knappen trug, die ihre zarte Haut sicher sehr viel besser schützte, als es ein Damenkleid getan hätte. Gisèle wünschte sich sehnlichst, ein Mittel gegen schmerzende Knochen und steife Muskeln zu finden.

»Wenn Ihr schnell macht, könnt Ihr baden«, sagte Nigel, als er neben sie trat.

Voller Überraschung über sein unvermitteltes Erscheinen fuhr Gisèle herum. Finster schaute sie auf seine Füße und fragte sich, ob die weichen hirschledernen Stiefel, die er trug, ihm dabei halfen, sich so leise zu bewegen. Es war eine Fähigkeit, um die sie ihn vom ersten Augenblick an beneidete. Egal wie sehr sie es auch versuchte, sie konnte es ihm nicht gleichmachen.

»Ich glaube, ich muss Euch eine Glocke umhängen«, schimpfte sie, als sie zu ihm aufsah.

Nigel grinste nur. »Wollt Ihr nun ein Bad oder nicht, Mädchen?«

»Ihr wollt weiterreiten.«

»Ja, das wollte ich, und das will ich auch noch immer. Deshalb sage ich ja, dass Ihr Euch beeilen müsst.«

Während sie sich leicht auf die Unterlippe biss, schaute sie sich um. »Es gibt hier keinen Platz, wo man ungestört ist.«

»Ich werde mich umdrehen.« Er zuckte die Achseln, als sie ihn erneut finster musterte. »Mehr kann ich nicht tun, Mädchen. Ihr müsst zwischen Eurer Privatsphäre und Eurer Sicherheit wählen.« Er legte die Hand auf sein Herz und fügte hinzu: »Ich schwöre, dass ich meine Augen nur auf den Horizont richte und nur nach unseren Feinden Ausschau halte.«

Da sie ihm ihre Sicherheit, ja, ihr ganzes Leben anvertraut hatte, beschloss Gisèle, dass es Dummheit sei, ihm nicht auch in Hinsicht auf ihre Keuschheit zu vertrauen. »Angenommen.«

»Ich meine, was ich sage. Ihr müsst Euch beeilen. Nehmt mir das ab«, fügte er noch hinzu, als er sich umwandte und zu den Pferden ging.

Nachdem sie hinter ihm hergesehen hatte, um sicherzugehen, dass er ihr wirklich den Rücken zukehrte, begann Gisèle, ihr Wams aufzuschnüren, verfluchte dann aber ihre eigene Dummheit. Sie konnte nach einem Bad unmöglich diese verdreckten Kleider wieder anziehen. »Sir Nigel«, rief sie, »ich brauche mein Sattelgepäck.«

Er warf es ihr mit einer Leichtigkeit und Zielsicherheit zu, die sie erstaunte. Dieser Mann schien eine ungeheure Ansammlung von Talenten zu besitzen, grübelte sie, während sie hastig die andere Knappentracht, die sie noch besaß, und ein trockenes Handtuch auspackte. Gisèle warf ihre Kleider ab, nahm ein kleines Stück Seife, das sie all ihre Reisen hindurch sorgfältig gehütet hatte, fest in die Hand und ging zum Wasser. Sie schnappte nach Luft, als die beißenden Kälte des Wassers ihre Haut berührte, wappnete sich aber, es auszuhalten, denn es konnte gut sein, dass es für eine Weile die einzige Möglichkeit war, ein Bad zu nehmen.

Nigel hörte ihr heftiges Atemholen und hätte sich fast umgedreht, lächelte dann aber, als er erkannte, dass dies kein Alarmschrei war, sondern der typische Laut, den die meisten Menschen von sich geben, wenn eiskaltes Wasser auf ihre warme Haut trifft. Etwas ihn ihm war heftig versucht, dieses Geräusch als Ausrede zu benutzen, um sich umzudrehen und sie anzusehen, aber er unterdrückte dieses Bedürfnis mit aller Macht. Er hatte ihr versprochen, sich nicht umzuschauen, und sein Instinkt sagte ihm, dass er viel mehr Nutzen davon haben würde, dieses Versprechen zu halten, als von dem Versuch, wie ein sündiger, fiebernder Jüngling einen schnellen Blick zu erhaschen.

Vertrauen war wichtig für Gisèle, und ihres war viel zu oft enttäuscht worden. Es würde ihn harte Arbeit kosten, bis sie ihm vertrauen würde, aber er war fest entschlossen, es zu versuchen. Es war vielleicht nicht der beste Anfang, ihr offen zu gestehen, dass er vorhatte, ihr Geliebter zu werden, aber wenigstens war er aufrichtig zu ihr. Bisher war, wie auch im Moment, sehr wenig Zeit gewesen, um mit seinen Verführungsplänen zu starten, aber sie war immerhin ehrlich gewarnt worden. Nigel wusste, dass er sie davon überzeugen musste, nicht in allen Männern rohe Schweine zu sehen, die es als ihr von Gott gegebenes Recht ansahen, eine Frau zu misshandeln. Nur so würde es ihm gelingen, ihre Leidenschaft von ihren tief sitzenden Ängsten zu befreien.

Er seufzte und rieb sich den Nacken. War es vielleicht grausam, eine Frau zu verführen, von der man nicht wusste, ob man sie heiraten wollte? Er versuchte, es nicht auf diese Weise zu betrachten. Gisèle war Witwe, also würde er ihr nicht die Unschuld rauben. Und falls sie ihren Mann tatsächlich *getötet hatte*, war sie gewiss bereit oder stark genug, einen Geliebten zu akzeptieren oder abzulehnen. Egal wie lang oder eingehend er darüber nachdachte, er konnte das heftige Begehren nicht unterdrücken, das ihn dazu verleiten wollte, vom geraden Weg abzuweichen. Möglicherweise würde er zu ihrem Schmerz beitragen, statt ihn zu heilen.

Wie groß war der Teil seines Verlangens wirklich, der jener Herausforderung entsprang, aus einer verängstigten, durch Betrug und Brutalität gefühlskalt gewordenen Frau eine leidenschaftliche Liebhaberin zu machen, und wie viel davon gründete auf purer Eitelkeit? Schnell schüttelte er diesen Gedanken von sich ab. Nigel war überzeugt, dass Eitelkeit wenig zu tun hatte mit seinem Begehren, auch wenn er sich eingestehen musste, dass es vermutlich das Einzige war, dessen er sich wirklich sicher sein konnte. Gisèle an sich war ein Rätsel, und die Art und Weise, wie sie ihn fesselte, war ein noch viel größeres Geheimnis.

»Ihr dürft Euch jetzt umdrehen«, rief Gisèle und befreite ihn damit von seinen Gedanken, die er nicht mehr unter Kontrolle zu haben schien.

Er sah sich um, als sie gerade aufhörte, ihr Haar mit einem Handtuch trockenzureiben, und Nigel musste sich ein Grinsen verbeißen. Ihr kurzes Haar war eine Masse ungebändigter Locken, von denen ihr mehrere verführerisch in die Stirn fielen. Kein Mensch würde bei ihrem Anblick auf die Idee kommen, dass sie ein Junge war, von der Kleidung einmal abgesehen. Er langte in seine Tasche und zog eine Mütze heraus.

»Ich denke, Ihr solltet die lieber aufsetzen«, riet er ihr.

Gisèle legte die Stirn in Falten, als sie die langweilige braune Mütze aus grobem, selbst gesponnenem Tuch nahm. »Es ist nicht kalt.«

»Das nicht, aber ich denke, es wird Eurer Verkleidung dienlich sein. Vertraut mir, Mädchen. Euer Haar lässt Euch doch sehr weiblich aussehen.

»Oh.« Sie berührte ihr feuchtes Haar, spürte all die vollen, wilden Locken und verzog das Gesicht, als sie sich die Mütze aufsetzte. »Ich hätte daran denken müssen, wie schnell es wächst, nachdem es geschnitten wurde. Man hat es mir als Kind einmal ganz geschoren, weil ich an einem scheußlichen Fieber erkrankt war, und es wuchs genauso wie jetzt. Es ist ausgesprochen unbezwingbar, bis es eine bestimmte Länge erreicht hat. Dann werden aus diesen dummen Locken nämlich Wellen. Vielleicht sollte ich es wieder abschneiden.«

»Nein, bald wird es egal sein, wenn alle erkennen können, dass Ihr eine junge Frau seid. Die Mütze ist nicht sonderlich hübsch, aber sie wird im Moment ihren Dienst tun. Als Nächstes werde ich Euch bitten, mir ein oder zwei Augenblicke des Alleinseins zu gewähren.« Er holte saubere Kleider aus seinem Sattelgepäck.

»Oh. Ihr wünscht zu baden?«

»Wir Schotten machen das von Zeit zu Zeit.«

»Nach allem, was ich von Eurem Land gehört habe, müsstet Ihr an kaltes Wasser gewöhnt sein.«

»Stimmt, es kann in Schottland noch kälter sein. Das Wetter dort verhätschelt uns nicht – im Gegensatz zu dem in Frankreich. Jetzt werde ich mich besser zu meinem Bad aufmachen. Dreht Euch um, Mädchen«, sagte er, als er sich auf den Weg machte. Dann sah er über seine Schulter zu ihr zurück, bevor sie sich ganz abgewandt hatte. »Solltet Ihr den Wunsch verspüren, einen kurzen Blick zu riskieren, werde ich Euch selbstverständlich nicht dafür tadeln«, fügte er augenzwinkernd hinzu.

Gisèle beschloss, diese Unverschämtheit erst gar keiner Antwort zu würdigen, und drehte ihm endgültig den Rücken zu. Obwohl sie sich heftig dagegen wehrte, huschte ein kleines Lächeln über ihr Gesicht. Es verschwand allerdings sofort wieder, als sie sich eingestehen musste, dass sie versucht war – und zwar heftig versucht war –, ihn anzusehen. Genau das ließ sie zögern, ›einen kurzen Blick‹ zu riskieren. Denn möglicherweise war es gerade das, was noch nötig war, um die wachsende Anziehungskraft bedrohlich zu steigern. Sein Gesicht war für ihre Augen ganz sicher ein erfreulicher Anblick. Wirklich gefährlich würde es sein, wenn sie entdeckte, dass sein Körper es ebenfalls war.

Es konnte allerdings auch eine Prüfung sein, um nachzuempfinden, wie tief und beherrschend ihre Ängste wirklich waren, dachte sie bei sich, während sie selbstvergessen die Nüstern ihres Pferdes streichelte. Ihr Ehemann hatte seine Männlichkeit wie eine Waffe benutzt, hatte sie damit verletzt und erniedrigt. Gisèle wusste, dass die furchtbaren Dinge, die er ihr angetan hatte, Angst schon vor einer einfachen Umarmung in ihr weckten. Wenn diese Angst bereits durch den bloßen Anblick eines nackten Mannes ausgelöst werden konnte, hatte sie möglicherweise viel mehr Narben davongetragen, als sie bislang gedacht hatte. Seit dem Tod ihres Mannes konnte sie sich trotz der Unbequemlichkeiten ihrer Reisen an keine Situation erinnern, in der sie einen Mann nackt gesehen hatte, und so fragte sich Gisèle, ob sie diesen Anblick womöglich absichtlich vermieden hatte. Die Tatsache, dass sie auch während ihrer Zeit im Heereslager keinen einzigen unbekleideten Mann erblickt hatte – nicht einmal Guy, obwohl sie ein Zelt mit ihm teilte –, schien dies zu bestätigen. Die Vorstellung, dass DeVeau sie zu einem solchen Feigling gemacht hatte, gefiel ihr ganz und gar nicht.

Auch wenn eine leise Stimme in ihr flüsterte, sie suche nur

nach Gründen, um sich einen Mann ansehen zu können, der sie fesselte, stellte sich Gisèle vor das Pferd. Wenn sie seitlich und nicht mit dem Rücken zu Nigel stand, würde es leichter sein, ein oder zwei Blicke zu erhaschen, ohne dabei entdeckt zu werden. Neugierig, wie sie nun einmal war, wollte Gisèle einfach wissen, was sie beim Anblick seiner teilweise oder völlig entkleideten Gestalt empfinden würde.

Also stellte sie sich so hin, dass die Nase ihres Pferdes sich zwischen Nigel und ihr befand, und betete, dies möge ausreichen, ihre Indiskretion zu verbergen. Ein tiefer Atemzug schenkte ihr Festigkeit, dann hob sie ihren Blick in Richtung Fluss. Sie hatte ihre Entscheidung so lange hinausgezögert, dass er mit seinem Bad fast fertig war und bereits am Ufer stand und sich mit einem großen Handtuch trockenrieb. Sein großer schlanker Körper schien in der Sonne wie Gold. Sein breiter Rücken war ihr zugewandt, und Gisèle ertappte sich bei der Überlegung, wie sich seine weiche Haut wohl unter ihren Händen anfühlen mochte. Rasch taxierte sie seinen Körper, bewunderte seine wohlproportionierte Taille, sein schlankes, schönes Hinterteil und seine langen, vollendet geformten muskulösen Beine. Als ihr bewusst wurde, dass sie darauf hoffte, er werde sich umdrehen, zog sie so heftig den Atem ein, dass sie sich verschluckte und husten musste.

»Seid Ihr in Ordnung?«, fragte Nigel und blickte mit gerunzelter Stirn auf eine übel hustende Gisèle, während er hastig in seine Kleider fuhr.

»*Oui*«, antwortete sie nach Luft schnappend, stolperte zum Uferrand und trank ein paar Schluck Wasser aus ihren Händen.

Da ihr Husten langsam verebbte, ließ sich Nigel Zeit, um sein Hemd zuzuschnüren, sein Wams anzulegen und seine Stiefel anzuziehen. »Ihr seid nicht unpässlich, oder?«

»*Non.*« Sie spritzte sich etwas von dem kühlen Wasser ins Gesicht und hoffte inständig, dass man ihr nicht ansah, wie erhitzt oder erregt sie sich fühlte. »Ich glaube, ich habe irgendein Insekt in den Hals bekommen.«

Er grinste, während er seine Stiefel zuschnürte. »Wenn Ihr derart begierig auf Fleisch seid, Mädchen, werde ich auf die Jagd gehen, sobald wir unser Nachtlager aufgeschlagen haben.«

»Was seid Ihr doch für ein amüsanter Begleiter, Sir Murray.« Eilig wusch sie ihre von der Reise verschmutzten Kleider und wrang sie aus.

»Vermutlich habt Ihr Eure Trinkgenossen mit lauter Scherzen kampfunfähig gemacht.« Sie band ein Stück Rohleder um ihre Kleider und hängte sie, in der Hoffnung, dass sie trockneten und nicht wieder schmutzig wurden, an ihr Sattelgepäck.

Nigel machte es ebenso, doch als sie aufsaß, beobachtete er sie sehr genau. »Ihr habt also ein paar Geschichten über mich gehört?«, fragte er und lenkte dabei die Pferde vom Fluss weg.

Gisèle spielte mit dem Gedanken, die Frage höflich zu verneinen, beschloss dann aber, der Ehrlichkeit den Vorzug zu geben. »Guy sagte, Ihr würdet Wein und Frauen bevorzugen. Er hat mir aber auch erzählt, dass er während der Tage, die er Euch beobachtet hat, nichts davon wahrgenommen hätte.«

»Er hat mich tatsächlich beobachtet?«

»Ihr kanntet unser Geheimnis, also wäre er ein Narr gewesen, wenn er es nicht getan hätte.«

»Das stimmt allerdings.« Nigel spielte nervös mit seinen Zügeln. Sie hatte nicht nach einer Erklärung verlangt, aber er sah sich dennoch dazu gezwungen. »Ich habe Schottland nicht einfach verlassen, weil ich begierig darauf war, Engländer zu töten.« Er zwinkerte ihr zu. »Auch wenn die meisten meiner Landsleute das für einen hinreichenden Grund halten würden.«

»Die meisten meiner Landsleute ebenfalls. Um ehrlich zu sein, wundere ich mich von Zeit zu Zeit darüber, dass überhaupt noch so viele Männer übrig sind, denn das Abschlachten dauert nun schon viele Jahre.«

»Oh ja, und ich glaube, es wird noch lange weitergehen, wenn wir schon zu Staub geworden sind. Aber auch wenn es in meinem Land so ziemlich das Gleiche ist, ist das nicht der Grund, der mich hergebracht hat.«

»Ihr schuldet mir keine Erklärungen, Sir Murray«, sagte sie ruhig, als sie sein Unbehagen und seinen Widerwillen spürte.

»Doch, das tue ich. Ihr habt Euer Leben in meine Hände gelegt, ebenso Guy. Es ist nur recht und billig, Euch wissen zu lassen, dass es eine kluge Entscheidung war. Ja, ich habe in kampflosen Zeiten eine Menge getrunken. Und ich suchte die Gesellschaft von Frauen öfter, als gut für mich war, zumal es manchmal mit einer Begierde geschah, die an Obsession grenzte. Das Kämpfen, das Trinken und, ich gestehe es mit Beschämung, die Frauen wurden allesamt für nur einen einzigen Zweck benutzt.«

»Um zu vergessen?« Das war etwas, was Gisèle sehr gut verstehen konnte.

Nigel seufzte und nickte. »Ja, das ist die traurige Wahrheit. Ich habe sieben lange Jahre meines Lebens damit verbracht, nein, verschwendet, zu vergessen. Aber wenigstens kann ich von mir behaupten, dass ich meinem Clan im Kampf niemals Schande bereitet habe. Ich habe vielleicht nicht immer aus den richtigen Gründen gekämpft, aber ich habe stets gut gekämpft, anständig gekämpft und meine Schlachten klug gewählt.«

»Das ist keine Kleinigkeit, Sir Murray.« Gisèle hätte ihn allzu gerne gefragt, was er so verzweifelt zu vergessen suchte, doch sie glaubte nicht, das Recht zu haben, auf etwas zu pochen, was nicht freiwillig gegeben wurde.

»Und habt Ihr vergessen?« Mehr wagte sie nicht zu fragen. »Wenn ihr es als schmerzhaft oder gefährlich empfindet, heimzukehren, können wir auch woanders einen sicheren Ort finden.«

»Nein, hier gibt es keine Sicherheit für Euch, und ich kenne nur dieses Land und Schottland. Schon bevor ich Euch und Guy am Fluss entdeckt habe, hatte ich beschlossen zurückzukehren. Ich war morgens im Schlamm erwacht und konnte mich nicht mehr daran erinnern, wie ich dort hingekommen bin. Und da erkannte ich, sagen wir einmal, das Verrückte an meinem Leben. Es ist an der Zeit, dieses kampfbereite Land zu verlassen und zu meinen Verwandten zurückzukehren.« Er begegnete ihrem Blick und lächelte schwach. »Ihr müsst keine Angst haben, ich bin kein verfolgter Mann. Ich werde Euch nicht von Euren Feinden wegbringen, um Euch dann mit den meinen zu konfrontieren.«

Gisèle erwiderte sein Lächeln, seufzte innerlich dennoch enttäuscht auf, als er seine Aufmerksamkeit dem schlecht sichtbaren, kaum benutzten Pfad zuwandte, dem sie folgten. Zumindest im Augenblick hatte er nicht vor, ihr zu erzählen, warum er von seinem Zuhause geflüchtet war oder warum er Herz und Verstand mit Kämpfen, Alkohol und Frauen zu betäuben versuchte. Für einen kurzen Moment war sie sogar ein wenig verstimmt. Er hatte darauf bestanden, dass sie ihm all ihre Geheimnisse anvertraute, doch er war im Gegenzug nicht dazu bereit. Aber gleich darauf riss sich Gisèle zusammen, und schimpfte sich selbst eine kindische Närrin. Nigel musste alles über ihre Schwierigkeiten erfahren, um einschätzen zu können, welche Gefahren sie erwarten mochten. Es bestand dagegen keine Notwendigkeit, ihr seine Geheimnisse zu offenbaren, denn sie hatten mit ihrer eigenen Sicherheit nicht im Geringsten etwas zu tun.

Trotzdem konnte Gisèle nicht aufhören, sich zu fragen, was einen Mann dazu brachte, das Zuhause, das er liebte, zu verlassen? Sie war sich sicher, dass er sowohl sein Heim als auch seine Familie liebte. Sie konnte es an dem warmen Unterton in seiner tiefen Stimme erkennen, wenn er davon sprach. Außerdem war sich Gisèle sicher, dass seine Behauptung, kein verfolgter Mann zu sein und sich nicht vor irgendwelchen Feinden verbergen zu müssen, der Wahrheit entsprach. Es lag nicht in seiner Absicht, vor einer Gefahr davonzulaufen, nur um sich ihretwegen in eine andere zu stürzen. Es blieben also nicht viele Antworten, und die Antwort, die ihr in den Sinn kam, bereitete ihr Unbehagen. Es gab etwas, das selbst den stärksten und mutigsten Ritter dazu bringen konnte, sich wie ein unwürdiger Feigling davonzustehlen, etwas, das einen Mann dem Wein und den Frauen in die Arme treiben und einen vernünftigen, tugendhaften Mann in einen betrunkenen Lüstling verwandeln konnte – eine Frau. Nigel war in Frankreich, um eine Frau zu vergessen.

Lautlos vor sich hin schimpfend, begann Gisèle sich einige Augenblicke später zu fragen, warum dieser Gedanke sie so sehr bedrückte. Ohne Frage war Nigel ein sehr stattlicher Mann, und sie fühlte sich durchaus von ihm ein Stück weit angezogen. Doch im Grunde sollte es sie nicht weiter interessieren, wie es um sein Herz stand, ob es besetzt oder gebrochen oder ob es keins von beidem war. Genau genommen, dachte sie ärgerlich, sollte sie sich einzig und allein mit der Frage beschäftigen, ob Männer überhaupt ein Herz hatten.

Es tat nichts zur Sache, rief sie sich streng zu Ordnung. Wenn er Schottland wegen einer Frau verlassen hatte, dann doch wohl aus dem einzigen Grund, weil sie für ihn unerreichbar war. Und sollte er die Frau noch immer lieben, dann war das seine Angelegenheit und nicht ihre. Sie hatte weder die Zeit noch das Bedürfnis, der Liebe eines Mannes nachzujagen. Gisèle wusste, dass ihr einziges Bestreben momentan darin bestehen sollte, zu überleben, bis sie ihre Unschuld beweisen konnte.

Sie seufzte und versuchte sich darauf zu konzentrieren, Nigel zu folgen. Nur allzu gern hätte sie sich selbst davon überzeugt, dass all ihre Überlegungen zutrafen, doch etwas sagte ihr, dass es hoffnungslos sei. Nigel hatte ihr die Leidenschaft gezeigt, die noch immer in ihr lauerte, obwohl sie von Angst unterdrückt wurde. Er hatte sie auch wissen lassen, dass er durchaus derjenige sein konnte, der es schaffte, sie zu befreien. Sie hatte lange über ihren Kuss nachgedacht. Über die Gefühle, die er in ihr geweckt hatte, bevor die panische Angst, die DeVeau in ihr erzeugt hatte, über ihr zusammengeschlagen war und alles zum Ersterben gebracht hatte. Gisèle wünschte sich so sehr zu erfahren, wie sich Leidenschaft, wie sich heftiges Begehren anfühlen konnte, frei von jeder Angst, und ihr Innerstes sagte ihr, dass Sir Nigel Murray ihr dies zeigen konnte. Gleichzeitig spürte sie die Befürchtung in sich aufsteigen, dass sie danach möglicherweise mehr als nur das würde haben wollen, mehr als nur seine Geliebte sein wollte, sondern die Frau, die er liebte. Sollte sie jedoch recht behalten und die Gründe für seine Flucht von zu Hause richtig eingeschätzt haben, war sein Herz nicht frei. Es wurde von einer anderen Frau besetzt. Wenn sie zusammen mit ihrem Körper ihm auch ihr Herz schenkte, dann konnte es also gut sein, dass sie es an jemanden verschenkte, der ihre Gefühle niemals erwidern würde. Freude und Leidenschaft zu entdecken mochte wunderbar sein, aber Gisèle war sich nicht sicher, ob sie auch entdecken wollte, wie ein gebrochenes Herz sich anfühlte.

»Ich weiß, Mädchen, dass es eine anstrengende Reise ist«, sagte Nigel, der den finsteren Ausdruck auf ihrem Gesicht gesehen hatte.

Aus Angst davor, dass ihre Gedanken zu deutlich zu lesen seien, zwang sich Gisèle zu einem kurzen Lächeln. »Ich betrauere nur mein unglückseliges Schicksal, Sir Murray. Doch habt keine Angst, ich werde nicht zulassen, dass mein gelegentliches Versinken in Selbstmitleid die Reise stört.«

Nigel lachte weich und schüttelte den Kopf. »Ihr habt Euch einige Momente der düsteren Stimmung verdient. Mehr als manch anderer.«

Gisèle zuckte die Achseln. »Ich mag mir vielleicht das Recht verdient haben, mich gehen zu lassen, aber das führt zu nichts. Es lindert nicht die Schmerzen der Vergangenheit, noch hilft es, meine jetzigen Probleme zu lösen. In Wirklichkeit finde ich es viel befriedigender, wütend zu werden.«

»Ganz besonders auf Männer.«

»Oh, *oui*, ganz besonders auf Männer. Seid unbesorgt, mein edler Ritter, ich werde Euch nicht in der Stille der Nacht die Kehle durchschneiden, nur weil Ihr ein Mann seid und ich mich in einen Wutanfall hineingesteigert habe.«

Er begann zu lachen, musterte sie dann aber prüfend. Ihm gefiel das leicht verschmitzte Lächeln, das ihren vollen Mund umspielte, obwohl er sich gleichzeitig auch ein wenig unbehaglich fühlte, angesichts der Art, wie sie über den Tod ihres Ehemannes spotten konnte. »Und was könnte Euch dazu bringen, Euch anzuschleichen und mir im Schlaf die Kehle durchzuschneiden?«

»Na, das werdet Ihr schon erfahren, wenn es soweit ist.«

»Ach ja, wenn ich an meinem eigenen Blut ersticke.«

Doch gerade als sie zu einer humorvollen Antwort ansetzen wollte, kam Gisèle plötzlich zu Bewusstsein, was sie eben gesagt hatte. In Gedanken sah sie den blutverschmierten Körper ihres Mannes vor sich und konnte nicht fassen, dass sie so herzlos oder dumm gewesen war, einen Scherz über einen derart brutalen Mord zu machen, den man ihr auch noch zur Last legte. Die Erinnerung an den entsetzlichen Fund, den sie an jenem Tag gemacht hatte, trat nur langsam in den Hintergrund, und sie würgte beinah in dem deutlichen Gefühl, noch den Geruch des Blutes zu verspüren.

»Fühlt Ihr Euch nicht wohl?«, fragte Nigel besorgt und streckte seine Hand aus, um ihren Arm zu berühren. Doch sie zuckte zurück, und er hatte schwer dagegen zu kämpfen, nicht beleidigt zu sein.

»Es geht mir gut. Ich habe nur ein Insekt verschluckt.«

»Schon wieder? Ihr solltet lieber besser aufpassen, Mädchen, sonst seid Ihr bereits satt, wenn wir kampieren.«

Er ritt ein paar Schritte voraus und lächelte erleichtert, als er sie leise fluchen hörte. Für einen Moment hatte sie so blass und angegriffen ausgesehen, dass er sie nur noch in seine Arme ziehen und vor ihren finsteren Erinnerungen beschützen wollte. Gisèle hatte offensichtlich erkannt, dass sie über den Mord an ihrem Mann Scherze gemacht hatte. Nigel war überzeugt, dass sie entsetzt darüber war, aber er musste sich auch eingestehen, dass sein Verlangen nach ihr bereits so mächtig war, dass es leicht seine Urteilsfähigkeit trüben konnte. Es war durchaus möglich, dass ihr Blick, den er erhascht hatte, nicht Grauen oder Selbstekel, sondern die pure Angst widergespiegelt hatte, Angst davor, dass sie eben, wenn auch unabsichtlich, ihre Schuld eingestanden hatte. Unabhängig davon, ob er nun an ihre Unschuld glaubte oder nicht, er wollte sie ab jetzt umso mehr davon überzeugen, dass es für ihn nicht von Interesse war, ob sie ihren Mann getötet hatte. Sie musste begreifen, dass sie sich ansonsten immer befangen fühlen würde und unfähig wäre, ihm gegenüber völlig offen zu sein und ihm zu vertrauen. Denn er musste beides von ihr haben – Offenheit und Vertrauen –, wenn sie lebend in Schottland ankommen wollten.

5

Ein schwaches, entferntes Heulen ließ Gisèle das Blut in den Adern gefrieren, und sie kauerte sich näher ans Feuer. Nigel hatte eine idyllische Waldlichtung als Lagerplatz ausgesucht. Zumindest war sie idyllisch gewesen, bis er zur Jagd aufgebrochen war, was viel länger dauerte, als sie es für nötig hielt. Egal wie oft sie sich zur Vernunft mahnte und sich sagte, dass doch noch gar nicht so viel Zeit verstrichen war, sie begann sich trotzdem Sorgen um ihn zu machen. Das Wolfsgeheul, so fern es auch sein mochte, verstärkte noch ihre zunehmende Unruhe. Im Grunde war es viel wahrscheinlicher, dass Nigel auf einige ihrer Feinde getroffen war, als dass Wölfen ihn gefressen hatten. Doch gegen alle Vernunft und Wahrscheinlichkeit – sie fürchtete die Wölfe mehr.

Die Pferde bewegten sich unruhig, schnaubten leise, und Gisèle verspannte sich. Irgendjemand oder irgendetwas war da draußen. Sie ließ ihre Hand in ihr Wams gleiten und zog den Dolch aus der Scheide, die sie eingenäht hatte. Einen Augenblick später tauchte Nigel aus dem Wald, zwei Hasen in der Hand, die bereits für den Spieß zubereitet waren. Einerseits fühlte Gisèle sich erleichtert, andererseits versucht, ihm eine Ohrfeige zu versetzen. Schließlich fiel ihr Blick wieder auf die Hasen, sie spürte, wie hungrig sie war, und entschied sich, dem Mann die lange Abwesenheit und das ständige beunruhigende Anschleichen für diesmal zu verzeihen.

»Habe ich nicht schon früher gesagt, dass ich an diesem wunderbaren Tag Fleisch für uns ausfindig machen werde?«, sagte er grinsend, während er sich auf der anderen Seite des Feuers niederließ und die Hasen auf den Spieß schob.

»Das sagtet Ihr«, antwortete sie und schluckte eine Bemerkung über seine Eitelkeit hinunter, mit der er die Spieße schon vorbereitet hatte, bevor er zur Jagd aufgebrochen war. »Mir war gar nicht bewusst, wie groß mein Hunger auf Fleisch war, bis Ihr mit Beute in der Hand aus dem Wald geschlichen kamt.«

»Meine Lautlosigkeit beunruhigt Euch, nicht wahr?« Er nippte am Wein und reichte ihr den Schlauch.

Gisèle zuckte die Achseln und trank ebenfalls. »Es kann beängstigend sein, vor allem in der Dunkelheit.«

»Ich werde Euch diese Kunst beibringen. Wenn man sich eine Fähigkeit erwirbt, bringt sie einen nicht mehr so durcheinander.«

»Ich würde das gerne können«, sagte sie, unfähig ihre Aufregung zu verbergen. »Wenn wir zusammen zu Fuß gehen, habe ich das Gefühl, mehr Lärm zu machen als die Pferde. Und angesichts der Gefahr, die ich anscheinend nicht abschütteln kann, könnte es sich als äußerst nützliches Talent erweisen.«

»Das ist es, aber Ihr werdet bald frei sein von der Bedrohung, die Euch schon so lange zusetzt.«

»Gebe es Gott«, murmelte sie mit mattem Lächeln. »Ihr solltet mit Eurer Prahlerei vorsichtiger sein, Sir Murray. Manche sagen, Gott legt über solche Eitelkeit die Stirn in Falten, und ich denke, wir könnten seine Gunst gerade jetzt gut gebrauchen. Oder stimmt Ihr mir da etwa nicht zu?«

Nigel lächelte. »Oh doch, aber ich habe es nicht als Prahlerei oder gar Eitelkeit angesehen. Es ist ein Versprechen bei meiner Ehre. Euer Davonlaufen wird bald ein Ende haben. Ihr habt durch das Zutun der DeVeaus genug Ungerechtigkeit erlitten. Es ist höchste Zeit, dass es aufhört.«

Nur zu gerne hätte sie ihm Glauben geschenkt, sein Versprechen angenommen und Frieden gefunden, aber sie lebte schon zu lange in Angst. Nigel mochte jedes Wort, das er sagte, auch so meinen, aber sie brauchte viel mehr als tapfere Worte. Im Lauf des vergangenen Jahres hatten einige wenige

Freunde und Verwandte geschworen, ihren Qualen ein Ende zu bereiten, darunter auch Guy, und doch war sie immer noch auf der Flucht, musste sich immer noch verstecken. Sie konnte nicht einmal sicher sein, dass Schottland der Zufluchtsort war, wie Nigel glaubte, sondern nur hoffen, dass es besser war als Frankreich. Verwirrt fragte sie sich, wie er solch ein Gelübde ablegen konnte, ohne davon überzeugt zu sein, dass sie am Tod ihres Mannes keine Schuld trug.

»Ihr glaubt mir nicht. Ich kann in Euren schönen Augen die Zweifel sehen«, sagte er, während er die Hasen umdrehte, damit sie gleichmäßiger garten. »Ich bin ein Mann, der sein Wort hält.«

»Dessen bin ich mir bewusst, Sir Murray. Deswegen habe ich nicht so finster dreingeschaut. Ich wundere mich nur, wie Ihr so hartnäckig schwören könnt, mich in Sicherheit zu bringen, wo Ihr Euch doch meiner Unschuld nicht gewiss seid.«

»Mädchen, ich habe Euch gesagt, dass es nichts zur Sache tut, ob Ihr jenes Messer geführt habt oder nicht. Der Mistkerl hatte es verdient, zu sterben, Ihr aber habt es nicht verdient, für etwas zu leiden, was ein gerechter Tod war. Das wäre die Aufgabe der Männer Eures Clans gewesen. Sie hätten DeVeau das erste Mal, als er die Hand gegen Euch erhob, teuer dafür zahlen lassen müssen. Wenn Ihr gezwungen ward, an ihrer Stelle deren Pflicht zu erledigen, dann ist es nicht Eure Schuld. Ja, diese Verwandten von Euch sollten jetzt hier sein«, fügte er mit harter, wütender Stimme hinzu. »Sie sollten alle um Euch herum sein, mit erhobenen Schwertern, um Euch vor dem Dreck zu beschützen, den die DeVeaus Euch nachsagen. Doch da sie zu feige sind, bin ich mehr als bereit, mich darum zu kümmern.«

Gisèle starrte in das Feuer und kämpfte gegen das plötzliche Bedürfnis an, zu weinen. Nigels Verteidigungsrede berührte sie tief in ihrem Innersten, aber sie war sich nicht sicher, ob sie ihn das wissen lassen wollte. Während sie sich mühsam sammelte, betete sie darum, nicht noch eine weitere Enttäuschung oder, was noch schlimmer war, einen weiteren Verrat erleiden zu müssen. Sie betete, dass Nigel Murray sich als der erwies, als der er ihr erschien: ein ehrenwerter Ritter, der überzeugt davon war, dass sie es wert war, von ihm beschützt zu werden. Die Mahnung, dass er nicht ganz an ihre Schuldlosigkeit glaubte, half ihr, sich zu beruhigen. Doch so dankbar sie für seine Hilfe war, es irritierte sie.

»Meine Familie war der Überzeugung, dass DeVeau eine hervorragende Partie sei, die unserer Familie sowohl Macht als auch Reichtum einbringen würde«, sagte sie leise. »Ich nehme an, dass solche Dinge auch bei einem Ehearrangement in Schottland wichtig sind.«

»Ja«, stimmte er ihr widerstrebend zu.

»Es ist oftmals schwer, Menschen davon zu überzeugen, dass etwas schrecklich falsch läuft bei dem, was allen so vollkommen schien. Und um meiner Familie gegenüber gerecht zu sein: An ihrer Auffassung, dass ein Mann das Recht habe, seine Frau zu züchtigen, ist nichts Ungewöhnliches. Vermutlich denken auch in Schottland nicht alle Männer – oder Frauen – wie Ihr.«

»Stimmt, doch was DeVeau getan hat, war keine Züchtigung, sondern Folter.«

»Aber meiner Familie stand nur meine Aussage zur Verfügung. Sind die Hasen nun fertig?«

Nigel lächelte verschmitzt. »Ihr beendet eine Diskussion nicht sonderlich scharfsinnig, Mädchen.«

Sie erwiderte das Lächeln und zuckte die Achseln. »Ich empfinde Gespräche über den Verrat meiner Familie und deren Mangel an Vertrauen als sehr unangenehm.«

»Tja, dann füllt Euren Bauch mit diesem wohlschmeckenden Fleisch. Man sagt, ein gefüllter Magen kann viele Krankheiten heilen.«

»Und das klingt äußerst weise.« Sie lachte sanft, als er einen aufgespießten Hasen vom Feuer nahm und leicht hin und her schwenkte, um ihn abzukühlen. »Wenn er Euch in den Dreck fällt, dann muss einer von uns hungrig bleiben.«

Er lachte und reichte ihr den Hasen, den zweiten nahm er sich selbst. Gisèle konnte sich nicht daran erinnern, jemals zuvor etwas derart Schmackhaftes oder mit einem solchen Mangel an guten Manieren gegessen zu haben. Sie fand es einerseits traurig, andererseits aber auch belustigend, ein solches Gefühl von Lebendigkeit zu empfinden, nur weil sie mit einem Mann, den sie kaum kannte, im Wald saß und an einem gegrillten Hasen herumzerrte. Unvermittelt kam ihr der Gedanke, ob ihre lange Flucht vielleicht dazu geführt haben mochte, dass sie zu verwildern begann.

Zu satt, um noch mehr essen zu können, ging Gisèle zu ihrem Sattelzeug hinüber und stopfte den eingewickelten Rest des Bratens zusammen mit dem noch übrig gebliebenen Proviant in eines der Bündel, wusch sich danach Hände und Gesicht mit ein wenig Wasser ab und kehrte schließlich zum Feuer zurück. Plötzlich fühlte sie sich sehr müde und hob eilig die Hand, um ein gewaltiges Gähnen zu verbergen.

»Mir geht es genauso, Mädchen«, bemerkte Nigel, während er Gesicht und Hände mit einem feuchten Stofflappen abwischte. »Am besten suchen wir jetzt unsere Betten auf. Ich werde Wache stehen, wenn Ihr für einen Augenblick im Schatten verschwinden wollt.«

Gisèle hoffte, dass die Dunkelheit ihre Röte verstecken würde, nickte und verschwand. Es war schwer für sie, den Mangel an Intimsphäre zu ertragen, wobei sie nicht wusste, warum. Zurückgezogenheit war seit der Flucht von den Ländereien ihres Mannes ein rares Gut geworden. Sie hatte gedacht, sich an diesen Verlust gewöhnen zu können, doch irgendwie hatte Nigels Anwesenheit es ihr wieder schmerzhaft zu Bewusstsein gebracht.

Als sie zum Feuer kam, zog sich Nigel zurück, und Gisèle tadelte sich einmal mehr für ihre Dummheit. Auch er hatte keine Intimsphäre, und für ihn war es sicherlich ebenso schwer, auch wenn sie davon ausging, dass Männer damit weit weniger Probleme haben würden. Es war an der Zeit, beschloss sie, sich weniger mit sich selbst zu beschäftigen, sich dafür aber etwas mehr Gedanken über Nigel zu machen. Er hatte ihr seinen Schutz freiwillig angetragen, doch sie bezweifelte, dass er all die Probleme, die sich ergeben konnten, wenn man mit einer Frau quer durch Frankreich raste, in ihrer vollen Tragweite bedacht hatte. Sie schwor sich, nicht mehr darüber nachzudenken, wie schwer das alles für sie war, und stattdessen zu versuchen, es ihm leichter zu machen.

Sobald Nigel zurück war, trug er das Bettzeug von ihnen beiden ans Feuer. Gisèle nahm ihm ihres hastig ab und legte es selbst auf dem Boden zurecht. Sein Lächeln, als er feststellte, dass sie ihr Bett auf der anderen Seite des Feuers bereitet hatte, überging sie. Sollte er glauben, dass sie den Abstand zwischen ihnen dadurch erzwingen wollte, war ihr das nur recht. Bald würde er erkennen, dass sie ab jetzt ihren Anteil an Arbeit übernehmen und nicht herumsitzen und darauf warten wollte, dass er sich um sie kümmerte.

Nigel bedeckte das Feuer mit Asche, zog sich seine Stiefel von den Füßen, schnallte sein Schwert ab und legte seine Waffen direkt neben seinen Schlafplatz, für den Fall, dass er sie in der Nacht benötigen würde. Er streckte sich auf der gepolsterten Matte aus, wickelte sich in eine dünne Decke und drehte sich auf die Seite, um über die Feuerstelle hinweg Gisèle zu beobachten, die sich gerade behutsam auf dem Bett niederließ. Sie konnte ihr Zusammenzucken nicht ganz verbergen, und Nigel wollte schon aus Mitleid seine Hand nach ihr ausstrecken, hielt sich aber schnell noch zurück. Er konnte nichts für sie tun. Sie musste es einfach aushalten, bis sie robuster wurde.

»Ihr habt noch nicht oft lange Ritte unternommen, Mädchen, oder?«

»*Non.*« Auch sie drehte sich nun zur Seite und sah ihn über das zusammenfallende Feuer hinweg an. »Wenn mich das

Reiten ermüdete, ruhte ich mich aus. Es gab für mich keinen Ort, zu dem ich eilen konnte, also war meine einzige Sorge, verborgen zu bleiben.«

»Eine gute Strategie.«

»Wirklich? Ich werde noch immer verfolgt.«

»Schon, aber Ihr seid auch noch immer am Leben.«

Sie lächelte schwach über diese einfache Wahrheit, seufzte aber schließlich. »Es reicht nicht mehr aus.«

»Allerdings«, stimmte Nigel zu. »Eurer Spur folgen inzwischen zu viele Jagdhunde. Vielleicht dachten Eure Feinde ja, ihr seid mühelos zu erwischen, weil ein kleines Mädchen ihnen nicht lang entkommen kann. Jetzt wissen sie, dass Ihr keine leichte Beute seid, und die Jagd geht erst richtig los. Deshalb verlange ich so viel von Euch, Mädchen. Jetzt müssen wir rennen, ständig rennen, schnell rennen und weit rennen.«

»Das habt Ihr bereits gesagt. Glaubt Ihr wirklich, dass die Verfolgung nun so heftig wird, so unermüdlich?«

»Davon bin ich überzeugt. Ihr müsst nicht mehr nur den Verwandten Eures Gatten ausweichen. Da die Prämie, die auf Euern Kopf ausgesetzt ist, ständig steigt, wird fast jeder Mann, der auf ein paar Louisdor gierig ist, nach Euch suchen.«

»Ein erschreckender Gedanke.«

Nigel nickte. »So ist es, und auch wenn ich Eure Ängste nicht mehren will, an dieser Angst müsst Ihr festhalten, denn sie wird Euch am Leben erhalten.«

Gisèle nickte bejahend. Dieser Rat war es wert, befolgt zu werden. Sie hatte das vergangene Jahr in Angst gelebt, jetzt, da eine geraume Zeit vergangen und sie weder verletzt noch gefangen worden war, verlor sie ihre Schärfe. Mit einem großen, kampferprobten Schotten an ihrer Seite hatte sie sich noch sicherer gefühlt. Doch man konnte von Nigel nicht erwarten, dass er sie vor allem beschützte. Er war nur ein einzelner Mann mit einem einzigen Schwert, zudem hatte er es nicht verdient, in Gefahr zu geraten, nur weil sie unachtsam wurde.

Bis die DeVeaus ihren Anspruch auf Unschuld einsahen, war ihr Leben in Gefahr, und sie wäre eine Närrin, das zu vergessen. Gisèle wusste, dass sie dies dennoch von Zeit zu Zeit zugelassen hatte. Und das musste aufhören. Schottland rasch und ungehindert zu erreichen war das Einzige, an was sie immer zu denken hatte.

Als sie die Augen schloss, sah Gisèle Nigel ein letztes Mal lange an und entschied, dass die Augenblicke der Ablenkung entschuldbar waren. Er war ein Mann, von dem sich selbst die willensstärkste Frau leicht ablenken lassen konnte. Es war schön, endlich ohne Furcht oder Abscheu an einen Mann zu denken, auch wenn sich Gisèle im Klaren darüber war, dass sie noch warten musste, bis sie dieser Leichtfertigkeit bedenkenlos frönen durfte. Sie mochte sich der Aufrichtigkeit und Tiefe ihrer Gefühle für Nigel nicht sicher sein, auch nicht, ob er diese aufrichtig erwiderte, hingegen war sie sich ganz sicher, dass er durch sie keinen Schaden erleiden durfte.

Nigel beobachtete, wie sie einschlief, und lachte insgeheim über sich selber. Er meinte tatsächlich alles, was er ihr über seine Gründe, sie zu beschützen, gesagt hatte. Aber es gab da auch noch etwas anderes, und er hatte nicht die Absicht, ihr das zu verraten. Etwas, das ihn dazu brachte, dazuliegen und wie ein liebeskranker Jüngling ihr Gesicht anzuschauen. Etwas, das ein solches Verlangen nach ihr in ihm erweckte, dass er kaum schlafen konnte. Und etwas, das ihn darauf brennen ließ, all die Wunden ihres Herzens heilen zu dürfen. Wenn ihr Ehemann noch am Leben gewesen wäre, hätte er diesen Mann verfolgt und ihn mit seinen eigenen Händen getötet.

Zum ersten Mal seit sieben Jahren ließen ihn Gefühle wieder lebendig werden. Mit einem einzigen Blick aus ihren tiefen, grünen Augen hatte sie ihn aus seiner finsteren Schwermut gerissen. Er hätte allerdings gerne gewusst, in welche Gefühlswelt sie ihn hineingezogen hatte, welchen Gefühlen er trauen durfte. Gisèle sah jener Frau, vor der er weggelaufen war, sehr ähnlich, und obwohl er hoffte, dass er mehr Verstand besaß, musste er sich doch fragen, ob das vielleicht der Grund war, warum er sich so zu ihr hingezogen fühlte. Und wenn es das war, dann war er Gisèle gegenüber erst recht verpflichtet, herauszufinden, ob er sie wirklich mochte oder ob er nur nach dem Schatten von Maldie, der Frau seines Bruders, griff.

Nigel verzog das Gesicht. Er musste es unbedingt wissen, bevor sie Schottland erreichten, dachte er, während er sich auf den Rücken drehte und zu den Sternen emporsah. Gisèle würde die große Ähnlichkeit zwischen sich und Maldie sofort erkennen, wenn sie dieser Frau zum ersten Mal gegenübertrat. Bis dahin musste er sein Herz und seinen Kopf einschätzen können, denn sollten Gisèle und er inzwischen ein Liebespaar geworden sein, würde er sich ganz bestimmt ihr gegenüber rechtfertigen müssen. Und Gisèle würde nach all dem bitteren Verrat, den sie erlebt hatte, nicht einfach zu überzeugen sein.

Er schloss seine Augen und bereitete sich auf den Schlaf vor. Spätestens wenn es soweit war, dass Gisèle ihn als Liebhaber akzeptierte, so hoffte er inständig, musste er sich sicher sein, dass es wirklich Gisèle DeVeau war, die er haben wollte, dass er sie nicht einfach nur benutzte und alles eine Selbsttäuschung war. Gisèle zu benutzen, um seine Sehnsucht nach einer anderen Frau zu stillen, war eine Kränkung, die er ihr auf keinen Fall zufügen durfte. Die Ursache für seine Lust sollte einfacher zu erkennen sein als die Ursache für die Gefühle, die sein Innerstes zu einem Knoten verwirrten. Für Letzteres, so grübelte er, als der Schlaf seinen Körper schon schwer werden ließ, würde er Zeit brauchen, viel Zeit, und Schottland schien ihm auf einmal nicht mehr so weit weg zu sein.

Gisèle erwachte und war in kaltem Schweiß gebadet. Angespannt, die Hand fest am Griff ihres Dolches, lauschte sie aufmerksam den Geräuschen des Waldes. Ein leises Heulen wurde vom Wind herübergetragen, und jetzt wusste sie, warum sie plötzlich wach und voll Panik war.

»Ich hasse Wölfe«, flüsterte sie, getröstet durch die leichte Unruhe der Pferde. Es tat gut, dass sie nicht die Einzige war, die sich durch die Wölfe beunruhigt fühlte.

Eine Zeit lang lag sie mit fest geschlossenen Augen da und versuchte, diese Geräusche zu überhören. Ein schneller Blick auf den friedlich schlafenden Nigel verriet ihr, dass er nicht unruhig war und sie es demnach auch nicht sein sollte. Ihr Entschluss, tapfer zu sein, geriet schnell ins Wanken, als noch mehr Geheul den Frieden der Nacht zerschnitt. Es würde weitaus mehr als nur gutes Zureden und Willensstärke brauchen, um sie von ihrer Panik vor Wölfen zu befreien. Es war eine uralte und verfestigte Angst. Ihr war klar, dass sie keinen Schlaf mehr finden würde, wenn sie nur dalag und versuchte, die Wölfe zu ignorieren, ebenso war ihr klar, dass sie unbedingt ausruhen musste. Wenn sie zu erschöpft war, würden sie nicht schnell genug vorankommen.

Vorsichtig setzte sie sich auf und sah zu Nigel. Er wirkte nicht nur sicher und stark, neben ihm lag auch sein Schwert. Gisèle kaute nachdenklich an ihrer Unterlippe, während sie sich bemühte, einen Entschluss zu fassen. Sie wollte nicht als völliger Feigling dastehen, ebenso wenig wollte sie, dass Nigel dachte, sie würde mehr als nur eine Atempause von ihren eigenen Ängsten suchen. Ein Schauder durchlief ihren Körper, als die Wölfe mit ihrer gespenstischen Nachtmusik fortfuhren, und sie raffte ihr Bettzeug zusammen. Wenn Nigel wach wurde, konnte sie sich immer noch Gedanken über eine Erklärung machen.

So lautlos wie möglich presste sie ihr Bettzeug an sich und kroch neben ihn. Ihre Feigheit machte sie verlegen, aber das reichte nicht aus, sie an ihrem Vorhaben zu hindern. Wenn selbst die Tatsachen, dass die Wölfe weit weg waren und das Feuer sie auf Distanz halten würde, sie nicht beruhigen konnten, würde die Selbstverachtung es schon gar nicht können. Voller Sorge, dass sie Nigel wecken könnte und ihm ihre Angst gestehen müsste, breitete sie ihr Lager vorsichtig neben ihm aus.

In dem Moment, in dem sie sich gerade hinlegte und in die Decke wickelte, spürte sie, dass er wach war. Als sie sich umdrehte und feststellte, dass er sie ansah, war sie nicht sonderlich überrascht, doch insgeheim verfluchte sie ihr Pech.

»Zu kalt?«, fragte Nigel, der sich wunderte, warum sie so schuldbewusst wirkte. Hastig unterdrückte er die stürmische Hoffnung, dass Leidenschaft sie zu ihm geführt hatte. Dazu war es zu früh.

»*Oui*«, stimmte sie schnell zu, zuckte aber merklich zusammen und schob sich noch etwas näher an ihn heran, als sie die Wölfe erneut heulen hörte.

»Ihr habt Angst vor Wölfen, nicht wahr?«

»*Oui*, Angst vor Wölfen«, murrte sie.

»Ihr braucht Euch keine Sorgen zu machen, sie sind nicht nah genug.«

»Ich weiß.«

»Das Feuer, so klein es auch ist, wird sie auf Distanz halten.«

»Auch das weiß ich«, fauchte sie ihn an, und als er lachte, warf sie ihm einen wütenden Blick zu. »Es ist nicht zum Lachen.«

»Nein, Eure Angst ist nicht lächerlich«, stimmte er ihr zu. »Doch Eure Wut darüber ist amüsant.«

Gisèle verzog das Gesicht und fuhr sich mit den Fingern durch die vollen Locken. »Es ist eine Schwäche.«

»Keine, die Besorgnis erregt, Mädchen, viele Leute fürchten sich vor Wölfen. Ich finde ihr Geheule auch nicht sonderlich tröstlich.«

Ein Lächeln huschte über ihr Gesicht. »Die Angst vor ihnen ärgert mich, weil sie nicht durch vernünftige Argumente beeinflusst werden kann. Diese Wölfe stellen für mich keine Bedrohung dar. Ich weiß das. Und doch fürchte ich mich jedes Mal, wenn sie zu hören sind. Es ist dumm, und das hasse ich.«

»Solche Ängste sind in der Tat schwer hinzunehmen. Jeder hat sie.«

»Ihr müsst nicht lügen, um mich zu trösten. Ich glaube kaum, dass Ihr unter einer solchen Schwäche leidet.«

»Ich muss gestehen, dass mir bisher noch keine begegnet ist.« Er legte sein Schwert auf die andere Seite, damit sie sich nicht mitten in der Nacht darauflegen würde. »Sie könnte unter Stolz oder Eitelkeit verborgen liegen, oder ich habe vielleicht noch nichts getan oder gesehen, was sie zum Vorschein gebracht hat. Trotzdem bin ich ehrlich davon überzeugt, dass wir alle eine solche Angst in uns tragen, eine Angst, die weder dem Verstand noch den Tatsachen gehorcht.«

»Wenn sie weder dem Verstand noch den Tatsachen gehorcht, wie kann man sie dann jemals überwinden?«

»Das kann man nicht.« Er schmunzelte, als er sie schimpfen hörte, wurde dann rasch aber wieder ernst. »Ihr solltet ihr nicht erlauben, Euch so zu quälen. Wenn man schon blinde Angst vor etwas haben muss, dann sind Wölfe keine schlechte Wahl. Mädchen, nicht die Furcht ist die Schwäche, sondern wie man mit ihr umgeht, wenn sie einem wirklich begegnet.«

»Dann habe ich diese Prüfung nicht bestanden, denn ich liege hier, zusammengekauert, hinter Euch.«

»Nein, neben mir.« Er lachte, als sie ihm einen Klaps auf den Arm gab. »Ihr habt ihr noch nicht wirklich ins Auge geschaut, Mädchen. Ihr könnt die Wölfe nur in der Ferne hören, es ist also kein echtes Vergehen, wenn man seinen Ängsten die Zügel schießen lässt. Die wahre Prüfung für den Mut kommt erst, wenn Ihr ihnen gegenübersteht und das, was Ihr dann macht, darüber entscheidet, ob Ihr oder jemand anders stirbt oder nicht.«

»Ich bete darum, dass dieser Tag niemals kommen mag«, flüsterte sie. Schon der bloße Gedanke daran ließ sie zittern.

»Schlaft nun, Mädchen. Diese Bestien werden uns diese Nacht keine Probleme bereiten.«

Gisèle nickte und schloss die Augen. Die Wölfe wurden nicht ruhiger dadurch, aber sie würde problemlos schlafen können. Sie war sich nicht sicher, ob es Nigels Beteuerung oder seine Nähe war, die ihre Furcht am meisten dämpfte, aber beides hinterließ in ihr ein Gefühl der Enttäuschung. Nachdem sie fast ein Jahr lang allein zurechtgekommen war und für sich selbst gesorgt hatte, war sie der Meinung gewesen, stark und tüchtig genug zu sein, durchzuhalten und alles ohne die Hilfe eines anderen bewältigen zu können. Die Erkenntnis, eventuell im Unrecht oder einfach nur überheblich gewesen zu sein, beunruhigte sie, denn es war durchaus möglich, dass ihr noch ein langer Kampf bevorstand, sie Nigel aber nicht immer an ihrer Seite haben würde. Als ihr Körper vor Schläfrigkeit schwer wurde, beschied sie, dass sie später immer noch Zeit haben würde, sich darüber Sorgen zu machen.

Nigel hörte, wie ihr Atem langsamer und gleichmäßiger wurde, und fluchte leise. Das könnte eine sehr lange Nacht werden. Er verstand ihre Furcht. Auch er hörte die Wölfe nicht gerne. Ihr Heulen zeigte ihm, dass seine Ansicht, der Wald sei sicherer als die offene Straße, vielleicht falsch war. Doch dann schüttelte er den Kopf und löste sich von diesen Bedenken. Die Möglichkeit, auf ein gefährliches Tier zu stoßen, das Gisèle oder ihn verletzten konnte, war sehr gering, wohingegen die Wahrscheinlichkeit, auf einen DeVeau zu treffen oder auf jemanden, der auf das Kopfgeld scharf war, ziemlich groß wurde, wenn sie nicht möglichst lang im Verborgenen blieben. Es war nach wie vor eine gute Taktik, möglichst selten Beutezüge in besiedelteren Gegenden zu unternehmen.

Als sie im Schlaf vor sich hinmurmelte und näherrückte, sodass ihr geschmeidiger Körper seinen berührte, schloss Nigel die Augen und bekämpfte sein sündiges Begehren. Ihre Bewegung war keine Einladung, sie in die Arme zu nehmen, sondern sie suchte einfach nur unbewusst seine Wärme. Die Schnelligkeit und Stärke, mit denen allein durch eine solch unschuldige Berührung seine Lust geweckt wurde, war für ihn beunruhigend und überraschend zugleich. Zudem brannte er dadurch nur noch mehr darauf, sie zu lieben. Wenn sie ihn schon so erregen konnte, während sie schlief, konnte er nur schwach erahnen, welche Gefühle sie in ihm auslösen würde, wenn sie wach und voller Leidenschaft war. Lautlos lachte er in sich hinein. Sollte er weiterhin in solchen Gedanken schwelgen, dann würde es tatsächlich eine lange Nacht werden.

6

Wärme hüllte Gisèle ein, und sie schmiegte sich noch mehr an den Menschen neben sich. Sie fühlte sich getröstet und sicher, so wie sie es als kleines Kind erlebt hatte, wenn sie in das Bett ihrer Großmutter gekrochen war. Ihre Großmutter war immer bereit gewesen, ihr zuzuhören, ihre Ängste zu mildern und ihr Glauben zu schenken. Es war so schön, ihre Großmutter wieder bei sich zu haben.

Doch als Gisèle langsam erwachte und ihre Umgebung bewusster wahrzunehmen begann, erkannte sie, das an ihrem schönen Traum etwas falsch war. Der Körper, an den sie sich schmiegte, war fest, nicht weich. Die Arme, die sie umschlungen hielten, waren lang und stark, nicht die einer alternden Frau. Da war kein Duft von Rosen, die lange Zeit ihre Lieblingsblumen gewesen waren. Und ihre Großmutter hatte niemals ihre kleinen, zarten Hände auf solche Weise über ihren Rücken gleiten lassen.

Sobald ihr bewusst wurde, dass sie in Nigels Armen lag, widerstrebte es Gisèle, die Augen zu öffnen. Es fühlte sich so gut an. Die Wärme seiner Lippen, die Küsse über ihr Gesicht und ihren Nacken hauchten, erhitzten ihr Blut. Seine starken Hände bewegten sich langsam und sanft über ihren Körper und verlockten sie, sich an ihn zu drängen. Wenn sie die Augen öffnete, gab sie zu, wach zu sein und somit voller Bewusstsein zuzulassen, dass er sich ihr in einer Weise näherte, die keine Zweifel an seinen Absichten erlaubte. Es war viel reizvoller, sich vorzumachen, dass sie noch träumte. Als er ihren Mund mit seinem bedeckte, gab sie sich seinem Kuss hin, obwohl sie sich fragte, wie lange sie ihn diesmal würde genießen können, bevor ihre Angst zurückkehrte.

Nigel kämpfte um die Willensstärke, nur langsam weiterzumachen. Gisèle war erregt, bereit und – da war er sich ganz sicher – ziemlich wach. Er wollte nichts tun, das die Panik wecken würde, die er bei ihrem letzten Kuss kurzzeitig in ihren Augen wahrgenommen hatte. Die Angst, durch jene Brutalität erzeugt, die ihr von DeVeau angetan worden war. Nigel betete, dass die Zärtlichkeit ihre Angst in Ketten halten würde und die Leidenschaft regieren konnte.

Als er das Geräusch zum ersten Mal hörte, ignorierte er es. Gisèle war so süß und fühlte sich so gut an in seinen Armen, dass er keinerlei Ablenkung zulassen wollte. Doch sein Instinkt, in den Jahren voller Kampf geschärft, weigerte sich, ihm eine solche Dummheit zuzugestehen. Ihrer beider Leben hing von seiner Wachsamkeit und seiner Handlungsbereitschaft ab. Es bedurfte seiner ganzen Kraft und Selbstbeherrschung, doch er riss sich von Gisèle los uns setzte sich auf.

Gisèle fand sich so unerwartet zur Seite gestoßen, dass sie sich kalt und beraubt fühlte. Sie hatte keinerlei Angst verspürt, und deshalb konnte nicht sie das plötzliche Ende ihrer Umarmung verursacht haben, indem sie ihn weggedrückt oder ihm widerstanden hatte. Es war mehr als verwirrend, in einem Augenblick von einem Mann leidenschaftlich geküsst zu werden und im nächsten beobachten zu müssen, wie er sein Schwert umgürtete. Wenn Nigel vorhatte, sie auf solche Weise zu verführen, dann würden sie wohl nie ein Liebespaar werden.

»Steht auf, Mädchen«, befahl Nigel, während er hastig sein Bettzeug zusammenrollte.

Ohne zu zögern, tat Gisèle, was er gesagt hatte. Der Ton in seiner Stimme forderte unbedingten Gehorsam, und ihr Innerstes sagte ihr, dass es nicht an der Zeit war, daran Anstoß zu nehmen. Sie hätte nur gerne gewusst, was ihn zu diesem plötzlichen Aufbruch getrieben hatte.

Nachdem sie ihr Gepäck am Sattel befestigt hatte, erhielt Gisèle die Antwort für diese Eile. Ein Irrtum war ausgeschlossen. Durch den Wald war der Lärm von näher kommenden Reitern zu hören. Als sie ihr Pferd bestieg, starrte sie Nigel immer noch voller Ehrfurcht und Staunen an. Wie konnte er so viel früher als sie die Männer gehört und erkannt haben, dass sie eine Bedrohung darstellten? Genau genommen war sie sich noch gar nicht sicher, dass die Reiter tatsächlich eine *Bedrohung* waren. Sie öffnete den Mund, um ein paar Fragen zu stellen, doch Nigel grinste nur, schlug ihrem Pferd auf die Kruppe und veranlasste das Tier, in schnellem Trab die Lichtung zu verlassen.

Gisèle riskierte im Davonreiten einen hastigen Blick nach hinten. Die Reiter, die sie gehört hatten, kamen gerade in Sichtweite, und sie trugen, daran war kein Zweifel möglich, die Farben der DeVeaus. Sie konnte nicht glauben, dass sie sie gefunden hatten, und begann zu fürchten, dass vor den Verfolgern kein Entkommen war – ja, dass vielleicht sogar vor dem Tod selbst kein Entkommen war.

Die Sonne stand hoch am Himmel, als Nigel ihr an einem kleinen Bach eine Pause zugestand. Während er die Pferde tränkte, nahm sich Gisèle die Freiheit, sich einen Augenblick zurückzuziehen und eine eilige *Toilette* zu verrichten. Sie konnte sich nicht daran erinnern, dass ihre Flucht jemals so anstrengend gewesen war, und langsam begann sie zu glauben, dass Nigel recht hatte. Die DeVeaus hatten nicht wirklich damit gerechnet, dass sie ihnen so lange entkommen konnte und hatten sie deshalb nicht sonderlich energisch verfolgt. Nun hatte die Jagd erst richtig begonnen, und Gisèle war sich nicht sicher, ob sie die stete Verfolgung den ganzen Weg hindurch bis Schottland überstehen würde.

»Macht Euch keine Sorgen, Mädchen«, sagte Nigel, während Gisèle am Bach kniete und ihre Trinkschläuche auffüllte. »Wir werden diese Hunde noch vor Ende des Tages abgeschüttelt haben.«

»Ihr scheint Euch dessen sehr sicher zu sein«, erwiderte sie, indem sie ihren Wasserschlauch über den Sattel hängte. »Diese Hunde können mich leicht zu Tode hetzen.«

»Nein, Mädchen, Ihr seid stärker.«

»Bin ich das? Aber könntet Ihr mir, bevor wir wieder aufsitzen, bitte verraten, woher Ihr gewusst habt, dass sie so nah waren?«

Nigel zuckte die Achseln. »Vielleicht hab ich sie gerochen?«

»Ich fange an zu glauben, dass ihr eine bessere Nase habt, als der beste Jagdhund in der Meute meines Vaters.«

Er lachte leise, saß auf und wartete darauf, dass sie seinem Beispiel folgte. »Keine Ahnung, woher ich es wusste. Manchmal weiß ich eben, dass Gefahr im Verzug ist. Wenn dagegen etwas einzuwenden ist, habe ich, so fürchte ich, keine Erklärung.«

»Habt Ihr Erscheinungen?«, fragte sie und bedeutete ihrem Pferd, seinem zu folgen.

»Nein, die Gabe der Hellsichtigkeit besitze ich nicht. Es ist, als ob mir eine unsichtbare Hand einen kleinen Stups gibt, als ob eine leise Stimme mir zuflüstert, achtsam zu sein. Heute Morgen habe ich auf nichts anderes gelauscht und nichts anderes beobachtet als Euch«, sagte er, wobei er ihr einen kurzen Blick zuwarf und über ihr Erröten schmunzeln musste, »doch plötzlich war ich mir der Gefahr, die auf uns zukam, bewusst. Zu gerne würde ich behaupten, dass ich ein Geräusch gehört habe, ich habe es wirklich gedacht, doch die Reiter waren zu weit weg, um gehört zu werden. Das weiß ich jetzt.«

»Jemand wacht über Euch.«

»Man könnte es meinen, wobei mir die Treue dieses unsichtbaren Verbündeten Respekt einflößt. Ich war jahrelang nicht sonderlich der Mühe wert, gerettet zu werden.«

Gisèle verspürte einen Stich des Mitleids, befahl sich aber, kein Dummkopf zu sein. Er war ein erwachsener Mann und war den Weg gegangen, den er sich selbst ausgesucht hatte. Sie gestand ihm zu, dass er Anerkennung verdiente, weil er am Ende erkannt hatte, wie tief er bereits gesunken war. Zudem mochte sie zwar nicht alles gutheißen, was er getan hatte, aber sie konnte sehr wohl Mitgefühl mit einem gebrochenen Herzen empfinden.

»Es könnte der unsichtbare Verbündete gewesen sein, der Euch am Ende aus dem Sumpf gezogen hat, in den ihr zu versinken drohtet«, schlug sie vor.

»Könnte sein. Und wer sagt, dass er mich nicht vielleicht Eures hübschen Kopfes wegen errettet hat?«

Sie lachte sanft und schüttelte den Kopf. »Ich kann mir nicht vorstellen, dass Euer Schutzengel sich anstrengt, Euch das Leben zu bewahren, nur damit Ihr möglicherweise mein wertloses Leben retten und mich vor meinen Feinden verstecken könnt.«

»Na ja, da wir beide so wertlos sind, ist es vielleicht ein Engel, der seine Wunder aus Mitleid vollbringt.«

»Oh, wie überaus traurig«, murmelte Gisèle, musste dann aber dennoch lachen. »Was immer Euch dazu bringt, eine Gefahr so schnell wahrzunehmen, ich bete darum, dass es Euch niemals im Stich lassen möge. Ihr hattet recht, die DeVeaus brennen inzwischen richtig auf die Verfolgungsjagd. Wenn Euch nicht etwas vor dem Näherkommen dieser Männer gewarnt hätte, wären wir leichte Beute gewesen.«

Angesichts dieser bitteren Wahrheit nickte Nigel einfach nur zustimmend. Sie hatte ihm keine Vorwürfe gemacht, weil er nicht besser aufgepasst hatte, aber das brauchte sie auch nicht. Das erledigte er schon selbst, gründlich und temperamentvoll. Es war idiotisch und gefährlich, sich ablenken zu lassen. Verließ er sich inzwischen vielleicht schon viel zu sehr auf seine ungewöhnliche Gabe? Eine Gabe, die ihn genauso schnell wieder verlassen konnte, wie sie am Tag seines Ritterschlages über ihn gekommen war. Sie hatte ihn von Zeit zu Zeit geschwächt, ja sogar versagen lassen, so als ob sie ihn für seine Sorglosigkeit und Überheblichkeit strafen wollte. Nur weil er seinen eigenen Verstand und seine Geschicklichkeit benutzt hatte, konnte er in diesen Fällen jedes Mal der Gefahr entrinnen, aber jetzt stand nicht nur sein eigenes Leben auf dem Spiel. Er hatte bei seiner Ehre geschworen, Gisèle zu beschützen, und deshalb musste er seine Sache unbedingt besser machen.

»Glaubt Ihr, dass wir sie abgehängt haben?«, fragte sie und unterbrach damit seine Selbstvorwürfe.

»Nein, wir haben nur ein bisschen Abstand zwischen ihnen und uns geschaffen«, antwortete er. »Wenn wir diesen Abstand noch eine Weile vergrößern können, dann werde ich etwas von unserer wertvollen Zeit stehlen und versuchen, unsere Spuren zu verwischen.«

»Lasst uns hoffen, dass von Ihnen keiner Eure Fähigkeit besitzt, den Feind zu wittern«, entgegnete sie mit leiser Stimme und riskierte einen Blick zurück, bevor sie Nigel folgte und ihr Pferd zu größerem Tempo antrieb.

Gisèle wurde still, all ihre Gedanken und ihre Kraft waren auf eine einzige Sache gerichtet – den DeVeaus zu entkommen. Während Nigel ihre Spuren verwischte, stand sie nervös Wache. Obwohl sie fast ein Jahr lang erfolgreich geflohen war, fühlte sie sich nun angesichts der so erbitterten Verfolgungsjagd zunehmend hilflos. Die Tatsache, dass sie Nigel brauchte, um frei und am Leben zu bleiben, verstärkte das Gefühl der Hilflosigkeit, denn nun hatte sie auch noch die wenigen Freiheiten, die ihr verblieben waren, verloren. Mit jedem Schritt, den sie machten, mit jeder Minute, die er ihr das Leben rettete und sie von ihren Feinden fernhielt, wurde sie abhängiger von diesem Mann, und das beunruhigte Gisèle ein wenig. Was würde mit ihr geschehen, wenn sie Nigel verlor, sei es durch Tod, Verletzung oder weil sich ihre gelegentliche Furcht als richtig erwies und er sie, wie schon so viele andere vor ihm, verriet?

Der einzige Weg, diese Ängste zu lindern, so beschloss sie, war der Versuch, so viel wie möglich von ihm zu lernen, solange sie mit Nigel zusammen war. Statt einfach nur zuzulassen, dass er sie führte, würde sie sorgfältig alles beobachten, was er tat. Sie hegte nicht die geringste Hoffnung, plötzlich mit seiner ungewöhnlichen Gabe gesegnet zu werden und eine Gefahr lange vor allen anderen wahrnehmen zu können, aber sie konnte viele seiner übrigen Fähigkeiten erlernen. Sollte das Schicksal so herzlos sein und sie wieder allein sein lassen, musste sie wissen, wie man einer Fährte folgte, wie man das beste Versteck fand und die eigene Spur vor den Verfolgern verbarg. Dies alles würde ihr wenigstens eine Chance im Kampf gegen ihre Feinde lassen.

Den ganzen Nachmittag über spielten sie mit den DeVeaus ein spannungsgeladenes Versteckspiel. Sie verbrachten so viel Zeit damit, ihre Spuren zu verwischen, dass Gisèle insgeheim erwartete, von DeVeaus bereits überholt worden zu sein, aber überrascht feststellen musste, dass sie ihnen noch immer dicht auf den Fersen folgten. Auch wenn die DeVeaus nur ein einziges Mal in Sichtweite kamen, führte Nigel sich auf, als würden sie jeden Moment durch die umliegenden Bäume brechen und sie niedermetzeln.

Daher erlaubten sie sich während des Nachmittags auch nur ein Mal so etwas wie eine kurze Rast. Sie hielten an, damit Nigel nochmals ihre Fährte verwischen und eine falsche legen konnte. Eigentlich hatte Gisèle ihn aufmerksam dabei beobachten wollen, da diese Taktik ihr überzeugend erschien, aber sie fiel nur noch gegen ihr Pferd und überließ sich ihrer Erschöpfung. Plötzlich erschien Nigel und zerrte sie wortlos mitten in eine Ansammlung von Findlingen am Fuß eines Hügels. Dort band er die Pferde fest, zog und schob sie den Hügel hinauf, bis sie eine kleinere Felsformation fanden.

»Sind sie da?«, wollte sie wissen, als er sie hineindrängte, mit zu Boden zog und sich hinter einen größeren Findling kauerte.

»Noch nicht«, antwortete er mit angespanntem Flüstern, ohne dabei den Blick vom Weg, den sie eben verlassen hatten, zu wenden.

»Warum verstecken wir uns dann?«, fragte sie mit ebenso leiser Stimme. »Warum reiten wir nicht einfach weiter?«

»Ich muss sehen, wie leicht sie sich zum Narren halten lassen.«

Dies schien ihr in der Tat nützlich zu sein, und sie begann sich hochzuziehen, bis sie über die Felsen spähen konnte, gab es aber wieder auf. Während sie sich gegen den Stein lehnte und die Augen schloss, entschied sie, dass Nigel in solchen Dingen sowieso der Bessere sei. Sie hatten noch ein paar Stunden Tageslicht und damit mehrere lange, erschöpfende Stunden Wegrennen und Verstecken vor sich. Wenn sie dies überleben sollte, dann war eine kleine Pause für sie weitaus wichtiger, als mit eigenen Augen zu sehen, ob sich die DeVeaus narren ließen und den falschen Weg nahmen.

Es schien ihr, als habe sie eben erst die Augen geschlossen, als sie spürte, dass Nigel sie wachrüttelte. »Hört auf, ich bin ja wach«, knurrte sie und rieb sich die Augen. »Sind sie weg?«

»Ja«, antwortete er, zog sie auf die Füße und führte sie den Hügel hinab. »Einen Augenblick lang fürchtete ich, dass ein scharfsichtiger Mann unsere Pferde gesehen hat, aber es war doch nicht so. Sie ritten einfach der Fährte nach, die ich für sie ausgelegt habe.«

»Dann sind wir in Sicherheit?« Sie konnte nicht ganz verbergen, dass sie das Gesicht verzog, als sie ihren steifen Körper in den Sattel hievte und ihr Pferd antrieb, Nigel zu folgen.

»Ja, für den Moment. Es wird ein Weilchen dauern, bis sie merken, dass die Spur nirgends hinführt. Ich hoffe, wir holen die Zeit, die wir gebraucht haben, sie zu legen, wieder auf.«

»Ich dachte, Ihr versucht, sie abzuschütteln.«

»Ich habe es versucht, und ich versuche es noch. Aber man sollte sich nicht einfach auf eine Taktik verlassen. Sie haben unsere Spur sehr lange verfolgt, was heißt, das mindestens einer von ihnen entsprechende Fähigkeiten besitzt.«

Gisèle fand diese Nachricht nicht sonderlich tröstlich. Sie

wollte Beruhigendes hören. Sie wollte gesagt bekommen, dass ihre Feinde weg waren, ganz und gar in der Wildnis verirrt und sie nie mehr verfolgen würden. Während sie sich bemühte, Nigel schweigend zu folgen, fragte sie sich, ob er dieses Spiels ebenso überdrüssig wurde wie sie.

Als Nigel schließlich einen Lagerplatz für die Nacht aufsuchte, hätte Gisèle fast laut aufgejubelt. Sie war zu Tode erschöpft und hatte absolut keine Ahnung, wo sie sich nach all den Drehungen und Wendungen, die Nigel sich geleistet hatte, um den DeVeaus zu entgehen, nun eigentlich befanden. Nachdem sie die Zeit von der Morgen- bis zur Abenddämmerung damit verbracht hatten, um ihr Leben zu laufen, fragte sie sich nun, wie und wann Nigel beschlossen hatte, dass es sicher genug war, ein Nachtlager aufzuschlagen.

Sie versorgte ihr Pferd und schlüpfte in den Schutz der umstehenden Bäume, um sich einen Augenblick zurückzuziehen. Als sie später ihr Bettzeug ausbreitete, warf sie einen Blick auf das Feuer, das Nigel angefacht hatte, und krauste die Stirn. Es war zwar nur ein kleines Feuer, geschützt durch einen Kreis aus Steinen, aber der Lichtschein konnte trotzdem während der Nacht noch aus einiger Entfernung gesehen werden. Auch Nigel hatte sich kurz zurückgezogen, als er wiederkam, setzte sich Gisèle auf ihr Schlaflager und sah ihn an. Vergnügt überging sie seinen kurzen, aber verräterischen Blick auf ihr Bett, das sie neben seinem Schlafplatz ausgebreitet hatte.

»Seid Ihr sicher, dass wir Feuer machen sollten?«, fragte sie. »So angenehm es ist, aber ist es nicht geradezu ein Leuchtsignal, dem unsere Feinde folgen können?«

»Sie sind zu weit weg, um so einen kleinen Lichtschein zu sehen«, antwortete er.

Gisèle zwinkerte mit den Augen und starrte ihn einen Augenblick an. »Und wann habt Ihr festgestellt, dass sie in sicherer Entfernung sind?«

»Nicht lange, nachdem sie meiner falschen Spur gefolgt

waren.« Er musterte sie eingehend, als er die Reste des Hasenbratens auspackte, ihr letztes Brot und ein kleines Stück Käse. Sie schien verärgert zu sein, aber ihm war nicht klar, warum.

»Warum habt Ihr uns dann stundenlang so unnachgiebig und schnell reiten lassen?« Gisèle griff nach ihrem Anteil an Essen und kämpfte gegen das Bedürfnis, ihn zu ohrfeigen.

»Ich hielt es für das Beste, möglichst viele Meilen zwischen uns und sie zu bringen.«

Während sie auf dem altbackenen Brot herumkaute, bemühte sie sich, ihre Wut zu bezähmen. Er hatte recht. Es *war* klug, so viel Abstand wie möglich zwischen sich und die Leute zu bringen, die darauf brannten, sie zu töten. Doch sie war todmüde und brauchte unbedingt jemanden, dem sie die Schuld daran geben konnte. Nigel war allerdings nicht der Richtige dafür. Derjenige, der ihre Wut verdient hätte, war weit außerhalb ihrer Reichweite. Sie musste ernsthaft versuchen, ihr Schicksal mit mehr Würde und Verstand zu tragen.

»Verzeiht, Sir Murray«, sagte sie leise, als sie den Weinschlauch, den er ihr hinhielt, nahm und einen kleinen Schluck daraus trank – bestürzt darüber, weil er fast leer war. »Ich bin müde und schlechter Laune.«

»Das kann man gut verstehen, Mädchen.«

»Vielleicht, aber Ihr verdient meine scharfe Zunge nicht. Ihr seid nicht schuld daran, dass mir alles wehtut und ich einen elenden Ritt quer durch Frankreich aushalten muss. Ich suche nach einem Opfer, das für diese unfairen Beschwerlichkeiten, die ich erleide, zu zahlen hat, aber ich finde keines. Der Mann, der mich auf diesen äußerst verfluchten Weg getrieben hat, ist tot und außerhalb der Reichweite meiner Flüche.«

Als kleines Zeichen seines Mitgefühls klopfte er ihr leicht auf die Schulter. »Wenn es Gerechtigkeit gibt, Mädchen, dann leidet Euer Gatte heftig und hat sehr viel mehr Folter und Pein durchzustehen, als ihr ihm jemals zufügen könntet.«

»Seid Euch da nicht so sicher. Ich könnte ihm eine Menge zufügen.« Kraftlos erwiderte sie sein Schmunzeln.

»Es wird bald vorüber sein.«

»Wird es das? Oder werde ich noch weiter davon entfernt sein als bisher?« Sie seufzte und hielt ihre Hand hoch, als er etwas sagen wollte. »Bemüht Euch nicht, meinen schwarzen Humor zu besänftigen. Es ist nichts weiter als das – schwarzer Humor, der daher rührt, dass ich müde bin und nicht haben kann, was ich will.«

»Und was wollt Ihr, Gisèle?«, fragte Nigel sanft.

»Ich will nach Hause.« Sie verzog das Gesicht. »*Merde*, ich höre mich an wie ein kleines Kind, aber es ist die Wahrheit. Ich will nach Hause. Ich möchte in meinem eigenen warmen Bett, meinem weichen Bett, schlafen, baden, wann immer ich Lust dazu habe, und essen, was und wann ich will. Ich möchte keinen Grund mehr für Selbstmitleid haben. Trotz all meiner Klagen weiß ich, dass Ihr dasselbe durchmacht wie ich. Ich möchte, dass auch das aufhört. Ihr verdient dies genauso wenig wie ich.«

»Ich bin solchen Beschwerlichkeiten gegenüber abgehärtet, Ihr nicht. Ich sollte versuchen, mich daran zu erinnern.«

»*Non*, ändert nichts an dem, was Ihr tut und tun müsst, um uns am Leben zu halten«, sagte sie bestimmt. »Denn es betrifft jetzt *uns*, nicht nur mich. Die DeVeaus jagen mich, aber sie würden Euch, ohne zu zögern, töten, entweder weil Ihr ihnen im Weg seid oder weil Ihr mich unterstützt. Ich kann nicht beschwören, dass ich nicht wieder über meine Schmerzen jammern oder Selbstmitleid haben werde, aber Ihr dürft dem keine Beachtung schenken. Um das eigene Leben zu rennen ist ausgesprochen anstrengend, und ich benehme mich oftmals nicht besonders gut oder klug, wenn ich so müde bin.«

»Mädchen, das schaffen nur wenige von uns. Ihr könnt Euch diese Nacht ausruhen, denn wir haben dieses Hundepack zumindest für den Augenblick abgehängt.«

»Wie könnt Ihr so sicher sein? Sie haben uns gefunden, und ich hätte nie gedacht, dass ihnen das gelingt.«

Nigel zuckte die Achseln. »Ich habe keine richtige Antwort darauf, wie sie uns gefunden haben. Sie hatten eben Glück und wir Pech. Kann sein, dass es nichts weiter ist. Ich habe unsere Spuren nicht gut genug verwischt. Ich zog den Abstand der Geheimhaltung vor. Ab jetzt werde ich mehr auf die Geheimhaltung achten.« Er lächelte zärtlich, als sie hastig die Hand hob, um ein herzhaftes Gähnen zu verbergen. »Ruht Euch aus, kleine Gisèle. Es war ein langer Tag.«

Sie streckte sich auf ihrem Bett aus und wickelte sich matt in ihre dünne Decke. »Und vor uns liegen noch viele weitere lange Tage, nicht wahr, Sir Murray?«

»Einige, ja«, antwortete er, indem er sich auf seinem Bett niederließ. »Das Schwerste wird sein, in einen Hafen hinein- und heil wieder hinauszugelangen.«

Gisèle fluchte leicht. »Natürlich. Die DeVeaus werden alle Häfen ziemlich scharf beobachten.«

»Sehr scharf.«

»Wie bitte?«

»Nicht ziemlich scharf, sondern sehr scharf.«

»Dieses Englisch ist keine einfache Sprache.«

»Ihr sprecht es sehr gut, viel besser als ich Eure Sprache. Wer hat es Euch beigebracht?«

»Meine *Grandmère*. Sie war aus Wales.« Gisèle berührte ihr Amulett.

»Das erklärt allerdings den eigenartigen Rhythmus Eurer Worte. Ihr habt eine Andeutung von Französisch in Eurer Aussprache, aber ich habe über den anderen Ton, den ich heraushöre, gerätselt.« Er blickte auf das verzierte Medaillon, über das sie selbstvergessen strich. »Hat sie Euch das gegeben?«

»*Oui.* Sie sagte, die ineinandergeschlungenen Kreise aus Silber seien vom Vater ihres Vaters oder sogar ihrem Urgroßvater entworfen worden. Sie war sich nicht ganz sicher. Die sieben Granitsteine stellen die sieben Söhne dar, mit denen er gesegnet war. *Grandmère* sagte, es würde mir Glück bringen.«

»Ich denke, das tut es auch. Ihr habt ein Jahr lang überlebt, obwohl Ihr von einer mächtigen und sehr reichen Adelsfamilie verfolgt werdet. Das ist ein großer Erfolg, um den Euch viele beneiden würden.«

»Dann bete ich darum, dass es uns weiterhin Segen bringt«, murmelte sie und schloss die Augen – unfähig, sie auch nur einen Augenblick länger offen zu halten. »Wenn Ihr mir noch weiter Fragen stellen wollt, Sir Murray, dann müsst Ihr, fürchte ich, bis morgen warten.«

Nigel lachte sanft, als sie fast augenblicklich einschlief, wurde aber ernst, als er ihr sacht ein Stäubchen Schmutz von ihrer weichen Wange strich. Sie war eine starke kleine Frau, hielt eine Menge aus, aber ihm war nicht klar, wie viel sie noch ertragen konnte. Allerdings hatten sie kaum eine Wahl. Er hasste es, sie so besorgt und traurig zu sehen, aber er wollte nicht miterleben, wie sie sterben musste, und das war das Schicksal, das sie erwartete, wenn die DeVeaus sie einholten. Als er die Augen schloss und den dringend benötigten Schlaf begrüßte, schwor er sich, dass er sie mit jeder nur erdenklichen Behaglichkeit beschenken würde, sobald sie Schottland erreichten. Außerdem, so schwor er sich weiter, würde er das tun, wozu ihre eigene Familie nicht fähig oder nicht bereit gewesen war – sie von dem blindwütigen und endlosen Rachedurst der DeVeaus zu befreien.

7

»Sied Ihr sicher, dass das klug ist?«, fragte Gisèle, während Nigel und sie auf einem Abhang Rast machten und auf das unten liegende Dorf sahen.

Sie war noch immer wund von ihrer andauernden Flucht vor den DeVeaus. Eine Nacht der Ruhe reichte nicht aus, um ihre Kraft völlig wiederherzustellen. Zudem hielt die Angst sie zurück. Ihre Feinde waren Nigel und ihr gestern sehr nahe gekommen. Sie mochte ihnen keine weitere Gelegenheit bieten, sie zu erwischen, doch das Betreten eines geschäftigen Dorfes ließ genau das befürchten, obwohl sie wahrscheinlich keine andere Wahl hatten.

»Wir brauchen Vorräte, Mädchen«, gab Nigel zu bedenken. »Es ist die falsche Jahreszeit, um alles, was wir brauchen, einfach zu ernten.«

»Ich weiß, außerdem ist in den vergangenen paar Jahren sowieso nicht viel zu ernten übrig geblieben. Die Soldaten haben alles genommen.«

Nigel seufzte und nickte, als sie den Hügel hinunterritten. »Das Heer kann sehr gierig sein. Ich habe gesehen, wie die Männer alles an sich genommen haben, was der Boden hergegeben hat. Nichts haben sie den armen Seelen gelassen, die dort lebten. Das ist eine der traurigen Folgen des Krieges.«

»Und dieses Land wurde immer und immer und immer wieder in Kriegen verwundet. Es nimmt kein Ende.« Sie schüttelte den Kopf. »Ich verstehe nicht, warum es ständig weitergeht, auch wenn die Männer immer eine schnelle Antwort parat haben und selbstsicher von Ehre, Tapferkeit, rechtmäßigen Königen und so weiter und so weiter sprechen. Meine Großmutter sagte einmal, Männer seien leichter beleidigt, als eine vertrocknete, alte, allzu fromme Nonne mit schlechter Laune.«

Eine ganze Weile war Nigel darum bemüht, sie tadelnd anzusehen. Eine Frau sollte nicht so beleidigend über Männer sprechen. Es konnte ihr eine Menge Schwierigkeiten bringen, denn die meisten Männer reagierten auf solchen Hohn nicht gerade freundlich. Doch dann konnte er sich das Lachen nicht länger verkneifen und glaubte fast, die schneidende Stimme der alten Frau zu hören.

»Ja, Mädchen«, sagte er, als sie beide schmunzeln mussten, »manchmal scheint es ganz genau so zu sein.« Er wurde ernst und zügelte sein Pferd, um es an den am Rand des Dorfes gelegenen Stallungen zum Stehen zu bringen. »Es ist eine Schande, dass Männer dazu neigen, andere Menschen zu töten, wenn sie gerade dabei sind, heftig beleidigt zu sein. In meinem Land wächst so etwas zu einer Fehde, die von Sohn zu Sohn weitergegeben und dadurch zu einem blutigen Erbe wird.«

»Hat Eure Familie solch eine Tragödie erlitten?«

»Fast, aber die Wahrheit kam ans Tageslicht und der Aderlass hörte auf.«

Bevor sie ihn noch weiter ausfragen konnte, stieg er ab und ging zu dem Stallknecht hinüber, um mit ihm zu sprechen. Gisèle war beunruhigt, doch als Nigel ihr das Zeichen gab, abzusteigen, folgte sie widerspruchslos. Sie musste wieder anfangen, jemandem zu vertrauen, und Nigel schien dafür der Richtige zu sein. Trotzdem machte es sie nervös, ihre Pferde den Händen eines Fremden zu überlassen. Das konnte eine rasche Flucht schwierig machen.

»Schaut nicht so ängstlich drein, Mädchen«, bemerkte Nigel leise, als er ihren Arm nahm und sie in das Dorf führte. »Ich kann Euch nicht versprechen, dass wir völlig sicher sind, aber ich habe auch nicht das Gefühl, dass um die nächste Ecke Gefahr lauert.«

»Ihr riecht keine Feinde?« Sie versuchte wie ein Junge zu

gehen, aber einige der scharfen Blicke, die man ihr zuwarf, verrieten ihr, dass sie damit allem Anschein nach nicht sehr erfolgreich war.

»Nein, ich rieche nichts. Mädchen, die Pferde müssen neu beschlagen werden. Die Hufeisen mögen einen Tag oder auch den ganzen Weg bis Donncoill, dem Sitz meiner Familie in Schottland, halten, aber es könnte genauso gut sein, dass eines unserer Reitpferde nur eine Meile vom Dorf entfernt zu lahmen anfängt.«

»Sind sie so abgetragen?«

»Ja, das sind sie.«

»Dann muss man sich darum kümmern. Hier zu bleiben mag gefährlich sein, aber vor den DeVeaus auf einem lahmen Pferd zu flüchten wäre noch gefährlicher.« Sie schaute sich um. »Es scheint ein wohlhabendes Dorf zu sein, das der neue Krieg noch nicht verwüstet hat, wir müssten hier also alles finden, was wir brauchen.« Sie legte die Stirn in Falten, als er auf eine kleine Bäckerei zuging. »Wollt Ihr mit den Händlern sprechen?«

»Ich beherrsche die Sprache.«

»Ich weiß, aber Ihr habt zugegeben, dass Ihr Schwierigkeiten habt, so zu sprechen, dass Euch jeder versteht, und umgekehrt auch Schwierigkeiten habt, alles zu verstehen, wenn schnell gesprochen wird.«

»Das stimmt alles, aber mir ist lieber, wenn ich es mache. Ihr mögt wie ein Knabe wirken, wenn man Euch nur flüchtig ansieht, aber ich denke, dass Ihr bei einer eingehenden Musterung nicht durchkommt.« Er lächelte matt. »Wir Schotten mit unserer rauen Sprache sind kein seltenes Erscheinungsbild mehr. Wartet hier, Mädchen, und sprecht mit niemandem.«

Gisèle murmelte eine Verwünschung, gehorchte aber seiner Anweisung. Sie hatte gemerkt, dass ihre Verkleidung selbst mit Kapuze nicht so gut war, wie sie es sich erhofft hatte. Das Sicherste war daher wohl tatsächlich, still im Hintergrund zu bleiben. Langsam kam sie zu der Ansicht, dass es für sie wirklich keine Möglichkeit gab, sich zu verbergen. Als Frau war sie schnell wahrgenommen worden und in Erinnerung geblieben. Als Junge hatte sie nicht mehr Glück. Es schien keine andere Möglichkeit zu geben, als sich tief in einer Höhle zu verbergen, bis man ihre Unschuld beweisen konnte oder die DeVeaus sie vergaßen und jemand anderen fanden, den sie foltern konnten. Allerdings hielt Gisèle beide Möglichkeiten für wenig wahrscheinlich. Ohne die Hilfe eines anderen würde sie in einer Höhle nicht überleben, und die DeVeaus waren dafür bekannt, ein sehr langes Gedächtnis zu haben.

Ein junger Mann kam aus dem Gasthof heraus, der über dem stark ausgefahrenen Weg gelegen war, und zog sofort Gisèles ganze Aufmerksamkeit auf sich. Sie spannte sich an, hin und her gerissen zwischen Hoffnung und Furcht. Ein Irrtum war nicht möglich, es war ihr schlanker, gut aussehender Cousin David. Doch was sollte sie tun, sich ihm nähern oder nicht? Er war nicht zu ihrer Verteidigung angetreten, als ihre Schwierigkeiten anfingen, aber andererseits konnte sie nicht glauben, dass er sie den DeVeaus ausliefern würde. Spontan eilte sie ihm nach und holte ihn am Anfang einer kleinen, dunklen Gasse ein.

»He, Junge, was spielst du denn für ein Spiel?«, verlangte David zu wissen, als Gisèle ihn in die Gasse schob.

»David, ich bin's, deine Cousine Gisèle.« Sie warf die Kapuze zurück und fuhr sich durch die Locken. »Erinnerst du dich nicht an mich, Cousin?«

Sie wartete, steif vor Anspannung, während er sie anstarrte. Plötzlich holte er tief Luft und packte sie bei den Schultern. Nach langem Schweigen entzog sie sich seinem Griff.

»Bist du völlig verrückt geworden?«, sagte er mit einer Stimme, die vor Schreck heiser und leise geworden war.

»Ich habe schon fast befürchtet, du wärst geisteskrank geworden. Du hast mich angestarrt, als wäre ich eine unerfreuliche Erscheinung«, grummelte sie, während sie sich die Kapuze wieder aufsetzte.

»Was hast du mit deinen Haaren angestellt? Und warum bist du so gekleidet?«

»Dass es dir an Intelligenz fehlt, hätte ich allerdings nicht gedacht, mein lieber Cousin. Ich versuche wie ein Junge auszusehen.« Sie sah ihn finster an, als sich reinster Hohn auf seinem Gesicht breitmachte. »Diese Kleider gehörten Guys Knappen.«

»Es überrascht mich nicht, dass ein Narr wie Guy hinter dieser Idiotie steckt.« Er schritt einige Augenblick auf und ab, bevor er sie wieder ansah. »Du hast Guy beinahe umgebracht.«

»Aha, du hast also mit unserer Schmeicheleien von sich gebenden Cousine Maigrat gesprochen.«

David grinste kurz, runzelte dann aber die Stirn und fuhr sich mit seinen langen Fingern durch das volle schwarze Haar. »Sie hegt keine großen Sympathien für dich, das ist allerdings wahr. Maigrat mag niemanden, dessen Zunge genauso scharf ist wie die ihre, vor allem wenn das, was derjenige sagt, ihre Ansichten infrage stellt.«

»Ich mag ein oder zwei Mal anderer Meinung gewesen sein«, erwiderte Gisèle spöttisch, »das ist jedoch kein hinreichender Grund, mich als Mörderin anzuprangern oder zu glauben, dass ich irgendetwas tun würde, das Guy verletzen könnte.«

David legte ihr den Arm um die Schultern und zog sie kurz an sich. »Ich konnte kaum glauben, dass du Guy wehtun würdest, und er hat unmissverständlich klargemacht, dass er dir auch weiterhin beistehen würde.«

»Geht es ihm gut?«

»Er ist fast gesund genug, um Maigrats Haus wieder zu verlassen, wie er es jeden Tag androht.«

Gisèle lachte und musterte David eingehend, als er weitersprach. »Guy war einer der wenigen, die an meine Schuldlosigkeit glaubten.«

David wurde rot und trat einen Schritt zurück. »Ich wünschte, ich könnte das leugnen, aber ich fürchte, du sprichst die hässliche Wahrheit aus. Die einzige Rechtfertigung, die wir alle haben, und die ist schwach genug, lautet, dass du deine Abscheu vor dem Mann jedem gegenüber, der es nur hören wollte, deutlich genug zum Ausdruck gebracht oder nicht weniger häufig ihm irgendwelche ekelhaften Strafen angedroht hast. Dennoch gibt es keine Entschuldigung für uns. Man hätte dich ihm nie zur Frau geben dürfen. Wir waren wohl von Macht und Reichtum geblendet. Noch nie zuvor war jemand von solch hohem Stand Mitglied unserer Familie geworden, und genau danach hungerten wir.«

»Du sagst die ganze Zeit ›wir‹ und ›uns‹. Sprichst du auch für die anderen?«

»Für die meisten. Ein paar, wie Maigrat, haben ihre eigenen Gründe, ihre Meinung nicht zu ändern, und ich fürchte, dass diese Weigerung mehr mit einer Abneigung deiner Person gegenüber als mit der Wahrheit zu tun hat.« David beobachtete sie besorgt, als er weitersprach. »Du kannst sehr verletzend sein, Gisèle, und du bist mit einer scharfen, sarkastischen Zunge verflucht, die bei manchen Leuten Wut und Abneigung wecken kann.«

»Diese Leute sind humorlos, und ich brauche sie nicht. Hilft mir meine Familie jetzt?« Angespannt wartete sie auf seine Antwort – wohl wissend, dass sie Angst davor hatte, ihre Hoffnungen einmal mehr zerschlagen zu sehen.

»Wir suchen inzwischen nach dem wahren Hergang«, gab er zu und erwiderte ihre plötzliche Umarmung. »Wir haben auch versucht, dich zu finden. Du musst jetzt mit mir kommen. Du kannst nicht länger allein und ungeschützt quer durch Frankreich flüchten.«

»Allein?« Gisèle hob die Augenbrauen, als sie von ihm zurücktrat. »Hat Guy behauptet, dass ich allein sei?«

»Er hat etwas von einem Schotten erwähnt, einem Ritter, der als Söldner sein Schwert verkauft. Er hat dich offensichtlich im Stich gelassen. Von einem Mann seiner Sorte kann man nichts anderes erwarten.«

»Nein, Nigel würde mich nie im Stich lassen.« Gisèle war ebenso überrascht wie David, wie heftig sie Nigel verteidigte. »Er sorgt für frischen Proviant und kümmert sich um unsere Pferde.«

»Du bist noch immer mit diesem Mann unterwegs? Das geht nicht an, Cousine. Du kannst nicht allein mit einem Mann reisen, schon gar nicht mit einem, den niemand kennt. Ich werde diesem Mann sein verdientes Geld geben und ihn wegschicken.«

Gisèle brannte zwar darauf, ihrem Cousin zu sagen, dass er ein völliger Idiot sei, war sich aber bewusst, dass dies nicht der richtige Augenblick war, um mit ihm zu streiten. Dieses Problem hatte sie nicht vorhergesehen, und sie verfluchte sich für ihre Blindheit. Die meisten Männer waren erpicht darauf, Frauen, die zu ihrer Familie gehörten, gegen die sündigen Gedanken und Absichten anderer Männer zu verteidigen. Da er seinerzeit nichts unternommen hatte, sie vor ihrem brutalen Ehemann zu schützen, war es gut möglich, dass David sich schuldig fühlte und deshalb jetzt nur schwer davon abzubringen war. Nigel würde sie bald suchen, und Gisèle war überzeugt, dass ihr Cousin ihm keinen warmherzigen Empfang bereiten würde. Grübelnd kaute sie auf ihrer Unterlippe und fragte sich, wie sie Nigel die Konfrontation, die ihn dank ihrer Gedankenlosigkeit erwartete, ersparen konnte.

Nigel trat aus der viel zu warmen Backstube heraus, atmete die kühle Luft tief ein und wusste sofort, dass etwas nicht stimmte. Als er Gisèle nicht an der Stelle fand, an der er sie verlassen hatte, stieg Panik in ihm auf. Mit der Hand am Schwertknauf begann er das kleine Dorf abzusuchen, und er blieb wie angewurzelt stehen, als er sie schließlich am Eingang zu einer engen, dunklen Gasse in der Nähe des Gasthofs entdeckte.

Von dem jungen Mann, mit dem sie zusammenstand, schien keine offensichtliche Bedrohung auszugehen, dennoch mochte Nigel ihn vom ersten Augenblick an nicht. Insgeheim verzog er das Gesicht, denn reumütig musste er sich eingestehen, dass ein Teil seiner Abneigung auf Eifersucht beruhte. Der Jüngling war groß, schlank, hatte dunkle Haare und dunkle Augen, und selbst Nigel konnte seine Schönheit nicht verleugnen. Allerdings konnte nichts von alldem die Gefahr mindern, in die sich Gisèle möglicherweise begeben hatte. Ihre Sicherheit hing zu einem sehr großen Teil davon ab, dass sie unerkannt blieb. Als Nigel den Jüngling sagen hörte, er würde ihn ausbezahlen und fortschicken, ihn wie einen der niedrigsten aller Söldner entlassen, ging er auf die beiden zu.

»Lasst Euren kleinen Geldbeutel fest an Eurem Gürtel, Jungchen«, sagte Nigel, indem er sich neben Gisèle stellte. »Ich verlange kein Geld für den Schutz dieses Mädchens.«

Gisèle sah von Nigel zu David und fluchte innerlich. Beiden Männern war die Anspannung deutlich anzusehen, in beiden Gesichtern spiegelte sich kalte Wut, und ihre Hände lagen an den Schwertern. Ein falsches Wort oder ein falscher Schritt, und sie würde zusehen müssen, wie ihr Beschützer und ihr Cousin sich gegenseitig niederschlugen. Männer, so sagte sie sich, waren sehr seltsame Wesen. Diese zwei mussten doch wissen, dass eine solche Auseinandersetzung keinem nutzte, am allerwenigsten ihr, von der beide behaupteten, sie schützen zu wollen.

»Nigel«, sie legte eine Hand auf seinen Arm, »das ist mein Cousin, Sir David Lucette. David, das ist Sir Nigel Murray, der Mann, der ritterlich angeboten hat, mich vor meinen Feinden zu schützen.«

»Genau, nämlich das zu tun, was ihre Verwandten nicht

wagten«, fügte Nigel hinzu, und ächzte leise, als Gisèle ihn heftig in die Seite stieß.

»Ihre Familie kann sich jetzt um sie kümmern«, sagte David in gebrochenem Englisch, wobei er seine straffe Haltung ein wenig lockerte, als er Gisèles wütendem Blick begegnete.

»Ihr habt fast ein Jahr lang die Lebensgefahr, in der sie schwebt, ignoriert«, gab Nigel mit kalter Stimme zurück. »Ihr habt sie im Kampf gegen ihre Feinde und beim Versuch, ihre Unschuld zu beweisen, allein gelassen. Und jetzt verlangt Ihr, dass ich mein Versprechen breche und sie Eurer untauglichen Fürsorge überlasse? Nein, davon halte ich nichts.«

»Sie ist eine Frau von edler Abkunft und mit einem ehrbaren Namen. Sie kann nicht allein mit einem Mann durchs Land reiten, der nicht durch Blutsbande mit ihr verbunden ist.«

Bevor Nigel etwas erwidern konnte, stieß Gisèle einen Fluch aus und stellte sich direkt zwischen David und Nigel. »Müsst Ihr Euch wie ungezogene Kinder benehmen, die sich um ein Spielzeug streiten?«

»Ach, Mädchen«, sagte Nigel und legte die Hand auf sein Herz, »Ihr verletzt mich. Ihr solltet dem Stolz eines Mannes mehr Beachtung schenken.«

Gisèle überging diesen Unsinn. Sie hatte schon erkannt, dass Nigel zur unpassenden Zeit geradezu albern werden konnte. Ein Blick in das Gesicht ihres Cousins sagte ihr indessen, dass er im Gegensatz zu ihr nichts begriffen hatte. Und so fragte sich Gisèle, ob Nigel gerade das beabsichtigt hatte, denn ein verwirrter Gegner war vermutlich leichter zu schlagen.

»Cousin«, sagte sie mit, wie sie hoffte, ruhiger, aber fester Stimme, »Sir Murray hat bei seiner Ehre geschworen, mein Beschützer zu sein.«

»Gisèle, ich verstehe, dass wir dich enttäuscht haben«, antwortete David auf Französisch und ergriff ihre Hände. »Wir haben dich mit unserem Argwohn und unseren Zweifeln beleidigt. Doch inzwischen ist alles anders. Überlass es uns, für dich zu sorgen.«

Nigel straffte sich. Es fiel ihm schwer, dem schnellen Französisch des jungen Mannes zu folgen, doch er verstand genug, um zu wissen, dass David mit sanfter Überredung versuchte, Gisèle davon zu überzeugen, mit ihm zu gehen. Sollte sie sich entscheiden, zu ihrer Familie zurückzukehren und deren verspätetes Hilfsangebot anzunehmen, würde er nicht viel dagegen tun können. Er wusste nicht einmal, ob sein Widerspruch aus dem ehrlichen Glauben resultierte, dass sie bei ihm sicherer war, oder eher aus der Angst, sie zu verlieren.

Es fiel ihr sehr schwer, doch Gisèle blickte unverwandt in die wunderschönen, flehenden Augen ihres Cousins. Im Grunde ihres Herzens wusste sie, dass sie Nein sagen würde, auch wenn sie nicht alle Gründe für ihre Weigerung hätte benennen können. Die Familie hatte sie mit ihrem Verrat verletzt, aber solche Wunden konnten heilen, und dennoch wies sie sie zurück. Vielleicht war es – zusammen mit den ausgesprochen guten Gründen, bei Nigel zu bleiben – Gisèles starker Widerwille, ihn zu verlassen, der sie hielt. Sie hoffte inständig, dass sie nicht im Begriff war, um eines schönen Gesichts und süßer Küsse willen einen ernst zu nehmenden Fehler zu begehen.

»*Non*, David. Ich werde bei Sir Murray bleiben«, antwortete sie auf Englisch, um nicht, wie ihr Cousin es versucht hatte, Nigel von dem Gespräch auszuschließen. »Ich habe mich für diesen Weg entschieden und werde dabei bleiben.«

»Ich schwöre dir, dass du nicht auf die gleiche beschämende Art behandelt wirst wie bisher«, erwiderte David ebenfalls auf Englisch, allerdings mit deutlicher Abneigung gegen diese Sprache in seiner dunklen Stimme.

»Das glaube ich dir. Aber es tut nichts zur Sache.«

»Bist du sicher, dass du nicht verletzten Gefühlen erlaubst, deine Schritte zu lenken?«

Sie lächelte kurz und zuckte die Achseln. »Ich kann nicht

leugnen, dass es solche Gefühle gibt, aber sie lenken mich nicht. Es ist so am besten, glaube mir.« Gisèle konnte dem finsteren Ausdruck auf Davids Gesicht entnehmen, dass er sie und Nigel bereits für ein Liebespaar hielt, jedoch nicht wusste, wem er die Schuld daran geben sollte. Immerhin war sie keine naive Jungfrau mehr. »Wir haben einen guten Plan. Du musst dir keine Sorgen um mich machen.«

»Keine Sorgen? Wie oft muss ich das noch sagen? Du reist als Junge verkleidet mit einem Mann, den keiner von uns kennt, quer durch das ganze Land. Weißt du überhaupt, wie sehr du deinen Namen in Verruf bringst?«

Gisèle lachte – es war ein kurzes, bitteres Lachen. »Meinen Namen in Verruf bringen? Seit einem Jahr prangern mich selbst einige Mitglieder meiner Familie öffentlich als Mörderin an, als Frau, die ihren Gatten nicht nur umgebracht, sondern auch verstümmelt hat. Ich bezweifle, dass das, was ich jetzt mache, meinen wertvollen Namen noch mehr beschmutzen kann.« Sie atmete tief durch, um sich zu beruhigen. »Sir Nigel bringt mich an einen sicheren Ort. Und genau das ist es, was ich jetzt brauche.«

»Cousine, wir könnten einen sicheren Ort für dich finden«, sagte David, aber in seiner tiefen Stimme schwang Unsicherheit mit.

»*Non*, das könnt ihr nicht, und wir wissen das beide. Die DeVeaus beobachten scharf jedes Mitglied unserer Familie. Was dem armen Guy widerfuhr, ist Beweis genug. Ich könnte mich nirgends verstecken. Egal, bei wem ich mich aufhalte, ich bringe jeden in Gefahr. Willst du allen Ernstes, dass ich unserer gesamten Familie eine Fehde mit den DeVeaus einhandle? Eine Fehde, die euch sehr leicht mit dem König selbst in Konflikt bringen würde? Das glaube ich nicht«, murmelte sie, als sie sah, dass er die Stirn runzelte.

»Aber jetzt, wo wir endlich zur Vernunft gekommen sind, müssen wir dir helfen, oder wir setzen unsere Ehre aufs Spiel.«

»Dann helft mir. Findet heraus, wer meinen Gatten wirklich getötet hat. Es ist der ideale Moment, das zu tun. Alle Augen der DeVeaus sind auf mich gerichtet, all ihre Kraft und all ihre Interessen zielen auf mich. Das sollte euch eine sehr gute Chance bieten herauszufinden, was genau meinem Gatten widerfahren ist.«

»Das wird nicht einfach sein«, knurrte David und rieb sich das Kinn.

»*Non*, das wird es nicht sein. Wenn es einfach wäre, hätte ich die Wahrheit schon selbst herausgefunden. Ich hatte keine echte Chance, den wirklichen Mörder ausfindig zu machen, und jetzt, wo die DeVeaus einen hohen Preis auf meinen Kopf ausgesetzt haben, werde ich gar keine Zeit mehr dazu haben. Ich habe nur noch Zeit, um wegzulaufen und mich zu verstecken.«

»Das ist doch kein Leben für eine Frau.«

»*Non*, das ist es nicht, also findet heraus, wer meinen abscheuerregenden Wurm von Ehemann wirklich zerschnitten hat, und befreit mich davon.«

Gisèle wartete besorgt, während David über ihre Worte nachdachte. Weigerte er sich, ihren Entschluss hinzunehmen, konnte er ihr eine Menge Schwierigkeiten bereiten, und davon hatte sie bereits mehr als genug. Obwohl etwas in ihr Nigel noch immer nicht ganz vertrauen wollte, war ihr klar, dass sie ihn nicht verlassen konnte. Alles in ihr sagte Gisèle, sie solle standhaft bleiben und ihren gewählten Weg weitergehen, aber sie wollte auch die Familie, die ihr endlich doch noch Hilfe anbot, nicht von sich stoßen.

»Mir gefällt das nicht«, schimpfte David, der Nigel einen kurzen und wütenden Blick zuwarf, bevor er Gisèle fest umarmte. »Ich werde deine Wünsche achten. Bleib bei diesem Mann, und deine Familie wird Herz und Verstand daransetzen, dich zu entlasten.«

»Ihr habt eine kluge Entscheidung getroffen«, gestand ihm Nigel zu und zog Gisèle an seine Seite.

»Ich glaube nicht, dass ich überhaupt eine Wahl hatte«, gab David zurück. Erneut warf er einen wütenden Blick auf Nigel und richtete dann seine Augen auf Gisèle. »Hoffentlich bereust du es nicht, Cousine,« sagte er, verbeugte sich und ging.

Gisèle seufzte, plötzlich unsicher geworden, unterdrückte aber das Bedürfnis, ihren Cousin zurückzurufen. Sie konnte sich nicht erlauben, schwankend zu werden, nur weil sie ihre Familie vermisste. Auch wenn sie ihr verzieh, musste sie zugeben, dass Nigel sehr viel standhafter war. David hatte ihr versichert, dass ihre Familie jetzt auf ihrer Seite stand, doch der Schmerz würde bleiben, und die deutliche Erinnerung an den Verrat hielt sie davon ab, ihm ganz und gar zu glauben. Sie kämpfte um ihr Leben und konnte sich keine Spekulationen über irgendjemanden oder irgendetwas leisten.

Sie sah zu Nigel auf, der sie prüfend musterte, und kam zu der Überzeugung, dass sie in Bezug auf ihn auf jeden Fall die richtige Spekulation gewagt hatte. Davids Klage, sie würde durch die Reise mit Nigel ihren Ruf schädigen, war unsinnig. Doch in einer Sache hatte er recht: Niemand kannte Nigel Murray wirklich. Er war ein Schotte, der sein Schwert den Franzosen verkaufte, und obwohl es unter seinen Kameraden nur wenige gab, die schlecht von ihm sprachen, war das in der Tat nicht viel, um sein Leben darauf zu bauen.

»Bereut Ihr Eure Entscheidung, Mädchen?«, fragte Nigel, bemüht sein Unbehagen zu unterdrücken. Ihr Blick war angespannt, nachdenklich, und er hatte Angst, dass sie im Begriff war, ihre Meinung zu ändern. »Wir können Euren Cousin leicht zurückrufen«, schlug er vor in der Hoffnung, dass sie niemals erfahren würde, wie schwer es für ihn war, diese Worte hervorzubringen.

»*Non.*« Sie legte die Stirn in Falten und schüttelte den Kopf. »Es ist besser so, aber ich habe einen Moment lang geschwankt.«

»Es ist keine einfache Entscheidung.«

»*Non*, das ist es nicht. Ich habe meine Familie vermisst.

Wie ich Euch bereits sagte, sehne ich mich danach, nach Hause zu gehen. Aber nicht jetzt und nicht mit ihm.«

»Ihr denkt, dass er nicht die Wahrheit gesagt hat?«

»Doch, er hat die Wahrheit gesagt, so wie er sie sieht. Es liegt nicht an ihm. Um ehrlich zu sein, ich möchte den anderen nicht misstrauen, aber ich kann nicht anders.«

Sanft schob er eine verirrte Locke zurück unter ihre Kapuze. »Sie wandten sich von Euch ab, als Ihr sie am meisten gebraucht habt. Es ist ein schwerwiegender Verrat, den man nicht einfach abtun kann, nur weil sie sagen, dass es ihnen leidtut.«

Sie lächelte ihn an, gerührt von seinem Verständnis. »Stimmt. Ich war hin und her gerissen, wollte ihm Glauben schenken, meiner Familie wieder vertrauen, und fühlte mich zugleich wie der übelste Verräter, weil ich es nicht konnte, nicht von ganzem Herzen.«

»Ihr müsst deshalb kein Bußgewand anlegen, Gisèle. Sie mögen Verwandte sein, aber sie haben Euch verraten, deshalb müssen sie sich Euer Vertrauen erst verdienen.«

»Und jetzt, wo ich um mein Leben laufe, ist nicht der Zeitpunkt, dieses Spiel zu Ende zu spielen.«

Sie starrte in die Richtung, in die David fortgegangen war, und kämpfte gegen das plötzliche Bedürfnis zu weinen. Sie konnte ihr Zuhause sehen, die moosbedeckten Steinmauern und hohen Türme. Sie konnte beinahe die Rosen riechen, die ihrer Großmutter so am Herzen lagen und um die sie sich nach dem Tod der alten Frau gekümmert hatte. Die Sehnsucht, nach Hause zurückzukehren und sich in ihrem weichen Bett zusammenzurollen, war so stark, dass es wehtat, aber sie musste dagegen ankämpfen. Zu Hause gab es keine Sicherheit für sie, stattdessen konnte sie leicht diejenigen in Gefahr bringen, die sie liebte.

Gisèle strich mit der Hand über Nigels Ärmel, kreuzte dann aber die Arme über der Brust, um zu verhindern, dass ihre Schwäche sie dazu verleitete, sich an ihn zu klammern.

Sie hatte sich unter anderem geweigert, Davids Angebot anzunehmen, weil sie ihre Familie in Gefahr bringen würde, stattdessen hatte sie sich entschieden, Nigel zu gefährden. Er hatte sich bereitwillig angeboten, ihr Beschützer zu sein und sie nach Schottland und in Sicherheit zu bringen, aber er hatte nicht wirklich gewusst, wie viel Schwierigkeiten dies für ihn selbst mit sich bringen würde. Da sie eine Wahlmöglichkeit erhalten hatte, war es ihrer Überlegung nach an der Zeit, auch ihm eine zu bieten. So atmete sie tief durch und sah ihn an.

»Ich habe gerade über etwas nachgedacht«, begann sie.

»Aha, und warum habe ich das unbestimmte Gefühl, dass mir dieses ›etwas‹ missfällt?«

Fragend sah sie ihn an, fuhr dann aber hartnäckig fort. »Ich weigere mich, meine Familie wiederzusehen, weil ich behaupte, sie nicht in Gefahr bringen zu wollen und mir Gedanken über ihre Sicherheit zu machen. Ich denke aber auch an Eure Sicherheit, Sir Nigel.«

»Jetzt weiß ich genau, dass mir dieses ›etwas‹ missfällt.«

»Darf ich bitte zu Ende sprechen?« Als er eine Verbeugung andeutete, fuhr sie fort. »Ich hatte die Möglichkeit, zu wählen, und ich denke, es ist höchste Zeit, auch Euch wählen zu lassen. Als Ihr mir zum ersten Mal Eure Unterstützung angeboten habt, war Euch vielleicht nicht bewusst, in welch ausgedehnten und tiefen Morast ihr geraten würdet. Inzwischen habt Ihr eine genauere Vorstellung von den Schwierigkeiten, in die ich Euch bringe. Ich würde verstehen, wenn Ihr den Wunsch hegt, Euch zu entfernen.«

»Ihr würdet es vielleicht verstehen, aber ich glaube nicht, dass viele andere es auch verstehen würden«, murmelte er mit einem Lächeln, denn ihre starre Haltung verriet ihm, dass es ihr sehr schwer gefallen war, ihm dieses Angebot zu unterbreiten. »Ich habe mein Ehrenwort gegeben, Mädchen.«

»Ihr habt es mir gegeben, also brecht Ihr es nicht, wenn ich Euch freigebe.«

»Viele mögen so denken, ich aber nicht. Ich bleibe. Ich sagte, dass ich Euch nach Schottland bringe, wo ihr in Sicherheit daran arbeiten könnt, Euren Namen reinzuwaschen. Und genau das werde ich auch tun.«

Auch wenn ihre Knie vor Erleichterung zitterten, bemühte sie sich dennoch, es nicht zu zeigen. »Ihr seid ein eigensinniger Mann, Sir Murray.«

»Richtig.« Er nahm ihren Arm und führte sie aus der Gasse hinaus. »Ich bin außerdem äußerst rücksichtsvoll, zuvorkommend und großzügig.«

»Und eingebildet.«

»Ich ziehe es vor, dies einfach als Kenntnis meiner Stärken zu sehen.«

Gisèle kicherte und schüttelte den Kopf. »Eine amüsante und interessante Erklärung, aber was veranlasst Euch, so zu prahlen?«

»Ich habe eine kleine Überraschung für Euch, Mädchen, und ich mag eingebildet sein, aber ich denke, Ihr werden sie mögen.«

8

Gisèle hätte vor Wonne fast gestöhnt, als sie ihren Körper behaglich in das heiße Wasser gleiten ließ. Nigel hatte sie zum Gasthof geführt, mit dem Wirt gesprochen und sie mit einem Raum beglückt, in dem ein weiches Bett und ein Zuber standen, der bald randvoll mit heißem, nach Rosen duftendem Wasser war. Er hatte sich diese Überraschung zwar erst ausgedacht, als sie die Gasse verließen, aber sie hatte nicht vor, Einwände dagegen zu erheben.

Als die Frau und die Töchter des Wirts den Zuber mit dem heißen Wasser füllten, war sie so begierig darauf, hineinzusteigen, dass sie es kaum abwarten konnte, bis sich die Tür hinter Nigel schloss und sie ihre Kleider ablegen konnte. Nur kurzfristig machte sie sich darüber Sorgen, ein streng gehütetes Geheimnis zu lüften, wenn sie offenbarte, kein Knappe zu sein, aber der Gesichtsausdruck der Frauen machte deutlich, dass dies für niemanden eine große Überraschung darstellte.

»Ich muss wirklich einmal herausfinden, was ich falsch mache«, murmelte sie, während sie anfing, sich die Haare zu waschen. »Es wäre doch äußerst enttäuschend, wenn ich mein Haar für nichts und wieder nichts abgeschnitten habe.«

Sie schüttete Wasser über ihr Haar, um die Seife abzuwaschen, und tastete dann nach einem Handtuch. Nachdem sie sich das Gesicht abgewischt hatte, rubbelte sie ihr Haar trocken und sah sich im Raum um. Dies musste Nigel nicht wenig seines schwer verdienten Geldes kosten. Es war teuer, ein Einzelzimmer zu mieten, die meisten Gasthäuser hatten nur eins oder zwei davon. Ein Zuber mit heißem Wasser oder gar Seife mit Rosenduft waren ein Luxus, den sich ebenfalls nicht viele leisten konnten, grübelte sie, als sie an dem Seifenstück schnupperte, bevor sie sich zu waschen begann.

Je mehr sie darüber nachdachte, desto unruhiger wurde sie. Bisher hatte sie noch keinen Gedanken daran verschwendet, wie sie alles bezahlen sollten. Da Guy verletzt und fast bewusstlos war, als sie ihn verlassen hatten, bezweifelte Gisèle, dass er Nigel Geld gegeben hatte. Von ihr hatte er ebenfalls nichts bekommen. Sie besaß gar keins. Was bedeutete, dass Nigel nicht nur sein Leben riskierte, um sie zu beschützen, sondern für dieses Privileg auch noch bezahlte.

Sie warf einen Blick auf das Amulett, das sie vorsichtig auf den Stuhl gelegt hatte. Wahrscheinlich konnte sie etwas Geld dafür bekommen. Doch dann schüttelte sie den Kopf. Sie brachte es nicht fertig, es zu verkaufen. Allein schon der Gedanke ließ sie erschauern. Es war alles, was ihr von ihrer Großmutter geblieben war, von jener Frau, die eher Mutter für sie gewesen war als ihre eigene. Sie musste eine andere Möglichkeit finden, Nigel alles zurückzuerstatten. Jetzt, da ihre Familie sie wieder in ihre Arme zu schließen schien, sollte es nicht allzu schwer sein, Geld von ihr zu bekommen.

Als sie sich tiefer ins Wasser sinken ließ, um dessen Wärme zum letzten Mal zu genießen, schmunzelte sie über ihre eigene Dummheit. Sie wollte sich von dem Amulett nicht trennen, weil es einerseits ein Erbstück war, aber auch, weil ihre Großmutter immer behauptet hatte, es würde Glück bringen. Und Gisèle gestand sich reumütig ein, dass sie mittlerweile daran glaubte, auch wenn sie ab und an das Gefühl beschlich, dass ihre Großmutter darüber kichern würde.

Sie schloss die Augen, überlegte sich in aller Ruhe, was ihre Großmutter wohl zu Nigel sagen würde, und musste lachen. Sie war überzeugt, dass sie und Nigel die besten Freunde geworden wären. Ihre *Mamie* wäre vermutlich über seinen seltsamen Sinn für Humor höchst erfreut gewesen.

Ein Wermutstropfen störte allerdings Gisèles Behaglichkeit. Sie waren gerade erst der Gefangennahme entkommen, hatten den ganzen vorherigen Tag damit zugebracht, den DeVeaus zu entgehen, und so schien es nicht sonderlich klug zu sein, diesen Vorsprung zu gefährden, nur um sich einen solchen Luxus wie ein weiches Bett oder ein heißes Bad zu gönnen. Fluchend verbannte sie diesen Gedanken mit aller Macht aus ihrem Kopf. Nigel hatte bisher seine Aufgabe sehr gut gemacht. Sie würde sich darauf verlassen müssen, dass er wusste, was sicher war und was nicht. Sie wünschte nur, dass sie sich nicht ständig daran erinnern müsste. War es nicht Verrat, jeden seiner Schritte infrage zu stellen? Gisèle begann von Neuem, ihr Bad zu genießen, und befahl sich, sich keine Sorgen zu machen, da Nigel gründlich Ausschau nach auftauchenden Schwierigkeiten halten würde.

Nigel fluchte und trocknete sich hastig ab. Nur flüchtig war er darüber verstimmt, in einem kalten Bach baden zu müssen, während sich Gisèle in einem Zuber mit heißem Wasser räkelte. Sie verdiente das, was er für sie arrangiert hatte, und brauchte es viel mehr als er. Es war eine übereilte Entscheidung gewesen, an dem Gasthaus haltzumachen, und eine teure dazu, aber er bedauerte sie nicht wirklich. Nachdem David gegangen war, hatte in ihrem Blick so viel Traurigkeit gelegen, dass er unbedingt etwas hatte unternehmen müssen, um sie wieder aufzumuntern.

Er schüttelte den Kopf, als er saubere Kleider anzog. Noch immer quälte ihn die Unsicherheit. In einem Augenblick wusste er, dass es richtig war, sie bei sich zu behalten, dass es für jeden so besser war, im nächsten stellte er seine Beweggründe infrage. Vermutlich würde er lange darüber rätseln.

Er kniete am Bach, schrubbte seine schmutzigen Kleider sauber und hoffte, dass sie über Nacht trocknen würden. Als er gerade damit fertig war, sie auszuwringen, erstarrte er. Zu spät hatte er den weichen Fußtritt hinter sich gehört. Langsam stand er auf und fragte sich, ob ihn seine Gabe schließlich doch verlassen hatte oder ob sie versuchte, ihm eine weitere Lektion zu erteilen. Als er sich umdrehte und David vor sich stehen sah, fluchte er, obwohl er erleichtert war. Er hatte keine Gefahr gespürt, weil es keine gab. David mochte ihn nicht und wollte ihm nicht vertrauen, aber dieser Mann würde ihn ganz gewiss nicht verletzen.

»Ich dachte, Ihr seid nach Hause geeilt«, sagte er, als er sich setzte, um sich die Stiefel zuzuschnüren.

»Ich reise erst morgen ab. Mein Pferd muss neu beschlagen werden«, antwortete David.

»Aha, Euretwegen müssen Gisèle und ich also warten, bis unsere Pferde an der Reihe sind. Und so habt Ihr beschlossen, einen kleinen Spaziergang am Wasser zu machen?«

David sah ihn wütend an. »Ihr gebt einem das Gefühl, nicht als ernsthafte Bedrohung angesehen zu werden.«

»Tu ich das?« Nigel sah in prüfend an. »Seid Ihr denn eine Bedrohung, Sir Lucette?«

»Ich sollte es sein – eine tödliche noch dazu. Ich glaube nämlich im Gegensatz zu meiner Cousine nicht, dass sie bei Euch sicher ist. Sie kann ab und an ausgesprochen naiv sein.«

»Sie ist Witwe und keine ahnungslose Jungfrau mehr.«

»Und deshalb habt Ihr das Gefühl, dass sie reif für die Ernte ist?«

»Jetzt, wo Ihr Euch endlich entschlossen habt, Euch um das Wohlergehen des Mädchens Gedanken zu machen, seid Ihr sehr hitzig geworden, nicht wahr?«

David fluchte und ging einen Moment lang in dem weichen Gras auf und ab. »Ich nehme solche Beleidigungen nur hin, weil ich begreife, dass ich sie verdient habe. Aber seid vorsichtig, Sir Nigel, ich bin nicht als geduldiger Mann bekannt. Ich mag diese beschämende Stichelei hinnehmen, aber nicht lange. *Oui*, ich habe bei diesem Mädchen versagt, so wie die meisten aus unserer Familie. Dies ist etwas, das zwischen ihr und uns bereinigt werden muss, und nicht mit Euch. Es bedeutet außerdem nicht, dass meine Bedenken Euch gegenüber nicht von Herzen kommen.«

»Es gibt keinen Grund, meinetwegen Bedenken zu haben.« – »*Non?* Wagt Ihr zu behaupten, dass Ihr es nicht aus Verlangen nach dem Mädchen macht?«

Nigel lächelte. »Nein, denn ein so großer Lügner bin ich nicht.«

Er hätte beinahe lachen müssen, als er David einmal mehr fluchen hörte. Der jüngere Mann war ein leichtes Opfer, und Nigel wusste, dass er eigentlich aufhören sollte. Es mochte eine Zeit kommen, in der er die Gunst von Gisèles Angehörigen vielleicht brauchte. Auf der anderen Seite mochte er an David und die anderen nicht viele Gedanken verschwenden. Er würde ihnen nicht so schnell vergeben können, wie Gisèle es getan hatte, obwohl ihm nicht klar war, warum ihn dies ärgerte.

»Ehrlichkeit muss, wie ich vermute, gelobt werden. Wenn Ihr ein wahrheitsliebender Mann seid, dann erklärt Ihr mir vielleicht genau, was Ihr mit meiner kleinen Cousine vorhabt.«

»Ich glaube nicht, dass es Euch etwas angeht, aber ich habe vor, sie sicher auf meinen Familiensitz in Schottland zu bringen. Dort kann sie bleiben, bis die Ungerechtigkeit, der sie hier ausgeliefert ist, ein Ende hat.« Er musterte David scharf und fragte dann. »Glaubt Ihr, Ihr könnt Ihren Namen wieder reinwaschen und diesen DeVeauschen Unrat aus ihrem Weg schaffen?«

»Ich habe gesagt, dass ich das tun werde.«

»Ich habe Euch vernommen. Ich wundere mich nur, warum Ihr glaubt, jetzt dazu in der Lage zu sein, wo doch fast ein ganzes Jahr lang niemand diese Aufgabe erledigt hat.« Er verzog das Gesicht, als David blass wurde. »Es hat keiner wirklich versucht, oder? Sie trafen ein Urteil über Schuld oder Unschuld, und weiter gingen sie nicht. Was hat das kleine Mädchen an sich, das Euch glauben lässt, sie würde so etwas einem Mann grundlos antun?«

Davids Augen weiteten sich. »Ihr denkt, sie hat es getan?«

»Ich weiß nicht recht, was ich glauben soll. Ich weiß nur, was man mir erzählt hat, und seit ich die Geschichte das erste Mal gehört habe, hatte ich keine Zeit, selbst nach der ganzen Wahrheit zu suchen.«

»Aber warum bemüht Ihr Euch so sehr, eine Frau zu beschützen, von der Ihr denkt, sie habe ihren Mann umgebracht?«

»Weil dieser Mistkerl alles, was ihm widerfahren ist und noch mehr verdient hat.«

»Nun ja, er war unfreundlich, so viel haben wir in Erfahrung gebracht.«

Nigel lachte barsch. »Unfreundlich? Ihr habt überhaupt nichts in Erfahrung gebracht.«

So knapp wie möglich erzählte er dem jungen Mann alles, was Gisèle ihm gesagt hatte. Außerdem, erklärte er David, habe er das auch durch einfache Beobachtung von Gisèles Verhalten erraten können. Voller Genugtuung beobachtete er, wie der Jüngling vor Schrecken und Wut blass wurde. David sank ins Gras nieder und bedeckte sein Gesicht mit den Händen. Nigel setzte sich wortlos, sah ihn an und wartete geduldig, bis der junge Mann sich wieder unter Kontrolle hatte.

»Wir hätten es bemerken müssen«, flüsterte David schließlich.

»Jemand hätte in Erfahrung bringen müssen, was vorgeht«, stimmte ihm Nigel zu. »Gisèle hat sich vielleicht nicht allzu deutlich geäußert oder war nicht allzu genau in ihren Klagen, aber die Narben sind zu erkennen, wenn sich jemand die Mühe macht hinzusehen. Ich habe sie gesehen, dabei habe ich das Mädchen nicht einmal gekannt, zumindest nicht so, wie ihre Familie sie kennen sollte.«

»*Non*, nicht wie ihre Familie sie kennen sollte. Sie hat mit mir nicht gesprochen.« David verzog das Gesicht. »Und nun bleibt mir nichts anderes, als nach Entschuldigungen für meine eigene Blindheit zu suchen. Ich bin mir nicht sicher, ob ich ihr Beachtung geschenkt oder die Sache klarer gesehen hätte, als diejenigen, an die sie sich gewandt hat. Ich bin mir nicht einmal sicher, ob es überhaupt einen Unterschied gemacht hätte, wenn wir alle gewusst hätten, wie sie behandelt wird. *Oui*, manche hätten aufgeschrien, und man hätte sie und ihren Mann vielleicht sorgfältiger beobachtet, aber ich weiß nicht, ob jemand wirklich versuchte hätte, sie wieder nach Hause zu holen. Auch wenn er ein Mistkerl war, er war ihr Gatte. Solche Bande sind nicht einfach zu trennen. Genau genommen war seine Ermordung eine der wenigen Möglichkeiten, dies zu tun, und Ihr seht ja, was für Schwierigkeiten ihr das gebracht hat.«

»Immer noch besser, als das, was sie aushalten musste.«

»Vielleicht. Wäre seine ganze Grausamkeit bekannt geworden, hätten wir ganz gewiss noch weniger an ihre Unschuld geglaubt.«

»Ich fürchte, ich werde wahrscheinlich niemals verstehen, wie so viele von Euch an ihre Schuld glauben konnten. Stimmt, das Mädchen hat eine scharfe Zunge und spricht ihre Gedanken häufiger aus, als manche bei einer Frau als angenehm empfinden mögen, aber eine Mörderin? Dafür hätte ich sie nie gehalten. Ich zweifle erst jetzt daran, weil ich weiß, was sie durchgemacht hat. Zumindest einen kleinen Teil davon. Ob sie jemals einem Menschen alles erzählen wird, bezweifle ich. Wenn ein Mann eine Frau so behandelt, dann wird sie entweder willenlos und verängstigt und ist für immer verloren, oder sie überwindet diese Furcht und läuft weg. Und wenn es keinen Ort gibt, an den sie sich flüchten kann, dann, so glaube ich, wird sie morden, und das kann ich ihr nicht zum Vorwurf machen.«

»*Non*, ich glaube auch nicht, dass ich das könnte. Trotzdem wird es leichter sein, die DeVeaus davon abzuhalten, sie zu töten, wenn sie unschuldig ist«, fügte David schleppend hinzu und lächelte flüchtig, bevor er wieder ernst wurde. »Das sind keine Männer, die die Ermordung des Bastards als gerecht ansehen, die das, was er ihr angetan hat, als falsch erkennen. Sie sind alle vom selben Schlag. Wir haben nur nicht darauf gehört oder nicht glauben wollen, wie übel sie wirklich sind. Es wird das Beste sein, wenn wir denjenigen finden, der die Ermordung zu verantworten hat.«

»Ich bin mir allerdings nicht im Klaren, ob er dafür leiden sollte, aber besser er als Gisèle, wenn sie wirklich unschuldig ist. Sie würde es nicht ertragen, wenn Ihr an ihrer Stelle jemanden an den Galgen bringt, der es nicht verdient hat.« Er lächelte schwach, stand auf und gab David die Hand. »Vergesst diese Idee also besser und lauft nicht einer unsinnigen Lösung hinterher. Das Mädchen ist bei mir sicher.«

»Ist sie das? Selbst wenn ich die Tatsache übergehe, dass Ihr wahrscheinlich versucht, das Mädchen zu verführen ...«

»Wahrscheinlich?«, murmelte Nigel.

David beachtete ihn nicht und fuhr fort. »Es gibt nur wenige Orte, an denen sie sich vor den DeVeaus verstecken kann oder vor denen, die auf die nicht unbedeutende Prämie scharf sind, die auf ihren Kopf ausgesetzt ist. Wahrscheinlich könnten selbst einige von Euren Landsleuten dadurch verlockt werden. Und glaubt bloß nicht, dass keiner Euren Plan, sie nach Schottland zu bringen, erraten wird. Es ist bereits bekannt, dass sie mit einem Schotten unterwegs ist.«

»Ist es so?« Das waren keine guten Nachrichten. Nigel hatte gehofft, dass ihr Geheimnis noch für eine Weile unentdeckt bleiben würde.

»So ist es. Wenn man sie also in Frankreich nicht finden kann, wird man sie woanders suchen. Die DeVeau werden Euch folgen oder Euch andere hinterherschicken. Das Geld, das auf ihren Kopf ausgesetzt ist, wird die Jagd von Tag zu Tag heftiger werden lassen.«

»Ist die Prämie derart verlockend?«

»*Oui*, und sie könnte sich noch erhöhen. Die DeVeaus haben mehr Geld als der König.«

»Dann geht Ihr am besten an die Arbeit, Junge, und beweist ihre Unschuld. Ich kehre zum Gasthof zurück. Es ist nicht gut, sie lange allein zu lassen.«

»Habt Ihr vor, diesen Raum mit ihr zu teilen?«

Nigel ging lächelnd über Davids Unverschämtheit hinweg. »Ja.«

»Ein Gentleman sollte woanders schlafen.«

»Nein, das würde er nicht, wenn er keine andere Wahl hat. Und, Sir Lucette, es ist sehr schwer für mich, sie zu beschützen, wenn mein Schwert nicht sofort zur Stelle ist.« Er klopfte dem jüngeren Mann auf die Schulter und ging ins Dorf zurück.

Gisèle fand kaum die Kraft, auch nur ein Auge zu öffnen, als Nigel ins Zimmer kam. Sie hatte auf ihn gewartet, doch schon bald nach ihrem Bad war sie müde geworden und zu Bett gegangen. Gerade als sie dabei war, einzuschlafen, wurde ihr ein leichtes Mahl serviert. Sie konnte sich wenigstens so weit aufraffen, ein bisschen zu essen, danach aber eilte sie sofort wieder in das weiche, warme Bett zurück.

»Ihr wart sehr lange weg«, murmelte sie und beobachtete, wie er seine feuchten Kleider zum Trocknen ausbreitete, sich dann auf die Bettkante setzte und sich etwas zu essen nahm.

»Na ja, ich hatte das Bedürfnis, ein Bad zu nehmen, und danach habe ich noch einmal Euren Cousin getroffen.«

»Ihr habt hoffentlich nicht gekämpft, oder doch?«

»Nein, Mädchen, obwohl ich annehme, dass der junge Mann gern ein oder zwei Mal nach mir geschlagen hätte.«

»Ihr habt ihn verspottet.«

»Nur ein wenig. Er gab aber zu, es verdient zu haben. Sie hätten Euch von Anfang an zur Seite stehen sollen, Mädchen.«

Sie seufzte. »Ich weiß, und die Tatsache, dass sie mich im Stich gelassen haben, verletzt mich tief, aber ich kann auch verstehen, warum sie es getan haben. Die DeVeaus sind fast so mächtig wie der König, zumindest in dieser Gegend. Sie werden von allen gefürchtet. Zu mir zu stehen heißt, in Opposition zu ihnen zu stehen, und wenige haben das Verlangen oder die Stärke, das zu tun. Man darf außerdem nicht vergessen, dass die DeVeaus dem König sehr verbunden sind, wenn also jemand in Opposition zu ihnen steht, riskiert er, dass man von ihm denkt, er stehe auch in Opposition zum König. Und das ist ein gefährlicher Standort.«

Nigel nickte, setzte das Tablett mit dem Essen ab und zog seine Stiefel aus. Er hatte sich nicht mit Gisèle besprochen und beobachtete sie nun prüfend, während er sich für die Nacht zurechtmachte. Aus Rücksicht auf ihre Sittsamkeit behielt er seine Kniehose an. Als er neben ihr ins Bett schlüpfte, spürte er, wie sie erstarrte, und schnitt innerlich eine Grimasse. Er wollte nicht um jeden Preis Sieger sein.

»Ich werde Euch nicht wehtun, Mädchen«, flüsterte er und musste gegen das Bedürfnis ankämpfen, sie in seine Arme zu nehmen.

»Ich weiß. Nicht Ihr seid der Grund, wenn ich steif vor Angst bin. Es hat nur einen einzigen Mann außer Euch gegeben, der bei mir im Bett gelegen hat, und er war nicht willkommen. Es ist lange her, dass er mich berührt hat, aber ich glaube mehr und mehr, dass die Angst, die er in mir ausgelöst hat, länger am Leben sein wird als ich.«

»Nein. Ihr habt nur bisher noch nichts unternommen, um sie in den Griff zu bekommen.«

Sie schaute ihn an und zog die Augenbrauen hoch. Er hatte recht, aber sie wunderte sich darüber, warum er sich so sehr mit ihren Ängsten, deren Ursache und deren Stärke beschäftigte. Gisèle hoffte inständig, dass er sie nicht verführen wollte, indem er ihr sagte, er könne sie heilen. Auch wenn ihr Innerstes ihr zuflüsterte, dass es ihm vielleicht gelingen könnte, wünschte sie, er sollte sie um ihrer selbst willen begehren und nicht, weil es seiner Eitelkeit schmeichelte, das wiedergutzumachen, was ein anderer Mann hatte vernichten wollen.

»Mädchen, Ihr müsst wirklich aufhören, immer gleich

schlecht von mir zu denken«, murmelte er. »Ihr verletzt meine Eitelkeit aufs Äußerste.«

Obwohl sie über seinen Unsinn schmunzeln musste, fühlte sie sich unbehaglich, weil er ihre Gedanken so leicht erraten konnte. »Ich habe nur gehofft, dass Ihr nicht behauptet, mich heilen zu können.«

»Ach, es würde Euch enttäuschen, wenn ich Euch mit so einem Gerede zu verführen suche, nicht wahr?«

»Könnte sein. Ihr würdet damit beweisen, dass Ihr nicht so klug seid, wie ich denke.«

Nigel grinste. »Aber ich bin klug. Habe ich Euch nicht dazu gebracht, allein mit mir in einem Raum und in einem weichen Bett zu sein?«

»Und nun versucht Ihr, mich misstrauisch zu machen. Es mag seltsam klingen, aber ich habe von Anfang an angenommen, dass Ihr gedenkt, mit mir in diesem Bett zu liegen. Und ich finde es nur recht und billig, wenn Ihr Euch wünscht, Anteil an diesem Luxus zu haben. Das bringt mich aber auf etwas, das ich mit Euch besprechen möchte.«

»Ihr seid dabei, etwas zu sagen, das mich verärgern wird.«

»Ihr seid ein großer, starker Ritter. Ich nehme an, dass Ihr diese Last zu tragen wisst.« Er sah sie mit zusammengekniffenen Augen an, und sie begegnete ihm mit einem kurzen, zuckersüßen Lächeln. »Ihr zahlt für meine Rettung, oder?«

»Ich bin kein armer Mann«, erwiderte er.

»Es würde mir nichts ausmachen, wenn Ihr das wärt. Ich finde es nur falsch, dass Ihr sowohl Euer Leben riskiert, als auch Euren Geldbeutel leert. Auch ich bin nicht arm. Leider komme ich im Moment nicht an mein Vermögen heran, aber ich werde Euch so schnell wie möglich alles zurückzahlen.«

»Das ist nicht nötig.«

»Doch, das ist es«, sagte sie mit fester Stimme. »Vielleicht ist es nur Stolz. Ja, ich glaube, das ist es. Es bereitet mir Kummer, auf andere angewiesen zu sein, um am Leben zu bleiben.«

Vorsichtig streckte er eine Hand aus und streichelte ihr die Schulter. »Ihr seid nur ein kleines Mädchen. Es gibt nicht viel, was Ihr auf eigene Faust machen könnt, aber bisher habt Ihr alles sehr gut gemacht. Es ist keine Schande, nun zu erkennen, dass die Zeit gekommen ist, Hilfe anzunehmen.«

Sie nickte. »Das sehe ich ein, aber Stolz weigert sich manchmal, der Vernunft zu gehorchen. Erlaubt mir diesen schwachen Trost. Ich werde Euch alles zurückzahlen, was Ihr ausgebt, um mich nach Schottland zu bringen.«

»Wie Ihr wünscht.«

Nigel fand es nicht an der Zeit, darüber zu streiten. Zudem verstand er ihre Gefühle. Es musste schwer sein, völlig auf die Gnade eines anderen angewiesen zu sein, vor allem wenn man so lang selbstständig gelebt hat. Es hatte denselben bitteren Beigeschmack wie eine Niederlage.

»Warum beschleicht mich das Gefühl, dass Ihr nicht einverstanden seid?«, murmelte Gisèle, als sie die Augen schloss.

»Ihr macht Euch viel zu viele Sorgen, Mädchen.« Zart strich er ihr ein paar lose Locken aus der Stirn. »Ruht Euch aus. Das ist es, was Ihr jetzt braucht. Wenn Ihr weiter solch finstere Gedanken wälzt, werdet Ihr nie den dringend notwendigen Schlaf finden.«

»Ihr wünscht doch nur, dass ich aufhöre zu sprechen, damit Ihr selbst schlafen könnt.«

»Genau.« Er schmunzelte, als sie sanft auflachte.

»Schlaft tief und fest, Sir Murray.«

Er hielt dies für einen ausgesprochen guten Wunsch und gab ihn liebevoll zurück. Es wäre nett, zur Abwechslung einmal ruhig und sicher zu schlafen und nicht immer mit einem wachen Auge. Nigel wurde bewusst, wie sehr er sich danach sehnte, die Kriege und den ständigen Kampf ums Überleben hinter sich zu lassen. Es würde schön sein, nach Donncoill zurückzukehren, dorthin zurück, wo viele bereit waren, in seinem Rücken zu wachen, damit er ruhig schlafen konnte.

Auch für Gisèle wäre es gut, grübelte er, während er sanft

einen Arm um sie legte. David hatte recht. Es würde dort nicht so sicher für sie sein, wie er gehofft hatte, aber wenigstens würde sie ruhig schlafen können. Flüchtig kam ihm der Gedanke, ob es falsch war, seinen Clan in Schwierigkeiten zu bringen. Seine Familie würde mehr als bereit sein, einer Frau zu helfen, die sich in solch verzweifelter Lage befand.

Wieder war er einer Gelegenheit aus dem Weg gegangen, von seinem Zuhause zu sprechen und Gisèle ein Stück weit vor dem zu warnen, was er zurückgelassen hatte. Er beschwor damit Probleme herauf, denn er musste Gisèle gegenüber wenigstens eine kleine Andeutung darüber machen, warum er seine Heimat verlassen hatte, aber er war ein Feigling. Außerdem hielt sein Stolz ihn davon ab. Es war unangenehm, zuzugeben, dass er aus dem Land und von den Menschen, die er liebte, geflohen war, weil er die Frau seines Bruders begehrt hatte, und solange er in ihrer Nähe war, nicht für sein ehrenvolles Betragen hatte garantieren können. Ganz gewiss war dies kein Geständnis, das Gisèle auf seine Seite ziehen würde.

Aber es gab noch einen anderen Grund für ihn, sein Schweigen zu wahren. Ganz bestimmt würde Gisèle Fragen stellen, wenn er ihr die ganze Wahrheit verriet, er hatte aber keine Antworten darauf – keine, die ihr Misstrauen schwächen konnten. Wenn sie herausfand, dass er Schottland verlassen hatte, weil er die Frau seines Bruders liebte, und diese Frau ihr sehr ähnlich sah, wollte Nigel Gisèle ehrlich in die Augen schauen und aufrichtig schwören können, dass das nicht der Grund für sein Verlangen nach ihr war. Das war ihm momentan aber noch nicht möglich. Es bereitete ihm Sorgen, dass es vielleicht erst möglich war, wenn er vor den Toren von Donncoill stand und von einer Frau zur anderen sehen konnte. Vor diesem Moment der Wahrheit hatte er noch immer Angst, und er fürchtete, dass er Gisèle dies alles niemals würde sagen können.

Sie murmelte leise im Schlaf und drehte sich ihm zu, um

sich mehr in seine Wärme zu schmiegen. Nigel seufzte und legte seine Arme um sie. Im Schlaf erlaubte sie ihm diese kleinen Umarmungen. Vielleicht war es ein gutes Zeichen.

Die Art und Weise, wie sich sein Körper vor Sehnsucht nach ihr anspannte, als er sie festhielt, schien ihm natürlich und ehrlich zu sein – es war Gisèle, die er sah, und Gisèles Name war auf seinen Lippen, doch das Gift der Unsicherheit lauerte noch immer in seinem Herzen. Er hatte niemals eine Frau geliebt, wie er Maldie geliebt hatte, und er wusste nicht, ob sich ein Mensch je von einer solchen Liebe erholen konnte.

Bis er die Antwort darauf kannte, sollte er Gisèle allein lassen, aber Nigel wusste, dass er dies nicht machen würde. Er mochte, wie sich ihre Arme anfühlten, mochte sie spüren und mochte ihren Geruch. Er wollte ihr Liebhaber sein, wollte ihre Leidenschaft genießen, und er hatte nicht die Stärke, sie wegzuschicken, nur weil er sein eigenes Herz nicht verstehen konnte.

Es gab eine andere Lösung für sein Problem. Beschämt verzog er innerlich das Gesicht, weil er auch nur daran denken konnte, aber er war nicht fähig, die Idee fallen zu lassen. Wenn er Gisèle bei ihrer Ankunft in Donncoill noch immer nicht alles erzählt hatte, wenn er noch immer nicht wusste, welche der beiden Frauen nun sein Herz in ihren kleinen Händen hielt, wenn Gisèle Maldie sah und eine Erklärung von ihm verlangte, dann konnte er immer noch lügen. Er würde ihr geradewegs in die Augen sehen und ihr das sagen, was sie hören wollte. Er fühlte sich nicht wohl dabei, und es war ganz und gar nicht ehrenvoll. Am Ende würde er sich womöglich noch entscheiden müssen, ob er lieber sein Ehrgefühl verteidigen oder es hinnehmen wollte, Gisèle zu verletzen. Vor eine solche Entscheidung gestellt, wusste Nigel, welchen Weg er beschreiten würde. Gisèle hatte es verdient, geschont zu werden. Und sollte er sie zu seiner Geliebten machen, ohne zu wissen, ob er sie aufrichtig lieben konnte, dann verdiente er es, dafür zu zahlen.

9

Ihr Traum war so angenehm, so süß und doch so aufregend, dass Gisèle nicht aufwachen wollte. Nigel berührte sie, glitt mit seinen großen, starken Händen langsam über ihren Körper, und sie verspürte keine Angst, nur Leidenschaft. Sie wusste, dass es genau so sein sollte, und wollte nicht, dass dunkle Erinnerungen alles verdarben. Weiche Lippen berührten ihre, und sie klammerte sich fest an den Mann, der sie in seinen Armen hielt. Einmal nur wollte sie von dem kosten, was die Minnesänger besangen.

»Gisèle«, flüsterte Nigel an der zarten Haut ihres Halses, »schau mich an«.

»*Non.*« Sie erbebte unter seiner Berührung, als er ihre Brüste sanft streichelte.

»Komm, meine Kleine, schau mich an. Ich möchte, dass du weißt, wer dich berührt.«

Sie schloss ihre Augen sogar noch fester und schüttelte den Kopf. »Könnt Ihr mich nicht in meinem Traum lassen?«

»Nein, denn das wäre eine Lüge.«

»Aber eine angenehme Lüge.« Die Wärme seines Atems liebkoste sie, als er an ihrer Schulter lachte.

Langsam öffnete sie die Augen. Als sie den Mann ansah, der sie an so intimen Stellen berührte, überkam sie leichtes Unbehagen, und sie fragte sich, warum er darauf bestand, dass sie ihn anschaute. Sie hatte ihn gewähren lassen, und es wäre wohl klüger gewesen, es einfach so hinzunehmen und den Augenblick in keiner Weise zu stören.

»Ich wusste, dass Ihr es wart«, sagte sie, überrascht darüber, wie weich und belegt ihre Stimme klang.

»Im Moment noch, bevor bei geschlossenen Augen die Gedanken ihre eigenen Wege gehen, in die Vergangenheit eintauchen und alle Ängste heraufbeschwören.«

»Wenn ich meine Augen öffne, könnte das meinen Sinn für Sittsamkeit heraufbeschwören.«

»Dann würdet Ihr wenigstens mich zurückweisen und nicht die Geister der Vergangenheit.«

Gisèle stockte der Atmen, als seine Hände ihren Rücken hinunterglitten und sie näherzogen. Sie hatte nicht das Bedürfnis, ihn abzuwehren, obwohl Furcht und Sittsamkeit es von ihr forderten. Was er sagte, ergab durchaus einen Sinn, doch es würde ein harter Kampf werden, wollte sie ihre Augen offen halten. Mit jeder neuen Empfindung, die ihren Körper überflutete, wünschte sie, ihre Augen zu schließen, als könne sie dadurch ihre Gefühle viel stärker auskosten.

Über sich selbst verwundert, rückte sie näher an ihn heran und bat wortlos um etwas, von dem sie niemals gedacht hatte, dass sie es je wieder würde spüren wollen. Schüchtern glitten ihre Hände über seinen Rücken und genossen es, harte Muskeln und weiche Haut zu fühlen. Dennoch zog Nigel seine Kniehosen nicht aus und er unternahm nichts, um ihr fieberhaftes Liebesspiel zu vollenden. Seine Hand wanderte zärtlich zwischen ihren Oberschenkeln hoch, und in einer Mischung aus Schreck und Wonne schrie Gisèle leise auf. Die Gunst des Augenblicks nutzend, küsste er ihre geöffneten Lippen. Eine leise Stimme sagte ihr, sie müsse über die intimen Berührungen dieses Mannes wütend sein, doch hörte sie darüber hinweg und öffnete sich seiner Berührung genau in dem Augenblick, in dem sie sehnsüchtig seinen Kuss erwiderte. Sie verstand nicht, was er mit ihr anstellte, aber sie wandte sich noch immer nicht von ihm ab.

Zart küsste er ihre hart gewordenen Brustspitzen und saugte durch das dünne Leinen ihres Hemds sanft daran. Die ganze Zeit über fuhr er unablässig fort, sie zu streicheln. Gisèle versuchte, seinen Körper mit dem ihrem zu umfangen, doch noch immer machte Nigel keinen Versuch, sich mit ihr zu vereinigen, stattdessen küsste und streichelte er sie weiter. Sie wollte etwas sagen, mit ihm sprechen, selbst auf die Gefahr hin, den Augenblick zu zerstören, doch ihr war plötzlich, als habe man sie ihres Verstandes und der Sprache beraubt. Gewaltige Gefühle tobten durch ihren Körper, und sie schrie Nigels Namen heraus. Er antwortete mit einem gierigen Kuss und hielt sie ganz fest, als ein Beben durch ihren Körper jagte. Es dauerte lange, bis Gisèle wieder zu Sinnen kam, und sie fühlte sich zugleich verwirrt und verlegen. Nigel liebkoste sie zärtlich. Nur kurz durchzuckte sie der Gedanke, sich aus seiner Umarmung zu befreien, doch seine Berührung beruhigte sie und linderte das wachsende Gefühl der Demütigung.

»Was hast du da eben gemacht?«, wisperte sie, wobei sie ihr Gesicht an seiner Schulter verbarg. »In Wahrheit hast du doch gar nichts gemacht. *Non*, ich meine, du hast nicht …«

Nigel lächelte zärtlich. »Das war für dich.«

Gisèle verstand nicht, und das hasste sie mehr, als das Gefühl von Verlegenheit. Immer schon hatte man ihr vorgeworfen, sie habe für eine Frau einen unangebrachten Wissensdurst, weil sie alles über die Dinge erfahren wollte, von denen Männer meinten, sie habe kein Recht dazu. Ihre Weigerung, unwissend zu bleiben, hatte sich nach ihrer Heirat nur verstärkt. Sie war zu der Ansicht gekommen, dass ihr einiges an Leid erspart geblieben wäre, wenn sie mehr über die Vorgänge zwischen einem Mann und einer Frau gewusst hätte. Es wäre ihr leichter gefallen, zu beurteilen, was daran in Ordnung war und was nicht, und hätte sie in die Lage versetzt, ihrem Ehemann gegenüber ihre Schwierigkeiten deutlicher zu äußern.

Langsam blickte sie Nigel an. Während sie mühsam nach Worten suchte, biss sie sich zögernd auf die Unterlippe. Ihr schwirrten viele Fragen im Kopf herum, und überrascht stellte sie fest, wie sehr sie fürchtete, durch zu große Neugierde Nigels Missfallen zu erregen, und ärgerte sich gleichzeitig zunehmend über sich selbst.

Sein Gesicht war angespannt, und Gisèle erkannte die Anzeichen starker Erregung. Sie hatte bei ihrem Ehemann gelernt, darauf zu achten, um sich rechtzeitig zu verstecken, bevor er sich ihr zuwandte. Doch Nigels Gesichtsausdruck ängstigte sie nicht im Mindesten. Ihm fehlte jene Spur von Verdorbenheit, die den Ausdruck ihres Mannes jedes Mal vergiftete. Außerdem machte er sie neugierig darauf, warum Nigel nichts unternommen hatte, sein eigenes Verlangen zu befriedigen.

»Ich verstehe nicht.«

»Und das beunruhigt dich, nicht wahr?« Er konnte nicht anders, als über die Verwirrung, die über ihr noch immer errötetes Gesicht huschte, zu lachen.

»*Oui*. Du hast mir gesagt, dass du mich verführen würdest, und hast es eben wahr gemacht, dennoch hast du den Akt nicht vollzogen. An meiner Bereitschaft war wohl nicht zu zweifeln, und doch hast du dich zurückgehalten. Das verwirrt mich. Ist das irgendein Schachzug?«

»Was für ein misstrauischer Kopf.« Er küsste ihre Nasenspitze. »Kein Schachzug. Warst du jemals mit einem Mann zusammen, der dich nicht verletzt hat, wenn er sich genommen hat, was er wollte?«

»Ich habe in meinem Leben nur mit einem einzigen Mann geschlafen, meinem Gatten, und die Antwort lautet ›nein‹. Du hast das erraten. Du hast meine Angst gesehen. Es ist offensichtlich, dass ich von solchen Ängsten jetzt frei bin.«

Er zuckte die Achseln. »Vielleicht, mein Mädchen, ich halte es aber für sehr hilfreich, wenn du wenigstens ein einziges Mal kennenlernst, was du zu fühlen imstande bist, bevor wir uns richtig lieben. Stimmt, du warst bereit, doch wie schnell wäre das vorbei gewesen, wenn ich mich auf dich gelegt hätte? Denn genau in dieser Situation wurde dir doch der schlimmste Schmerz zugefügt, oder?«

Sie wurde rot, aber bevor sie antworten konnte, klopfte es laut an die Tür. Nigel fluchte, sprang hastig auf, ergriff sein

Schwert und schritt zur Tür. Gisèle langte rasch nach ihren Kleidern.

»Wer ist da?«, forderte Nigel zu wissen.

»Ich bin's, David!«, rief der Mann auf der anderen Seite der dicken Holztür. »Lasst mich ein.«

»Ihr habt Euch eine schlechte Zeit ausgesucht, um hier anzuklopfen. Kommt später.«

»Wenn ich später komme, komme ich möglicherweise gerade recht, um Euch zu beerdigen.«

Nigel öffnete eilig die Tür und sah wütend auf den hereinkommenden David. »Was meint Ihr damit?«

»Die DeVeaus werden bald Eure Tür eintreten.«

»Sie sind da?« Nigel begann, sich anzuziehen.

»Unmittelbar vor dem Dorf. Irgendein Idiot aus dem Gasthof muss Euch erkannt und sie ausfindig gemacht haben. Das habe ich befürchtet. Die menschliche Habsucht kann zum tödlichen Feind werden.« Während sich ein fluchender Nigel fertig ankleidete, sah er Gisèle an. »Bist du in Ordnung, Cousine?«

Gisèle wusste, auf was sich Davids besorgte Frage bezog. Die Art und Weise, wie er Nigel anfunkelte, machte offensichtlich, wem er die Schuld geben würde, sollte sie verletzt worden sein. Seine Besorgnis war zu gering und kam zu spät, dachte sie gereizt. Ihr war die Unschuld schon vor langer Zeit geraubt worden, und niemand hatte auf ihre Schreie geachtet.

»Es geht mir gut«, erwiderte sie ein wenig schneidend, unfähig, ihre Verärgerung ganz zu verbergen.

»Ich habe mich nur gefragt ...«

»Du kannst aufhören, dich zu fragen. All das geht dich nichts an. Die Tatsache, dass meine Feinde mich einmal mehr ausfindig gemacht haben, dürfte von größerer Wichtigkeit sein.«

David errötete leicht und nickte. »Eure Reitpferde sind gesattelt und stehen bereit.«

»Guter Junge«, murmelte Nigel und warf sich das Sattelgepäck über die Schultern. »Ihr solltet diesen Ort gleichfalls verlassen.«

»Das habe ich vor. Mein Pferd ist fertig. Ich möchte nicht von den DeVeaus gefunden werden.« Er küsste Gisèle auf die Wange. »Sei vorsichtig, Cousine. Ich schwöre bei dem bisschen Ehre, die mir geblieben ist, die Mörder deines Mannes zu finden und dich von diesem Grauen zu befreien.«

Ihr blieb kaum die Zeit, ihm zu danken, als Nigel sie schon aus dem Raum zog. Die Sonne ging eben erst auf, und das matte Licht des Morgens ließ den ausgewaschenen Pfad, auf dem sie unterwegs waren, heimtückisch werden. Gisèle stolperte mehrmals, doch Nigel stützte sie und zog sie hinter sich her.

»David folgt uns nicht«, sagte sie in dem Moment, in dem Nigel sie in den Sattel hob, und das Gepäck hinterherreichte.

»Kluger Junge.« Nigel befestigte sein Sattelgepäck, stieg auf und ritt aus den Stallungen.

»Wie kann das klug sein? Sollte er nicht genauso schnell aus diesem Dorf fliehen wie wir?«

»Schon, aber nicht zur selben Zeit und nicht in dieselbe Richtung.«

Nigel stieß einen wüsten Fluch aus und schlug ihrem Pferd auf die Kruppe, um es zum Galopp anzutreiben. Einen Herzschlag später vernahm sie einen Schrei zu ihrer Rechten, und ihr war klar, dass man sie gesehen hatte. Sobald Nigel vor ihr ritt, richtete sie all ihre Aufmerksamkeit darauf, ihm so schnell wie möglich zu folgen. Sie musste sich nicht umsehen, um zu wissen, dass ihre Feinde ihnen dicht auf den Fersen waren, und glaubte schon, ihr Hecheln in ihrem Nacken zu spüren.

Hätte David sie nicht gewarnt, würden sie jetzt im Gasthof in der Falle sitzen. Es schien fast, als würden ihre Feinde mit jedem gelungenen Entkommen noch grimmiger werden. Zutiefst besorgt fürchtete Gisèle, dass ihr Glück sie sehr schnell verlassen würde. Zudem wurde Nigel von seiner Gabe, eine Gefahr zu spüren, offensichtlich ab und an im Stich gelassen.

Es war fast Mittag, als sie sich zum ersten Mal die Zeit nahmen, abzusteigen und die Pferde zu tränken. Gisèle benetzte einen kleinen Stofflappen mit Wasser, fuhr sich zuerst über das Gesicht und drückte sich das Tuch danach an den Hals, um sich Kühlung zu verschaffen. Langsam wurde es Sommer und zu warm für solch scharfe Ritte. Sie hoffte nur, dass es die Männer, die sie jagten, ebenso unbequem hatten wie sie. Dies wäre immerhin eine kleine, begrüßenswerte Gerechtigkeit.

»Wir werden sie bald abschütteln, mein Mädchen«, versicherte ihr Nigel.

»Werden wir das? Die DeVeaus oder diejenigen, die sich deren Münzen verdienen wollen, scheinen hinter jeder Kurve auf uns zu warten.« Sie seufzte. »Wir werden ein Heer brauchen, um zum Hafen zu gelangen.«

»Nein, nur Gerissenheit.«

Gisèle sah ihn prüfend an und fragte sich, ob ihn die Hitze langsam um den Verstand brachte. »Ich weiß, dass es oft heißt, Gerissenheit sei wie ein scharfes Messer, aber ich glaube kaum, dass sie uns einen Weg durch unsere Widersacher schneiden kann.«

Nigel lachte sanft und reichte ihr ein großes Stück Brot. »Kau darauf herum, Mädchen. Es wird die Schärfe des Hungers vertreiben und vielleicht auch die Schärfe deiner Zunge mildern. Wir wissen beide, dass wir nicht stark genug sind, uns hinzustellen und zu kämpfen. Zu viele Männer schlagen um sich, in der Hoffnung, dich zu treffen. Also müssen wir unseren Verstand gebrauchen, um ihnen aus dem Weg zu gehen.« Er lehnte sich rechts von Gisèle gegen einen Baum, trank einen großen Schluck aus dem Weinschlauch und reichte ihn ihr.

»Ich weiß, dass Weglaufen unsere einzige wirkliche Chance

ist.« Sie trank ebenfalls einen langen und tiefen Zug. »Es haftet nur manchmal der Geruch von Feigheit daran.«

»Du hast zu vielen Geschichten über großartigen Heldenmut Glauben geschenkt, in denen der Ritter einer dreifachen Übermacht gegenübersteht und lieber stirbt, als sich umdreht und zu seiner eigenen Sicherheit in die Berge verschwindet.«

Sie brauchte nicht zu fragen, was Nigel von solchen Geschichten hielt. Die Verachtung in seiner tiefen Stimme war deutlich zu spüren. »Du glaubst also nicht, dass solche Handlungen große Tapferkeit verraten?«

»Nur wenn der Mann keine andere Wahl hat, dann, ja, dann ist es tapfer, sich aufrecht hinzustellen, mit dem Schwert in der Hand, und jene, die ihm nach dem Leben trachten, teuer dafür bezahlen zu lassen. Es ist weitaus besser, als sich feige zu ducken und um das eigene Leben zu betteln. Aber wenn es eine Möglichkeit gibt, dem sicheren Tod zu entrinnen, dann wäre der Mann ein Narr, diese Gelegenheit nicht zu ergreifen und den Kampf lieber auf einen anderen Tag zu verschieben.« Er lächelte und zuckte die Achseln. »Welchen Sinn hätte es denn? Du bist tot, deine Feinde reiten weg und machen nach Belieben mit allem Schlimmen weiter, und deine Familie und Freunde haben einen fähigen Kämpfer weniger, der sie beschützt. Du schenkst den Spielleuten nur neuen Stoff für ihre Lieder.«

Nachdem sie ihn einen Augenblick lang angestarrt hatte, lachte Gisèle. »Du hast ein wirkliches Talent zum Kern aller Dummheiten vorzudringen.«

»Nicht immer, mein Mädchen. Ich pflegte solchen Erzählungen zuzuhören und sie alle für ach so ruhmreich zu halten. Dann war ich selber mit einer solchen Situation konfrontiert und dachte mir: ›Nein, das ist verrückt. In Wahrheit ist es Selbstmord.‹ Ich begab mich an einen Ort, wo ich meinen Feinden ebenbürtiger war und habe einen ehrlichen Kampf mit ihnen ausgefochten, bei dem ich nicht nur ein flüchtiger Zeitvertreib für sie war. Genau das machen wir jetzt auch.«

»Und das ist sehr vernünftig. Ich werde nur langsam des Ganzen überdrüssig und möchte mein Schicksal beweinen.«

»Das ist verständlich, doch es tut mir leid, wir müssen uns wieder auf den Weg machen.«

»Erlaub mir nur ein paar Minuten, um mich zurückzuziehen«, bat sie, froh darüber, nicht mehr rot zu werden, wenn sie auf dieses Privileg pochte.

»Beeil dich, meine Süße. Ich möchte nicht so lange an einer Stelle verweilen, wenn unsere Feinde so nah sind.«

Gisèle nickte und verschwand zwischen den Bäumen. Nigel musste ihr nicht sagen, dass sie sich beeilen sollte. Schließlich war ihr die Gefahr dank der Tatsache durchaus bewusst, dass sie das Dorf am Morgen fluchtartig hatten verlassen müssen und man ihnen den ganzen Vormittag über dicht auf den Fersen geblieben war. Trotz ihrer tapferen Reden wollte sie den DeVeaus lieber nicht von Angesicht zu Angesicht begegnen – und schon gar nicht ohne Nigel an ihrer Seite. Ihre Worte waren mutig gewesen, dachte Gisèle mit Selbstverachtung, doch sie hatte keine Lust, sie beweisen zu müssen.

Als sie ihre Kleider glatt strich und gerade zu Nigel zurückkehren wollte, erstarrte Gisèle plötzlich. Sie war sich sicher, etwas gehört zu haben, konnte aber nichts sehen. Ihr Herz schlug so heftig und schnell, dass es fast wehtat. Gisèle fuhr herum und stand einem großen, stark behaarten Mann gegenüber, dessen Farben ihn deutlich als einen DeVeaus kennzeichneten. Schon im Laufen begriffen, wusste sie, dass es zu spät war. Als der Mann sie packte und zu Boden warf, schrie sie auf vor Schmerz und Angst, starrte zu ihm hoch und betete inständig, dass er allein war. Vielleicht hatte sie in diesem Fall doch noch eine Chance, sich zu retten.

Nigel spannte sich an und fluchte. Etwas stimmte nicht. Das sagte ihm jede Faser seines Instinkts. Da weder etwas zu sehen noch zu hören war, was darauf schließen ließ, dass sich ihr Feind näherte, war es seiner Meinung nach Gisèle, die seine plötzliche Unruhe auslöste. Er zögerte. Nach Stunden der Flucht konnte es schließlich sein, dass er an jeder Ecke Gefahr witterte. Würde er ihr überstürzt nachrennen, raubte er ihr vielleicht die wenigen Minuten des Alleinseins. Doch dann hörte er ihren leisen Schrei und lief lautlos und schnell in den Wald hinein.

Als er den Mann sah, der mit gezogenem Schwert vor Gisèle stand, kämpfte Nigel heftig dagegen an, ihr zu Hilfe zu eilen. Der Mann konnte Gisèle ohne Weiteres töten, bevor er ihn davon abhalten konnte. Doch woher war er überhaupt gekommen? Nigel hatte keine anderen DeVeaus gesehen. Dieser Mann war entweder ein Kundschafter, oder die DeVeaus hatten sich auf weiter Fläche verteilt, weil sie hofften, ihre Chancen, Gisèle gefangen zu nehmen, würden sich dadurch verbessern. Möglicherweise handelte dieser Kerl aber auch im Alleingang, weil er selbst die gesamt Belohnung einstreichen wollte. Während er sich näher heranschob, beschloss Nigel, dass er es so oder so verdiente, für seine Gier teuer zu bezahlen.

»Wollt Ihr mich umbringen oder mich zu Leuten bringen, die die Tat für Euch ausführen?«, fragte Gisèle, die angespannt auf eine Möglichkeit wartete, ihm zu entkommen.

»Man hat's leichter mit dir, wenn du tot bist«, antwortete der Mann mit einem matten Lächeln.

»Da seid Ihr so ein unerschrockener Mann und schlagt eine kleine, unbewaffnete Frau tot.«

»Du bist eine mordende Hure. Ist es nicht besser, durch das Schwert zu sterben, anstatt gehängt zu werden, um langsam und schmerzvoll zu ersticken?«

»Ich würde es vorziehen, überhaupt nicht zu sterben.« Er hatte ein Bild vor ihren Augen erstehen lassen, das sie bis auf die Knochen erschauern ließ, aber Gisèle weigerte sich, ihm ihre Angst zu zeigen. »Es erstaunt mich, wie viele Leute den DeVeaus Glauben schenken. Sie mögen reich und mächtig sein, aber sie sind auch dafür bekannt, wenig Ehre zu besitzen. Die Wahrheit kommt ihnen zudem sehr selten über die Lippen.«

»Was geht's mich an? Dieser Streit findet zwischen Euch und ihnen statt, und sie haben das Geld.«

»Ich habe auch Geld«, sagte sie und fragte sich, ob sie sich ihren Weg aus der Gefahr einfach freikaufen konnte, doch sein schnelles, raues Lachen machte diese Hoffnung sofort zunichte.

»Keiner hat so einen großen Geldbeutel wie die De-Veaus.«

Sie versuchte, zurückzuweichen, als er näher kam und mit der Schwertspitze auf ihr Herz zielte. »Habgier ist es also, die Euch dazu bringt, Eure Hände mit dem Blut einer unschuldigen Frau zu beflecken.«

»Unschuldig oder nicht, das interessiert mich nicht, meine Hände sind schon ziemlich befleckt. Ein paar Tropfen mehr machen da nichts aus.«

Er bewegte sich, und Gisèle bemühte sich, sich auf den Beinen zu halten. Ihr Herz hämmerte, als sie erkannte, wie schwer es sein würde, dem Hieb seines Schwerts auszuweichen. Doch plötzlich hielt er inne, und ein Ausdruck voller Überraschung und Entsetzen verzerrte sein Gesicht. Als er langsam auf die Knie sank, merkte Gisèle, dass Nigel hinter ihm stand. Vorsichtig ging sie auf ihn zu, während Nigel das Blut von seinem Schwert am Wams des Toten abwischte. »Ich wollte ihm ausreden, mich zu töten«, sagte sie und atmete mehrmals langsam tief durch, um sich zu beruhigen.

»Bestand Aussicht auf Erfolg?«, fragte Nigel, der zu ihr kam und ihr sanft den Rücken streichelte, erfreut, ihr Zittern noch unter seiner Hand zu spüren.

»Nicht im Geringsten. Habgier hat ihn gegenüber jeder Vernunft blind und taub gemacht.«

»Dein Cousin hat dich gewarnt.« Nigel nahm sie bei der Hand und führte sie zu den Pferden.

»Ich weiß. Mir läuft die Galle über, weil ich zugeben muss,

dass er recht hatte.« Kurz lächelten sie einander an. »Ich fürchte, etwas in mir glaubte daran, dass meine kleine Statur und mein Geschlecht mich ein Stück weit schützen würden. Das war Unsinn.«

»Das war es allerdings, Mädchen. Die Männer, die den DeVeaus folgen, würde es vermutlich nicht einmal interessieren, wenn du ein Säugling wärst. Wer auch immer die Verfolgung anführt, er hat nicht befohlen, dich lebend zu fangen.«

»Es interessiert sie nicht, wer das von ihnen verhängte Urteil ausführt, solange es nur ausgeführt wird.« Bei den Pferden angekommen, sah sie sich stirnrunzelnd um, während sie aufsaß. »Es macht den Anschein, als sei der Mann allein gewesen.«

»Ja, so sieht es aus«, stimmte Nigel ihr zu, der ebenfalls aufsaß und anritt. »Er wollte das Kopfgeld nicht mit jemandem teilen. Diese Gier hat ihn ins Grab gebracht. Allerdings kann ich nicht sagen, wie weit seine Kameraden weg sind.« Gisèle zitterte, konnte aber ihre Angst nicht richtig äußern. Dieses Mal war sie erschreckend nah daran gewesen, für einen Mord, den sie nicht begangen hatte, mit dem Leben zu bezahlen. Auch wenn sie versuchte, stark zu sein, indem sie sich an eine falsche Hoffnung klammerte, wusste sie doch, dass sie dem Tod ins Angesicht geschaut hatte. Sie musste eine Pause von der Gefahr haben, um ihre Stärke wiederzuerlangen.

Diese Begegnung hatte außerdem deutlich gemacht, dass sie mehrere Dinge nicht bedacht hatte. Was sie am meisten gefürchtet hatte, was sie wirklich bekämpft hatte, war eine Gefangennahme und die Aussicht, vor einen DeVeau geschleift zu werden, um ein ungerechtes Gerichtsverfahren über sich ergehen lassen zu müssen. Tief in ihrem Herzen hatte sie daran geglaubt, dass nur ein DeVeau eine kleine, unbewaffnete Frau töten würde. Sie hatte an die höfischen Regeln geglaubt, nach denen ein Ritter leben sollte, hatte geglaubt, dass diese den Schwächeren schützen oder ihm wenigstens keinen Schaden zufügen würden. Das war Unsinn. Die Sorte Mann, die die Befehle eines DeVeau ausführte, würde sich nicht an einen ritterlichen Kodex halten. Sie musste sich solche Vorstellungen aus dem Kopf schlagen und verstehen lernen, dass sie sich nicht nur vor der Familie ihres Mannes hüten musste, sondern vor jedem Kerl, der im Dienst der DeVeaus stand, und vor all den anderen, die einfach nur versuchten, sich die auf sie ausgesetzte Prämie zu verdienen.

Nigel warf ihr über die Schulter einen Blick zu, während er sie durch ein seichtes, mit Steinen übersätes Flussbett führte. Er hatte sie gerettet, aber es war knapp gewesen, sehr knapp. Die Vorstellung, sie fast verloren zu haben, ließ ihm noch immer das Blut in den Adern gefrieren. Er hoffte, dass sie beide dadurch vorsichtiger werden würden, wollte aber Gisèle nicht zu sehr ängstigen.

»Schau nicht so gequält, meine Liebe. Wir können die DeVeaus weder sehen noch hören, also können unsere Feinde nicht allzu nah sein.«

»Diesen Mann haben wir auch nicht gesehen oder gehört«, erwiderte sie.

»Das stimmt allerdings. Doch jetzt wissen wir, dass sie auch einzeln auftauchen können, also können wir auf eine derartige Bedrohung achten.«

Sie lächelte traurig. »Wir brauchen mehr Augen, wenn wir all dieses Beobachten leisten wollen, und auch noch gut leisten wollen.«

»Es wäre einerseits hilfreich, einen Verbündeten zu haben, der uns den Rücken deckt, andererseits ist es für zwei Leute viel einfacher, sich zu verstecken, als für drei. Und wie sollen wir wissen, wem man vertrauen kann?« Er lächelte flüchtig, als er sie fluchen hörte. »Ich würde meinen Verwandten vertrauen, aber sie sind nicht da.«

»Und ich vertraue nicht allen meinen Verwandten«, fügte

Gisèle hinzu. »Ich vertraute Guy, aber er kann uns nicht mehr helfen. Darüber hinaus?« Sie zuckte die Achseln.

»Du vertraust deinem Cousin David nicht?« Nigel merkte, dass ein Rest von Eifersucht ihm diese Frage eingegeben hatte.

»Ich möchte schon, aber ich kann es nicht, nicht ganz. Er stand auf der Seite derjenigen, die mich beinahe ein ganzes Jahr lang verurteilt haben. Weil er jetzt behauptet, einen Sinneswandel durchgemacht zu haben, soll ich ihm Glauben schenken? Und das nur, weil er von meinem Blut ist? Ich finde nicht. Als mein Gatte ermordet wurde und ich unter Anklage stand, hat meine Familie alles verloren, was sie sich durch meine Heirat mit DeVeau erhofft hatte. Woher weiß ich denn, dass sie nicht versucht, sich ein Stück weit für diesen Verlust schadlos zu halten, indem sie sich die Prämie der DeVeaus verdienen will?«

Nigel starrte sie einen Augenblick lang an, dann schnitt er eine Grimasse und wandte seine Aufmerksamkeit wieder dem Pfad zu, dem sie folgten. Er hätte wirklich gerne zugunsten ihrer Familie gesprochen, aber er konnte es nicht. Keinen von ihnen kannte er gut genug, um sich für ihn zu verbürgen. Was Gisèle sagte, ergab zudem sehr viel Sinn. Seine Familie würde ihn niemals auf diese Weise verraten, aber ihre Familie?

»Man kann sich nicht sicher sein«, gab er widerstrebend zu, »aber du solltest deine Verwandten vielleicht nicht so hart beurteilen. Ja, sie haben dich verraten – indem sie sich weigerten, deinem Anspruch auf Unschuld Glauben zu schenken und dir selbst auf einfachste Weise zu helfen –, aber von da bis zum Bündnis mit deinen Verfolgern und zum Profitieren von deinem Tod ist es ein weiter Weg.«

»Aber du stimmst mir zu, dass ich diese Möglichkeit nicht ganz außer Acht lassen darf, auch wenn es ein weiter Weg sein mag?«

»Ja, aber erlaub ihrem ersten Verrat, ihrem Versagen nicht,

das Wie, Wann und Ob eines neuen Vertrauens in sie zu vergiften. Sie sind deine Verwandten. Sie mögen nicht vollkommen oder völlig glaubwürdig sein, aber sie sind von deinem Blut. Immerhin hat dich nicht die ganze Familie im Stich gelassen, und manche mögen sich nur der Sünde des Stillschweigens schuldig gemacht haben.«

Gisèle nickte und lächelte, ihre Stimmung besserte sich ein wenig, während sie ihm zuhörte. Es war traurig, dass sie ihrer Familie nicht mehr ganz und gar vertrauen konnte, aber Nigel hatte recht. Sie musste sich nicht von allen vollständig abwenden. Viele von ihnen mochten keine lieben Freunde sein, denen sie ihr Leben und ihre Geheimnisse anvertrauen konnte, aber sie musste sie trotzdem nicht gleich alle als Feinde betrachten. Als sie ihr Pferd zu einer schnelleren Gangart anhielt, um mit Nigel mitzuhalten, wurde Gisèle bewusst, dass Hoffnung in ihr aufzukeimen begann: Wenn ihr Leben schließlich nicht mehr bedroht war, konnte es ihr durchaus möglich sein, wieder nach Hause zurückzukehren.

10

Das Wasser war kalt, aber es war herrlich sauber und erfrischend. Gisèle setzte sich auf das weiche, mit Gras bewachsene Ufer an dem kleinen Teich und wusch sich, nach einem langen Tagesritt erleichtert über das Bad, den Schmutz ab. Sie betrachtete die Stelle genauer, die Nigel für ihr Lager ausgesucht hatte, und war von deren Schönheit bewegt.

Große weit ausladende Bäume umgaben die Lichtung, schenkten Schutz vor der Hitze und dem Blick ihrer Feinde. Die Wildblumen des ausgehenden Frühlings standen in voller Blüte. In verschwenderischer Fülle waren sie über die Lichtung verstreut, schenkten ihr Farbe und einen sanften Duft. Alles war so lieblich, so friedlich und zudem mit dem Gesang der Vögel und den Geräuschen kleiner Tiere erfüllt, dass Gisèle den Eindruck hatte, ihre Seele komme zur Ruhe. Sie mochte nicht glauben, dass ihr an einem solch stillen Ort Böses widerfahren konnte, obwohl sie natürlich wusste, dass es töricht war, sich in ein Gefühl der Sicherheit wiegen zu lassen. Gisèle seufzte, als sie sich über den Teich beugte und mit beiden Händen Wasser schöpfte, um sich den Staub aus dem Haar zu spülen. Wenn sie diese Lichtung gefunden hatten, konnten es auch die DeVeaus.

Hastig rieb sie ihr Haar trocken, strich sich die Kleider glatt und ging zurück, um ein Lagerfeuer zu entfachen. Wenn sie sich beschäftigte, würde sie vielleicht nicht so viel nachdenken. Zu vieles Nachdenken brachte sie nur durcheinander, machte sie unruhig und manchmal auch ängstlich.

Sobald das Feuer brannte, setzte sich Gisèle daneben und blickte um sich. Das weiche, goldene Licht der untergehenden Sonne ließ die Lichtung noch schöner erscheinen. Dies war kein Ort für finstere Gedanken, Sorgen und Ängste hatten in diesem Frieden keinen Platz, überlegte sie selbstvergessen. Sie atmete tief ein und aus, genoss die Stille, doch als sich ihre Gedanken Nigel zuwandten, schimpfte sie leise vor sich hin. Warum wollte ihr Kopf nicht ihrem Bedürfnis nach Frieden nachkommen?

Jetzt, wo sie gerade einmal nicht um ihr Leben rannte, jetzt, wo Nigel den DeVeaus für einige Zeit ausgewichen war, wurde es schwer, nicht an das zu denken, was im Gasthof zwischen ihnen vorgefallen war. Sie war sich noch immer nicht sicher, was er mit ihr gemacht oder warum er es gemacht hatte. Niemand zuvor hatte solche Empfindungen in ihr ausgelöst, schon gar nicht ihr Ehemann. Gisèle nahm an, dass sie empört sein, sich vielleicht sogar ein bisschen fürchten sollte, doch sie war nur neugierig.

War es das, wovon alle Minnelieder erzählten? Es war ein wunderbares Gefühl, und der Instinkt sagte ihr, dass es wahrscheinlich noch schöner war, wenn sie es miteinander teilen würden. Dass ein Mann mit einer sanften, geschickten Berührung derartige Empfindungen in einer Frau wecken konnte, erklärte auch, warum sich manche Frauen einen Liebhaber nahmen. Nachdem sie von ihrem Mann nur brutale Attacken gewohnt war, hatte sie sich oft gefragt, wie eine Frau bereit sein konnte, sich einem Mann hinzugeben. Und als sie erfahren hatte, dass manche Frauen sogar mehr als einen Mann umarmten, hatte es ihr die Sprache verschlagen. Jetzt fing sie an zu verstehen.

Nigel hatte sie an diesem Morgen überrascht und verführt, während sie mehr schlief als wach war. Gisèle sollte vermutlich wütend, entsetzt und beleidigt sein, aber wie tief sie auch in sich hineinhorchte, sie fand nichts von alldem. Er hatte sie gewarnt, hatte ihr ehrlich gestanden, dass er vorhabe, sie zu verführen, und sie hatte ihm nicht deutlich zu verstehen gegeben, dass sie es nicht wünsche. In gewisser Weise hatte sie die Herausforderung angenommen. Zudem hatte er keine unehrenhaften oder gemeinen Schliche angewandt. Ihr Einverständnis mit seinen Verführungskünsten war auch ein Stück weit darauf zurückzuführen, dass Nigel Murray ihrer Ansicht nach ein Nein immer akzeptieren würde.

Sie hatte heute Morgen nicht nein gesagt, dachte sie mit gerunzelter Stirn und verlegenem Erröten. Im Gegenteil, sie war höchst bereitwillig gewesen, so bereitwillig, dass sie liebend gerne aus vollem Halse Ja gerufen hätte. Eine weitere Schwäche, grübelte sie, und schüttelte den Kopf. Sie offenbarte eine ganze Menge solcher Schwächen.

Eines wusste sie jedoch ganz sicher: Sie musste in Bezug auf Nigel einen Entschluss fassen. Sie empfanden Leidenschaft füreinander, das war nicht länger zu leugnen oder zu ignorieren. Und nach diesem Morgen konnte sie es Nigel nicht mehr überlassen, sein Spiel zu spielen. Ein Spiel, das er nun ganz gewiss noch weitaus ernsthafter spielen würde, denn jetzt war ihm klar, dass er gewinnen konnte. Bevor sie zu Bett gingen, musste sie entschieden haben, ob sie ihn gewinnen lassen oder dem allen ein eindeutiges Ende bereiten wollte – jetzt und vielleicht für immer.

Gisèle schnappte erschreckt nach Luft, als Nigel unvermittelt neben ihr auftauchte und stolz eine fertig ausgenommene Ente präsentierte. Da sie eben über ihn nachgedacht hatte, wurde sie durch sein plötzliches Erscheinen aus dem Gleichgewicht gebracht, und sie betete, dass die Schatten der untergehenden Sonne ihr Erröten verbergen mochten. In der Hoffnung, er möge ihre Verwirrung auf sein lautloses Näherkommen zurückführen, erwiderte Gisèle sein Lächeln.

»Wir werden also heute ein Festmahl haben«, murmelte sie, als er den Vogel auf den Spieß schob und sich gegenübersetzte.

»Man sollte Gottes Gaben genießen, wann immer man kann. Es lässt die mageren Zeiten etwas leichter ertragen.«

»Wirklich? Ich hätte gedacht, es würde solche Zeiten schwerer ertragen lassen, weil man sich leichter in Erinnerung rufen kann, was man einst alles hatte.«

»Mit einem so strengen Blick betrachtest du also die Welt.« Er lachte sanft und schüttelte den Kopf. »Du gehörst wohl zu denen, die sich auf die Sintflut vorbereiten, von der die Priester sprechen, wenn es mehrere Tage am Stück regnet?«

Sie musste über seine freundlichen Sticheleien lachen, ebenso wie über sich selbst, denn an seinen Worten war etwas Wahres. Seit sie alt genug war, sich eine eigene Meinung zu bilden, war diese meist recht düster ausgefallen. Vor die Wahl gestellt, sich zwischen zwei schicksalhaften Wegen zu entscheiden, hatte sie immer den unheilvolleren genommen. Die Ehe mit DeVeau hatte daran nichts geändert.

»Es ist kein Schaden, sich auf das Schlimmste vorzubereiten, Sir Murray.«

»Nein, das ist es nicht«, stimmte er ihr zu. »Trotzdem, man möchte nicht nur das Schlimmste sehen, nur Unglück und Tod erwarten. Es kann Finsternis in einer Seele ausbrüten.«

»Meine *Mamie* hat mir das gesagt.«

»Eine weise Frau.«

»Weil sie mit dir übereinstimmte?«

»Ja«, gab er zu und grinste, als sie kicherte, doch einen Augenblick später wurde er wieder ernst. »Es liegt viel Wahrheit in dem, was wir sagen. Wenn man nur das Finstere und Böse sehen will, wird das bald alles sein, was man sieht und von anderen erwartet. Es ist kein guter Weg.«

»Ich weiß. Wirklich!«, versicherte sie ihm. »Wenn ich dazu neigen würde, mich in eine solche Frau zu verwandeln, hätte meine Ehe das wohl vollbracht.«

»Hat sie das nicht?«, fragte er, wobei er sie scharf musterte, während er auf ihre Antwort wartete. Nigel war noch immer nicht davon überzeugt, dass Gisèle ihm völlig vertraute, und suchte nach einem Anhaltspunkt, der ihm verriet, ob sie es wohl jemals tun würde.

»Nicht ganz«, erwiderte sie und verzog das Gesicht. »Ich hatte in den vergangenen Monaten nicht viel Anlass und Zeit, das Gute in den Menschen zu sehen oder viel Hoffnung zu entwickeln. Immerhin habe ich nicht die Fähigkeit verloren, Schönheit zu erkennen und mich daran zu erfreuen. Ich stellte das fest, als ich diesen Ort hier betrachtete. Noch habe ich die beschwerliche Suche nach Frieden nicht aufgegeben oder den Wunsch, den Menschen vertrauen zu können. Wenn ich wieder in Freiheit leben kann, werde ich bestimmt aufhören, ein derart krankes Wesen zu sein.«

Nigel lächelte, während er den Spieß mit dem Vogel drehte. Gisèle stand auf, um die beiden Blechteller zu holen, die er ebenso in seinem Gepäck aufbewahrte wie das Brot und den Weinschlauch. Sie wartete begierig auf das Essen, und als sie sich wieder hinsetzte, hoffte sie, genug Geduld zu haben und so lange warten zu können, bis es fertig war.

Sie musste schmunzeln, als sie sich zum Feuer beugte, um tief den köstlichen Geruch des röstenden Vogels einzuatmen. In den letzten Tagen war ihr Appetit um das Zehnfache gestiegen, vermutlich, überlegte Gisèle, weil sie sich so heftig anstrengte, am Leben zu bleiben und einer Gefangennahme durch ihre Feinde zu entgehen. Ihre Großmutter wäre bestimmt erfreut gewesen, dachte sie und schmunzelte noch etwas stärker.

»Warum siehst du so glücklich aus?«, fragte Nigel, der seinen Dolch aus der Scheide nahm, den Vogel in gleichgroße Stücke zerteilte und Gisèle ihren Anteil gab.

»Ich habe gerade daran gedacht, wie begeistert meine *Mamie* wäre, wenn sie mich so sehen würde«, erwiderte Gisèle. »Sie hat immer wieder Essen vor mich hingestellt und mich zu überreden versucht, mehr zu mir zu nehmen.«

Nigel kicherte. »Das ist ein allgemein verbreiteter Impuls unter älteren Leuten. Und du bist ein kleines zartes Mädchen. Ich kann gut verstehen, dass du in anderen Menschen den Wunsch hervorrufst, dich zu verhätscheln.«

Gisèle konnte darüber kaum lächeln, so beschäftigt war sie mit ihrem Mahl. Die nächsten Minuten widmeten Nigel und sie sich ausschließlich ihrem Essen, und hielten nur inne, um den Weinschlauch hin und her zu reichen. Gisèle war nicht überrascht, als nichts für eine weitere Mahlzeit übrig blieb. Es war ein kleiner Vogel gewesen, und sie hatten eindeutig sehr viel Hunger gehabt. Ob es klug war, einer solchen Zügellosigkeit nachzugeben, wusste Gisèle nicht zu sagen, doch ganz gewiss war es zutiefst befriedigend.

Sie sammelte die Teller auf und brachte sie zu dem kleinen Teich. Die Knochen verscharrte sie in einem flachen Loch, das sie in den Schlamm gegraben hatte, damit Aasfresser, die in der Nacht umherstrichen, nicht zu ihrem Lager gelockt wurden. Sie wusch ab und säuberte sich Gesicht und Hände. Als sie die Teller wieder in Nigels Gepäck verstaute, stellte sie fest, dass er sie beobachtete. Bei ihrer Rückkehr zum Feuer fühlte sie sich unter seinem festen Blick unbehaglich.

Nigel lächelte in sich hinein, als er merkte, wie nervös Gisèle war. Er entschuldigte sich und verschwand für einen Augenblick in den Wald. Mit ihrer Nervosität konnte er umgehen und sie mit Worten und Küssen besänftigen. Beschimpfungen oder Verärgerung hätten ihm verraten, dass er im Gasthof einen schwerwiegenden Fehler gemacht hatte, aber davon war nichts zu spüren. Wenn er Gisèle richtig einschätzte, war sie einfach nur unsicher.

Mehr als alles sehnte er sich danach, mit ihr zu schlafen. Heute Morgen war sie so entgegenkommend gewesen, ihre Leidenschaft so offen und feurig zutage getreten, doch er hatte sich gezwungen, die Situation nicht auszunutzen. Nach dem Wenigen, was sie ihm über ihre schreckliche Ehe enthüllt hatte, hatte sie körperliche Liebe nie erlebt, nur wiederholte Vergewaltigungen. Sie hatte nie die Lust kennengelernt, stattdessen nur Schmerzen und Demütigungen. Es war an der Zeit für sie zu erfahren, dass die Berührung eines Mannes ihr Lust bereiten konnte, an der Zeit, dass ein Mann ihrem Körper Freude schenkte, ohne etwas von ihr zu fordern. Nigel betete, dass er diese Aufgabe wirklich so gut gelöst hatte, wie es der Anschein vermuten ließ, und ihre Ängste nun besser unter Kontrolle waren. Natürlich musste er mit Gisèle geduldig sein, das wusste er, doch wurde es von Tag zu Tag schwieriger, sein zunehmendes Begehren unbefriedigt zu lassen.

Zurück im Lager sah er, dass sie ihr Bettzeug ausgebreitet hatte. Ihre Betten waren nah beieinander, allerdings nicht ganz Seite an Seite. Dies war zwar nicht die deutliche Einladung, die er sich gewünscht hätte, aber es war vielversprechend. Hätte sie seinem Verführungsversuch ein klares Ende bereiten wollen, hätte sie sich wieder auf der anderen Seite des Feuers zum Schlafen gelegt. Jetzt musste er nur noch feststellen, wie unentschlossen sie war.

Gisèle konnte Nigel nicht einmal ansehen, als sie sich auf ihre Betten niederließen, und verfluchte insgeheim ihren plötzlichen Anfall von Schüchternheit. Alles würde unbeholfen und peinlich wirken, und das war das Letzte, was sie wollte. Wieder und wieder sagte sie sich, dass sie eine erwachsene Frau war, die fähig sein sollte, Nigel in die Augen zu sehen und genau das auszusprechen, was sie dachte, doch es half ihr nur wenig.

Während Nigel weg war, hatte sie schließlich einen Entschluss gefasst. Er hatte ihr gezeigt, dass Leidenschaft etwas Angenehmes sein konnte, und sie wollte alles kennenlernen – nicht nur das, was er ihr geben konnte, sondern auch das, was sie beide miteinander teilen konnten. Je mehr sie darüber nachgedacht hatte, desto mehr glaubte sie, dass er wenigstens einige ihrer Ängste würde lindern können. Wenn sie nur einmal in den Armen eines Mannes liegen und ausschließlich Zärtlichkeit, Leidenschaft und Lust erfahren durfte, dann musste das doch den Griff der finsteren Erinnerungen, die ihr Ehemann ihr hinterlassen hatte, lockern. Gisèle wünschte es sich sosehr, wünschte sich verzweifelt, ein Stück weit von ihren Ängsten befreit zu werden.

Eine leise Stimme hatte noch versucht, ihr zu sagen, dass sie an ihren guten Namen denken sollte, doch sie hatte sie leicht zum Schweigen gebracht. Selbst wenn sie des Mordes für unschuldig erklärt werden sollte, war ihr guter Name trotzdem unwiederbringlich befleckt. Sie war ein Jahr auf sich allein gestellt gewesen und verbrachte jetzt die Tage und Nächte allein mit einem Mann, der nicht durch Blutsbande mit ihr verwandt war. Das war kein Geheimnis mehr, und jeder, der von dieser Geschichte erfuhr, würde annehmen, dass Nigel und sie ein Liebespaar seien, egal wie heftig sie versucht hätte, es wahrheitsgetreu zu verneinen. Und als würde das alles noch nicht ausreichen, um ihren Namen gründlich in Verruf zu bringen, hatte sie auch noch ihr Haar abgeschnitten und lief als Junge verkleidet quer durch Frankreich. Da also sowieso jeder glauben würde, dass sie die Sünde begangen habe, sich einen Liebhaber zu nehmen, war es nun auch gleichgültig, und sie sah nicht ein, warum sie sich die Freude vorenthalten sollte, eben genau dies zu tun.

Sie wusste nicht so recht, wie sie Nigel ihre Bereitschaft zeigen sollte, dort fortzufahren, wo sie am Morgen unterbrochen worden waren. Sie hatte keine Ahnung von der Kunst der Verführung, wusste nicht, wie dieses Spiel zu spielen war. Und so bereitete sie ihre Bettlager möglichst nah beieinander in der Hoffnung, dass Nigel diese subtile Anspielung verstehen und darauf eingehen würde.

Mit einem tiefen Atemzug, der sie beruhigen sollte, drehte sich Gisèle zur Seite, um Nigel anzublicken. Es überraschte sie nicht, seinem Blick zu begegnen. Sie hatte gespürt, dass er sie ansah. Dennoch verfluchte sie die Röte, die ihre Wangen überzog. Sie wünschte sich, mit mehr gelassener Offenheit vorzugehen. Wollte sie Nigel davon überzeugen, dass sie genau wusste, was sie tat, und sich nichts weiter von ihm erbat als gemeinsame Leidenschaft, wäre es hilfreich, nicht rot zu werden wie ein ertapptes Kleinkind. Sie öffnete den Mund, um zu sprechen, seufzte aber nur.

Nigel lächelte, streckte die Hand nach ihr aus und streichelte sanft ihre Wange. Trotz allem, was sie durchgemacht hatte, war Gisèle noch immer sehr unschuldig. Offensichtlich hatte sie nie die Tändeleien des Liebesspiels kennengelernt, ganz zu schweigen von der Kunst der sanften Verführung. Mochte ihr Ehemann ihr die Jungfernschaft brutal gestohlen haben, so war sie doch in vielerlei Hinsicht jungfräulich geblieben.

»Der einfachste Weg, mein Mädchen«, sagte er ruhig, »besteht darin, einfach dein Bett näher an meines heranzuschieben.« Es verwirrte Gisèle, dass er ihre Gedanken schon wieder so einfach erraten konnte. Allerdings hatte er recht. Während sie ihr Bettzeug näher zu seinem zog, musste sie sich eingestehen, dass es ganz gewiss der einfachste Weg war, ja zu sagen. Noch immer war ihr Gesicht mit einer sanften Röte überzogen, doch wenigstens plapperte sie nicht wie eine völlige Närrin daher.

»Bist du dir sicher?«, fragte er sie, als er der fein geschnittenen Linie ihres Gesichtes mit sanften Küssen folgte.

»Ich bin jetzt hier, oder nicht?« Ohne groß überrascht zu sein, registrierte sie das heisere Schwanken ihrer Stimme. Seine zärtlichen Küsse linderten ihre Verlegenheit und ersetzten ihr anfängliches Zögern durch wachsendes Begehren.

»Stimmt, aber weißt du auch, warum du hier in meinen Armen liegst?«

»Ich versuche nicht, dadurch eine Schuld zu begleichen oder etwas ähnlich Unsinniges, wenn du das meinst.«

Er lächelte nahe an der weichen Haut ihrer Kehle. »Beruhige dich, mein süßer Kamerad.« Er beobachtete sie sorgfältig, während er geschickt die Schnüre an ihrem Wams löste. »Ich gebe zu, dass mir dieser Gedanke durch den Kopf gegangen ist, aber sein Besuch war von sehr kurzer Dauer.«

»War er das?« Sie verspannte sich ein wenig, als er begann, ihr die Kleider auszuziehen, aber sie beruhigte sich wieder, nachdem sie gemerkt hatte, dass Verlegenheit und nicht Angst sie reagieren ließ.

»Du bist sehr stolz, und ich dachte nicht, dass so ein Gedanke dir überhaupt kommen könnte.«

Sie legte die Stirn in Falten und war sich nicht ganz sicher, ob das ein Kompliment war. »Mir mangelt es nicht ganz an Verstand.«

»Allerdings, meine Süße, du besitzt mehr Verstand, als mancher Mann für ein Mädchen als bekömmlich ansieht. Ich mag es allerdings sehr. Nein, ich dachte nur, dass du nicht so falsch bist, und selbst wenn deine Gründe gut und ehrbar sind, hast du viel zu viel Stolz.«

Gisèle bemerkte plötzlich, dass er ihr, während er geredet hatte, nahezu alle Kleider ausgezogen hatte und sie nur noch mit ihrem Hemd bekleidet war. Sie hatte zwar seinen Worten gelauscht, hatte sich aber durch das Streicheln seiner Hände ablenken lassen, dennoch wirkte dieser Mann beunruhigend geschickt. Es war offensichtlich, wie und wo er sich diese Fähigkeiten erworben hatte. Sie war dabei, sich einen Mann zum Liebhaber zu nehmen, der, mit seinen eigenen Worten gesprochen, eine Menge Frauen genossen hatte, Frauen, an deren Gesichter oder Namen er sich zweifellos nicht erinnern würde. Obwohl Gisèle für ihre Gunst weder Liebe noch Ehe verlangte, wusste sie doch nicht, ob sie sich so leicht hingeben wollte.

»Du entkleidest eine Frau mit bewundernswerter Geschicklichkeit und ebensolcher Schnelligkeit«, murmelte sie.

»Ja, du findest es allerdings nicht wirklich bewundernswert, oder?« Er schnürte ihr langsam das Hemd auf.

»Vielleicht nicht.«

»Meine arme, gute Gisèle«, flüsterte er, indem er einen Kuss auf ihre Lippen hauchte und seine Hand unter ihr Hemd gleiten ließ. »Ja, ich war sieben Jahre lang ein herzloser, zügelloser Schuft. Ich weiß trotzdem nicht genau, ob ich mir diese spezielle Fähigkeit während jener Zeit erworben habe. Zu meiner Schande muss ich nämlich zugeben, beinahe immer betrunken gewesen zu sein. Ich vermute, dass manches von dem, was du als Geschicklichkeit bezeichnest, daraus resultiert, dass ich fast meine ganze Jugend hindurch

Kleider getragen habe wie die, die du anhast.« – »Oh.« Gisèle war sich nicht klar, ob ihre gehauchte Antwort ein Ausdruck der Zustimmung oder der Freude war, denn seine großen, leicht schwieligen Hände strichen über ihre Brüste und seine Daumen rieben ihre Brustwarzen sanft zu prickelnder Härte. »Ich möchte nur nicht ein weiterer Körper sein, der auf diesen Haufen geworfen wird. Ich fordere keine Bindung und keine Versprechen, ich möchte einfach nur kein Nichts sein. Ich war es einmal und möchte es nie wieder sein.«

»Du könntest niemals ein Nichts sein, Gisèle«, wisperte er an der seidigen, weichen Haut ihrer Brüste, wobei er es genoss, wie sie unter seinen Liebkosungen zitterte.

Gisèle fuhr mit ihren Händen in sein volles langes Haar und hielt ihn fest, während er ihre Brüste mit warmen Küssen bedeckte. Noch nie hatte sich eine Berührung so gut angefühlt, schon gar nicht die eines Mannes. Sie glaubte nicht, dass ihre Angst wieder das hässliche Haupt erheben würde, denn ihr Ehemann hatte nie solche Gefühle in ihr geweckt, und seine Berührung war niemals so zärtlich gewesen. Wie hatte sie nur jemals so blind oder dumm sein können, Nigel mit ihrem Vieh von Ehemann zu vergleichen? Sie sollte sich einfach nicht an den anderen erinnern, es sei denn, um Gott zu danken, dass sie jetzt bei Nigel sein durfte.

Als Nigel begann, sanft an einer ihrer Brüste zu saugen, schrie Gisèle auf und zog ihn noch enger an sich. Vieles von dem, was sie ihm erlaubte, war eigentlich nicht in Ordnung, aber sie hatte beschlossen, dass noch viel mehr durchaus richtig daran war. Endlich durfte sie das entdecken, was so viele erlebten und wovon so viele schwärmten, und als Nigel seine verführerische Aufmerksamkeit ihrer anderen Brust widmete, kam Gisèle zu dem Schluss, dass diese Entdeckungsreise den Preis wert war, den sie vielleicht dafür zu zahlen hatte.

Als Nigel ihr das Hemd auszog, tat es fast weh, ihn loszulassen. In der Sekunde, in der er es zur Seite warf, klammerte sie sich schon wieder an ihn und erwiderte gierig seine Küsse. So lange sie ihn festhalten konnte, gab es kein Denken, sondern nur reines Empfinden, und genau so wollte sie es haben.

Er bedeckte ihren Körper mit Küssen und zärtlichen Liebkosungen, und sie begrüßte jede einzelne davon. Sie ließ ihre Hände über seinen breiten Rücken gleiten, liebte das Gefühl seiner weichen, straffen Haut unter ihren Fingern. Es fühlte sich fast so gut an, Nigel zu berühren, wie es sich anfühlte, von ihm berührt zu werden. Gisèle wünschte sich, mehr über all das zu wissen, mehr Erfahrung zu haben, um Nigel so viel zu geben wie er ihr.

In einer kleinen Unterbrechung ihres besinnungslosen Schwelgens legte Nigel seine Hose ab, und Gisèle spürte, wie sich seine hungrig nach ihr verlangende Männlichkeit gegen ihren Oberschenkel presste. Dunkle Erinnerungen drohten, ihr Verlangen zu stören, und sie versuchte, dagegen anzukämpfen, doch es war schwer. Küsse und Liebkosungen konnte sie ohne Schwierigkeiten angstfrei genießen, ihr Ehemann hatte ihr von beidem nur wenig zukommen lassen, und wenn, dann nie auf zärtliche Weise. Dies allerdings war etwas, was sie wiedererkannte, etwas, das sie immer mit Verletzung und Beschämung in Verbindung gebracht hatte. Es war schwer zu glauben, dass dieser Teil eines Mannes, der immer als Waffe gegen sie gebraucht worden war, nun eine Quelle der Lust sein sollte. Sie fürchtete, dass all das Süße, was sie eben gekostet hatte, sich nun in etwas Verdorbenes verkehren würde.

Nigel spürte die ängstliche Anspannung in Gisèles Körper und widerstand dem Drang, sie zu nehmen, bevor ihre Befürchtungen eine Sinnesänderung verursachen würden. Zum einen war es grundsätzlich falsch, zum anderen konnte eine solche Verhaltensweise sie davon überzeugen, dass all ihre Ängste gerechtfertigt waren. Möglicherweise würde er ihre Furcht dadurch sogar noch verstärken. Der bloße Gedanke an eine solche Folge gab ihm die Kraft, die er gesucht hatte.

Er nahm ihr Gesicht in beide Hände und lächelte flüchtig darüber, wie fest sie die Augen geschlossen hielt.

»Schau mich an, Gisèle«, befahl er ihr sanft und hauchte ihr einen zarten Kuss auf den Mund.

»Ich weiß nicht, ob ich das will.«

»Komm, schau mich an. Schau dir mit eigenen Augen an, wer mit dir schlafen will. Wenn du deine hübschen Augen zumachst, wird wahrscheinlich die Erinnerung die Gegenwart überwältigen.«

Da sie die Wahrheit in seinen Worten erkannte, öffnete sie langsam die Augen und verdrängte ihre Ängste, die wieder lebendig geworden waren, geweckt von etwas, das jeder Mann besaß. Sie musste dem Mann, der sie umarmte, ein Gesicht geben.

Es ärgerte sie, nahezu besinnungslos vor Angst zu werden, wegen etwas, das sie mit einem schnellen Stoß ihres Dolches zerstören konnte, etwas, das im Kampf als eine der schwächsten Stellen eines Mannes galt. Wenn sie schon vor einem Körperteil des Mannes Angst haben musste, wäre es doch wesentlich vernünftiger, sich vor den Händen oder dem Schwertarm zu fürchten. Das waren Körperteile, die sie so leicht töten konnten. Dennoch, diese Angst zu leugnen war unsinnig und konnte leicht dem verführerischen Genuss ein Ende bereiten.

»So, ich sehe dich an«, sagte sie mit Trotz in der Stimme, der aber noch immer die sinnliche Heiserkeit anzuhören war, die sie dunkler färbte.

Nigel überging ihre Gereiztheit, weil er die Leidenschaft in ihrer Stimme hören, im schwachen Zittern ihres geschmeidigen Körpers fühlen und in der Röte auf ihren glatten, hohen Wangenknochen sehen konnte. »Du musst die Männlichkeit nicht fürchten, mein Mädchen, nur den Mann, der sie handhaben muss.« Während er sprach, glitt er zwischen ihre schlanken Oberschenkel.

»Das weiß ich. Mit dem Verstand. Ich weiß es wirklich, fast immer.«

»Dann lass deine Augen offen, meine liebliche französische Rose, damit sich Kopf und Herz daran erinnern können. Lass sie weit offen, damit die Erinnerung an diesen Mistkerl nicht aufsteigen und zerstören kann, was wir miteinander haben können.«

Gisèle nickte und schlang ihre Arme um seinen Hals, ihren Blick hielt sie fest auf sein Gesicht geheftet, während er ihr Gesicht mit langsamen, sanften Küssen bedeckte. Als er sie nahm, verkrampfte sie sich, mehr aus der Erwartung heraus als aus Angst. Vor angenehmer Überraschung stockte ihr kurz der Atem, als er sich in ihr bewegte, und einen Herzschlag später raubte ihr die Leidenschaft jeden klaren Gedanken. Sie wusste nun, wessen Körper mit ihrem vereinigt war, wusste, dass Nigel sie niemals absichtlich verletzen würde, und wusste, dass er weitermachen sollte.

Unvermittelt blühte ein unbekanntes, köstliches Gefühl in ihr auf, ein Gefühl, das einerseits wunderbar war, sie andererseits verzweifelt sein ließ. Sie klammerte sich an Nigel, schlang Arme und Beine um ihn, konnte hören, wie er heisere Worte der Ermutigung flüsterte, und dann rauschte eine Welle intensiver Empfindungen über sie hinweg, die sie besinnungslos machte, und sie schrie seinen Namen. Gisèle nahm nur schwach wahr, wie der Mann, den sie so fest umschlungen hielt, sich heftiger in ihr zu bewegen begann, sich straffte, erbebte und ihren Namen rief. Es dauerte mehrere lange Minuten, bevor sie erkannte, dass er in ihren Armen zusammengesunken war und mit seinem ganzen Gewicht auf ihr lag.

»Du bist ganz schön schwer«, flüsterte sie und musste schmunzeln, als er die Innigkeit ihrer Umarmung löste.

»Geht es dir gut, Gisèle?«, fragte er mit weicher Stimme.

Ein wenig verwirrt stellte Gisèle fest, dass sie nur Augenblicke, nachdem sie sich so lebendig gefühlt hatte, so müde war und ein unwiderstehliches Bedürfnis nach Schlaf verspürte. »Es geht mir sehr gut, danke, Sir Nigel.«

Er lachte erneut und schüttelte den Kopf darüber, dass sie bereits fest eingeschlafen war. Obwohl er sie wohl kaum geweckt hätte, drehte er sich vorsichtig auf den Rücken und zog sie an seine Seite. Er brannte darauf, noch einmal mit ihr zu schlafen, wusste aber, dass es das Beste war, wenn sie etwas Schlaf fand.

Obwohl es guttat zu wissen, dass er der Mann war, der ihre Ängste zur Ruhe gebettet und ihre Leidenschaft geweckt hatte, bewegte Nigel am meisten ihre Bereitwilligkeit, dies alles mit ihm zu teilen. Er brauchte nicht zu befürchten, dass sie ihn am nächsten Morgen mit Beschuldigungen überschütten oder Bedauern äußern würde. Gisèle gehörte zu den Menschen, die zu ihren Handlungen standen, vor allem, wenn sie die Entscheidung selbst getroffen hatte.

Vermutlich würde er derjenige sein, der an Zweifeln und Ungewissheit litt. Er fing jetzt schon damit an, sich schuldig zu fühlen. Nigel konnte sich nicht daran erinnern, ein Liebesspiel jemals so aufregend oder befriedigend gefunden zu haben, hätte aber nicht zu sagen gewusst, warum es so war. Gewiss konnte er Gisèle im Moment keine Versprechungen machen, ihr mehr als süße Worte oder Schmeicheleien anbieten, zumindest nicht, bis er sein eigenes Herz ausgelotet hatte. Sie hatte ihm gesagt, dass sie keine Gelöbnisse oder Liebesgeständnisse einfordern würde, aber er fand, sie verdiente mehr als das, was er ihr anbot.

Als er die Augen schloss, traf Nigel die Entscheidung, vorübergehend auf der Lichtung zu verweilen, wenigstens ein oder zwei Tage lang. Er war davon überzeugt, dass sie sich von der DeVeauschen Hundemeute weit genug entfernt hatten, um eine kleine Pause einlegen zu können. Vielleicht würde er, während sie sich erholten und ihre gemeinsame Leidenschaft genossen, fähig sein, seiner Verwirrung in Herz und Verstand beizukommen. Wenigstens so viel hatte Gisèle für ihr Geschenk verdient.

11

Leidenschaft riss Gisèle aus dem Schlaf und schleuderte sie mitten hinein ins Liebesspiel. Hungrig erwiderte sie Nigels gierige Küsse, als er langsam ihre Körper vereinigte. Ihr heftiges Verlangen nach ihm überraschte sie, aber sie ließ ihm freie Zügel. All das fühlte sich viel zu gut an, um Fragen zu stellen. Sie bog ihren Körper seinem entgegen, beantwortete jede seiner Bewegungen mit brennender Lust. Als ihr Verlangen den Höhepunkt erreichte, packte sie seine schlanken Hüften und zog ihn tiefer in sich hinein. Dabei genoss sie seine Schreie der Lust, die ein Echo ihrer eigenen waren.

Erst als er ihre enge Umarmung lockerte, begann sie erneut, einen Hauch von Verlegenheit und Unsicherheit zu spüren. Das war nicht die Art und Weise, wie sich eine junge Dame aus edlem Geschlecht benehmen sollte. Sie brach mit so vielen Gesetzen, Gesetzen der Gesellschaft und der Kirche, dass sich ihr Verstand im Kreise drehte. Eine schwache, wirklich sehr schwache Entschuldigung für ihr erstes Liebesspiel, befand sie, waren ihre Neugierde und das Bedürfnis, die Ängste, die ihr Ehemann in ihr erzeugt hatte, loszuwerden, was man ihr doch durchaus noch vergeben konnte. Jetzt allerdings gab es nur einen Grund, weiterzumachen: der pure Genuss. Auch wenn dies den unschönen Makel trug, sich wie eine Hure zu benehmen.

»Bedauern?«, fragte Nigel, besorgt wegen des finsteren Stirnrunzelns in Gisèles noch immer erhitztem Gesicht.

Sie sah ihn schließlich an und schnitt ihm eine Grimasse. »Ich lag ein Stück weit im Kampf damit.«

»Und hast du gesiegt?«

»Ich werde siegen. Als ich neugierig war und die Leidenschaft ohne Angst kennenlernen wollte, war es leichter, mein Benehmen zu entschuldigen. Jetzt betrage ich mich einfach nur schlecht.«

»Ich bin der Ansicht, du beträgst dich gut«, murmelte er und verzog übertrieben schmerzvoll das Gesicht, als sie ihm auf den Arm schlug.

»Dies ist für eine Frau eine ernste Angelegenheit. Das musst du mit mehr Respekt behandeln.« Das Glitzern in seinen lachenden Augen, das seinen feierlichen Gesichtsausdruck Lügen strafte, ließ sie schmunzeln, aber sie wurde schnell wieder ernst. »Du brauchst keine Angst zu haben, dass ich mich von dir abwende und alle möglichen ungerechten Dinge behaupte, um dir für all das, was geschehen ist, die Schuld zu geben.«

»Das habe ich niemals wirklich befürchtet. Du bist ein einsichtiges Mädchen, und ein faires dazu.«

»Ich bin überzeugt, dass das die meisten Frauen sind.«

Nigel sagte nichts, lächelte nur schwach und ließ sie in dem Glauben, dass er ihr zustimmte. Das war keine Diskussion, die er vertiefen wollte. Um seine Sicht der Dinge zu untermauern, hätte er ihr von Frauen erzählen müssen, die er gekannt hatte, aber es war nach seinem Dafürhalten kein günstiger Zeitpunkt, um sie an seine unrühmliche Vergangenheit zu erinnern.

»Was macht dir dann zu schaffen?« Er strich mit seinem Finger die schwache Sorgenfalte entlang, die zwischen ihren Augen stand.

»Ich habe eben an all die Gesetze gedacht, die ich breche.«

»Es sind nicht mehr, als viele andere gebrochen haben und noch brechen werden.«

»Das macht es nicht rechtmäßiger oder annehmbarer«, sagte sie streng.

»Nein, das natürlich nicht, aber es macht dich auch nicht zur größten aller Sünderinnen.« Er befürchtete schon, sie werde sich gegen ihn wenden und ihn auffordern, sie nicht mehr zu berühren. Auch wenn er nicht glauben mochte, dass Gisèle sich so benehmen würde, konnte er die Möglichkeit nicht völlig ausschließen.

»Ich weiß«, gab sie zurück, seufzte und schüttelte den Kopf. »Ich werde dieses Schuldgefühl über mein unverantwortliches Betragen schon überwinden. Es wird nicht lange dauern. Bevor ich ›ja‹ gesagt habe, habe ich mir klargemacht, dass man mich wegen meiner Lebensweise im vergangenen Jahr genau deshalb an den Pranger stellen wird. Niemand wird etwas anderes glauben, egal was ich sage oder mache, was ändert es also, wenn ich es tatsächlich mache? Ich werde mich nur von Zeit zu Zeit daran erinnern müssen.«

»Was für ein Kompliment. Ich bin überwältigt vor Demut.«

Sie versuchte, ihn finster anzusehen, konnte aber kaum ein Lachen unterdrücken. »Du bist ein Schuft.«

»Das ist durchaus möglich.«

Gisèle kam plötzlich zu Bewusstsein, dass die Sonne bereits aufgegangen war, und verzog das Gesicht. »Wir werden heute spät aufbrechen.«

»Wir werden heute überhaupt nicht aufbrechen«, sagte er, als er von seinem Lager aufstand und sich anzog.

»Was meinst du damit?«

»Ich meine damit, dass wir uns eine wohlverdiente Ruhepause gönnen.«

»Glaubst du, dass die DeVeaus auch eine Pause einlegen?«

»Vermutlich nicht, aber sie sind nicht hier.«

Sie begann, sich anzukleiden, wobei sie die Decke als Schutzschild für ihre Keuschheit nahm. »Ich hasse es, dich das zu fragen, aber bist du dir dessen ganz sicher?«

»So sicher, wie ich nur sein kann, solange ich nicht ihren Spuren folge und feststellen kann, wo genau sie sich befinden. Süße, wir sind dem Hafen, den ich suche, sehr nah. Ich bin der Meinung, dass die DeVeaus dort sind und auf uns warten. Sie sind nicht hier. Dessen bin ich mir sicher. Außerdem habe ich vor, in den Wald zu gehen und ein paar Fallen aufzustellen, durch die wir gewarnt werden, falls sie unserem kleinen Heiligtum zu nahe kommen sollten.«

Gisèle beobachtete ihn, bis er im Wald verschwunden war, und fing dann langsam an, ihre Bettsachen wegzuräumen. Es würde herrlich sein, einen ruhigen Tag zu verbringen, einen Tag ohne Reiten und ohne ständig über die Schulter nach hinten spähen zu müssen. Sie wusste allerdings nicht, ob es klug von ihnen war. Nigels Fallen reichten nicht aus, um ihr ein Gefühl der Sicherheit zu geben.

Sie schüttelte den Kopf und schimpfte sich eine Närrin. Nigel wusste, was er tat. Vielleicht konnte sie nach der langen Zeit des Weglaufens einfach nicht mehr damit aufhören und sich ausruhen. Dabei würde eine Pause, der Genuss eines faulen Tages in der Sonne, ihnen beiden guttun.

Als sie sich einen Augenblick lang zwischen die Bäume zurückzog, musste sie lachen. Sicher hatte Nigel Pläne, die nicht unbedingt eine Atempause vorsahen. Gisèle zweifelte keinen Augenblick an seiner Leidenschaft, auch wenn sie deren Tiefe und Langlebigkeit infrage stellte. Sie würde sehr überrascht sein, wenn dieser Mann nicht vorhatte, das Begehren zwischen ihnen beiden weiter zu erkunden.

Gewissensbisse zerrten kurz an ihrem Herzen und ihrem Verstand, aber sie verdrängte sie. Sie hatte ihren Weg gewählt, und sie würde darauf weitergehen. Es gab schlimmere Verbrechen, der man sie anklagen konnte. Buße konnte sie später tun. Selbst wenn sie Monate auf den Knien verbringen und den Rosenkranz herunterbeten musste, die Leidenschaft zwischen Nigel und ihr war es wert.

Zurück am Lagerplatz, ging sie zum Teich, zog sich die Stiefel aus und tauchte die Füße ins kalte Wasser ein. Ihre Gedanken wandten sich Nigel zu, und sie musste sich eingestehen, dass sie sehr wahrscheinlich nicht fähig sein würde, einfach nur ihr Verlangen zu stillen und zu gehen, sobald ihr

Name reingewaschen und sie wieder frei war. Bereits jetzt formten sich in ihrem Kopf Fragen, die ihre Zukunft betrafen, und sie hatte keine Antworten darauf. Ja, vielleicht gab es ja gar keine Antworten. Zumindest keine, die ihn mit einbezogen. Schon nach dieser einen Nacht in seinen Armen schmerzte sie diese Erkenntnis. Das Ableisten einer langen, schweren Buße mochte durchaus die kleinste ihrer Sorgen sein.

»Dummkopf«, schimpfte sie sich aus und schlug mit einem Fuß ins Wasser.

»Führst du Selbstgespräche?«, fragte eine tiefe, vertraute Stimme direkt hinter ihr.

Gisèle schrie vor Schreck auf und konnte sich nur mit knapper Not vor einem Sturz ins Wasser retten. Wütend wirbelte sie zu Nigel herum und bedachte ihn mit einem zornigen Blick. »Einmal wirst du mich so sehr erschrecken, dass mein armes Herz aufhört, in dieser Brust zu schlagen.«

Er lachte und setzte sich neben sie. »Warum hast du dich einen Dummkopf genannt?«

»Weil es so aussieht, als könnte ich einfach nicht die Muße hinnehmen und einen Tag genießen, an dem ich nichts zu tun habe.« Sie blickte unverwandt ins Wasser, als sie ihm antwortete, besorgt, er würde ihr vom Gesicht ablesen, dass dies nicht die Wahrheit war.

»Liebes, es ist immerhin lange her, dass du eine Ruhepause hattest.«

»Vielleicht, aber ich bin so lange auf der Flucht, dass etwas daran nicht in Ordnung scheint.«

»Dann müssen wir dich beschäftigen, damit du nicht zu viel darüber nachdenkst.«

»Mich beschäftigen?« Sie betrachtete ihn mit einer Spur Misstrauen, als er aufstand und ihr die Hand reichte.

»Süße, du musst mir vertrauen und aufhören, meine Absichten ständig infrage zu stellen.« Er zog sie in seine Arme und gab ihr einen kurzen, festen Kuss. »Hast du mich nicht darum gebeten, dir beizubringen, wie man sich geräuschlos bewegt?«

Gisèle lächelte und nickte. »Ich gestehe, dass ich neidisch bin auf diese Fähigkeit, und deshalb will ich sie lernen. Außerdem glaube ich, dass es eine recht …«, sie zögerte, dann verbesserte sie sich, »… ein äußerst nützliches Talent ist. Schließlich wissen wir nicht, wie lange ich im Verborgenen bleiben muss.«

»Es wird bald vorbei sein.«

»Wie kannst du dir da so sicher sein?«

»Deine Verwandten bemühen sich inzwischen, dich frei zu bekommen.«

»Aber wenn ich, wie du glaubst, meinen Ehemann getötet habe, wie können sie mich dann von dieser Anklage befreien? DeVeau war ein reicher, mächtiger Mann mit Verbindungen zum König. Nur wenige werden mein Verbrechen einfach so abtun, weil sie meinen, dass dieser Mann den Tod verdient hat. Nur wenige werden der Meinung sein, dass ein Mord gerechtfertigt ist, weil er mich so übel behandelt hat.«

»Zieh dir die Stiefel an.«

Gisèle lächelte matt, während sie seiner Anordnung folgte. »Du hast mir keine Antwort gegeben.«

»Du versuchst, mich mit Fragen, die schwer zu beantworten sind, und mit raffinierten Vermutungen zu überlisten.«

»Vielleicht.«

»Es gibt in diesem Fall kein Vielleicht. Wenn ich auf die eine Weise antworte, interpretierst du daraus, dass ich dich für schuldig halte. Wenn ich auf die andere Weise antworte, kannst du behaupten, dass ich dich für nicht schuldig halte. Da ich eine Entscheidung treffen müsste, ist es besser, erst gar nicht zu antworten.«

Sie fluchte leise, stand auf und sah ihn finster an. »*Oui*, ich versuche, dich dazu zu bringen, mir auf die eine oder andere Weise zu antworten, schuldig oder nicht schuldig. Wir kennen uns seit etwa zwei Wochen, seit einer Woche sind wir zusammen unterwegs, aber du hast noch immer kein Urteil gefällt? Hältst du mich wirklich einer solchen Bluttat für fähig? *Oui*, ihn einfach zu töten, das hätte ich tun können. Es gab viele Gelegenheiten, in denen ich mich geradezu schmerzlich danach sehnte. Aber ich hätte niemals seinen Körper auf solche Weise geschändet, egal wie sehr ich diesen einen Körperteil meines Mannes auch verabscheute. Und ganz gewiss hätte ich ihn nicht zuerst verstümmelt und dann getötet.«

Es war Nigel nicht klar, warum er ihr nicht einfach zustimmen und sagen konnte, dass er sie für unschuldig hielt, zumal er langsam glaubte, dass sie es wirklich war. Wahrscheinlich brauchte er einfach noch einen weiteren Beweis, einerlei was er ihr gegenüber empfand. Seine Unentschlossenheit wurde durch das Gefühl verstärkt, dass man keine Frau schuldig sprechen sollte oder konnte, wenn sie einen solch grausamen Mann tötete. Es war in mehr als einer Hinsicht Notwehr gewesen.

»Stimmt, ich kann es kaum glauben, dass du einen Mann verunstalten könntest. Warum nennst du deinen Gatten niemals bei seinem Namen, bei seinem vollständigen Namen? Du nennst ihn immer DeVeau.«

Gisèle hatte den Eindruck, als würde sie ihren Kopf gegen eine sehr harte Mauer schlagen, beschloss aber, diese Diskussion aufzugeben. Es machte sie nur wütend, und zudem taten ihr seine Zweifel weh. Plagte sie ihn damit, sie für unschuldig zu erklären, konnte das einen Tag zerstören, der vielleicht sehr schön wurde und den sie nötig hatten.

»Sein Vorname war Michael«, sagte sie, ohne über die Wut in ihrer Stimme erstaunt zu sein. Es würde einige Minuten dauern, bis sie ihre Gelassenheit wiedererlangt hatte. »Ich habe ihn nur ein einziges Mal bei diesem Namen genannt, nämlich an unserer Hochzeit. Nach unserer Hochzeitsnacht hieß ich ihn immer nur DeVeau, wenn ich ihm gegenüberstand, und gab ihm viele unschöne Namen, wenn er mich nicht hören konnte. Ich warf ihm üblere Namen ins Gesicht, aber nur ein paar Mal, am Anfang, denn die Schläge, die mir das einbrachte, lehrten mich mehr Zurückhaltung.«

In einer Aufwallung von Mitleid schloss er sie in seine Arme und verdammte innerlich DeVeau. Aber es waren indessen gerade solche Geschichten, die ihn zögern ließen, an ihren Anspruch auf völlige Unschuld zu glauben. Gisèle war eine stolze Frau, beherzt, und sie besaß Temperament. An irgendeinem Punkt ihrer Ehe konnten die Demütigungen und Rohheiten, die DeVeau austeilte, sie dazu getrieben haben, ihn umzubringen. Es war möglich, dass sie, schockiert über ihre Tat, die Erinnerung daran einfach aus ihrem Bewusstsein gelöscht hatte. Er hoffte nur, dass sein Schwanken sie nicht mehr so aufregte wie eben.

»Du wolltest mir beibringen, wie man leise geht, wie man einem Geist ähnlich durch den Wald schwebt«, erinnerte sie ihn, als sie sich seiner Umarmung entzog.

Nigel lächelte flüchtig und erklärte ihr sorgfältig, wie man sich bewegen musste, damit jeder Schritt möglichst geräuschlos erfolgte.

»Du musst üben, von den Zehen zu den Fersen abzurollen, deinen kleinen Fuß in dem Moment aufzusetzen, in dem du mit dem anderen ansetzt, dasselbe zu tun. Du musst versuchen, während des Gehens nicht zu viel Gewicht auf einem Teil des Fußes zu lagern.«

»Muss ich wie ein Geist über den Boden gleiten?«

Er lachte nur und nahm sie an der Hand. »Es ist vielleicht schwer zu erklären. Beobachte mich genau und mach mir alles nach.«

Gisèle versuchte es wieder und wieder. Sie konnte sehen, wie er sich bewegte, fand es aber schwierig, es nachzuahmen. Als sie schließlich über eine halb verdeckte Baumwurzel stolperte, weil sie mehr darauf achtete, wie sie zu gehen, als wohin sie zu gehen hatte, gab sie es auf und setzte sich in das weiche Gras. Mit einem leisen Fluch über ihre schwerfällige Ungeschicklichkeit rieb sie sich ihre schmerzenden Beine.

»Du hast es nicht allzu übel gemacht«, sagte Nigel, der sich neben ihr niederließ.

»Belanglose Schmeichelei. Ich war unmöglich, und meine Beine tun weh.«

»Das werden sie solange tun, bis du den Trick ’raus hast. Du warst ein oder zwei Mal nahe dran.«

»Nahe dran vielleicht, aber ich war so langsam, dass mich ein Mann, der auf zwei Beinen humpelt, hätte umrennen können.« Sie lächelte matt über sein Lachen. »Das ist kein Trick, den man schnell oder leicht erlernen kann.«

»Das nicht. Man hat es mir beigebracht, als ich ein kleiner Junge war, und auch wenn Kinder schnell begreifen, hat es lange, sehr lange gedauert, bis ich es richtig und ohne nachzudenken beherrschte.«

»Und warum hat man dich eine solche Fähigkeit gelehrt? Du bist ein Ritter zu Pferd.«

»Schon, aber ich könnte mein Pferd verlieren, oder das Pferd könnte bei einem Überfall, bei dem man sich verstecken muss, zum Hindernis werden.« Er beugte sich näher zu ihr und küsste sie seitlich auf den Hals.

»Ein Überfall?« Sie unternahm nichts, um ihn aufzuhalten, als er sie sanft ins Gras drückte. »Diebstahl.«

»Nun ja, ein bisschen davon gehört sicherlich dazu.«

Ihr sanftes Lachen wurde von seinen hungrigen Küssen erstickt. Als er ihr die Kleider auszuziehen begann, war sie für einen kurzen Moment irritiert, etwas so Intimes bei vollem Tageslicht und offen im Gras zu machen. Aber dann begann er, ihre Brüste zu küssen, und sie verschwendete keinen weiteren Gedanken daran. Tastend half sie Nigel beim Ablegen seiner Kleider, und als er reine Zustimmung zeigte, wurde sie mutiger.

Sobald sie beide nackt waren, schob Nigel sie auf seine Kleidungsstücke, damit ihre weiche Haut vor dem Untergrund geschützt war. Während er sie küsste und liebkoste, ließ Gisèle ihre Hände mit wachsendem Unternehmungsgeist über seinen kräftigen Körper gleiten. Behutsam strich eine Hand über seinen Bauch, und nach einem tiefen, beruhigenden Atemzug berührte sie seine erregte Männlichkeit. Als ihm der Atem stockte und er unter ihrer schüchternen Berührung zusammenfuhr, nahm sie ihre Hand weg, doch er führte sie schnell zurück.

Obwohl über ihren eigenen Wagemut entsetzt, streichelte sie ihn. Nigel hatte ihr gezeigt, dass dieser Körperteil eines Mannes Freude bringen konnte, und dieses Wissen hatte ihre Neugierde geweckt. Nigels schneller und stoßweiser Atem, das schwache Zittern, das seinen schlanken Körper durchlief, verrieten ihr, dass er ihre Berührung genoss, was sie noch neugieriger machte. Als Nigel plötzlich ihre Hand wegriss, fürchtete Gisèle, dass sie zu mutig geworden war oder ihm sogar wehgetan hatte.

»Es tut mir leid«, flüsterte sie, obwohl ihr nicht ganz klar war, für was sie um Verzeihung bat.

»Nein, Mädchen.« Nigel drückte seine Stirn gegen ihre, küsste leicht ihre Nasenspitze und bemühte sich darum, die Kontrolle über sich zurückzubekommen, die ihm fast entglitten wäre. »Du hast nichts falsch gemacht. Ehrlich gesagt, hast du alles richtig gemacht.« Er küsste sich ihren langen, schlanken Hals hinunter.

Gisèle wickelte ihre Finger in seine Haare und drückte ihn fest an sich, während er ihre Brüste mit Küssen bedeckte. »Wenn ich alles richtig gemacht habe, warum hast du mich dann aufgehalten? Ich dachte, ich hätte dich irgendwie verletzt.«

»Ein Mann kann nur ein gewisses Maß an Lust ertragen, mein Mädchen.« Er küsste ihren straffen Bauch und reizte ihre weiche Haut mit kurzen Berührungen seiner Zunge. »Wenn ich dir dein köstliches Spiel weiterhin erlaubt hätte, wäre ich am Ende gewesen, und das wollte ich nicht, nicht so schnell.« Bevor sie ihn fragen konnte, was er mit ›am Ende‹ gemeint habe, spürte sie die Wärme seines Mundes zwischen ihren Beinen und schrie entsetzt auf. Gisèle versuchte, sich diesem intimen Kuss zu entziehen, aber Nigel packte sie an den Hüften und hinderte sie daran. Einen Herzschlag später wich das Entsetzen einer starken Lust. Sie öffnete sich ihm, begrüßte seine Liebkosung, überließ ihm die Herrschaft über ihren Körper. Als sie merkte, dass ihr Verlangen seinen Höhepunkt erreichte, rief sie nach ihm, aber Nigel beachtete sie nicht, und Gisèle bog sich seinem Kuss entgegen, als sie unter der Stärke ihrer Erlösung aufschrie.

Kaum hatte sie Zeit, Atem zu holen, da entfachte er ihre Leidenschaft schon aufs Neue. Dieses Mal kam er in ihre Arme zurück, als sie nach ihm rief, um ihre Lust zu teilen. Sie stöhnte vor Entzücken, als er ihre beiden Körper vereinte, doch stockte ihr vor Überraschung der Atem, als Nigel sich unvermittelt auf den Rücken rollte. Sanft drängte er sie, sich aufzusetzen, dann schob er ihren Körper auf seinen und zeigte ihr wortlos, was er sich von ihr wünschte. Gisèle zitterte, und schnell nahm er die Zügel ihres Liebesspiels wieder in seine Hände. In dem Augenblick, in dem der Höhepunkt durch ihren Körper raste, spürte sie, wie Nigel sie noch stärker an den Hüften packte und sie eng auf sich zog. Ein Schauer durchlief ihn, und stöhnend rief er ihren Namen. Als er in ihren Armen zusammensank, genoss sie seine Wärme.

Nigel ließ ihr keine Zeit, sich zu erholen oder festzustellen, was sie gerade machte. Gisèle durchschaute sein Spiel und beschloss, ihn gewähren zu lassen. Es war ein solches Vergnügen, all ihre Probleme zu vergessen, sich dem Gefühl hinzugeben, nicht die geringsten Sorgen zu haben und fähig zu sein, all das zu tun, was ihr beliebte, ohne Angst vor den Folgen haben zu müssen. Sie lachte und schlang ihre Arme um seinen Hals, als er sie hochhob und zum Teich trug.

»Kannst du schwimmen, Süße?«, fragte er mit breitem Lächeln, als er am Teichrand stand.

»*Oui*, meine *Mamie* hat darauf bestanden, dass ich es

lerne«, antwortete sie. Dann weiteten sich ihre Augen, als sie erkannte, warum er gefragt hatte. »*Non!*«, war alles, was sie noch sagen konnte, als er auflachte und sie ins Wasser warf.

Sie tauchte gerade wieder auf, darauf vorbereitet, ihn bei jedem Schimpfnamen zu nennen, der ihr nur einfiel, als er neben ihr ins Wasser sprang. Gisèle lachte und schwamm vor ihm davon. Eine Weile spielten sie Fangen, dann erlaubte ihm Gisèle, zu gewinnen. Das Grinsen auf seinem schönen Gesicht verriet ihr, dass er sie durchschaut hatte.

Sie liebten sich im Wasser und wuschen sich gegenseitig. Nigel und sie knieten am Teichufer, schrubbten alle Kleider sauber und breiteten sie im sonnenbeschienenen Gras zum Trocknen aus. Danach streckten sie sich bäuchlings im Gras aus und ließen sich von der Sonne wärmen, die das Wasser von ihrer Haut trocknete.

Gisèle kam der Gedanke, ob sie vielleicht verrückt geworden war. Es war schwer zu glauben, dass sie nackt neben einem Mann lag, den sie erst seit zwei Wochen kannte. Sie lächelte flüchtig. Und es war schwer zu glauben, dass sie überhaupt nackt neben jemandem dalag. Es war schockierend und beschämend unsittlich, aber sie verspürte kein großes Bedürfnis, sich zurückzuziehen und zu bedecken.

Als Nigel müßig seine Hand über ihren Rücken gleiten ließ, wusste Gisèle ganz genau, warum sie sich so unanständig betrug. Er hatte ihr das Vergnügen gezeigt, das im Liebesspiel stecken konnte, und danach sehnte sie sich. Dieses Vergnügen schob all ihre Ängste und Sorgen einfach zur Seite. Während sie mit heißem und wildem Begehren in seinen Armen lag, konnte sie an nichts anderes denken als an diesen Mann und die Empfindungen, die er in ihr auslöste. Nachdem sie ein Jahr lang von dunklen Erinnerungen, Ängsten und Misstrauen umgeben war, bat sie geradezu inständig um solche Augenblicke blinder Leidenschaft. Ihre Gier nach etwas, vor dem sie sich so lange gefürchtet hatte, setzte sie in Erstaunen. Nigel zog sie näher an sich, und sie war froh zu erkennen, dass ihr Verlangen in all seiner Tiefe erwidert wurde.

Nigel lächelte, als er eine Decke über die schlafende Gisèle breitete. Sie hatte sich nicht mehr gerührt, seit er sich aus ihren Armen befreit und ihr Bettzeug neben dem erloschenen Lagerfeuer ausgebreitet hatte, ja, nicht einmal dann, als er sie hochgehoben und zu ihrem Bett getragen hatte. Er legte ihren Dolch an eine Stelle, wo sie ihn leicht finden konnte, schlüpfte in seine Kleider und ging in den Wald.

Es war höchste Zeit, nachzuschauen, ob sie noch immer in Sicherheit waren. Er hatte zugelassen, dass er von Gisèles Leidenschaft restlos gefesselt war. Obwohl es befriedigend und ein großes Vergnügen gewesen war, war es doch gleichzeitig ausgesprochen töricht. Zwar hatte er keine unmittelbare Gefahr gespürt, aber er war sich nicht mehr sicher, ob seine besondere Gabe noch einwandfrei funktionierte oder ob er überhaupt genug bei Verstand gewesen wäre, eine Warnung zu beachten.

Die Tiefe und Heftigkeit von Gisèles Leidenschaft war eine Überraschung für ihn, wenn auch eine sehr willkommene. Er hatte noch nie eine Frau gekannt, die in ihrem Verlangen so frei und unerschrocken war. Gisèle war bereit, alles auszuprobieren, und litt nur gelegentlich an glücklicherweise kurzen Anfällen von Sittsamkeit und Anstand. Sobald ihre Angst vor dem Mann im Besonderen und den Männern im Allgemeinen von ihr gewichen war, war es, als würde sie neugierig auf all das werden, was sie bisher versäumt hatte.

Als er sich versichert hatte, dass keine DeVeaus dabei waren, über sie herzufallen, ging Nigel auf die Jagd. Nachdem er fast den ganzen Tag mit intensivem Liebesspiel verbracht hatte, hungerte ihm nach etwas Sättigenderem als Brot und Käse. Er lächelte, weil es Gisèle vermutlich genauso erging. Diese Frau hatte einen durchaus gesunden Appetit auf viele Dinge.

Gisèle erwachte durch den Geruch von röstendem Fleisch, der ihr den Mund wässrig machte. Ihr Magen knurrte laut und vernehmlich, sie hörte Nigel kichern und fluchte. Indem sie unter der Decke hervorlangte, zog sie ihr Hemd und ihre Hosen von dem Kleiderstapel, den Nigel neben sie hingelegt hatte. Sie wusste, dass es ihn amüsierte, wie sie sich so unter der Decke abkämpfte, um sich anzukleiden. Sein Grinsen war beinahe zu spüren. Er würde wahrscheinlich niemals verstehen, dass sich nach fast einem ganzen Tag ausgelassenen Spiels in völliger Nacktheit ihre Stimmung nun geändert hatte. Sie wusste nicht einmal genau, ob sie selbst es verstand. Zudem musste sie in den Wald entschlüpfen, um ihren persönlichen Bedürfnissen nachzukommen, und sie wollte sich nicht vom Lager entfernen, ohne mehr zu tragen als ihre bloße Haut.

Selbst mitten unter den dicken Bäumen konnte sie noch den verlockenden Geruch des Essens wahrnehmen. So schnell sie konnte, erledigte sie das, was sie tun musste, und hastete zum Lager zurück, etwas verärgert darüber, dass ihre Eile Nigel nur noch mehr amüsierte.

»Deine maßlos gute Laune lässt meine rasend schnell ersterben«, sagte sie, indem sie sich auf ihre Lagerstatt setzte, doch in ihrer Stimme schwang kein echter Ärger mit.

»Nur dein Hunger lässt dich nicht gänzlich glücklich sein«, erwiderte er, während er den Hasen zerlegte und ihr ihren Teller reichte.

»Welch eine einfache Erklärung«, murmelte sie, sagte aber weiter nichts, solange sie ihr Mahl gierig hinunterschlang, erleichtert darüber, dass Nigel dasselbe tat.

Die Schnelligkeit, mit der sie ihr herzhaftes Essen beendeten, beschämte Gisèle ein wenig. Sie räumte auf und kehrte zum Lagerfeuer zurück, um mit Nigel etwas Wein zu trinken. Umgeben von Schönheit, satt von Essen, Wein und Liebe, hätte sie fast glauben können, dass alles in bester Ordnung war.

»Es war ein herrlicher Tag«, murmelte sie und errötete gleich darauf, aus Sorge, er könnte denken, sie würde dies nur auf ihr Liebesspiel beziehen.

Nigel lächelte, legte seinen Arm um ihre schmalen Schultern und küsste sie auf die Wange. »Es war wirklich ein herrlicher Tag. Wir sind ausgeruht, und die Pferde haben sich erholt. Ja, wir alle wurden gut getränkt und gefüttert.«

Sie seufzte. »Also müssen wir uns morgen wieder auf die Flucht begeben.«

»Ich fürchte, Liebes. Wir haben diese Auszeit gebraucht, aber es ist nicht klug, zu lange an einem Ort zu verweilen, wenn so viele Leute nach einem suchen.«

»Vielleicht wird Gott gütig auf uns herablächeln und ihnen eine Magen- und Darmkrankheit schicken, die sie zwingt, in den Wäldern zu sitzen, während wir ungehindert zum Hafen reiten.« Sie schmunzelte, als er lachte.

»Das wäre ein wunderbares Geschenk, aber ich glaube nicht, dass wir darauf hoffen sollten.«

»Leider nicht. Wenigstens haben wir saubere Kleider.«

»Stimmt, man weiß nicht, wie sehr man das schätzt, bis man keine mehr haben kann. Ich vermisse außerdem ein weiches Bett. Es ist viel zu lange her, dass ich in einem solchen geschlafen habe.«

»*Oui*, auch ich vermisse diese Bequemlichkeit sehr.«

»Auf Donncoill gibt es weiche Betten«, flüsterte er nah an ihrer Wange.

»Ich freue mich auf die Ankunft dort.«

»Und auch sehr große Betten.«

Gisèle kicherte, als er sie sanft auf das Bettzeug drückte. »Sollten wir uns nicht für die Reise ausruhen?«, fragte sie, während sie schon ihre Arme um seinen Hals schlang und ihren Kopf nach hinten beugte, um seine Küsse an ihrer Kehle willkommen zu heißen.

»Die Nacht ist noch sehr jung.«

»Und Ihr, Sir Nigel, seid sehr gierig.«

»Ja, meine süße französische Rose, in der Tat, sehr gierig.« Sie wusste, dass sie ihm nicht zu sagen brauchte, wie sehr sie sein Verlangen teilte. Sie hatte es ihm den ganzen Tag hindurch mehr als deutlich gezeigt. Aber in der Art, wie sie ihn umarmte, lag bereits ein Hauch von Verzweiflung. Es war eine friedliche Erholungspause gewesen, ein angenehmer Rückzug vor der Welt und all ihrer Hässlichkeit. Sie bedauerte es sehr, das Ende der Rast auf sich zukommen zu sehen, vor allem weil sie keine Ahnung hatte, was vor ihnen lag. Dies konnte die letzte Nacht sein, die sie in Nigels starken Armen verbringen durfte, und sie hatte vor, jeden Augenblick zu genießen.

12

Nigel krauste die Stirn und sah sich um. Er konnte nichts sehen, fühlte sich aber dennoch sehr unbehaglich und ritt zu Gisèle, um neben ihr zu sein, statt wie sonst vor ihr. Kurz wünschte er sich, sie könnten auf die Lichtung zurückkehren und sich einen weiteren Tag voll Ruhe und Freude gönnen, denn ein einziger Tag hatte ihm ganz gewiss nicht gereicht, schon gar nicht, wenn die Jagd so schnell wieder anfangen sollte. Er wünschte nur, er könnte sehen, wie und woher sie kamen.

»Ist etwas nicht in Ordnung?«, fragte Gisèle, die sich wunderte, warum Nigel plötzlich neben ihr ritt und seine Hand auf das Schwert legte.

»Ich weiß nicht so recht«, antwortete er.

»Du spürst irgendeine Gefahr, nicht wahr?«

»Ja, aber ich sehe und höre nichts.«

Gisèle warf einen Blick über die Schulter, obwohl sie daran zweifelte, dass sie schärfere Augen hatte als er oder etwas sehen konnte, was Nigel nicht sah. »Dein Instinkt hat uns bisher nie im Stich gelassen. Es ist wohl klug, ihm jetzt Glauben zu schenken.«

»Ja, also lass uns zu jenen Bergen im Westen reiten. Es wird einfacher sein, dort einer Verfolgung zu entkommen.«

Kaum hatten sie ihre Pferde zum Galopp angetrieben, als schon ein halbes Dutzend Männer aus dem Wald geritten kam. Der Schrei, den ihre Verfolger ausstießen, verriet Gisèle, dass es ohne jeden Zweifel Männer der DeVeaus waren, doch sie hatte trotzdem das Bedürfnis, einen Blick nach hinten zu werfen, um sicherzugehen. Was sie entdeckte, ließ ihr das Blut gefrieren. Es waren die DeVeaus, das stand fest, und dieses Mal hatten sie zwei berittene Bogenschützen dabei, Männer, die bereit und fähig schienen zu schießen, während sie ritten. Gisèle hatte schon angesetzt, Nigel diese furchtbare Neuigkeit zuzurufen, als ein Pfeil an ihrem Kopf vorbeizischte. Sie warf sich flach auf den Hals ihres Pferdes und schrie eine Warnung.

Nigel fluchte und bückte sich ebenfalls im Sattel. Dies war eine neue und weitaus größere Gefahr. Solange sie nur mit Männern konfrontiert waren, die Schwerter trugen, dauerte das Gesehen- und Gejagtwerden nicht viel länger, als die Unannehmlichkeit eines scharfen Rittes, um sie abzuhängen und sich zu verstecken. Bogenschützen dagegen bedeuteten, dass es schon tödlich sein konnte, aus der Entfernung gesehen zu werden, und diese Männer waren auch noch in Schussweite ihrer Ziele.

Jetzt war es noch viel wichtiger, die Berge zu erreichen. Dort konnten sie Schutz suchen und – er warf einen Blick auf den Bogen und den Köcher mit Pfeilen, die am Sattel hingen – vielleicht eine Möglichkeit finden zurückzuschießen. Sie waren zu sechst, und Gisèle konnte nicht kämpfen, doch Nigel glaubte, die Stellung halten zu können, sofern er eine günstige Ausgangsposition für den Kampf fand. Hatte er Glück, würden ein paar Feiglinge darunter sein, die bereit waren, zwei Leuten nachzujagen, aber schwankend wurden und flohen, wenn es in einem Kampf hart auf hart ging.

Er sah zu Gisèle und war froh, dass sie sich nicht nur neben ihm hielt, sondern sich auch zu einer sehr kleinen Zielscheibe zusammengekauert hatte. Diese hitzige, tödliche Verfolgungsjagd verriet ihm, dass sie ihren Feinden nichts mehr verheimlichen konnten. Die DeVeaus wussten, dass Gisèle nicht alleine ritt, wussten, mit wem sie ritt, dass sie als Knappe verkleidet war und sie verbissen versuchten, einen Hafen zu erreichen. Er hatte einige dieser schlechten Nachrichten vermutet, und David hatte ihn gewarnt, doch dies ließ alles in einem schrecklich deutlichem Licht erscheinen.

Die DeVeaus waren fest entschlossen, Gisèle nicht lebend aus Frankreich entkommen zu lassen. Die langen Meilen bis zu einem Hafen mussten sehr vorsichtig zurückgelegt und jeder Schritt auf diesem Weg musste verwischt werden.

Die Berge waren umgeben von einem dichten, dunklen Wald, der nicht lichter wurde, bis er fast den steinigen Fuß der Berge berührte. Nigel erlaubte sich einen zaghaften Anflug von Erleichterung, als sie den Wald mit großem Abstand vor ihren Verfolgern erreichten. Dies schützte sie nicht auf Dauer vor den Pfeilen, aber es würde ihnen zwischen den Bäumen ein paar Minuten außer Sichtweite gewähren. Er gab Gisèle Zeichen, dicht hinter ihm zu reiten. Auch wenn er sich danach sehnte, seinen Körper zwischen sie und ihre Feinde zu bringen, musste er sie anführen, denn Gisèle hatte keine Ahnung, wohin sie unterwegs waren.

Gisèle atmete ein paar Mal tief ein und aus, um sich nach dem scharfen Galopp zu beruhigen. Die Bogenschützen stellten einen neuen Albtraum dar. Sie konnte sich nicht vorstellen, wie Nigel sie vor ihnen schützen wollte. Bis heute hatte sie die größte Angst davor gehabt, dass sie an einem Ort gestellt wurden, von dem sie nicht fliehen, ja, nicht einmal die Pferde erreichen konnten. Jetzt hatte es den Anschein, als wären sie nur noch sicher, wenn sie meilenweit von ihren Feinden entfernt waren oder im Verborgenen blieben. Dies würde es weitaus schwieriger machen, Schottland zu erreichen.

Sie zitterte und konnte ihre Angst nicht länger verbergen, als die Stimmen ihrer Widersacher durch den Wald hallten. Es war schwer, furchtlos zu sein, selbst wenn sie darauf vertraute, dass Nigel sie in Sicherheit bringen würde.

Was hatte sie nur getan, um dies zu verdienen, dachte sie bei sich. Einen Moment später schüttelte sie mit Macht diesen Anfall von Selbstmitleid und das entmutigende Gefühl der Hilflosigkeit von sich ab. Es war notwendig, dass sie wachsam blieb gegenüber jeder Bewegung, die Nigel machte, gegenüber jedem Zeichen, das er ihr eventuell gab. Dagegen würde es sie nicht am Leben erhalten, wenn sie vor lauter Jammern ob der Ungerechtigkeiten unachtsam wurde.

»Steig ab, Mädchen«, flüsterte Nigel, während er selbst aus dem Sattel glitt.

Unverzüglich kam sie seinem Befehl nach, fragte aber mit leiser Stimme: »Wir haben sie doch nicht abgehängt, oder?«

»Nein, aber wir können einen derart steilen Abhang nicht hinaufreiten, zumindest nicht lautlos.«

Ihre Augen weiteten sich, als er sie einen von Felsen übersäten Hang hinaufführte. Die Berge hatten aus der Entfernung nicht so steinig und steil gewirkt, und Gisèle fragte sich plötzlich, wohin Nigel sie gebracht hatte. Dies war nicht das weiche, sanfte Land, in dem sie aufgewachsen war. Wenn sie einen Augenblick Zeit hatten zu sprechen, würde sie ihn fragen, wo sie waren und wohin sie gingen. Solange sie sichere Orte fanden, Orte zum Verstecken, war das vermutlich nicht wirklich wichtig, aber sie war zunehmend neugierig. Außerdem war es ein wenig ärgerlich, dass ein Schotte ihr Land besser kannte als sie selbst.

Plötzlich ergriff Nigel ihre Zügel. Sie stand still da, während er ihre Pferde an einer geschützten Stelle festband. Als er sie bei der Hand nahm und höher hinauf in die Felsen und unter die vom Wind gebeugten Bäume führte, musste sie sich auf die Zunge beißen, um ihn nicht danach zu fragen, was er vorhatte. Dass er Bogen und Pfeile mit sich führte, verriet ihr, dass er wahrscheinlich Stellung beziehen wollte, und das beunruhigte sie.

Nigel blieb stehen, lehnte sich gegen einen großen Felsen und legte einen Pfeil in den Bogen. Als er über den Felsen den Abhang hinuntersah, schob sich Gisèle neben ihn und folgte seinem Blick. Ihre Augen weiteten sich, als sie die Männer erspähte, die sie jagten. Sie ritten nah beieinander zwischen den lichter werdenden Bäumen am Fuß des Berges.

»Meinst du, dass du alle töten kannst?«, fragte sie zaghaft. Sie bedauerte die Männer nicht, immerhin versuchten sie,

Nigel und sie zu töten, war aber entsetzt über den wachsenden Tribut an Leben, den ihre Suche nach Freiheit forderte.

»Nein, aber ich kann vielleicht ein oder zwei herunterreißen, bevor die anderen ihren Verstand zusammennehmen, auseinanderjagen und sich verstecken«, antwortete er, wobei er beschloss, auf die beiden Bogenschützen zu zielen, die sie in so große Gefahr gebracht hatten.

»Und die Übrigen?«

»Ich bete darum, dass sie Feiglinge sind, die abhauen, wenn sie merken, dass wir keine leicht zu fangenden Opfer sind.«

Es war nicht der beste Plan, den sie je vernommen hatte, aber Gisèle sah ein, dass es keinen anderen gab. Als sie sich hinter dem Felsen zusammenkauerte, wusste sie, dass sie sich unbedingt einen anderen Plan ausdenken musste. Sie musste lernen zu kämpfen. Der Mangel an Kampferfahrung hatte kein Problem dargestellt, solange sie ausschließlich weggelaufen waren und sich versteckt hatten. Jetzt, konfrontiert mit sechs Männern, die darauf brannten, sie zu töten, war es ein gefährlicher Mangel. Zumindest konnte sie versuchen, Nigel den Rücken freizuhalten und ihn gegebenenfalls zu warnen.

Von unten ertönte ein Schrei, und sie schloss die Augen. Sie vernahm das tödliche Schwirren, als Nigel seinen zweiten Pfeil abschoss, hörte einen weiteren Aufschrei, und ihr wurde fast übel vor Erleichterung. Auch wenn sie sich in Erinnerung rief, dass es hier um Töten oder Getötetwerden ging, linderte dies ihre Bestürzung nur wenig. Es war eine schreckliche Sache, Zeuge des Todes zu werden, und diese Männer starben auch noch ohne Beichte. Sie erhielten nicht die Möglichkeit, Buße zu tun für vermutlich eine Menge großer Sünden. Es machte ihren Tod doppelt bedenklich. Gleichwohl wusste Gisèle tief in ihrem Herzen, wie sehr sie es doch vorzog, dass es jene und nicht Nigel oder sie getroffen hatte.

»Nur ein einziger Feigling hat sich umgedreht und ist geflohen«, meldete Nigel, während er einen weiteren Pfeil abschoss. »Jetzt sind es nur noch zwei«, sagte er kalt, als ein

Schrei den Hügel heraufdrang, der von einer Menge Gebrüll und Flüchen begleitet wurde.

»Es klingt so, als hättest du die beiden Letzten gerade zur Weißglut gebracht«, murmelte sie.

Er lächelte, setzte Bogen und Pfeile ab und versicherte sich, dass sein Schwert und sein Dolch griffbereit waren. »Ich gedenke, noch viel mehr zu tun.«

»Was hast du vor?«

»Zur Abwechslung einmal sie zu jagen.«

»Nigel«, erhob sie Einspruch.

Er küsste sie schnell. »Bleib hier und hab deinen netten kleinen Dolch zur Hand. Ich glaube zwar nicht, dass du ihn brauchst, aber es ist vernünftig, vorbereitet zu sein.«

Sie fluchte, als er davonschlich, bevor sie etwas dagegen einwenden konnte. Nigel wusste zweifelsohne genau, was er machte, aber sie mochte es trotzdem nicht. Wenigstens wusste sie genau, wie es ihm ging, solange er neben ihr war. Jetzt konnte sie nur warten und sich fragen, wer gewinnen würde. Gisèle nahm ihren Dolch aus der Scheide und betete, dass Nigel der gute Kämpfer war, für den sie ihn hielt.

Nigel kroch durch die Felsen. Er hatte sich entschieden, den Kampf von Gisèle fernzuhalten. Als er das geräuschvolle Vorrücken seiner Gegner vernahm, musste er schmunzeln. Es konnte durchaus sein, dass alles viel einfacher war, als er gedacht hatte. Diese Männer wurden von ihrer Wut vorwärtsgetrieben, und Wut konnte sie nachlässig machen.

Als er den ersten Mann erreichte, hatte Nigel fast Schuldgefühle, denn jener ahnte nicht im Geringsten die Gefahr, die sich anschlich, während er auf einem Felsen saß und sich den Schweiß von der Stirn wischte. Nigel fragte sich, ob sein Unbehagen darüber, dass er einen Mann von hinten niederschlagen würde, ihn plötzlich so schwerfällig machte. Er glitt sehr leise über einen moosbedeckten Felsen, trotzdem reichte das schwache Geräusch aus, um den Gegner zu alarmieren.

Als er sein Schwert zog, war Nigel dennoch froh, den Vorteil des Überraschungsangriffs auf seiner Seite zu haben. Der Mann tastete noch umständlich nach seinem Schwert, während Nigel seines bereits gezogen hatte. Der Kampf ging schnell, aber leider nicht geräuschlos vorbei. Das Klirren der Schwerter ertönte in den stillen Bergen wie Donner, zudem starb der Mann schreiend. Als der Genosse des Getöteten nach ihm rief, war Nigel nicht überrascht. Keiner der Männer hatte eine Wertschätzung für den blanken Stahl gezeigt.

In der Hoffnung, sich dies zum Vorteil zu machen, entfernte sich Nigel schnell von dem Toten. Die Rufe des anderen Mannes hatte ihm ebenso dessen Standort verraten wie seine geräuschvolle Annäherung. Er wollte ihn auf halbem Weg treffen, um den Narren zu erwischen, während er blindlings über die Felsen kletterte, um seinen Kameraden zu erreichen.

Als er den Mann schließlich zu Gesicht bekam, bemerkte Nigel, dass dieser nicht so einfach niederzuschlagen war. Er bewegte sich zwar nicht gerade graziös über die Hügel, aber er hatte sein Schwert bereit und war sehr wachsam. Nigel wartete, bis der Mann einen besonders ungünstigen Platz erreicht hatte, von dem aus es schwer sein würde, sich zu verteidigen, und stellte sich ihm entgegen.

»Aha, dieser verfluchte Schotte, der jetzt mit der mörderischen Wölfin davonrennt«, knurrte er auf Französisch, während er mit dem Schwert in der Hand versuchte, sich zu einem besseren Standpunkt vorzuarbeiten. »Wo ist die Hure?«

»Dort, wo Ihr sie niemals findet«, erwiderte Nigel auf Französisch, vorsichtig darauf bedacht, die Stärken des kleineren und schwereren Mannes abzuschätzen.

»Du Schwein willst das Kopfgeld also für dich behalten.«

»Das glaubt Ihr. Immerhin, welcher Mann würde einen so schweren Geldbeutel nicht haben wollen?«

Gisèle schlug sich mit der Hand auf den Mund, um ihr Keuchen zu ersticken. Sie kauerte sich hinter dem nahen Felsen zusammen und verfluchte sich, weil sie nicht dort geblieben war, wo Nigel sie zurücklassen hatte. Sobald sie einen Mann hatte schreien hören, war es ihr unmöglich gewesen, noch länger einfach nur so dazusitzen und darauf zu warten, was weiterhin passierte. Doch statt in gereizter Unwissenheit zu verharren, hörte sie ihn jetzt von der Prämie, die auf ihren Kopf ausgesetzt war, sprechen, in einer Art und Weise, dass sie sich einmal mehr fragen musste, ob sie ihm wirklich vertrauen konnte. Das ist nur leerer Hohn, beruhigte sie sich, hervorgestoßen von einem Mann, der sich auf einen Kampf um Leben und Tod vorbereitete, doch es linderte ihren Schmerz nur wenig. Verrat über Verrat hatten ihr beigebracht, wachsam zu sein, und obwohl Nigels Bemerkung vielleicht nichts weiter als eine zynische Antwort auf den Vorwurf eines Gegners war, war es wohl klug, sich daran zu erinnern.

Sie spähte gerade noch rechtzeitig über den Felsen, um zu sehen, wie der DeVeau einen Ausfall auf Nigel zu machte. Etwas in ihr sehnte sich verzweifelt danach, die Augen zu schließen und einfach nur zu beten, sie zwang sich jedoch dazu, den Kampf weiter zu beobachten. Nigel konnte möglicherweise ihre Hilfe brauchen, dachte sie bei sich, während sie ihren Dolch fester in die kleine Hand nahm. Er mochte eben ihr beginnendes Vertrauen mit einer unbedachten Äußerung erschüttert haben, aber ganz gewiss wollte sie ihn nicht verletzt sehen.

Als Nigel den Mann niederschlug, empfand sie kaum mehr als Erleichterung. Und als er sein Schwert am Wams des toten Mannes abwischte, fragte sich Gisèle, ob sie weggehen sollte, ohne von ihm gesehen oder gehört zu werden. Doch dann sah sie in Nigels Rücken eine Bewegung und vergaß sofort jeglichen Gedanken daran, sich zu verstecken, stattdessen sprang sie auf und schrie eine Warnung.

Nigel wirbelte herum, gerade noch rechtzeitig, um zu verhindern, dass der Angreifer ihn von hinten niederstach. »So, der Feigling ist also zurückgekommen«, sagte er, darum bemüht, aufzustehen und einen festen Stand zu erreichen.

»Kein Feigling, du Narr, ein kluger Mann.«

»Ist es klug, hierher zurückzukommen, um zu sterben?«

»Nicht um zu sterben, sondern das ganze Kopfgeld für mich allein zu kassieren. Ich hatte gehofft, dass einer dieser Tölpel Euch töten oder wenigstens an den Füßen fesseln würde, aber sie waren schon immer armselige Kämpfer. Schwerfällig und plump. Wo ist das Mädchen?«

»Irgendwo, wo Ihr sie niemals findet«, erwiderte Nigel, froh, dass der Mann sie noch nicht entdeckt hatte, und inständig hoffend, dass Gisèle den Verstand haben würde, wegzulaufen und sich zu verstecken. Er wusste, dass sie in der Nähe war, dass sie diejenige war, die ihn gewarnt hatte.

»Ich glaube nicht, dass es sehr schwer sein wird, die mörderische Hure zu finden. Ich habe gehört, dass sie Euch gewarnt hat, also muss sie in nächster Nähe sein.«

In der Hoffnung, dass sein Widersacher ein wenig zurückweichen und ihm die Möglichkeit geben würde, eine bessere Kampfposition einzunehmen, schlug Nigel mit dem Schwert nach ihm. Doch dieser DeVeau-Schurke erwies sich im Gegensatz zu den anderen als viel gewandter, er wich dem Schlag aus und hielt Nigel auf unebenem Boden und mit einer Leiche in seinem Weg fest. Er war in die Ecke getrieben worden, das wusste er ebenso wie sein Gegner.

Hastig überflog Nigel all seine Möglichkeiten, musste aber erkennen, dass er nur eine einzige hatte, den plötzlichen Angriff. Vielleicht reichte der Vorteil der Überraschung, um sich aus der Falle zu befreien. Wenn er blieb, wo er war, würden sie solange aufeinander losschlagen und parieren, bis er schließlich den Stand verlor und einem tödlichen Streich ausgesetzt war. Mit dem Schlachtruf seines Clans sprang er auf seinen Gegner zu, um ihn durch die bloße Wucht seines Angriffs aus dem Weg zu stoßen.

Es misslang. Nigel fluchte, als der Mann seinem Angriff

standhielt und an Ort und Stelle blieb. Einen Augenblick lang kämpften sie verbissen, der Gefolgsmann der DeVeaus versuchte, ihn da zu halten, wo er war, Nigel versuchte, ihn aus dem Weg zu hauen. Dann geschah dass, was Nigel die ganze Zeit befürchtet hatte. Er stolperte, als ein großer Ausfall des DeVeau-Mannes ihn zwang zurückzuweichen und er gegen die Leiche jenes Mannes stieß, den er vorher getötet hatte. Sein Gegner nutzte den Vorteil, und Nigel stöhnte vor Schmerz, als das Schwert des Mannes ihm tief in die Seite schnitt. Er wehrte den nächsten Schlag ab, aber die heftige Bewegung ließ ihn stürzen, das Schwert wurde ihm aus der Hand geschleudert. Ausgestreckt lag er auf dem Körper des toten Mannes und starrte zu dem DeVeauschen Gefolgsmann empor, der grinste, während er mit dem Schwert auf Nigels Herz zielte. Nigels einziger klarer Gedanke war ein Gebet, dass Gisèle nicht für sein Versagen bezahlen musste.

»Ihr habt Euch eine armselige Sache ausgesucht, um Euer Leben zu lassen«, sagte der DeVeau-Mann gedehnt.

»Nein, Ihr habt Euch etwas Armseliges ausgesucht«, erwiderte Nigel in seinem stark schottisch versetzten Französisch, während er insgeheim fluchte, weil er feststellte, dass er seinen Dolch nicht rechtzeitig ziehen konnte, um den tödlichen Schlag abzuwehren. »Ich mag meinem Tod begegnen, bevor Ihr Eurem entgegentretet, aber wenigstens werde ich nicht mit einer Seele scheiden, die mit dem Verbrechen befleckt ist, ein junges, unschuldiges Mädchen verfolgt und getötet zu haben, um meinen Geldbeutel zu mästen.«

Der Mann knurrte eine Verwünschung und hob sein Schwert, um es tief in Nigels Herz zu senken. Nigel spannte sich an für den Schlag, doch er sollte nie erfolgen. Mit vor Erstaunen weit geöffnetem Mund starrte er seinen Angreifer an und konnte sich gerade noch wegbewegen, als ihm das Schwert aus der Hand fiel. Aus dem feisten Hals des Mannes ragte der Griff eines Dolchs, den Nigel mühelos erkennen konnte. Schon im Fallen begriffen, fasste der Mann noch verzweifelt nach dem Messer in seiner Kehle. Der Schurke starb schnell, sein Blut strömte mit einer Geschwindigkeit aus dem Körper, die selbst Nigel überraschte. Mit einem Griff nach seiner Wunde setzte sich Nigel vorsichtig auf und blickte unverwandt auf die leichenblasse Gisèle, die unbeweglich an einem nahen Felsen stand.

»Ein guter Wurf, Mädchen«, bemerkte er, erleichtert darüber, dass sie nur wenig zitterte. Dann blickte sie ihn mit weit aufgerissenen, aber klaren Augen an.

»Ich habe auf seinen Schwertarm gezielt«, sagte sie mit unsicherer Stimme, als sie auf ihn zuging.

»Armes Mädchen. Ich hatte eigentlich vor, dich auszuschimpfen, sobald ich mit dem Schurken fertig war, weil du nicht dort geblieben bist, wo du bleiben solltest.« Er lächelte matt. »Ich denke, ich schaffe es in meinem Herzen, dir diese Unverfrorenheit zu verzeihen.«

»Besser ein bisschen Versöhnlichkeit in deinem Herzen als kalter, harter Stahl. Ist es eine üble Wunde?«, fragte sie ihn, indem sie sich neben ihm niederkniete.

Nigel nahm seine blutüberströmte Hand weg und runzelte beim Anblick der Wunde in seiner Seite die Stirn. »Ich bin mir nicht sicher, aber sie ist wohl ein kleines bisschen stärker, als ich anfangs dachte, und sie blutet ziemlich heftig.«

Gisèle zwang sich, auf Nigel zu achten, und zwar nur auf Nigel. Sie empfand eisiges Entsetzen über das, was sie getan hatte, ihr Blut schien ihr noch immer in den Adern gefroren zu sein, aber sie konnte sich jetzt nicht die Zeit nehmen, darüber nachzudenken. Nigel war verwundet, und er hatte recht – sein Blut floss ziemlich reichlich. Es war viel wichtiger, ihn gesund und am Leben zu erhalten, als ihr Gewissen zu erforschen, um festzustellen, ob sie richtig oder falsch gehandelt hatte, als sie den Mann tötete.

»Nein, Mädchen«, sagte Nigel, als sie Anstalten machte, ein Stück Stoff aus ihrem Hemd zu reißen, um die Wunde zu verbinden. »Wenn du es ertragen kannst, nimm das, was du brauchst, von diesen Männern. Wir wissen nicht, wie lange wir uns verbergen müssen, und du könntest das Hemd noch dringend nötig haben.«

Natürlich hatte er wiederum recht, doch sie spürte ätzende Galle in ihrer Kehle, als sie auf den Mann zuging, den sie getötet hatte. Zu ihrer tiefen Bestürzung musste sie sorgfältig suchen, um ein Stück Hemd zu finden, das für einen provisorischen Verband von Nigels Wunde sauber genug war. Sobald sie das Stück Stoff, das sie brauchte, herausgerissen hatte, eilte sie an Nigels Seite zurück.

»Diese Wunde muss gesäubert und genäht werden«, sagte sie, während sie den Stoff fest um die Wunde band, damit sich die Blutung verlangsamte.

Gisèle versuchte, gelassen zu klingen, doch vermutlich war etwas von ihrer Angst in ihrer Stimme zu hören, denn Nigel beobachtete sie prüfend. Sie wollte ihn in dem Glauben lassen, ihre Angst sei das Resultat ihrer Tat. Sollte er erraten, dass Angst und Schrecken ihr zusetzten bei dem Gedanken, dass er erkranken und sterben konnte, würde ihn das nur aufregen, und es konnte ihm außerdem viel zu viel von ihren Gefühlen enthüllen. Bis sie festgestellt hatte, wie viel Gewicht sie auf seine Bemerkung über das Kopfgeld legen musste, wollte sie auf keinen Fall, dass er von ihrer Zuneigung erfuhr.

»Ich kann deine Wunde hier nicht anständig versorgen«, sagte sie, »aber ich weiß nicht, wohin wir gehen können. Wir brauchen ein sicheres Versteck.«

»Es ist niemand übrig geblieben, der den DeVeaus sagen könnte, wo wir zu finden sind.«

»Stimmt«, gab sie widerwillig zu. »Das ist allerdings nicht unser größtes Problem. Du brauchst eine Zeit lang Ruhe und einen Zufluchtsort, bis diese Wunde so weit verheilt ist, dass du wieder reiten kannst. Wenn alles gut geht, könnte das in nur wenigen Tagen sein, aber wir wissen beide, dass es auch viel länger dauern könnte.«

Nigel fluchte. »Ich habe heute keine gute Arbeit geleistet.«

»*Non*. Es waren sechs Männer, und du warst allein. Nun sind es sechs tote Männer, und du hast nichts weiter als eine Wunde. Ich empfinde das nicht als schlechte Arbeit. Weißt du einen Ort, wo wir Unterkunft finden können? Ich glaube langsam, dass du dieses Land besser kennst als ich.«

»Einige Gegenden davon vielleicht. In diesen Bergen gibt es eine Höhle. Ich habe dort haltgemacht, als ich nach Frankreich kam.« Er setzte sich auf, zuckte aber merklich zusammen. »Ich werde uns dorthin bringen.«

Sie half ihm beim Aufstehen und ließ ihn seinen Arm auf ihre Schultern legen, um einen Teil seines Gewichts auf sie zu verlagern. »Was ist mit unseren Pferden?«

»Ich fürchte, du wirst zurückkommen und sie holen müssen. Außerdem muss ich dich bitten, eine unangenehme Arbeit zu erledigen.«

»Die toten Männer?« Sie bemühte sich, ihm beim Gehen festen Halt zu geben und ihn doch führen zu lassen.

»Ja, Mädchen. Die drei Leichen auf dem Abhang sollten wieder nach unten geschoben oder gezogen werden. Sorg dafür, dass die Aasfresser sie weit weg von uns finden. Du musst ihnen alles wegnehmen, was für uns nützlich sein könnte. Wenn noch Pferde von ihnen in der Gegend sind, behalte eins, nimm dir auch von ihnen alles vielleicht einmal Nützliche und lass die anderen laufen. Wir können das eine als Saumpferd benutzen. Schaffst du das alles?«

Gisèle zögerte nur einen Augenblick, bevor sie nickte. Es würde eine grauenhafte, entsetzliche Arbeit sein, doch sie erkannte die Klugheit dieser Anweisungen. Es war unmöglich für sie, alle sechs Männer zu begraben, um die Aasfresser fernzuhalten, also musste sie dafür sorgen, dass sie nicht in ihrer Nähe waren. Außerdem brauchten sie Proviant, weil sie sich möglicherweise tagelang verstecken mussten. Sie hasste es, den Toten etwas wegzunehmen, wusste aber, dass sie eine Närrin sein würde, wenn sie auf diese Weise Dinge wegwarf, die Nigel und ihr beim Überleben helfen konnten.

»Die Höhle ist schon hinter diesem Felsen da, Mädchen«, sagte Nigel.

Besorgt sah sie ihn an. Er war bleich und in Schweiß gebadet. Der Weg zur Höhle hatte ihm viel von seiner Stärke geraubt. Sie ließ ihn zusammengesunken an einem Felsen zurück und bahnte sich einen Weg durch das niedrige Gehölz vor dem Eingang. So sorgfältig, wie es ohne Fackel möglich war, durchsuchte sie die Höhle nach Spuren von Tieren, dann half sie Nigel ins Innere.

»Ich werde mich zuerst um unsere Pferde kümmern«, sagte sie, »weil sie das tragen, was ich brauche, um deine Wunde zu versorgen und es dir bequemer zu machen. Ich werde gleich zurück sein.«

»Nimm meinen Dolch mit, Mädchen.«

Unversehens erinnerte sie sich daran, dass ihr Dolch noch immer im Hals des Toten steckte und herausgezogen werden musste. Hastig schob sie diesen schrecklichen Gedanken beiseite. Mit einem Nicken nahm sie Nigels Dolch und beeilte sich, ihre Pferde zu holen. Eines der DeVeau'schen Pferde fand sie in der Nähe von ihren eigenen Reittieren und band es fest, damit sie sich später darum kümmern konnte. Ihre Pferde brachte sie zur Höhle. Es brauchte einige Überredungskunst, doch schließlich schaffte sie es, die widerspenstigen Tiere durch den engen Eingang zu zerren. Gisèle brachte sie in den hinteren Teil der Höhle und nahm eilig alles, was sie brauchte, aus den Satteltaschen.

Sie zog Nigel Wams und Hemd aus. Er war kaum mehr bei Bewusstsein. Gisèle behandelte die Wunde so schnell sie konnte, und sobald sie gesäubert, genäht und mit sauberem Stoff bandagiert war, breitete sie ihre Betten aus. Nigel war so unsicher auf den Beinen, dass sie ihn fast tragen musste.

Genug Holz für ein kleines Feuer fand sie in unmittelbarer Nähe der Höhle, und als es brannte, beobachtete sie sorgfältig, ob der Rauch vollständig aus der Höhle abzog. Zu ihrer Erleichterung schien es, als habe die Höhle eine ganze

Menge Löcher, die sie nicht sehen konnte, die aber dafür sorgten, dass die Luft in der Höhle rein blieb. Gisèle hoffte nur, dass diese Löcher weder so zahlreich noch so groß waren, dass Nigel und sie bei Regen kaum mehr Schutz hatten, als wenn sie ihr Lager im Freien aufgeschlagen hätten.

In der Gewissheit, dass Nigel schlief, trank sie einen großen Schluck Wein zur Beruhigung und verließ die Höhle, um sich um die Toten zu kümmern und außerdem so viele Vorräte wie möglich einzusammeln. Fast hätte sie sich übergeben müssen, doch sie schaffte es, den Dolch aus dem Mann, den sie getötet hatte, zu ziehen, bevor sie ihn den Abhang hinunterstieß. Die Pferde der Männer waren in der Nähe geblieben, und nachdem sie sie von ihren Sätteln und Gepäckstücken befreit hatte, ließ sie alle frei, mit Ausnahme des ersten Pferdes, das sie schon vorher angebunden hatte. Sie musste zweimal zur Höhle zurückgehen, um alles, was sie zusammengerafft hatte, dorthin zu bringen. Sogar ein paar Decken hatte sie mitgenommen, ließ sie aber vor dem Eingang, weil sie nicht wusste, ob sie sauber waren. Vielleicht könnten sie Nigel zusätzliche Wärme spenden, aber es half wenig, wenn sie verdreckt und voller Ungeziefer waren.

Erschöpft wusch sie sich selbst, flößte Nigel etwas Wasser ein und schlüpfte in das Bett neben ihm. Als sie die Augen schloss, hielt sie inne, um für Nigels völlige Wiederherstellung zu beten. Sie hasste zwar, es zuzugeben, weil es sie völlig hilflos machte, aber sie brauchte ihn gesund und stark an ihrer Seite. Der Kampf ums Überleben war so heftig geworden, dass sie ihn nicht allein führen konnte. Im Moment stand sie allein vor einer Horde von DeVeaus, die das ganze Land absuchten und darauf brannten, sie zu töten. Gisèle wusste, dass sie nur einen winzigen Schutzschild abgab. Mit Nigel an ihrer Seite hatte sie angefangen, sich zum ersten Mal seit langer Zeit wieder sicherer zu fühlen, aber bis es ihm besser ging, musste sie sich wohl wieder mit der Angst vertraut machen.

13

»Was machst du hier?«

Gisèle war so unvermittelt aus dem Schlaf gerissen worden, dass ihr der Atem stockte. Sie warf einen Blick auf Nigel, und ihre Augen wurden groß. Mit glasigem Blick starrte er sie an, als wäre sie ein Geist. Sie berührte seine Wange, und ihr Herz machte vor Angst einen Sprung. Er glühte.

»Du solltest nicht hier sein«, sagte er mit rauer Stimme, ergriff sie an den Schultern und schüttelte sie. »Ich habe Heim und Herd wegen dir verlassen. Hast du nichts Besseres zu tun, als mich weiterhin zu quälen?«

Aus Angst, dass seine Erregung die Wunde wieder aufreißen würde, entzog sie sich seinem Griff. Er fiel auf sein Bett zurück und verfluchte leise die Person, die sein fiebernder Kopf neben sich sah, wer immer es sein mochte. Als Gisèle Wasser holte, um sein Gesicht zu kühlen, wurde ihr bewusst, dass er von einer Frau sprach.

Es dauerte einige Zeit, in der sie ihm das Gesicht abwusch und ihn zwang, etwas Wasser zu trinken, bis er wieder ruhiger wurde. Gisèle fuhr fort, seinen erhitzten Körper abzuwaschen, und schließlich fiel er in einen unruhigen Schlaf. Ihr war zum Weinen zumute, und dass sie den Grund dafür kannte, änderte nichts zum Besseren.

Nigel wurde noch immer vom Bild jener Frau gequält, die er zurückgelassen hatte, empfand noch immer Zuneigung zu ihr. Gisèle spürte, dass sie die Hoffnung, so gering sie auch sein mochte, genährt hatte, Nigel und sie könnten eines Tages mehr als nur hingebungsvolle Leidenschaft füreinander empfinden. Offensichtlich war sein Herz fest an eine andere gebunden. Es würde schon schwierig sein, um ihn zu kämpfen, wenn ihre Rivalin leibhaftig anwesend oder zumindest in der Nähe wäre. Doch gegen ein unerreichbares Traumbild anzukämpfen, dem er noch immer nachhing, schien Gisèle unmöglich.

Sobald es ihm wieder gut ging, würde sie dem Liebesspiel, dem sie so unersättlich gefrönt hatten, ein Ende zu bereiten. Sie wollte nicht dazu benutzt werden, die scharfen Kanten einer Erinnerung abzuschleifen. Doch dann seufzte sie und verdammte ihre eigene Schwäche. Sie mochte die Leidenschaft, die sie so sehr genoss, nicht aufgeben. Zudem bestand eine Chance, die sie ebenfalls nicht vertun wollte, die zugegeben sehr geringe Chance, dass vielleicht doch mehr zwischen ihnen war. Allerdings wagte sie es nicht, diese Möglichkeit allzu lang in Betracht zu ziehen. Sie hatte mehr als genug Schwierigkeiten am Hals, das Letzte, über das sie nachdenken sollte, war also die Frage, was oder was sie nicht für Nigel Murray empfand. Außerdem war da noch die Tatsache, dass sie ihn nicht wirklich beschuldigen konnte, sie wissentlich oder unwissentlich zu benutzen. Sie benutzte ihn ebenfalls – um sich von ihm beschützen und sich von ihm zeigen zu lassen, was Leidenschaft sein konnte und sein sollte.

Trotzdem würde sie sich an irgendeinem Punkt ernsthaft mit ihren Gefühlen auseinandersetzen müssen. Wenn sie diesen Kampf um ihr Leben verlor, dann taten ihre Gefühle sowieso nichts mehr zur Sache. Aber sie hatte vor zu überleben und beabsichtigte, alles Notwendige zu unternehmen, um ihren Namen reinzuwaschen, damit der Augenblick der Wahrheit am Horizont emporsteigen konnte. Gisèle schnitt eine Grimasse, als sie aufstand, um nach den Pferden zu sehen. Sie hoffte, genug Stärke zu haben, dieser Wahrheit ins Angesicht zu schauen, wenn es an der Zeit war.

Gisèle legte die Stirn in Falten und fragte sich, warum sie wach war. Ein Blick zum Höhleneingang sagte ihr, dass der Morgen noch nicht heraufdämmerte. Nach zwei Tagen, die sie den fiebernden Nigel versorgt hatte, war es das erste Mal, dass sie länger als ein oder zwei Stunden am Stück hatte schlafen können. Es ärgerte sie, dass sie scheinbar grundlos plötzlich hellwach war.

Ihr Herz machte einen schmerzhaften Sprung, als sie unvermittelt die Furcht überkam, eine schreckliche Veränderung in Nigels Zustand habe sie geweckt. Vorsichtig drehte sie sich um und fürchtete sich fast, ihn anzusehen. Zögernd berührte sie seine Stirn und wurde schwach vor Erleichterung. Sie war kühl und feucht. Nigel war schweißnass. Das Fieber war endlich am Abklingen.

Schnell stand sie auf, um ihm ein trockenes Hemd zu holen und etwas Wasser zum Waschen. Die kühle Luft traf auf den Rücken ihres Hemdes, und sie fröstelte. Ihr Hemd war durchgeschwitzt. Offensichtlich war es das, was sie geweckt hatte. Schnell wechselte sie ihre Kleidung, bevor sie zusammensuchte, was sie für Nigel brauchte.

Als sie Nigel das Hemd auszog, fuhr er auf und sah sie an. Erstaunt bemerkte Gisèle das tiefe Gefühl, das sie überkam, als sie in seine klaren und strahlenden Augen blickte, alle Anzeichen des Fiebers waren verschwunden. Die Dinge gerieten viel komplizierter als erwartet, dachte sie mit einem innerlichen Seufzen. Möglicherweise war nicht mehr so viel Zeit, wie sie gehofft hatte, bis sie einigen schweren, kalten Tatsachen ins Augen schauen musste. Ihr Herz forderte sie unüberhörbar dazu auf, ihnen Beachtung zu schenken. Im Moment konnte sie allerdings jede unbequeme Erforschung ihres Gewissens vermeiden, indem sie alle Aufmerksamkeit fest auf Nigels Genesung richtete.

»Es ging mir nicht gut?«, fragte er mit heiserer Stimme und nahm gierig das Wasser an, dass sie ihm zu trinken gab.

»*Oui*, nicht so ganz«, antwortete sie, wobei ihre Stimme leicht schwankte, während sie ihm den Schweiß vom Körper wischte. »Ich nehme an, dass du Fieber bekommen hast, weil ich dich nicht schnell genug versorgen konnte.«

»Du hättest es nicht schneller machen können, Mädchen.« Er biss vor Schmerz die Zähne zusammen, als sie seinen Verband wechselte.

»Vielleicht nicht. Trotzdem hat die Verzögerung den schlechten Körperflüssigkeiten ermöglicht, in dich einzusickern. Aber jetzt wird es dir bald wieder gut gehen, *oui?*«

»Ja, aber wir verlieren wertvolle Tage, indem wir uns hier verstecken. Wie viele sind es bisher?«

»Zwei Tage. Dies ist der dritte.« Sie sah, wie er blass wurde, als sie ihm beim Anziehen seines Hemds half, aber er gab keinen Laut von sich. »Ich habe niemanden gesehen oder gehört, der sich diesem Ort hier genähert hätte, insofern denke ich, dass wir hier recht sicher sind.«

»Gut, aber wir müssen dennoch so schnell wie möglich weg«, murmelte er geschwächt von den Schmerzen, die ihm seine Wunde verursachte, als er die Augen schloss.

»Nicht, bis ich der Meinung bin, dass du ein Pferd reiten kannst, ohne dich in Gefahr zu bringen, weil die Stiche wieder aufreißen oder du dich so sehr schwächst, dass das Fieber zurückkehrt.«

»Das kann Tage dauern.«

»Dann werden wir uns diese Zeit nehmen. Es bringt nichts, wenn wir so schnell fortgehen, dass du dadurch schwach und krank wirst.«

Nigel wusste, dass sie recht hatte, aber ihm gefiel die Sache nicht, und so fluchte er leise. »Wir können hier leicht in einen Hinterhalt geraten.«

Sie feuchtete ein Tuch mit kaltem Wasser an und rieb ihm sanft das Gesicht ab. Er musste ruhig werden, doch was sollte sie tun oder sagen? Es war sehr gut möglich, dass es schiefging und man sie entdeckte, wenn sie länger an einem Ort verweilten. Sie konnte das, was ihm so viel Sorgen bereitete, nicht abstreiten, denn sie hatte dieselben Bedenken.

»Diese Höhle ist nicht leicht zu finden, und ich habe nirgends eine Spur hinterlassen, die unsere Anwesenheit verraten könnte«, versuchte sie ihn mit sanfter Stimme zu beruhigen. »Ich habe sogar die Hinterlassenschaften der Pferde weit von hier weggebracht, den Mist habe ich in einer der verdreckten Decken, die ich den Männern abgenommen habe, weggeschleppt.« Sie zitterte leicht. »Ich habe ihn auf die Toten geworfen. Um ehrlich zu sein, ich werfe jedes Mal, wenn ich Holz sammle, etwas auf die Toten hinunter. Steine, Holz, das sich nicht zum Verbrennen eignet, alles, was ich finde und man hinunterwerfen kann. Ich möchte nicht in ihre Nähe kommen oder sie ansehen, dennoch fühle ich mich gezwungen, sie zu bedecken.«

»Was immer deine Beweggründe sind, es ist keine schlechte Idee. Es wird sie den Blicken entziehen, und wenn du Dung auf sie wirfst, könnte das vielleicht auch die Aasfresser fernhalten.«

»Ich glaube nicht, dass die Pferde dafür bis jetzt genug geliefert haben. Ich versuche nur, dir zu sagen, dass du gelassen bleiben kannst. Wir haben hier wirklich ein gutes Versteck. Wenn es dich so sehr beunruhigt, zu lange an einem Ort zu bleiben, dann ruh dich aus, finde so schnell wie möglich wieder zu deiner alten Stärke. Je schneller du kräftig genug zum Reiten bist, desto früher können wir diese Höhle verlassen.«

Er öffnete seine Augen und lächelte matt. »Und du wirst dafür sorgen, dass ich mich an diesen Plan halte, oder?«

»Das werde ich, Sir Murray. Dessen könnt Ihr Euch sicher sein.«

Sie lächelte, als er sanft auflachte und dann die Augen schloss. Es dauerte nur ein paar Augenblick, bis er wieder eingeschlafen war. Gisèle beobachtete ihn lange, konnte an seiner ruhigen, gleichmäßigen Atmung keine Anzeichen einer bedenklichen Veränderung entdecken und atmete erleichtert auf. Es war zu früh, um sicherzugehen, dass Nigel sich von seiner Verwundung zu erholen begann, doch jetzt hatte sie Hoffnung, und das war etwas, was ihr in den vergangenen zwei Tagen gänzlich abhanden gekommen war.

Mit einem breiten Gähnen machte sich Gisèle auf, um die Pferde zu versorgen. Sie schaffte die Pferdeäpfel weg und sammelte auf dem Rückweg zur Höhle Holz für das Feuer. Nachdem sie sich Gesicht und Hände gewaschen hatte, streckte sie sich neben Nigel auf dem Bett aus. Er würde in Bezug auf seine Genesung nicht geduldig sein, egal ob es schnell oder langsam ging. Gisèle wusste das, und je mehr er zu Kräften kam, desto wichtiger würde es werden, dass sie gut ausgeruht war und ihre Sinne beieinander hatte. Sie brauchte diesen Schlaf, und es war an der Zeit, den nachzuholen, der ihr fehlte, seit Nigel vom Fieber gemartert wurde.

Gisèle wartete geduldig darauf, dass Nigel wieder einschlief. Er war seit fast zwei Tagen frei von allen Fiebersymptomen, und sie glaubte, die nahezu ununterbrochene Krankenwache lockern zu können. Jedes Mal, wenn er aufgewacht war, hatte sie ihm eine Menge Wasser oder Wein eingeflößt, so viel, wie sie seine Kehle hinunterzwingen konnte, und er hatte geschworen, er werde bald den Abhang hinunterschwappen. Sie hatte außerdem dafür gesorgt, dass er etwas Nahrung zu sich nahm. Am Anfang waren es nur ein paar Bissen altbackenes Brot, doch die Essensmenge hatte sich schon im Verlauf der ersten fieberfreien Tage langsam erhöht. Es war von Vorteil, dass er gut aß, denn es würde ihm helfen, seine Kraft wiederzuerlangen, allerdings hatte es ihr auch ein neues Problem eingebracht, das sie zu lösen hatte. Ihre Vorräte neigten sich bedenklich schnell dem Ende zu.

Auf diese Schwierigkeit gab es nur eine einzige Antwort. Sie hatte mehrere Tage damit verbracht, sich etwas einfallen zu lassen, einen anderen Weg zu finden, aber es gab keinen. Sie brauchten Nachschub. Sie konnte nicht jagen, und in dieser Gegend gab es nichts zu ernten. Alles was sie hatte, war Geld, um loszugehen und etwas zu kaufen. Westlich von hier lag ein kleines Dorf. Sie hatte es einmal gesehen, als sie unterwegs war, um Feuerholz zu sammeln.

Als sie aus der Höhle schlüpfte und ihr widerspenstiges Pferd mit sich zog, überlegte sie, dass Nigel außer sich vor Wut sein würde. Sie warf einen kurzen Blick in die Höhle zurück, um sich zu versichern, dass er noch immer schlief, dann eilte sie den Berg hinunter ins Dorf. Es war ein riskantes Unternehmen, denn ihre Verkleidung würde, wie sie inzwischen eingesehen hatte, nur wenige in die Irre führen. Sie hatte keine DeVeauschen Männer gesehen, was jedoch nicht heißen musste, dass sie nicht in der Gegend waren. Nigel und sie waren auch vorher schon überrascht worden, und dieses Mal stand ihr sein scharfer Blick nicht zur Verfügung, um die Umgebung auszukundschaften. Wäre Nigel gesund gewesen und hätte alle seine fünf Sinne beieinander gehabt, hätte er sie gewiss lieber angebunden als allein losziehen lassen. Wenn er aufwachte, bevor sie zurück war, so vermutete Gisèle, würde er bestimmt die Kraft aufbringen, sie tüchtig und lautstark auszuschimpfen. Sie hoffte allerdings, dass er ihr vergeben würde, wenn sie sicher und erfolgreich mit gefüllten Satteltaschen zurückkehrte. Ein voller Bauch, so hieß es, sei das beste Heilmittel für die schlechte Laune eines Mannes.

Obwohl sie sich einzureden versuchte, dass sie einfach in das Dorf hineinreiten, alles, was sie brauchte, besorgen und ebenso schnell wieder herausreiten konnte, spürte Gisèle, wie ihr Herz sich vor Angst zusammenpresste, als sie das Dorf erreichte. Plötzlich fragte sie sich, ob ihr Vorhaben nicht die reinste Torheit war. Dann schüttelte sie den Kopf. Nigel war inzwischen ebenso bekannt wie sie, es war also egal, wer von ihnen beiden sich zeigte. Und sie konnte nicht so lange warten, bis es ihm gut genug ging, um ihr den Rücken zu decken. Wenn sie sich weigerte, dass Risiko einzugehen und sich stattdessen weiterhin in der Höhle versteckte, konnten sie beide leicht verhungern oder – der Gedanken ließ sie erschauern – gezwungen sein, eines ihrer Pferde zu schlachten. Sie straffte den Rücken und ritt weiter, wobei sie sich bemühte, ein wachsames Auge auf alles und jeden zu haben.

Gisèle betrat die kleine, dunkle Bäckerei und seufzte insgeheim, als der Mann sie beim Näherkommen scharf beobachtete. »Ich brauche drei Laib Brot«, sagte sie mit tiefer, fester Stimme.

»Was spielst du denn für ein Spiel mit mir, Kind?«, wollte der stämmige, schweißgebadete Bäcker von ihr wissen.

»Es ist kein Spiel. Ich bin hier, um Brot zu kaufen.«

»Spiel nicht die Unschuldige. Du musst mich für einen großen Trottel halten, wenn du glaubst, dass ich dich wegen eines schmutzigen Umhangs und der Kleider eines Heranwachsenden für einen Jungen halte. Also, warum hat ein Mädchen sich so angezogen?«

Sie fluchte innerlich, bemühte sich aber, sehr jung und traurig auszusehen. »Ich will Euch nicht täuschen, gnädiger Herr. Ich bin eine Waise. Meine einzige Familie ist mein Cousin, und er ist unterwegs zum Heer. Er konnte mich nirgends in der Nähe von unserem Zuhause sicher zurücklassen. Ich versuche jetzt, mich als sein Knappe zu verstecken, bis wir ein Kloster finden, in dem die Nonnen ein armes Mädchen in ihre Obhut nehmen.« Sie atmete im Stillen erleichtert auf, als er nickte und ihr ein mitleidiges Lächeln schenkte.

»Es ist eine Schande, dass die frommen Schwestern es sich nicht leisten können, jeden, der Fürsorge und Unterweisung braucht, aufzunehmen«, sagte er, während er ihr das Brot gab und aufpasste, wie sie die Münzen abzählte. »Dein Cousin sollte dich trotzdem nicht allein umherziehen lassen. Es ist sehr gütig von ihm, dass er dich unter seine Fittiche nimmt, aber er riskiert dein Leben und deine Tugend, wenn er dich allein und unbewacht losschickt.«

»Ich werde es ihm sagen, Herr.«

»Mach das, und geh so schnell, wie du kannst, zu ihm zurück.«

»Ich bin hier fast fertig, Herr«, erwiderte sie, als sie schon aus dem Laden hastete.

Obwohl der Mann, bei dem sie den Käse kaufte, und die

anderen Händler, mit denen sie in der Eile zu tun hatte, sich nicht genötigt fühlten, ihr einen Rat zu erteilen, war es ihren Gesichtern deutlich anzumerken, dass auch sie sich nicht täuschen ließen. Als sie ihre Satteltaschen schließlich mit allem, was sie benötigte, gefüllt hatte, war Gisèle mehr als glücklich, das Dorf verlassen zu können. Es überraschte sie nicht, als sie eine kleine Gruppe bewaffneter Männer auf die Häuser zureiten sah. Sie bemühte sich nicht einmal darum, nachzusehen, ob es wirklich Männer der DeVeaus waren. Ihr Instinkt sagte ihr, wer sie waren, und machte sie glauben, dass sie neuerdings ziemlich wenig Glück hatte. Sie strebte dem Schutz der Bäume zu, versuchte, ein gutes, schnelles Tempo zu halten, aber nicht so auszusehen, als sei sie auf der Flucht, um nicht den Argwohn der Männer zu erregen.

Sie stieß einen heftigen Fluch aus, als ein verstohlener Blick über die Schulter ihr verriet, dass die Männer langsamer ritten und ihr nachsahen. Es bedurfte Gisèles ganzer Selbstbeherrschung, ihr Pferd nicht zum Galopp anzutreiben und so schnell wie möglich die Flucht zu ergreifen. In so aufrechter Haltung, dass es schmerzte, ritt sie in den Wald und horchte gespannt auf die Zeichen einer Verfolgungsjagd.

Als sie außer Sichtweite war, zügelte sie ihr Pferd, stieg ab und kroch zurück, bis sie die Männer sehen konnte. Sie war zufrieden mit ihrem Versteckspiel, auch wenn sie noch weitaus mehr Übung brauchte, um einen so leisen Tritt zu bekommen wie Nigel. Zu Gisèles Schrecken hatte der Trupp angehalten. Die Männer blickten unablässig in ihre Richtung und diskutierten miteinander. Angespannt beobachtete sie, wie einer der Männer langsam auf sie zugeritten kam, atmete aber erleichtert auf, als seine Genossen ihn zurückriefen. Schließlich hielt der Trupp auf das Dorf zu, doch Gisèle stand noch eine Zeit lang Wache, um sich zu vergewissern, dass sie ihre Meinung nicht wieder änderten und ihr nacheilten. Sie zur Höhle zu führen, sodass ein hilfloser Nigel und sie darin in der Falle saßen, war das Letzte, was sie wollte.

Mit einem nach wie vor wachsamen Blick über die Schulter bahnte sie sich vorsichtig ihren Weg zurück. Als sie ihrem Unterschlupf nahe war, stieg sie ab und führte ihr Pferd den steilen, felsigen Abhang hinauf. Kurz vor dem Höhleneingang blieb sie stehen und erstarrte. Sie wollte nicht glauben, was sie sah.

Nigel stand mit dem Schwert in der Hand vor der Höhle. Als er sie erblickte fiel er gegen die Felsen. Noch während sie zu ihm eilte, ließ er sich auf den kalten Boden gleiten.

»Bist du völlig verrückt geworden?«, fragte sie herausfordernd, half ihm auf und bemerkte erschrocken, wie er am ganzen Leib vor Schwäche bebte.

Er war aufgewacht und hatte sie nicht mehr vorgefunden. Zuerst war er nicht sonderlich beunruhigt gewesen, weil er gedacht hatte, sie sei Holz sammeln oder auf Essenssuche. Als er jedoch festgestellt hatte, dass auch ihr Pferd fehlte, hatte er sich mehr und mehr Sorgen gemacht. Je länger er gewartet hatte und sie nicht gekommen war, desto unruhiger war er geworden. Obwohl ihm vom ersten Augenblick an bewusst war, dass er ihr keine große Hilfe sein würde, falls sie in Schwierigkeiten geraten war, war er hartnäckig geblieben. Sein Schwert hatte so schwer in seiner Hand gelegen, dass er es nicht hätte benutzen können. Bis er seinen schwachen und zitternden Körper nach draußen geschleppt hatte, wusste er, dass er nicht mehr würde tun können, als bebend und schwitzend dazustehen, was ihn ausgesprochen wütend gemacht hatte. Dass sie ihn in einem solch armseligen Zustand gefunden hatte und ihm zurück ins Bett helfen musste, verstärkte seine Verärgerung nur noch.

»Nicht ich bin es, der sich vom Fieber und von einer Verletzung erholen muss.« Hastig untersuchte sie seine Wunde und war erleichtert, dass sie sich nicht wieder geöffnet hatte. »Wo wolltest du hin?«, fragte sie ihn, als sie sich auf den Weg machte, ihr Pferd zu holen.

»Dich suchen«, rief er ihr nach.

»Es war nicht nötig, mich zu suchen«, antwortete sie, während sie ihr Pferd in die Höhle zurückzerrte und es absattelte.

»Wo warst du?«

»Wir brauchten Proviant. Ich kann nicht jagen, und es kam kein Essen zum Eingang der Höhle herauf, sodass ich einfach hinausgehen und es hätte holen können.«

»Du bist in die Stadt gegangen?«

Sie brachte ihm Wasser und überredete ihn, etwas zu trinken. »In ein kleines Dorf westlich von hier.«

»Du hättest von den DeVeaus gesehen werden können.«

»Ich wurde von ihnen gesehen, aber nur aus der Ferne«, fügte sie schnell hinzu, als er fluchte. »Sie haben mich nicht erkannt und sind mir nicht gefolgt.«

»Bist du sicher?«

Sie nickte. »Ich beobachtete sie, bis ich überzeugt war, dass sie zum Dorf ritten und dort blieben.«

Er legte die Stirn in Falten. »Im Dorf könnte ihnen jemand sagen, dass du da warst.«

»Das könnten sie, aber das wird ihnen noch nicht verraten, ob ich der Reiter war, den sie gesehen haben, oder wohin ich geritten bin. Außerdem war ich allein. Sie suchen ja jetzt nach zwei Personen. Es wird sie vermutlich durcheinanderbringen.«

»Wir müssen hier weg.«

Er versuchte aufzustehen, doch sie hielt ihn problemlos davon ab, indem sie ihm eine Hand fest auf die Brust setzte. »Das geht nicht. Du kannst dich kaum nach draußen schleppen. Willst du behaupten, es hätte dich nicht geschwächt, so sehr geschwächt, dass du keinen Schritt weitermachen konntest?« Sie lächelte flüchtig, als er fluchte. »Wir brauchten etwas zu essen.»

»Du hättest das nicht riskieren sollen«, fuhr er sie an.

»Aha, ich hätte also hier sitzen bleiben und warten sollen, bis wir langsam verhungern.«

»Gisèle ...«

»Ich habe getan, was ich tun musste. Es war Pech, dass die DeVeaus in der Gegend waren, aber ich glaube nicht, dass sie unsere kleine Burg stürmen werden. Nun habe ich das Essen, das dir helfen wird, wieder gesund und kräftig zu werden. Dann können wir von hier weg. Nigel, selbst ich kann dich ohne großen Aufwand an Ort und Stelle festhalten. Du kannst nicht kämpfen, und ich kann es ebenso wenig. Wir müssen hierbleiben, wenigstens noch für kurze Zeit.«

Nigel schwieg einen Moment. Er hasste es, ihr recht geben zu müssen, nickte dann aber kurz. »Deine Verkleidung hält keinen zum Narren, das weißt du.«

»Dessen bin ich mir bewusst.« Sie erzählte ihm, was beim Bäcker geschehen war, und freute sich, als er schwach lächelte. »Ich hatte keine Wahl, Nigel. Das musst du einsehen.«

»Ich sehe es ein, aber das bedeutet nicht, dass ich es gutheißen muss.«

Sie lachte nur und holte ihm etwas zu essen. Nachdem er ein wenig Brot und Käse zu sich genommen und mit ein paar Schluck Wein hinuntergespült hatte, schlief er ein. Sein Versuch, sie zu finden, hatte ihn alle Kraft gekostet, aber sie war überzeugt, dass er sie schnell wiedererlangen würde und keinen dauernden Schaden erlitten hatte.

Während sie sich selbst mit kühlem Wasser abwusch, beschloss sie, Nigel ab jetzt zu sagen, was sie vorhatte und wohin sie ging. Er schlief nicht mehr den ganzen Tag und gab ihr dadurch nicht länger die Freiheit, zu kommen und zu gehen, wie sie wollte. Dieser Mann mochte vielleicht etwas gegen ihre Vorhaben einzuwenden haben, doch wenn er wusste, was sie gerade unternahm, würde er nicht mehr aufstehen, um sie zu suchen, und dabei den Tod riskieren.

Nigel wachte bei Sonnenuntergang noch einmal auf. Sie wusch ihn, wechselte seinen Verband und fütterte ihn. Seine Wunde fing zwar schon an, sich zu schließen, aber er war derart angeekelt von seiner eigenen Schwäche, dass ihn diese Nachricht nicht sonderlich freute. Gisèle seufzte in der Erkenntnis, dass sie recht gehabt hatte. Nigel Murray würde ein schwieriger Patient sein.

Gerade als sie ihn ins Bett gebracht hatte, schnitt ein gespenstisches Geräusch durch die stille Nachtluft, und sie spürte, wie sich ihr die Nackenhärchen sträubten. Wölfe. Es war durchaus möglich, dass sie schließlich doch die Toten gefunden hatten und sich nicht von den Dingen, die Gisèle auf sie geworfen hatte, abhalten ließen, sich das Aas zu holen. Einen Augenblick war sie wie festgefroren vor Angst. Dann ging sie, um in der Nähe des Höhleneingangs Feuer zu machen. Wenn die Wölfe nah genug waren, die Toten zu riechen, konnte es gut sein, dass es nicht lange dauern würde, bis sie den Geruch der Pferde wahrnahmen und auf der Suche nach dieser Beute angelockt wurden. Vermutlich konnten sie auch mühelos Nigels Wunde riechen, wenn sie sich der Höhle näherten, denn sie waren geschickt darin, die Schwachen und Verletzten aufzuspüren.

Sie holte etwas von dem Holz, das sie im hinteren Teil der Höhle gestapelt hatte, entzündete ein großes Feuer und legte einen ziemlichen Vorrat an Holz daneben, um es zu schüren. Danach nahm sie eines der Schwerter, die sie den toten Männern abgenommen hatte, und setzte sich mit Blick auf den Höhleneingang hinter das Feuer. Dies sollte ausreichen, um die Wölfe auf Distanz zu halten, doch sie wollte vorbereitet sein, falls der Hunger einen von ihnen das Hindernis überwinden ließ. Mit einem letzten begehrlichen Blick auf ihr Bett machte sie sich daran, ihre Schutzmaßnahmen zu beaufsichtigen.

Es war fast Sonnenaufgang, bis die Wölfe nah genug kamen, um sie zu sehen. Die Erschöpfung, die sich Gisèles bemächtigen wollte, wich schlagartig von ihr, als sie sah, wie sich der Feuerschein in mindestens einem Dutzend Augenpaare spiegelte. Sie umklammerte ihr Schwert und zitterte leicht, als sie die Tiere knurren hörte.

»Gisèle«, rief Nigel leise vom Bett aus.

»Schlaf wieder ein«, erwiderte sie mit ebenso leiser Stimme, ohne dabei den Blick von den Tieren vor ihr zu lassen.

»Sind sie nah?«

»Nah genug.« Es hatte ihrer Meinung nach keinen Sinn, ihn zu beunruhigen, denn er konnte nicht helfen. Vielmehr würde er die Tiere vielleicht zum Angriff reizen, wenn er näher kam.

»Das Feuer müsste sie fernhalten.«

»Ich weiß. Es funktioniert gut.«

Nigel fluchte. »Es ist nicht in Ordnung, dass du mich beschützen musst.«

»Warum nicht? Du hast mich schon ziemlich lange beschützt. Ein paar Nächte ohne Schlaf sind nur eine kleine Rückerstattung. Jetzt schlaf wieder ein. Du kannst nicht helfen, und ich fürchte, all dies Reden macht uns nur interessanter für sie.«

Er entspannte sich, indem er sich zwang, ihren Schutz anzunehmen. Da er ihre Angst vor Wölfen kannte, kam er zu dem Schluss, dass das Rudel nicht sehr nah sein konnte, sonst hätte sie wohl kaum so gelassen mit ihm sprechen können. Sie hatte recht. Selbst wenn die Tiere nahe genug kommen würden, um anzugreifen, wäre er nichts weiter als eine leichte Beute. Diese Einsicht verletzte zwar seinen Stolz, aber er musste der Wahrheit ins Gesicht sehen. Wenn er versuchte, zu ihr zu gehen und ihr zu helfen, würde das ihre Aufmerksamkeit abziehen, was mehr Schaden anrichten als Gutes stiften konnte. Dennoch griff er nach seinem Schwert und zog es näher an sich. Wenigstens hatte er nicht ganz das Gefühl, wie ein hilfloses Kind zu sein, wenn er es bei der Hand hatte, dachte er bei sich, während ihn seine Schwäche, trotz all seiner Anstrengungen, wach zu bleiben, langsam in den Schlaf zwang.

Gisèle atmete erleichtert auf, als Nigel nicht erneut zu sprechen anfing. Ganz gewiss hatte er nicht die glühenden Augen gesehen, in die sie starren musste, und damit auch nicht das

Ausmaß der Gefahr erkannt. Genau das hatte sie beabsichtigt. Im Augenblick starrten die Wölfe sie an, und sie starrte die Wölfe an. Bald würde die Sonne aufgehen, und sie hoffte, dass sich das Rudel dann zurückziehen würde. Wäre Nigel zu ihr herübergetaumelt, hätte er die Tiere vielleicht zum Angriff herausgefordert, Feuer hin oder her. Er hätte sie zudem gezwungen, ihre Aufmerksamkeit zwischen ihm und den Wölfen zu teilen, was gefährlich sein konnte. Es war schrecklich, den Wölfen allein gegenüberzustehen, doch sie wusste, dass sie dieses Mal keine andere Wahl hatte.

Als die Wölfe endlich davonliefen, stand die Sonne bereits über dem Horizont und jeder Muskel in Gisèles Körper war steif und schmerzte. Jedes Mal, wenn eines der Tiere sich näher an sie herangewagt hatte, hatte sie vorsichtig ein wenig mehr Holz auf das Feuer gelegt, wodurch sie es am Lodern erhalten hatte. Nigel war ruhig geblieben, und die verängstigten Pferde hatten sich ebenso lautlos verhalten wie sie. Gisèle war bewusst, dass sie Glück gehabt hatte, dennoch war sie stolz auf sich. Wohl wissend, dass sie noch immer Angst vor diesen Tieren hatte, hatte sie festgestellt, dass sie ihre Angst nicht zum Feigling machte.

Sie löschte das Feuer und kümmerte sich erschöpft um die Pferde. Nachdem sie sich Gesicht und Hände gewaschen hatte, kroch sie in ihr Bett neben Nigel, legte aber ihr Schwert in greifbare Nähe. Nach der langen Nacht, die sie gerade hinter sich hatte, wusste sie, dass es noch etwas gab, was sie unbedingt lernen musste – das Kämpfen. Während sie ihrem Schlafbedürfnis nachgab, fragte sie sich, ob Nigel bereit sein würde, es ihr beizubringen, oder ob sie es allein lernen musste. Egal wie, sie schwor sich, dass sie niemals mehr ihre Zeit so hinbringen wollte. Nigel konnte protestieren, wie er wollte, sie würde niemals mehr einem Feind entgegentreten, ohne die Fähigkeit, ihn im Fall eines Angriffs abzuwehren.

14

»Was machst du?«

Gisèle stolperte ungeschickt, als direkt hinter ihr Nigels tiefe Stimme erklang. In der Meinung, dass er noch schlief, hatte sie sein Schwert genommen und übte nun, es zu schwingen, wobei sie vergeblich versuchte, die Männer nachzuahmen, denen sie beim Kampf zugesehen hatte. Seit sie vor zwei Tagen die Wölfe in Schranken gehalten hatte, hatte sie jede freie Minute, die sie sich abringen konnte, damit verbracht, zu üben. In der Hoffnung, einer Auseinandersetzung mit Nigel aus dem Weg zu gehen, hatte sie es geheim gehalten. Doch diese Auseinandersetzung stand ihr nun offensichtlich bevor, und langsam wandte sie sich um, um ihm ins Gesicht zu sehen. Obwohl sie wusste, dass sie rot geworden war, wegen ihrer Ungeschicklichkeit und nicht etwa aus Scham, weil sie sich auf das Spielfeld der Männer gewagt hatte, konnte sie ihm ruhig ins Gesicht sehen. Sie mochte vielleicht weder Verständnis noch Zustimmung von ihm erwarten, aber sie würde ihm nicht erlauben, sie davon abzuhalten.

»Ich versuche, den Umgang mit dem Schwert zu erlernen.«

Nigel entriss ihr das Schwert. »Das ist nichts für kleine Mädchen.«

Sie schnappte sich das Schwert wieder, wobei ihr seine zusammengezogenen Augenbrauen seine Überraschung verrieten. »Es gibt noch etwas anderes, das nichts für dieses *kleine Mädchen* ist – der Tod.«

Er streckte die Hand aus, um ihr das Schwert erneut abzunehmen, doch sie steckte es schnell in die Scheide, und er beschloss, sich nicht mit ihr darüber zu streiten. »Ich bin hier, um dich vor diesem furchtbaren Schicksal zu bewahren.«

»Sei bitte nicht beleidigt, es ist keine Kritik an dir, aber du warst krank, verletzt und schwach. Ich hatte viele Tage nichts weiter zum Schutz als meine Gebete, dass uns nichts Gefährliches begegnen möge, bis du wieder kräftig genug bist, und du kannst dir nicht vorstellen, wie hilflos man sich dabei fühlt. Es wird vielleicht Situationen geben, in denen ich einer Gefahr gegenüberstehe und du nicht an meiner Seite bist, also muss ich lernen, mich selbst zu schützen. Mir ist klar, dass ich weder groß noch stark genug bin, wie ein Mann zu kämpfen, aber das heißt nicht, dass ich auf meinem Hinterteil sitzen muss und diese Fähigkeit niemals erlernen kann.«

»Und wann hast du diesen großartigen Entschluss gefasst?«

Ihre Augen wurden schmal, als sie den Spott in seiner Stimme vernahm. »Als ich ins Dorf ritt und die DeVeaus sah. Sie sind mir nicht gefolgt, doch was, wenn sie es getan hätten? Was, wenn einer von ihnen mich in die Enge getrieben hätte?«

»Das ist nicht passiert«, sagte er vorsichtig, doch obwohl er die Vorstellung von Gisèle mit einem Schwert in ihrer kleinen, zarten Hand hasste, erkannte er den Vorteil, den es hatte, wenn sie wenigstens ein paar grundlegende Techniken erlernte.

»*Non,* das ist nicht passiert. Gott hat uns behütet. Vielleicht hat er auch über uns gewacht, als die Wölfe an unserer Tür herumschnüffelten und ich sie stundenlang, so habe ich es wenigstens empfunden, angestarrt habe. Ich war mir dabei der Tatsache schmerzhaft bewusst, dass ich zwar ein Schwert in Händen hielt, aber keine Ahnung hatte, wie ich es erfolgreich einsetzen sollte. Dass ich im Fall eines Angriffs nichts weiter tun konnte, als zu beten, dass ich das Schwert gut genug um mich schleudern würde, um die Biester tödlich zu treffen oder in die Flucht zu schlagen.«

»Waren die Wölfe so nah? Du hast nichts gesagt.«

Während sie innerlich fluchte, weil sie vergessen hatte, dass sie ihn in jener Nacht mit einer kleinen Lüge beruhigt hatte, zuckte sie einfach nur die Achseln. »Du hättest nichts tun können. Im Gegenteil, wenn du bei der Nachtwache neben mir gewesen wärst, hätten die Wölfe durchaus deine Verwundung riechen und dazu veranlasst werden können, näher an dich heranzukommen.«

Nigel fluchte und fuhr sich mit den Fingern durchs Haar. »Allerdings, Wölfe haben eine gute Nase für Schwache und Verwundete. Das ist ihr bevorzugtes Beutegut. Wie du also willst. Wenn wir heute Nacht das Lager aufgeschlagen haben, werde ich dir beibringen zu kämpfen.«

Der kurze Moment der Freude verschwand schnell, als sie über seine Worte nachdachte. »Was meinst du mit ›wenn wir heute Nacht das Lager aufgeschlagen haben‹? Wir haben unser Lager bereits aufgeschlagen – hier und jetzt. Warum muss der Unterricht warten?«

»Weil wir heute weiterreiten müssen, weil wir diesen Ort verlassen und uns auf den Weg machen müssen.«

Sie sah ihn mit offenem Mund an, dann eilte sie ihm nach, als er ging, um die Pferde zu satteln. »Es geht dir nicht gut genug.«

»Ich mag nicht so bei Kräften sein, wie ich es mir wünsche, aber die Fäden können bald gezogen werden, und selbst meinem ungeübten Auge ist klar, wie unwahrscheinlich es ist, dass die Wunde sich wieder öffnet.«

»Stimmt, aber das heißt nicht, dass du kräftig genug bist, um über das ganze Land zu reiten.«

»Dann werden wir nur ein Stück weit reiten.«

»Wenn du nicht vorhast, sehr weit zu kommen, was schadet es dann, wenn wir noch einen Tag oder so hier warten, bis du weit und gegebenenfalls auch scharf reiten kannst?«

Er wandte sich um, sah sie an, nahm sie kurz in die Arme und küsste sie schnell. »Deine Sorge um mich berührt mich sehr, aber sie ist fehl am Platz. Es kann sein, dass ich heute nicht sehr weit reiten kann, am nächsten Tag aber schon ein Stück weiter komme. Und auch wenn wir vielleicht nicht jeden Tag weit oder schnell vorankommen, werden wir uns doch einem Hafen und damit Schottland und der Sicherheit nähern. Ich kann einfach nicht länger hier sitzen und darauf warten, dass wir von unseren Feinden entdeckt werden.«

»Ich habe seit damals, als ich ins Dorf geritten bin, nichts mehr von ihnen gehört oder gesehen.«

»Und das ist auch gut so, aber es heißt nicht, dass wir hier sicher sind. Vielleicht haben diese Dummköpfe nicht gemerkt, wie nah sie uns waren, aber sie könnten es jemandem erzählen, der mühelos feststellt, was sie für einen Fehler gemacht haben, und hierher reitet. Nein, Mädchen, wir werden jetzt verschwinden. Es ist nie gut, zu lange an einem Ort zu verweilen, schon gar nicht, wenn einen beinah ganz Frankreich verfolgt.«

Gisèle fiel kein Argument ein, das gut genug war, ihn aufzuhalten. Er hatte recht. Es bestand tatsächlich die Möglichkeit, dass einer von den Männern, die sie gesehen hatte, oder jemand, mit dem sie sich unterhalten hatte, hierherkommen und nach ihnen suchen würde. Es bedurfte nur ein paar ruhiger Gespräche mit den Kaufleuten, mit denen sie gehandelt hatte, um einen DeVeau wissen zu lassen, dass sie im Dorf gewesen war. Ihr Plan war, Frankreich zu verlassen und in Schottland unterzutauchen, und das war noch immer der beste Plan, den sie zur Verfügung hatten. Es mochte bequem sein, in der Höhle zu sitzen, es mochte sogar noch für eine Weile sicher sein, aber es konnte auch leicht zu einer tödlichen Falle werden, und ganz bestimmt brachte es sie Schottland nicht näher. Nigel war außerdem nicht bereit, auf ihre Warnungen in Bezug auf seine Wunde zu hören, ebenso wenig wie in Bezug auf seinen Kräftemangel oder darauf, dass er noch immer zu schwach war, um die Reise fortzusetzen.

»Wirst du mir gehorchen, wenn ich sage, dass wir eine Pause einlegen müssen, weil du anfängst, hinfällig auszusehen oder zu erschöpft, um weiterzureisen?«, fragte sie. Als er zögerte, fügte sie hinzu: »Sobald wir diese Höhle verlassen, werden wir wieder in Sichtweite sein, können entdeckt und gejagt werden. Du bist noch nicht kräftig genug, einen ganzen Tag im Sattel zu verbringen und einem harten Galopp standzuhalten, um unseren Feinden zu entkommen. Es ist immer noch wichtig, Pausen einzulegen.«

»Dann werden wir haltmachen, wann du es für nötig hältst«, gestand er ihr widerwillig zu.

Gisèle half ihm beim Packen und Satteln der Pferde. Sie hasste es, die Höhle verlassen zu müssen, hasste es, wieder auf die Reise zu gehen. Obwohl sie es auch gehasst hatte, Nigel krank und verwundet erleben zu müssen, war es doch vergleichsweise angenehm gewesen, eine Weile an einem Ort zu bleiben. In Wahrheit hatte sich die Höhle ein bisschen zu einem Zuhause entwickelt – etwas, das sie seit über einem Jahr nicht mehr genossen hatte. Doch das war töricht. Eine Höhle konnte kein Zuhause sein. Im Augenblick konnte selbst Frankreich kein Zuhause für sie sein, sondern nur ihr Grab. Nigel hatte recht. Sie mussten ihre Reise wieder aufnehmen. Dennoch würde sie ihn auf Schritt und Tritt genau beobachten.

Sie ritten langsam, im Passgang, als würden sie zu einer Familienfeier unterwegs sein und sonst nichts. Gisèle bestand darauf, dass sie am Mittag eine lange Erholungspause einlegten, ohne auf die gemurmelten Verwünschungen von Nigel zu achten, der schlecht gelaunt nachgab. Sie hielt sich zurück und wies ihn nicht noch einmal darauf hin, dass er mindestens eine Stunde Schlaf brauchte, bevor er wieder losreiten konnte. Trotz ihrer Fürsorge war er am späten Nachmittag blass und etwas unsicher auf den Beinen. Es wurde offensichtlich, wie erbärmlich er sich fühlte, als er nichts dagegen hatte, noch vor Sonnenuntergang anzuhalten. Das Erste, was sie auspackte, war ihr Bettzeug, und sie zwang ihn, sich hinzulegen, während sie sich um die Pferde kümmerte und ein Feuer anzündete. Dann versorgte sie seine Wunde und half ihm dabei, Staub und Schweiß abzuwaschen. Nachdem er gegessen hatte, erholte er sich ein bisschen, und sie seufzte innerlich erleichtert auf. Sie würden noch weitere Tage nur langsam vorankommen, aber sie glaubte zunehmend daran, dass er es ohne ernsthafte Folgen schaffen konnte.

Als sie sich in das Bett neben ihm legte, zog er sie in seine Arme und küsste sie. Sie lächelte versonnen, als er fluchte und sie einfach nur umarmte. Er war gesund genug, an Liebesspiele zu denken, aber eindeutig nicht gesund genug, seine Gedanken in die Tat umzusetzen. Sie schmiegte sich eng in seine Wärme und schloss die Augen. Jetzt, wo nicht länger die Gefahr bestand, er könne an seiner Verwundung sterben, jetzt, wo er auf dem besten Weg war, wieder völlig gesund zu werden, dachte auch sie mehr und mehr daran, wie schön es wäre, die Leidenschaft, die sie miteinander teilten, auszukosten. Die nächsten Nächte würden sehr lange dauern.

In der dritten Nacht ihrer Reise zog Gisèle die Fäden aus Nigels Wunde. Er bestand darauf, dass es an der Zeit war, das Zeug zu entfernen. Ihn erneut nähen zu müssen, weil sie zu schnell vorgegangen waren und das Stadium seiner Heilung falsch beurteilt hatten, war das Allerletzte, was sie tun wollte. Jetzt, wo die Fäden fort waren, sah sie sich die Wunde sorgfältig an und kam zu dem Schluss, dass sie sich gut geschlossen hatte. Die Haut war noch immer rosafarben und zart, aber sie konnte keine Anzeichen für ein mögliches Aufplatzen erkennen.

Immerhin war er nun gesund genug, sie vorsichtig im Umgang mit dem Schwert zu unterrichten, dachte sie bei sich, wenn auch noch nicht gesund genug für einen langen, scharfen Ritt. Bisher hatte er ihr wenig mehr gezeigt, als das Schwert richtig zu halten, und sie umsichtig darin unterwiesen, wie man zustoßen konnte und wie man parieren musste. Am Anfang war es etwas unangenehm, allein herumzuhüpfen, während er sich auf den Decken ausstreckte und ihr Anweisungen zurief, doch sie hatte sich schnell daran gewöhnt.

Er konnte sie jetzt besser unterweisen, hatte die Kraft, den Tag zu überstehen, sodass er ihr mehr zeigen, ja, sich vielleicht schon in ein paar Scheingefechte einlassen konnte.

»Ich bin also jetzt geheilt«, stellte Nigel fest, strich sich mit der Hand über die raue Haut, die seine Wunde bedeckte, und unterbrach damit ihr stummes Planen.

»Fast«, murmelte sie und fand es verlockend, mit gespreizten Beinen über ihm zu knien, während das Letzte, was ihr eben in den Sinn kam, das schnelle Erlernen der Kampftechniken war. »Die Wunde braucht keine Fäden mehr, um die Haut darüber zusammenzuziehen und deine Eingeweide im Innern zu halten, aber das heißt nicht, dass sie fest genug ist, irgendwelche Strapazen auszuhalten. Du musst noch immer sehr vorsichtig sein mit dem, was du tust.«

Nigel ließ seine Hände über ihre Seiten gleiten und liebkoste langsam ihre Hüften. »Es gibt ein paar Dinge, die ich tun wollte, seit ich wieder genügend Kraft habe.«

»Und was könnte das sein?«, fragte sie, durchaus fähig an der Wärme, die seine herrlichen bernsteinfarbenen Augen verdunkelte, zu erkennen, an was er dabei gedacht hatte.

»Na ja, sie sind vielleicht jetzt, wo ich ein armer, schwacher Mann voller Narben bin, nicht ganz leicht zu bekommen«, murmelte er, während er die sanfte Kurve ihres Halses küsste.

Gisèle lächelte nah an seiner Haut, als sie sich hinunterbeugte, die Narbe an seiner Seite küsste und ihn unter ihren Lippen zittern fühlte. Die vergangenen drei Nächte hatte sie nicht aufhören können, daran zu denken, wie es sich anfühlte, wenn sie sich liebten, und diese Gedanken hatten ihr eine Menge des dringend notwendigen Schlafs geraubt. Sie hatte versucht, ihr Blut abzukühlen, indem sie sich in Erinnerung rief, dass er offensichtlich noch immer eine Frau in Schottland liebte, doch gleichzeitig konnte sie nur daran denken, dass diese Frau nicht anwesend war. Sie hatte zudem versucht, sich an das zu klammern, was er unmittelbar vor seiner Verwundung gesagt hatte, nämlich, dass jeder Mann auf ein solches Lösegeld versessen sei, aber ihre wachsende Leidenschaft machte es ihr leicht, dies als herzlose Bemerkung abzutun, mit der er beabsichtigt hatte, seinen Gegner aus der Fassung zu bringen.

Innerlich schüttelte sie den Kopf vor Abneigung über ihre Unfähigkeit, in Bezug auf Nigel eine Entscheidung zu treffen. Sie folgte einzig ihrem Begehren. Und ihm Augenblick begehrte sie ihn sogar sehr. Sie vermisste die Lust, die sie miteinander erleben konnten, von der sie erwärmt wurde und die es so leicht machte, all ihre Probleme, ihre Zweifel und ihre Ängste zu vergessen. Während sie seinen straffen Bauch mit sanften, zärtlichen Küssen bedeckte und hörte, wie sein Atem schneller wurde, wurde sie zunehmend mutiger.

Je mehr sie daran dachte, desto tollkühner fühlte sie sich. Je tollkühner sie sich fühlte, desto stärker wurde ihre Leidenschaft. Gisèle erinnerte sich an alles, was er mit ihr gemacht hatte, um ihre Lust anzufachen, und wünschte sich plötzlich, mit ihm das Gleiche zu tun. Sie zweifelte nicht daran, dass er sie begehrte, aber nun wollte sie ihn dazu bringen, fiebrig und schier besinnungslos vor Lust zu werden, wie er es so viele Male mit ihr gemacht hatte. Es würde eine sehr süße und angenehme Rache sein, wenn er es zuließ.

Und das, kam sie zu der Überzeugung, war das Einzige, das sie zögern ließ, sich ihre Wünsche zu erfüllen. Was, wenn sie Nigel durch ihre Kühnheit beleidigte? Was, wenn er dadurch schlecht von ihr dachte? Sie schüttelte ihre plötzlichen Bedenken ab. Sollte Nigel Anzeichen von Entsetzen oder Abneigung zeigen, würde sie aufhören und Unwissenheit vorschützen. Und das wäre schließlich die Wahrheit. Niemand, und ganz sicher nicht ihr Ehemann, hatte ihr jemals beigebracht, was sie mit einem Mann machen durfte und was nicht.

Nigel bebte unter der Berührung ihrer langen Finger, als sie ihm langsam seine Kniehosen auszog. Seit er angefangen hatte, sich von dem Fieber zu erholen, hatte ihn nur seine Mattigkeit davon abgehalten, sie zu lieben. Es wäre frustrierend und äußerst unangenehm gewesen, wenn er damit begonnen hätte, sie zu liebkosen und seine Narbe dabei aufgerissen wäre. Überall hätte Blut an ihr gehaftet. Aber am schlimmsten war die Vorstellung, dass er womöglich nicht die Kraft gehabt hätte, den Akt zu vollenden. Er hatte gelegentlich daran gedacht, sie dazu zu bringen, das meiste selbst zu machen, doch aus Angst, sie zu schockieren, hatte er gezögert. Gisèle war Witwe, hatte aber von ihrem Schwein von Ehemann wenig über die Liebeskunst erfahren. Nun schien es, als würde sie ganz von allein vorhaben, seine Bedürfnisse zu befriedigen, und er verhielt sich ganz ruhig, weil er befürchtete, ihre Schüchternheit würde sie sonst damit aufhören lassen.

Als sie seine Kniehosen herabgleiten ließ und seine Beine mit weichen, heißen Küssen bedeckte, spürte er, dass dieses stille Daliegen vermutlich eines der schwersten Dinge sein würde, die er seit einer ganzen Weile geleistet hatte. Als sie ihre langen Finger um sein Glied schlang und es zu streicheln begann, stöhnte er voller Zustimmung.

Die erste Berührung mit ihren Lippen ließ ihn vor Lust aufschreien. Dann fluchte er leise, als sie sich ihm entzog. Ihr blasses Gesicht verriet ihm deutlich, dass sie seinen Schrei fälschlich als Entsetzen und Missbilligung gedeutet hatte. Indem er murmelnd seine Zustimmung äußerte, vergrub er seine Finger in ihrem Haar und zwang ihren Mund sanft wieder nach unten. Es war schwer, einen klaren Gedanken zu fassen, aber er bemühte sich darum, ihr mitzuteilen, wie gut er sich fühlte, und sie zum Weitermachen zu drängen. Als sie seiner sanften Forderung nachkam und ihren Mund darum schloss, erschauerte er voll heftiger Lust, die durch seinen Körper tobte, und ihm war klar, dass er nicht die Willensstärke aufbrachte, es lange zu genießen.

Nigel schob sie unvermittelt von sich weg, und Gisèle zog

verunsichert die Augenbrauen hoch. Er hatte deutlich gezeigt, dass er das, was sie mit ihm machte, genoss, aber vielleicht war sie am Ende doch zu weit gegangen. Obwohl sie nur das getan hatte, was er von ihr wollte, konnte ihn ihre Bereitwilligkeit schließlich doch bestürzt haben. Ihre Lust hatte sich derart entzündet, dass sie nicht den Verstand besaß herauszufinden, was er empfand. Zwar hatte es den Anschein, als habe seine Leidenschaft ihn fest im Griff, aber vielleicht war das auch nur eine Widerspiegelung ihrer eigenen lustvollen Empfindung.

Langsam zog er sie auf seinen Körper hinauf. Gisèle versuchte innezuhalten, als sie rittlings auf ihm saß, um ihre Körper zu vereinen, aber er machte weiter. In einer Mischung aus Aufregung und vorausgeahnter Lust holte sie tief Atem, als er sie seinen ganzen Körper lang emporzog. Sie erriet, was er beabsichtigte, doch als sie kurz mit dem Gedanken spielte, seine dreiste Intimität zurückweisen, berührten seine Lippen ihre heiße Haut und sie gab nach.

Ein Kuss auf die Innenseite jedes Oberschenkels war alles, was es bedurfte, um sich ihm zu öffnen und seinen intimen Kuss zu begrüßen. Gisèle verlor jedes Gefühl für Zeit und Raum, wusste nicht mehr, wo sie war, was sie machte, nahm einzig das Zirkulieren der Lust in ihrem Körper wahr. In dem Moment, in dem sie ihre nahe Erlösung spürte und nach ihm rief, schob er sie seinen Körper hinunter und vereinte sie miteinander. Bebend, gefangen in der Stärke ihres Begehrens, bewegte sie sich mit beinahe rasender Lust auf ihm und brach schließlich in seinen Armen zusammen, als er sie gerade fest an sich zog. Er stöhnte ihren Namen, als er sie mit der Wärme seines Höhepunkts erfüllte. Nach einem Augenblick löste er stillschweigend ihre enge Umarmung und hielt sie im Arm, wobei er fast schläfrige Küsse auf ihr Gesicht hauchte, während ihre Atemzüge sich beruhigten.

Es dauerte lange, bis Gisèle etwas sagen konnte, noch länger, bis sie das Gefühl hatte, Nigel ansehen zu können, ohne zu erröten. Sie hatte sich sehr schamlos betragen, und viele hätten wahrscheinlich hinter vorgehaltener Hand geflüstert, sie führe sich nicht besser auf als eine Hure. Gisèle kam nicht umhin, sich zu fragen, ob Nigel ebenfalls ihre Moral infrage stellte, jetzt, wo sein Blut sich abgekühlt hatte.

Sie drehte sich zur Seite und strich mit ihrer Hand über seine Narbe, um sicherzugehen, dass ihr Liebesspiel ihm keinen Schaden zugefügt hatte. Anschließend musterte sie ihn und lächelte flüchtig, ihre Ängste wichen. Seine Augen waren geschlossen, seine Gesichtszüge durch den Schlaf, der sich seiner bemächtigte, weich und entspannt, und auf seinen verlockenden Lippen lag die Spur eines Lächelns. Nigel Murray sah wie ein durch und durch zufriedener Mann aus.

»Nigel?« Müßig ließ sie ihre Hand über seine breite, glatte Brust gleiten.

»Was, mein Schatz?« Er zog sie ein wenig fester an sich und hauchte ziellos einen Kuss auf ihre Stirn.

»Ich habe das starke Gefühl, dass sich die Buße, die wir einst leisten müssen, ziemlich hoch aufstapelt.«

Er lachte. »Tja, so schamlose Narren wie wir nun einmal sind.«

»Na ja, ich brauche mir keine Sorgen zu machen.« Sie beobachtete ihn genau. »Ich bin mir sicher, dass diese Buße im Vergleich zu dem, was ich tun muss, um das Blut von meinen armen kleinen Händen zu waschen, verblassen wird.«

Nigel öffnete ein Auge und sah sie an. »Du kannst ziemlich doppelzüngig sein, wenn du willst, Gisèle.«

Sie schmunzelte. »Danke.«

Es überraschte sie nicht, dass er ihre List so leicht durchschaut hatte, ihren etwas dürftigen Versuch, ihn dazu zu bringen, auf vornehme Art ihre Schuldlosigkeit anzuerkennen. Es war eigenartig, aber seine Weigerung, sie offen und frei für nicht schuldig am Tod ihres Mannes zu erklären, störte sie von Tag zu Tag weniger. Sie empfand es nicht länger als schwere Beleidigung, sondern nur noch als kleinen

Wermutstropfen. Vermutlich fiel es ihr schwer, wütend zu sein, weil er annahm, sie habe ihren Ehemann umgebracht, weil er ihr deswegen weder Vorwürfe machte, noch sie dafür verurteilte. Außerdem, so grübelte sie, hatte sie den Mord nicht verübt, aber sie hatte eindeutig immer und immer wieder mit dem Gedanken gespielt und Gefallen daran gefunden. Für die Kirche galten bereits unreine Gedanken als eine Sünde. Die Vorstellung, den eigenen Ehemann brutal zu ermorden, machte da sicherlich keine Ausnahme.

Sie runzelte nachdenklich die Stirn, als ihr plötzlich bewusst wurde, dass eine Anerkennung ihrer Schuldlosigkeit durch die DeVeaus vielleicht nicht ausreichen würde, um ihren Namen reinzuwaschen. Die Verfolgungsjagd würde zu Ende sein, aber würden auch die Gerüchte über ihre Schuld ein Ende haben? Sie zweifelte daran und wurde traurig. Es wäre schön, frei zu sein, nicht jede wache Minute einen Blick über die Schulter werfen zu müssen, aber sie erkannte, dass ihr Leben niemals mehr so wie früher sein würde. Obwohl sie akzeptiert hatte, dass alles, was ihr das Leben rettete, ihren guten Namen zerstörte und ihre Keuschheit infrage stellte, wusste sie tief in ihrem Herzen, dass immer der Makel an ihr haften würde, des Mordes angeklagt worden zu sein. Es gab in der Tat kein Zurück mehr zu dem Mädchen, das vor ihrer Hochzeit in seliger Unwissenheit gelebt hatte.

»Ich würde mir nicht zu viele Sorgen über das machen, was die Kirche missbilligt,«, sagte Nigel, der in ihre finsteren Gedanken einbrach, während er schon wieder die Augen schloss.

»Wie kannst du so etwas sagen?« Sie gab ihm einen leichten, strafenden Klaps auf die Brust. »Machst du dir keine Gedanken über dein Seelenheil? Willst du zur Hölle fahren?«

»Nein, ich kann mir nur nicht vorstellen, dass Gott die schwarzen Hallen der Hölle mit so vielen kleinen Sündern vollpfropfen will, wo es doch so viele größere gibt, so viele wirklich bösartige Menschen, die es furchtbar nötig haben, dort unten zu schmoren. Wie auch immer, wenn es dich erleichtert, kannst du, sobald wir sicher in Schottland sind, hingehen und dir blaue Flecken auf deinen hübschen Knien holen, während du am Altar um Vergebung bittest.«

»Nigel! Deine Unverschämtheit kann einen hohen Preis fordern. Hast du denn keine Angst, deine Chance auf Vergebung der Sünden zu vertun?«, fragte sie ihn, indem sie versuchte, ehrlich erschrocken über seine hartherzige Einstellung der Frömmigkeit gegenüber zu wirken, obwohl sie doch mit ihm übereinstimmte.

»Nein. Ich mache alles, was ich kann, um Gottes Geboten zu folgen. Ich preise ihn und ich gehorche seinen Gesetzen, so gut es meinem schwachen Fleisch möglich ist. Soweit ich sehe, kann ein Mensch nicht viel mehr tun.«

»*Non*, vermutlich nicht, obwohl ich glaube, dass viele Priester dir von Herzen widersprechen würden.«

»Stimmt, aber ich habe nicht immer den größten Glauben an Priester. Ich habe zahlreiche getroffen, die so schwach sind wie jeder andere Mensch auch, und manche, die Seite an Seite mit denen braten sollten, die sie durch ihr Urteil zur Hölle geschickt haben.«

»Du musst doch auch ein paar gute kennengelernt haben.«

»Ein paar, ja. Schau nicht so skeptisch, Liebes.« Er küsste die Falte zwischen ihren Augen. »Ich verwandle mich nicht in einen Heiden. Ich kann es nur nicht ändern, ich bin argwöhnisch gegenüber jedem Mann, der so viel Macht hat wie ein Priester, ja, manchmal sogar noch mehr Macht als der König. Es gibt gute, die wirklich den Ruf Gottes verspüren und das Bedürfnis haben, Gutes zu tun und Seelen zu retten. Es gibt aber auch solche, die ihr Amt ausschließlich dazu missbrauchen, sich zu bereichern sowie ziemlich irdischen Freuden und dem Streben nach Macht zu frönen.«

Sie nickte. »Ich habe schon selbst von solchen gehört. Zu viele Männer gehen ins Kloster und werden Priester, nur weil sie nachgeborene Söhne sind und keine andere Möglichkeit haben, sich zu ernähren.«

»Sie könnten von ihrem Schwert leben, oder durch ehrenvollen Dienst bei ihrem Grundherrn oder König Macht und Reichtum erlangen.«

»Stimmt.« Sie lachte sanft, als er ihre Wange an seine Brust drückte und die Augen schloss. »Ich bete darum, dass du mit allem, was du glaubst, recht hast, denn ich fürchte, ich bin der gleichen Meinung.«

»Na dann, Mädchen, werden wir zusammen in den Himmel kommen und mit den Engeln singen oder in den stinkenden Feuern der Hölle schmoren. Und jetzt, wenn du nichts dagegen hast, werde ich dieses wichtige Gespräch beenden und schlafen.«

»Eine sehr gute Idee«, murmelte sie mehr schlafend als wachend.

Nigel küsste sie auf den Kopf und schmunzelte in sich hinein. Diese winzig kleine Frau wusste genauso viel über seine Gedanken und Gefühle wie einst seine Brüder. Wenn sie ihre eigenartigen, manchmal scharfen Fragen stellte, spürte er keinerlei Reserviertheit und antwortete ihr offen und ehrlich. Ihre Leidenschaft war zügellos, und sie konnte sein Blut in Wallung bringen. Seine Familie und Freunde würden ihn für verrückt erklären, weil er ihr gegenüber so unentschieden war und noch immer an dem zweifelte, was er fühlte oder wollte. Sie würden ihn ganz bestimmt drängen, sie so schnell wie möglich vor einen Priester zu führen, und etwas in ihm riet ihm, genau das zu tun. Dennoch hatte er das unbestimmte Gefühl, dass seine Zweifel und sein Zögern nur fair waren. Wie konnte er sie um ihr Herz bitten, wenn er sich nicht sicher war, dass er ihr seines geben würde?

Nigel schüttelte insgeheim den Kopf. Er wusste, dass die Zeit für eine Entscheidung sehr schnell näher rückte, er aber dennoch davor zurückschreckte. Wenn er die falsche Entscheidung traf, litten sie beide darunter. Er konnte nur beten, dass eine Erleuchtung über ihn kam, bevor er Gisèle so sehr verletzte, dass es nicht mehr wiedergutzumachen war.

15

»Du musst das Schwert unbedingt fester halten, Liebes«, sagte Nigel, als er das Schwert aufhob, das er eben Gisèle aus der Hand geschlagen hatte, und es ihr zurückgab.

»Ich finde, du bemühst dich viel zu sehr, mir die wahren Tiefen meiner Kraftlosigkeit und Ungeschicklichkeit zu demonstrieren«, schimpfte sie, versuchte aber das Schwert fester zu halten, als sie ihm wieder gegenüberstand.

»Nein, ich bemühe mich nur sehr, dir dabei zu helfen, sie zu überwinden.«

Sie schimpfte, als sie einmal mehr ihr Scheingefecht aufnahmen. Das Geräusch ihrer klirrenden Schwerter hallte laut über die kleine Lichtung, die sie für ihr Lager ausgesucht hatten. Es waren drei Tage vergangen, seit sie Nigel die Fäden gezogen hatte, und seitdem hatte er sich, sobald sie angehalten hatten, um ihr Nachtlager aufzuschlagen, an jedem Abend Zeit genommen, sie in der Handhabung des Schwertes zu unterrichten. Gisèle war gründlich enttäuscht darüber, wie lange sie dafür brauchte, die einfachsten Hiebe und Paraden zu erlernen. Und was hatte es überhaupt für einen Sinn, ein Schwert in der Hand zu halten, wenn es einem dann doch so leicht aus der Hand geschlagen werden konnte? Sie nahm an, dass Nigel ein sehr guter Kämpfer war, aber seine Geschicklichkeit schien sie mehr zu entmutigen als ihr zu helfen.

»Verdammt sei es zu sieben Sorten der Hölle!«, fuhr sie auf, als er ihr erneut das Schwert aus der Hand schlug, und steckte sich, in dem vergeblichen Bemühen, den heftigen Schmerz zu lindern, ihre Finger in den Mund.

»Du nimmst dir das alles viel zu sehr zu Herzen«, sagte er, nahm ihr die Hand aus dem Mund und küsste ihre noch feuchten Finger, bevor er Gisèle zum Feuer hinüberzog, das er schon vor den Übungen angezündet hatte.

»Ist unser Unterricht zu Ende?«, fragte sie, indem sie sich setzte, tief den köstlichen Geruch eines schmorenden Hasen einsog und Gott wieder einmal für Nigels Jagdfähigkeiten dankte.

»Sobald dein Arm ermüdet, hat es keinen Sinn, weiterzumachen«, antwortete er, während er sich ebenfalls niederließ, seinen Dolch aus der Hülle zog und den Hasen in zwei gleiche Teile zerlegte. »Du musst deine Waffe einfach nur fester halten.«

»Oder lernen, wie ich dem Hieb entgehen kann, mit dem es mir ganz bestimmt aus der Hand geschlagen würde.«

»Ja, auch das«, stimmte er ihr lächelnd zu.

Sobald sie mit dem Essen und dem Abwasch fertig waren, konnte Gisèle Nigel zu einem weiteren Scheingefecht überreden. Sorgfältig unterwies er sie zum wohl hundertsten Mal darin, wie sie ihr Schwert zu halten hatte, und versuchte ihr sogar zu erklären, welchem Hieb sie tunlichst ausweichen sollte. Sie wandte dieses Wissen gut an, wenn auch nicht genau auf die Weise, wie er es gemeint hatte. Nach mehreren erfolgreichen Paraden, schlug sie mutig zu und schrie laut auf vor Freude, als sie ihm sein Schwert aus den Händen schlug. Obwohl sie den Verdacht hegte, dass er ihr diesen Hieb ermöglicht hatte, um ihr zu zeigen, wie er korrekt ausgeführt wurde, war sie mit ihrem Erfolg zufrieden. Spielerisch hielt Gisèle Nigel ihr Schwert drohend entgegen und zielte genau auf sein Herz. Ihre Augen weiteten sich, als er sich plötzlich so weit näherte, dass die Spitze ihres Schwerts seine Brust berührte.

»Und jetzt musst du den Mann töten«, sagte er gelassen, wobei er sie sehr genau beobachtete.

Mit weit aufgerissenen Augen starrte sie ihn an. Zugleich wurde sie sehr blass und ihre Hand zitterte leicht, sodass die Schwertspitze am Stoff seines Wamses riss. Nigel lächelte in sich hinein, nun endgültig davon überzeugt, dass sie vollkommen unschuldig war. Gisèle hatte nie und nimmer einen Mann umgebracht, würde vielleicht auch niemals dazu fähig sein. Selbst außer sich vor Wut, vielleicht sogar in Todesangst, würde sie zögern, einen tödlichen Streich auszuführen. Er konnte diese Wahrheit in ihren Augen lesen. Vermutlich hatte sie auch nicht gelogen, als sie gesagt hatte, sie habe bei jener Höhle mit dem Dolch auf den Schwertarm des Angreifers gezielt. Er streckte seine Hand aus und nahm ihr das Schwert sanft aus den Händen.

»Vielleicht ist das keine so gute Idee«, murmelte sie, wobei sie sich fragte, wie sie so dumm hatte sein können, das Ziel der meisten Schwertkämpfe zu vergessen – den Tod. Sie mochte vielleicht lernen, sich selbst zu schützen, aber sie lernte zugleich, wie man Menschen tötete.

»Doch, das ist sogar eine sehr gute Idee, und du hast das Recht dazu«, widersprach er, als er sie zu dem Schlafplatz führte, der dem Feuer am nächsten lag. »Dein Leben ist in Gefahr, und es ist klug, wenn du versuchst zu lernen, wie du die Mörder abhältst.«

»Ich weiß nicht, ob ich einen Menschen töten könnte«, flüsterte sie, »und das ist doch der wahre Zweck des Kampfes, oder nicht?«

»Manchmal schon, vor allem wenn jemand dich töten will. Man muss aber nicht immer töten. Hin und wieder reicht auch ein winziger Stoß oder ein kleines bisschen Blutvergießen völlig aus, um die Bedrohung abzuwenden. Außerdem weiß man nie genau, was man alles vermag, wenn man wirklich vor der Wahl steht, zu töten oder getötet zu werden. Niemand weiß das.«

Sie sagte nichts, als sie ihre Hemden und Beinkleider ablegten und unter die Decken krochen. Nigel zog sie in seine Arme, sie kuschelte sich in seine Wärme und versuchte krampfhaft, ein kräftiges Gähnen zu unterdrücken. Er kicherte leise und küsste sie sanft auf den Kopf. Sie war zwar noch nicht sehr lange seine Geliebte, aber sie erkannte, dass diese zärtliche Geste seine Art war, ihr zu sagen, dass es in Ordnung war, wenn sie einfach nur einschliefen. Ihre Reise näherte sich rasch ihrem Ende, und Gisèle war der Gedanke gar nicht recht, angesichts der Ungewissheit, wie lange sie noch zusammen sein würden, eine Möglichkeit zu verpassen, ihre gemeinsame Leidenschaft zu genießen. Dennoch wollte sie sich doch lieber etwas von der dringend benötigten Ruhe verschaffen.

Während sie dem Schlaf erlaubte, sich ihrer mehr und mehr zu bemächtigen, erwog sie, ob es richtig oder falsch war, das Kämpfen zu erlernen. Es gab mehr Männer, als sie zählen wollte, die sie durch ganz Frankreich verfolgten. Wenn sie nicht von einem dieser Männer wegen des Kopfgelds umgebracht wurde, würde sie gehängt werden, sobald sie dem nächstbesten DeVeau übergeben wurde. Es schien unsinnig, zu zögern, wenn einer von ihnen sie töten wollte. All ihre Gründe, das Kämpfen zu erlernen, waren durchaus ehrbar. Sie musste nur das Rückgrat haben, sich diese Fähigkeit nicht nur anzueignen, sondern sie auch richtig anzuwenden. Morgen, so beschloss sie, würde sie wieder von vorne anfangen.

»Bist du dir sicher, Mädchen?«, fragte Nigel, als er sein Schwert zog und ihr gegenübertrat.

Er unterdrückte ein Lachen, als er sie anschaute. Sie stand ihm breitbeinig gegenüber, das schwere Schwert mit bewundernswerter Geschicklichkeit in ihren kleinen Händen. Ihr schönes Gesicht hatte einen eigensinnigen, ernsthaften Ausdruck angenommen, doch dieser strenge Ausdruck wurde gemildert durch die Art, wie sie sich leicht auf ihre volle Unterlippe biss. Nigel wusste, dass sie verärgert und vielleicht von ganzem Herzen beleidigt sein würde, wenn er ihr jetzt sagte, dass sie anbetungswürdig aussah. Auf keinen Fall wirkte sie sonderlich bedrohlich, doch sollte sie mit dieser

Waffe einigermaßen Gewandtheit erlangen, konnte sich das zu einem äußerst wünschenswerten Vorteil entwickeln.

»Ich bin mir sicher«, erwidert sie, während sie auf ihn zuzumarschieren begann.

»Gestern Abend warst du dir nicht sehr sicher«, erinnerte er sie, als sie sich vorsichtig im Kreis um einander herum bewegten und sich auf ihr Scheingefecht vorbereiteten.

»Es war nur eine vorübergehende Schwäche. Ein paar klare Gedanken haben mich davon geheilt.«

»Also geht es jetzt darum, zu töten oder getötet zu werden?«

»Das ist die Ecke, in die mich die DeVeaus treiben.«

»Ich hatte gehofft, dass du diese harte Tatsache erkennen würdest. Es ist ausgesprochen bewundernswert, wenn ein kleines Mädchen die Gabe der Barmherzigkeit besitzt, aber wenn sie Männern gegenübersteht, die ihren Tod suchen, wird Barmherzigkeit zu einer Schwäche, aus der andere ganz gewiss schnell ihren Nutzen ziehen.«

»Ich weiß, also habe ich meine Barmherzigkeit verschlossen und mein Herz hart gemacht.«

»Kluges Mädchen. Denke aber bitte daran, dass du im Moment nicht gegen sie kämpfst«, fügte er mit einem Lächeln hinzu und griff an.

Problemlos wehrte Gisèle den Schwung seines Schwerts ab, und er nickte anerkennend. Eine Weile hielt er sich zurück und kämpfte nicht mit ganzer Kraft. Er war ein wenig überrascht, wie schnell sich ihre Geschicklichkeit mit dem Schwert verbessert hatte. Nigel erkannte, dass Gisèle nicht nur beschlossen hatte, mit ihren Übungen fortzufahren. Sie hatte auch verstanden, dass Kampf nur ein weiteres Mittel war, ihr Überleben zu gewährleisten, und dass ein Schwert auch dazu benutzt werden konnte, am Leben zu bleiben. Gisèle würde vermutlich niemals die Stärke besitzen, eine todbringende Schwertkämpferin zu werden, schon gar nicht in einer Auseinandersetzung, die außerordentliches Durchhaltevermögen erforderte, aber sie zeigte Kampfgeist und Entschlossenheit.

Langsam steigerte er die Stärke seines Angriffs. Jedes Mal, wenn er ihr Schwert abwehrte, zeigte er ihr, wie er es gemacht hatte und wie sie es hätte vermeiden können. Sie ermüdete schnell, und ihm wurde klar, dass sie bei ihrem Kampfstil mehr Raffinesse erlernen musste. Geschicklichkeit, ein scharfes Auge und Klugheit konnten den Kampf für Gisèle gewinnen. Sie war zwar stärker als viele Frauen, aber sie würde nie einen langen harten Kampf mit einem erwachsenen Mann durchstehen können, zumindest nicht ohne ein paar kluge Tricks im Ärmel.

Sie fluchte, als er ihr abermals das Schwert aus der Hand schlug. »Vielleicht habe ich mich ja geirrt, und es gibt wirklich ein paar Dinge, die eine Frau nicht tun kann.«

»Nein, Mädchen, du machst das sehr gut, besser als ich gedacht habe.«

»O Gott, ich hasse es, im Irrtum zu sein.« Sie schmunzelte, als er lachen musste, nahm anschließend ihr Schwert wieder in Empfang und steckte es in die Scheide. »Es ist nett von dir, mir zu schmeicheln, aber ich verliere mein Schwert nach wie vor bei jedem Spiel.«

»Du verlierst es, weil du müde wirst. Du musst mehr Stärke in deinem Schwertarm bekommen. Darüber hinaus musst du mehr Hinterlist entwickeln, mehr Raffinesse. Ich denke, dass Klugheit und Schnelligkeit den Kampf für dich gewinnen könnten.«

»Also muss ich aufpassen, dass ich mir nur dumme und langsame Männer zum Kampf aussuche«, erwiderte sie mit schleppender Stimme.

»Es würde nicht schaden.«

Gisèle schüttelte den Kopf und konnte nicht ganz ein Lächeln unterdrücken, als er lachte. Es tat ein bisschen weh, wenn man gesagt bekam, dass man nicht stark genug war, um sich gegen einen Mann zu behaupten, doch sie wusste, dass er recht hatte. Selbst im Vergleich mit anderen Frauen war sie recht klein. Wenn sie jemals einem Mann Schwert gegen Schwert gegenüberstehen sollte, würde sich der Beginn des Kampfes vermutlich hinauszögern, weil ihr Gegner erst einmal herzhaft lachen musste. Es bestand gewiss nur eine geringe Chance, einen Kampf allein durch Stärke zu gewinnen. Sie ging hinter Nigel her, der anfing, Feuerholz aufzuschichten, und fragte sich, was genau er mit Klugheit und Schnelligkeit gemeint haben könnte. Gab es Tricks bei dem Ganzen, die er ihr bisher noch nicht gezeigt hatte?

»Klugheit und Schnelligkeit können also einen Kampf gewinnen?«, fragte sie, während sie das Essen aus dem Gepäck nahm.

»Natürlich, nicht jeder Ritter ist ein wirklich begabter Kämpfer, einer, der mit Anmut und ausschließlich durchdachten Bewegungen kämpft. Manche Ritter hacken einfach auf ihren Gegner los, drängen ihn allein durch rohe Gewalt in die Ecke und schlagen ihn dann nieder.«

Sie legte die Stirn in Falten, als sie ihr Bettzeug ausbreitete und sich hinsetzte. »Das klingt nicht sonderlich ruhmreich oder ehrenwert.«

»Vielleicht nicht, aber es kann funktionieren und der Ritter die Schlacht überleben.« Er reichte ihr etwas Brot und Käse, als er sich neben sie setzte. »Es ist durchaus möglich, dass dieser Ritter seinen Mangel an Geschicklichkeit erkannt hat, also nutzt er seinen einzigen wirklichen Vorteil gegenüber anderen, seine Größe und Stärke. *Du* kannst dich allerdings niemals auf Größe und Stärke verlassen, deshalb musst du lernen, sorgfältig nachzudenken, jede Bewegung deines Gegenübers mit scharfem Blick zu verfolgen und dich mit Schnelligkeit und Anmut zu bewegen, um außerhalb seiner Reichweite zu bleiben, bis du die Möglichkeit hast, sauber und schnell zuzuschlagen. Und es ist genauso wichtig, wie du zuschlägst. Du kannst nicht einfach nur ständig einen Mann anstupsen, du musst lernen, wie du so auf ihn einschlägst, dass er nicht weiter gegen dich kämpfen kann. Nur so wirst du überleben.«

»Was du mir da erzählst, bedeutet doch, dass ich lernen muss zu überleben, bis ich meinen Feind töten kann«, murmelte sie, während sie den Weinschlauch von ihm entgegennahm und einen großen Schluck trank.

»Stimmt, so eiskalt es klingen mag, genau das musst du tun. Erkenne deine Schwächen und finde einen Weg, ihnen zu trotzen.« Er lehnte sich auf seine Ellbogen zurück und lächelte sie an. »Ich denke, du kannst lernen, so schnell herumzuspringen, dass deinem Gegner schon allein von dem Versuch, dich zu beobachten, ziemlich schwindlig wird. Außerdem bist du bereits jetzt sehr gut darin, einen Schlag kommen zu sehen und ihn abzublocken. Du musst nur mehr Stärke in deinem Schwertarm erlangen, damit dir nicht ein Hieb das Schwert zur Seite schlägt und dich hilflos macht.«

Sie verzog das Gesicht und rieb sich den Arm. Er schmerzte von all den Kampfspielen, denen sie in den vergangenen Tagen nachgegangen war. Gisèle war sich nicht sicher, ob sie mehr Kraft im Arm bekommen konnte, ohne das arme Ding zu zerstören, aber sie war entschlossen, es zu versuchen. Sie war bereit zuzugeben, dass sie einen Kampf nicht allein mit Stärke gewinnen konnte, dass sie Geschicklichkeit und Schnelligkeit brauchte, weigerte sich jedoch zu glauben, dass sie für immer zu schwach sein sollte, um zu kämpfen.

»Dann denke ich, solltest du am besten anfangen, mir diese Sachen beizubringen«, sagte sie und lächelte flüchtig, als er sie in seine Arme zog. »Ich hoffe, dass ich niemals all diese Fähigkeiten testen muss, denn ich habe nicht das Bedürfnis, einen Mann zu töten oder zum Krüppel zu schlagen, aber ich möchte mich auch nicht mehr hilflos fühlen.«

»Du musst nicht gegen alle kämpfen, die sich dir entgegenstellen«, sagte er, als er begann, ihr die Kleider auszuziehen, wobei er mit dem Schwertgürtel anfing. »Du kannst noch immer weglaufen und dich verstecken.« Langsam befürchtete er, dass er sie mit einem gefährlichen Wagemut erfüllte, wenn er ihr ein paar Fähigkeiten mit dem Schwert beibrachte.

»Das weiß ich, und es wird immer meine erste Wahl bleiben. Du musst keine Angst haben, dass ich nun jeden meiner Verfolger herausfordern werde. Es mag sein, dass ich mich weniger hilflos fühle, wenn ich ein Stück weit den Umgang mit dem Schwert erlerne, aber eine Waffe in der Hand wird mir nicht den Verstand rauben.«

Gisèle lächelte, als er ihren Hals küsste, während er ihr das Hemd aufschnürte. Die kleinste Liebkosung von ihm ließ sie immer noch vor Lust erschauern. Die zärtlichen Schmeicheleien, die er ihr zuflüsterte, während er ihre Brüste liebkoste, waren angenehm, aber völlig überflüssig. Sie war sich sicher, dass er sie auch ohne Worte erregen konnte, solange er sie nur berührte. Es kam ihr ein wenig seltsam vor, dass Hände, die es gewohnt waren, ein Schwert zu führen, Hände, die so leicht einen Mann töteten, so sanft und verführerisch sein konnten.

Er zog ihr das letzte Kleidungsstück aus, beugte sich einen Moment lang über sie und betrachtete sie im sanften Schein des Feuers. Sein warmer, begehrlicher Blick wirkte auf Gisèle erregend, und so streckte sie sich verführerisch unter ihm aus. Sie lachte weich, als er schnell in ihre Arme zurückkehrte. Sein verlangender Kuss erstickte ihre Heiterkeit und erregte ihre Leidenschaft. Nicht länger entsetzt darüber, auf welche Weise er sie liebte, gewährte sie ihm bereitwillig freie Hand über ihren Körper, während er sie vom Kopf bis zu den Zehen und wieder zurück küsste und streichelte. Ja, sie nahm sogar seinen intimen Kuss sehnsüchtig hin, bog sich ihm in verlangendem Willkommen entgegen und wickelte ihre Finger in sein Haar, während er sie ausschließlich mit Küssen in die Höhen ihrer Leidenschaft trug.

Sie hatte kaum Zeit, Atem zu schöpfen, da begann er schon, ihre Lust aufs Neue zu wecken. Kalte Luft strich über ihre erhitzte Haut, als er sich aufsetzte, um seine Kleider abzustreifen, und sie zitterte. Gerade als er das letzte Kleidungsstück zur Seite warf, setzte sie sich ihrerseits auf und gewährte ihm dieselbe Freude, die er ihr geschenkt hatte. Jetzt, wo sie wusste, was er mochte, empfand sie weder Scham noch Schüchternheit, und es gab kein Zögern mehr. Sie genoss die Art, wie er aufstöhnte, als sie ihn mit ihrem Mund liebte.

Ein leises Lachen entfuhr ihr, als Nigel sie unvermittelt unterbrach. Es wurde zu einem freudigen Seufzen, als er langsam seinen Körper mit ihrem vereinte, während er noch immer auf dem Bett saß und sie behutsam hinunterschob, bis sie rittlings auf ihm saß. Auf ein geringes Anzeichen von ihm begann sie, sich zu bewegen, wobei sie sich bemühte, ihre steigende Lust unter Kontrolle zu halten, damit sie diesen herrlichen Augenblick intensiven Begehrens, der unmittelbar vor der Erlösung kam, hinauszögern konnten. Dann lehnte er sie nach hinten gegen seinen Arm und sog langsam die hart gewordene Spitze ihrer Brust tief in seinen Mund. Einen Herzschlag später verlor Gisèle alle Selbstbeherrschung. Vage war sie sich bewusst, dass auch Nigel ein Stück weit zur Raserei getrieben wurde, als sie sich gegenseitig zum Höhepunkt trieben.

»Wenn wir uns noch weiter darin steigern, mein Mädchen«, sagte Nigel, als sie schließlich auf ihrem Schlafplatz zusammenbrachen, »bin ich mir nicht gar nicht sicher, ob wir überleben.«

»Wir werden ziemlich wild«, stimmte sie ihm zu und zog schläfrig die Decke über ihre schnell fröstelnden Körper.

Nigel lächelte, als er ihre Schulter küsste. Er lag auf dem Bauch, legte einen Arm um ihre schlanke Taille und zog sie eng an sich. Er fühlte sich völlig verausgabt und war zufrieden, dennoch wusste er, dass es nur geringer Ermutigung bedurfte, um sie von Neuem zu begehren.

»Ja, wild ist ein gutes Wort dafür.« Er warf einen Blick über ihre Lagerstatt. »Manchmal denke ich, dass die ganze

Armee des Königs sich an uns heranschleichen könnte, und wir würden sie nicht bemerken.«

»Willst du mir damit sagen, dass wir anfangen müssen, uns zu unserer eigenen Sicherheit anständig zu benehmen?« Schmunzelnd blickte sie ihn an und war nicht darüber überrascht, dass er bei diesem Gedanken das Gesicht verzog. Sie mochte vielleicht nicht wissen, wie tief sie sein Herz berührt hatte, aber sie zweifelte nicht daran, dass er die Leidenschaft, die sie teilten, zutiefst genoss.

»Das könnte weise sein«, murmelte er. »Zumal deine Lustschreie vermutlich bis Italien gehört werden können.«

Unbekümmert überging sie den Blick aus lachenden Augen und antwortete gelassen. »*Non*, denn sie gehen ganz gewiss in dem Lärm unter, den du veranstaltest.« Kichernd schlug sie seine Hand weg, als er sie zur Strafe sanft kitzelte.

»Ruh dich aus, Süße«, sagte er leise, nachdem sie sich wieder beruhigt hatten, und küsste sie auf die Wange. »Da ich immer kräftiger werde, sollten wir jetzt unbedingt etwas von der Zeit, die wir während meines Fiebers verloren haben, wieder aufholen.«

»Was heißt, dass du vorhast, wieder von Sonnenaufgang bis Sonnenuntergang zu reiten.«

»Ich fürchte schon.«

»Wie du willst. Und wohin?«

»Entschuldige?«

»Wohin reiten wir?«

»Das habe ich dir gesagt, zu einem Hafen, von dem aus wir möglichst nach Schottland segeln können.«

Gisèle murmelte leise vor sich hin. »Das weiß ich. Aber zu welchem Hafen? Frankreich besitzt mehr als einen, glaube ich.«

»Um ehrlich zu sein, ich weiß nicht so recht zu welchem. Ich halte im Moment auf Cherbourg zu. Das ist der Hafen, in dem ich vor sieben Jahren angekommen bin. Es gibt viele Städte und Dörfer in der Umgebung, wo wir vielleicht jemanden finden können, der uns nach Schottland mitnimmt, wenn es in Cherbourg niemanden gibt.«

»Oder wenn sich dort zu viele meiner Widersacher aufhalten.« Sie krauste die Stirn und versuchte sich zu erinnern, wo genau Cherbourg lag und wo die nächsten Herrensitze der DeVeaus waren. Doch es war unmöglich, zumal sie nicht wirklich wusste, wo sie sich jetzt befanden.

»Glaubst du, dass viele von ihnen dort sein werden? Besitzen sie in der Nähe von Cherbourg Ländereien?«

»Ich weiß es nicht. Ich habe eben gedacht, dass ich nicht einmal richtig weiß, wo ich jetzt bin, geschweige denn, wo Cherbourg liegt. Mich beunruhigt nur, dass der Name ähnlich klingt wie einer, den ich oft auf der Burg meines Mannes hörte. *Non*, ich täusche mich wohl doch. Es könnte Caen gewesen sein?«

Nigel fluchte. »Wir sind erst kürzlich an Caen vorbei. Es ist ein Wunder, dass wir unseren Feinden nicht geradewegs in die Hände geritten sind. Und das bedeutet ganz gewiss, das Cherbourg überschwemmt ist von diesen Bastarden und den Blutsaugern, die sich von ihnen ernähren.«

»Was ist das doch für ein erfreulicher Gedanke«, knurrte sie und seufzte. »Es tut mir leid, aber ich habe, seit wir Guy verlassen haben, nichts mehr mitbekommen, ich weiß keinen Tag, wo ich bin oder wohin wir reiten. Um ehrlich zu sein, war ich in solchen Dingen noch nie sehr gut. Und bis heute hatte ich nicht das Gefühl, dass es sinnvoll war, zu wissen, wo die DeVeaus hausen.«

»Entschuldige dich nicht, Mädchen, es ist schließlich nicht dein Fehler. Ich habe so heftig geschimpft, weil ich noch ein weiteres Problem auf uns zukommen sah, und wir haben schon genug davon.« Er gab ihr einen kurzen, zärtlichen Kuss. »Schlafe jetzt, Liebling. Wir werden morgen auf Cherbourg zureiten. Wir sind nicht weit weg davon, aber wir müssen noch ein oder zwei Tage weiterhin durchreiten.«

»Nur ein oder zwei Tage?«

»Wenn wir auf keine Schwierigkeiten treffen«, sagte er leise, dann gähnte er.

Sie nickte und ließ ihre Hand selbstvergessen über seinen Arm gleiten. Nigels Körper wurde langsam schwer, sein Atem regelmäßig und flach. Gisèle war klar, dass sie ihm in den dringend benötigten Schlaf folgen und sich für das, was vor ihnen lag, unbedingt ausruhen sollte, aber sie hatte nicht das Bedürfnis danach. Stattdessen schaute sie zu den Sternen empor und fühle sich zunehmend unwohl, ja fast verängstigt.

Am Anfang dachte sie, sie würde sich fürchten, weil sie jetzt wusste, dass sie nahe an Ländereien der DeVeaus vorbeiritten. In ein oder zwei Tagen würden sie am Hafen sein, wo ganz bestimmt Männer der DeVeaus nach Nigel und ihr suchten. Bei dem Gedanken an die Gefahren, mit denen sie bald konfrontiert sein würden, stellte sie jedoch fest, dass sie nicht der Grund für ihre wachsende Angst waren. Es beunruhigte sie, war aber nicht das, was ihr langsam einen Knoten im Magen verursachte.

Nigel schob sich an ihre Seite und bewegte seine Hand, bis sie auf ihrer Brust lag. Egal wie sehr sie es auch versuchte, sie konnte die Überzeugung, die plötzlich ihre Vorstellungswelt überschwemmte, nicht abschütteln. Es war Nigel, der diese Unruhe in ihr verursachte. Oder noch genauer: Es war das, was sie für diesen Mann empfand.

Gisèle erkannte, und zwar unmittelbar und ohne jeden Zweifel, dass sie den Mann, der in ihren Armen schlief, liebte. Es war eine schlechte Zeit für eine solche Offenbarung, aber sie konnte die Wahrheit nicht einfach übergehen. Ungeachtet all ihrer Bemühungen, nur die Leidenschaft zu genießen, die sie miteinander erlebten, und ihr Herz während der ganzen Zeit, die Nigel und sie zusammen verbracht hatten, fest verschlossen zu halten, hatte sie die Kontrolle über ihre Gefühle verloren. Es hatte zahlreiche Hinweise darauf gegeben, klare Anhaltspunkte wie törichte Gedanken an eine gemeinsame Zukunft, doch sie hatte es vorgezogen, sie zu missachten. Sie hatte versucht, sie einfach beiseitezuschieben wie unangenehme Aufgaben, um die man sich erst kümmert, wenn es nicht mehr anders geht. Jetzt konnte sie dieses Spiel nicht länger spielen.

Es war durch und durch eine Katastrophe, überlegte sie, während sie sich seiner Umarmung entzog. Nigel liebte eine Frau in Schottland. Sie hatte also ihr Herz blindlings einem Mann geschenkt, der ihr im Gegenzug nichts weiter geben konnte als seine Leidenschaft. Sie hatte ihm selbst gesagt, dass sie nicht mehr verlangte, und er hatte keine Anzeichen erkennen lassen, dass er eine Änderung dieser Regelung, der er zugestimmt hatte, wünschte. Zudem hatte sie bereits die Ehe ausprobiert und sie als ein bitteres Gebräu empfunden. Auch wenn sie wusste, dass Nigel nicht wie ihr Ehemann war, war sie sich nicht sicher, ob sie vor dem Gesetz und vor Gott jemals wieder an einen Mann gebunden sein wollte.

Plötzlich erschienen ihr alle flüchtigen Träume, Nigels Herz zu gewinnen, als verrückte Fantasien eines schwärmerischen Kindes. Sie war eine Närrin, hatte nach etwas gegriffen, das bereits im Besitz einer anderen war. Gisèle fühlte sich sehr verwundbar und ausgesprochen hilflos, und das konnte sie keinen Moment länger ertragen. Genauso wenig konnte sie es ertragen, Nigel noch einmal gegenüberzutreten, aus Angst, dass er ihr diese neu entdeckten Gefühle mühelos vom Gesicht oder von den Augen ablesen konnte. Sie würde sich jetzt in der Gegenwart dieses Mannes nicht mehr wohlfühlen können. Sie würde jeden wachen Moment in der Furcht verbringen, sich durch Wort oder Tat zu verraten.

Sie musste sich von Nigel trennen. Das war der einzige klare Gedanke, den Gisèle fassen konnte. Sie war nicht so dumm zu glauben, dass eine Trennung sein Bild aus ihrem Herzen und ihrem Kopf entfernen oder sie von der Sehnsucht nach ihm heilen könnte, aber es würde sie davor bewahren, eine vollkommene Närrin aus sich zu machen. Der Gedanke, ihm nach Schottland zu folgen und mit einem Mann in einem fremden Land gefangen zu sein, den sie liebte, der aber sie nicht lieben konnte, war zu schrecklich.

Gisèle zog sich hastig ihre Kleider über und sattelte ihr Pferd, wobei sie Nigel stets scharf beobachtete. Etwas in ihr mahnte, zu gehen sei die reinste Verrücktheit, insbesondere mitten in der Nacht, aber etwas anderes in ihr sagte, dass es Verrücktheit sei, zu bleiben. Sie rief sich ins Gedächtnis, wie er im Fieberwahn von jener Frau gesprochen hatte, die er liebte. Noch schlimmer jedoch war die Erinnerung daran, wie er von dem Verlangen nach dem Kopfgeld, das auf sie ausgesetzt war, gesprochen hatte. Es schien ihr, als habe sie nur zwei Möglichkeiten: Entweder ihr brach das Herz, weil sie einen Mann liebte, der sie niemals lieben würde, oder sie musste einen Mann lieben, der sie verraten, sie zu den DeVeaus bringen und verkaufen würde. Beides versprach ein zutiefst gebrochenes Herz, das alles, was sie bisher erlebt hatte, schwach und kränklich erscheinen ließ. Gisèle kam zu der Überzeugung, dass sie in ihrem Leben genug herzzerreißenden Schmerz und Verrat erlebt hatte. Nigel zu verlassen würde ihr zwar auch das Herz brechen, aber wenigstens konnte sie dann außerhalb seiner Sichtweite leiden.

Vorsichtig führte sie ihr Pferd weit vom Lager weg, bevor sie aufsaß. Sie hatte keine Ahnung, wohin sie sich wenden sollte, wusste nur, dass sie gehen musste. Bevor sie Nigel kennengelernt hatte, hatte sie es fast ein Jahr lang geschafft, sich dem Zugriff der DeVeaus zu entziehen, und sie konnte es wieder schaffen. Wenigstens hatte sie jetzt die Hoffnung, dass ihre Familie sie, während sie versuchte, sich dem Blick ihrer Widersacher zu entziehen, von ihrem Schicksal erlöste.

Während sie ihr Pferd durch den dunklen, lichter werdenden Wald lenkte, berührte sie den Griff ihres Schwertes und seufzte. Eben hatte sie den vielleicht einzigen Mann in der zivilisierten, christlichen Welt hinter sich gelassen, der bereit war, ihr eine Kunst beizubringen, die sonst nur Männern vorbehalten war. Und es war auch möglich, dass sie den einzigen Mann zurückgelassen hatte, der ihre Leidenschaft wecken konnte. Gisèle empfand das überwältigende Bedürfnis, zurück in den Schutz von Nigels Armen zu eilen, aber sie biss die Zähne zusammen und ritt weiter. Mit jedem Schritt, mit dem sie sich von Nigel entfernte, wuchsen ihr Schmerz und ihre Sehnsucht nach ihm, und sie war überzeugt, dass es ein langer, schwerer Kampf werden würde, diesem Ziehen und Zerren zu widerstehen. Gisèle trottete weiter und hoffte inständig, dass Schmerz und Sehnsucht bald nachlassen würden und Nigel zu nichts weiter als einer schönen Erinnerung würde. Wenn nicht, dann konnte es sein, dass die Trennung von ihm die schlimmste Entscheidung gewesen war, die sie jemals getroffen hatte, eine Entscheidung, die sie für den Rest ihres Lebens quälen würde.

16

Nigel runzelte die Stirn, als er erwachte und keine Spur von Gisèle zu entdecken war. Seine Besorgnis stieg ins Unermessliche, als er entdeckte er, dass auch ihr Pferd verschwunden war, und sein Herz verkrampfte sich aus Angst um sie.

Noch als er hastig das Lager abbrach und die Pferde sattelte, hielt er nach Anzeichen Ausschau, die ihm verrieten, was geschehen war, während er geschlafen hatte. Er konnte sich nicht vorstellen, dass er einen Angriff oder eine Entführung durch ihre Feinde verschlafen hatte, schon gar nicht, dass die DeVeaus ihn am Leben gelassen hätten. Gisèle hätte es ganz gewiss nicht zugelassen, entführt zu werden, ohne einen Laut von sich zu geben. Nirgends fand sich Blut, nirgends waren Kampfspuren oder andere Anzeichen dafür zu entdecken, dass sich jemand dem Lager genähert hätte.

Langsam gelangte er zu der furchtbaren Erkenntnis, dass Gisèle freiwillig und alleine aufgebrochen war. Er stand neben den Pferden, starrte blindlings im Lager herum und versuchte zu verstehen, was ihm seine Augen verrieten. Sein Innerstes sagte ihm, dass sie davongelaufen war, doch wenn er sich fragte, warum, fand er keine Antwort darauf.

Wie konnte sie ihn in einem Augenblick so leidenschaftlich lieben und im nächsten verschwinden? Wie konnte sie alleine losreiten und es riskieren, entdeckt und gefangen zu werden, wo sie ihrem Ziel doch so nah waren, so nah daran waren, nach Schottland zu entkommen und sie seit einem Jahr oder länger zum ersten Mal wieder den Geschmack von Freiheit hätte kosten können? Sie hatte zugegeben, einen schlechten Orientierungssinn zu haben, also war es doch die reinste Verrücktheit, ohne Begleitung einfach loszureiten. Er versuchte sich zu erinnern, ob er etwas getan oder gesagt hatte, das sie verletzt oder beleidigt und derart aufgeregt haben könnte, dass sie ihn ohne ein Wort des Abschieds verlassen würde, aber es fiel ihm nichts ein. Er hatte sie zwar geradezu gierig körperlich geliebt, wann immer er konnte, aber nie ein Wort von Liebe gesprochen, aber sie hatte doch gesagt, dass sie nicht danach verlangte. Ganz bestimmt hatte er keine Spur von Unglücklichsein oder Unzufriedenheit an ihr wahrgenommen.

Je mehr er versuchte, den Grund für ihre Abreise zu verstehen, desto weniger Sinn schien alles zu ergeben. Seite an Seite mit seiner Furcht um ihre Sicherheit wuchs in ihm eine langsame, brennende Wut. Er hatte sich verpflichtet, für sie zu kämpfen und sie zu beschützen, und hatte, seit Guy sie ihm anvertraut hatte, sein Bestes gegeben, um sein Versprechen zu halten. Sie schuldete ihm eine Erklärung für ihr Davonlaufen.

Er saß auf und begann mit der mühseligen Arbeit, ihrer Spur zu folgen. Gisèle konnte nicht einfach so von ihm weggehen, vor dem davonlaufen, was sie miteinander hatten, und sie besaß nach allem, was er für sie getan hatte, um sie am Leben zu erhalten, nicht das Recht, ihr Leben in Gefahr zu bringen. Er weigerte sich zu glauben, dass das heftige Liebesspiel, dem sie sich vergangene Nacht hingegeben hatten, ihre Art war, Lebwohl zu sagen, oder dass sie sich ohne guten Grund in Gefahr brachte, von der ständig größer werdenden Horde von Leuten, die nach ihr suchte, gefangen zu werden. Nigel schwor sich, dass er sie verfolgen und gleich nachdem er sie zur Vernunft gebracht hatte, die Antworten von ihr bekommen würde, die er suchte.

Gisèle zügelte ihr Pferd oben auf einem Hügel und starrte auf die Felder, die sich unter ihr ausbreiteten. Es würde schwierig sein, eine so weite, offene Gegend zu durchqueren, ohne gesehen oder angehalten und ausgefragt zu werden. Während sie ein kleines Stofftuch mit Wasser aus ihrem Wasserbeutel tränkte und sich Schweiß und Staub von Gesicht und Hals abwischte, fragte sie sich, wie Nigel es geschafft hatte, für ihre Reise immer geschützte Gegenden ausfindig zu machen. Ein bisschen Schatten wäre jetzt mehr als willkommen, ebenso ein Platz, an dem sie sich verstecken konnte. Dann seufzte sie. Im Gegensatz zu ihr wusste Nigel immer, wohin sie unterwegs waren. Sie dagegen, musste sich Gisèle widerwillig eingestehen, ritt blindlings drauflos und betete, dass Gott oder ein Schutzengel sie in die richtige Richtung lenken mochten.

Sie vermisste Nigel bereits, hatte schon angefangen, ihn zu vermissen, als sie vor ein paar Stunden das Lager verlassen hatte. Allein schon der Gedanke, dass sie von ihm fortritt, hatte gereicht, Sehnsucht und Verlangen nach ihm zu wecken. Es bedurfte all ihrer Willenskraft, nicht zu ihm zurückzukehren. Viel zu oft musste sie sich die Gründe für diese Trennung bewusst machen, musste sich in ihrem verwirrten Kopf deren Wichtigkeit versichern. Je weiter sie ritt, desto weniger Gewicht hatten sie in ihren Augen.

War die Leidenschaft, die sie füreinander empfanden, nicht einen kleinen Herzschmerz wert? Ebenso ihre Gespräche, ihr gemeinsames Lachen, ja selbst ihr gemeinsames Schweigen. War es nicht auch einen kleinen Herzschmerz wert, diese kostbare Freundschaft genießen zu dürfen?

»Heilige Maria und Josef«, tadelte sie sich, »ich bin jämmerlich unentschlossen.«

Nachdem sie tief durchgeatmet hatte, um ihren raschen Herzschlag zu beruhigen und einen klaren Verstand zu bekommen, konnte sie sogar ein wenig über ihre eigene Verwirrung lächeln. In einer Sekunde überredete sie sich, Nigel zu verlassen, weil es keine andere Möglichkeit gab; in der nächsten überredete sie sich, dass es kein Schaden sei, wenn sie zu ihm zurückkehrte. Unglücklichweise war Letzteres wesentlich leichter auszuführen als Ersteres. Es ließ sie zögern, und ihr war bewusst, dass das gefährlich war. Es machte sie dafür anfällig, von Nigel aufgespürt zu werden – wenn er sich überhaupt dafür entschieden hatte, ihr zu folgen –, und auch dafür, von ihren Feinden gefunden zu werden.

Es schien Gisèle, als seien ihr einige der Fähigkeiten abhanden gekommen, die sie fast ein Jahr lang, bis sie Nigel getroffen hatte, am Leben erhalten hatten. Sie hatte angefangen, sich auf ihn zu verlassen, hatte ihm viel Macht über ihre Freiheit und ihr Leben gegeben. Dies hätte sie eigentlich stärker erschrecken sollen, als es wirklich der Fall war, zumal sie immer noch keinen Beweis dafür hatte, dass sie ihm vertrauen konnte. Dass dieser Mann ein aufregender Liebhaber war, war ja nun wirklich kein Zeichen oder keine Bestätigung für seine Vertrauenswürdigkeit.

Mit einem letzten Blick auf die Gegend ritt sie den Hügel hinunter. Sie war sich ziemlich sicher, dass sie in die richtige Richtung unterwegs war, um zu ihrer Cousine Marie zu kommen, obwohl sie wusste, dass sich das als ein Fehler herausstellen konnte, wenn sie sich auf ihren miserablen Orientierungssinn verließ. Diese Frau hatte ihr schon einmal geholfen und war vielleicht noch einmal dazu bereit, wenigstens ein Stück weit. Die Durchquerung der Felder war der direkteste Weg, er war zwar gefährlich einsehbar, doch alle anderen Wege um die Felder waren nicht weniger offen. Wenn sie die Felder durchquerte, würde sie den Blicken am Kürzesten ausgesetzt sein.

Auf dem halben Weg merkte sie, dass sie einem ernst zu nehmenden Irrtum erlegen war. Fast ein Dutzend Männer erschien plötzlich vor ihr, und es brauchte nicht ihres Triumphgeheuls, um ihr zu verraten, dass es Männer der DeVeaus waren und dass sie sie erkannt hatten. In dem verzweifelten Versuch, an eine Stelle zu kommen, wo sie sich verstecken konnte, bis die Gefahr vorüber war, wendete sie ihr Pferd und spornte es zum Galopp an.

Einer der Männer holte sie ein, ritt dicht neben sie und

wollte nach ihren Zügeln greifen. Sie zog ihr Schwert und hieb auf ihn los. Obwohl sie ihn nicht verletzte, weil sie mit der flachen Klinge nach ihm geschlagen hatte, anstatt ihn mit der Spitze zu treffen, verblüffte sie ihn mit dem Angriff so sehr, dass er sein Pferd zurückriss und Mühe hatte, im Sattel zu bleiben. Sie legte sich flach auf den Hals des Pferdes, trieb das Tier zu schnellerem Tempo an und raste den kleinen Hügel empor, den sie eben erst hinuntergeritten war. Sie konnte im Westen, woher sie gekommen war, die Bäume sehen, wusste aber nicht, ob sie sie rechtzeitig erreichen würde, um die Männer, die hinter ihr herrasten, abzuhängen.

Sie hörte ihre Verfolger schreien, als sie das Wäldchen erreichte, und es wurde ihr klar, dass sie ihr gefährlich nahe waren. Obwohl es problematisch war, auf dem heimtückischen, bewachsenen Gelände schnell zu reiten, verlangsamte sie ihr Tempo nur wenig, während sie sich zwischen den Bäumen hindurchwand. Die Geräusche, die von ihren Verfolgern zu ihr drangen, wurden etwas schwächer, und sie suchte nach einem Versteck.

Rechterhand erblickte sie einen niedrigen Erdwall und hielt auf ihn zu. Kaum hatte sie ihr Pferd zum Stehen gebracht, war sie auch schon aus dem Sattel und zog das Tier hinter sich her. Es war ein armseliges Versteck, kaum hoch genug, um ihr Pferd dahinter zu verbergen, aber es gab nichts anderes. Als sie sich an einen knotigen Baumstumpf lehnte und um Luft rang, horchte sie nach den Männern, die nach ihrer Spur fahndeten, und hoffte, aus den Geräuschen deuten zu können, wo sie waren.

Langsam begann sie, sich zu beruhigen, Herzschlag und Atmung verlangsamten sich und schmerzten nicht mehr so sehr. Sie konnte die Männer noch hören, aber keiner von ihnen schien in ihre Richtung unterwegs zu sein. Wenn sie bewegungslos und still blieb, würden sie sie vielleicht verpassen und glauben, dass sie geradewegs durch den Wald hindurchgeritten sei.

Gerade als sie zu glauben begann, dass sie ihnen entkommen war, ertönte hinter ihr ein leiser Schritt. Mit dem Schwert in der Hand wirbelte sie herum und fluchte, als sie den großen schlanken Mann vor sich erblickte. Es war ihr Pech, dass wenigstens einer der DeVeauschen Hunde die Fähigkeit besaß, seine Beute zu stellen. Er sah sie an, dann schaute er auf ihr Schwert und grinste breit. Gisèle legte keinen Wert darauf, mit ihrer Meinung recht zu behalten, dass die meisten Männer eine kleine Frau mit einem Schwert in der Hand als Quelle großer Heiterkeit empfinden würden. Sie hoffte, ihre Sache so gut zu machen, dass er einsehen musste, dass dies kein Scherz war.

»Habt Ihr den Knaben so lange gespielt, dass Ihr jetzt auch noch glaubt, Ihr seid tatsächlich einer?«, fragte er spöttisch, indem er sein Schwert zog und anfing, sie zu umrunden.

»Ich mag klein sein, aber dieses Schwert ist mir nicht zu schwer, und es hat eine sehr scharfe Klinge.«

»Ich zittere am ganzen Körper davor.«

»Bald wird Euer ganzer Körper *tot* am Boden liegen.«

»Ihr habt wohl Gefallen daran gefunden, Männer umzubringen?« Er schlug nach ihr, und seine Augen öffneten sich erstaunt, als sie seinen Hieb sauber parierte.

»Ich habe Geschmack daran gefunden, am Leben zu bleiben«, entgegnete sie mit leiser und gelassener Stimme, hinter der sich ihre wirkliche Angst verbarg.

»Ich näherte mich Euch unbewaffnet, mit dem Schwert in der Scheide. Ich wollte Euch nicht töten«, sagte er mit ebenfalls ruhiger Stimme, offensichtlich darauf bedacht, sie zum Aufgeben zu überreden.

»Vielleicht wollt Ihr mich nicht mit eigenen Händen töten, aber ihr habt vor, mich denen auszuliefern, die dies tun werden.« Flink parierte sie einen weiteren Vorstoß.

»Ihr habt einen DeVeau ermordet, und zwar den mit der höchsten Stellung, den, dem der König Gehör schenkte. Ich habe nur vor, Euch der Gerechtigkeit zu überantworten.«

»Ein DeVeaus würde die Gerechtigkeit nicht einmal erkennen, wenn ihr Beine wachsen würden, sie auf ihn zugehen und ihm ins Gesicht spucken würde.«

Der Mann lächelte und attackierte sie mit aller Macht. Gisèle focht heftig und versuchte, sich an jede Kleinigkeit zu erinnern, die Nigel ihr beigebracht hatte. Gerade als sie eine wenngleich nur kleine Chance witterte, zu gewinnen, spürte sie einen scharfen Schmerz an ihrem Hinterkopf. Gisèle schrie auf, die Gewalt des Hiebs ließ sie taumeln. Das Schwert fiel ihr aus den Händen, als sie sich an den Kopf fasste, und sie fiel auf die Knie. Sie schrie ein weiteres Mal auf, als der Mann, der sie von hinten niedergeschlagen hatte, sie grob am Arm packte und auf die Beine zog.

»Ich habe meinen kleinen Kampf ziemlich genossen«, sagte ihr Gegner, als er ihr Schwert aufhob.

»Ich traute meinen Augen kaum, als ich um den Hügel kam und dich mit dieser Hure kämpfen sah«, antwortete der kleine, unförmige Mann, der sie festhielt.

»Sie hat ein paar interessante Kunstfertigkeiten enthüllt. Jemand hat sie gut unterrichtet, Louis.«

»Wahrscheinlich der törichte Schotte, mit dem sie gehurt hat. Du hättest sie einfach töten sollen und Schluss aus, George.«

»Man hat mir befohlen, sie zu finden, und nicht, sie hinzurichten«, erwiderte George mit harter, kalter Stimme. »Wenn DeVeau ihren Tod wünscht, dann soll ihr Blut an seinen eigenen Händen kleben.«

»Er wird nicht so ein weiches Herz haben wie du. Sie hat seinen Cousin abgeschlachtet.«

»Vachel hat seinen Cousin Michael gehasst. Kummer bereitet ihm nur, dass er als Nächster in der Erbfolge nicht seinen Anspruch auf das gesamte Erbe anmelden kann, solange sie lebt. Und deshalb müssen sie jetzt einen anderen suchen, der sich an den König kuschelt.«

»Du solltest vorsichtiger sein mit dem, was du sagst,

George. Vachel DeVeau verfährt nicht zimperlich mit denen, von denen er denkt, dass sie gegen ihn sind.«

»Ich werde ihm mit honigsüßer Zunge und ebensolchem Benehmen gegenübertreten. Dann werde ich das Kopfgeld, das er mir schuldet, kassieren und diesen verdammten Ort verlassen.« Er schaute mit gerunzelter Stirn Gisèle an. »Wo ist der Schotte?«

»Er reitet nicht mehr mit mir zusammen«, antwortete Gisèle und betete, dass Nigel jetzt allein war.

»Hast du ihn auch umgebracht?«, brummte Louis, als er losging, um den Wald zu verlassen, und sie dabei grob hinter sich herzog.

»Ich habe noch nie jemanden getötet«, fuhr sie ihn an, wobei sie wusste, dass es nicht der Wahrheit entsprach. Der Mann, den sie getötet hatte, um Nigel das Leben zu retten, konnte gut und gern ein Freund oder Verwandter eines dieser Männer gewesen sein, also beschloss sie, das Geheimnis wohl zu verwahren.

»Die DeVeaus behaupten etwas anderes.«

»Und jedes Wort von ihren eiskalten Lippen ist wahr, ja? Ihr seid viel dümmer, als ihr ausseht, wenn ihr das glaubt.« Sie fluchte vor Schmerz, als er boshaft an ihrem Arm riss.

Aus dem Augenwinkel heraus konnte sie sehen, wie George die Stirn runzelte, sein finsterer Gesichtsausdruck verriet seine ganzen Zweifel. Sie fragte sich, ob sie in ihm einen Verbündeten finden konnte, schalt sich aber gleich Närrin, dass sie sich keine törichten Hoffnungen machen sollte. Dieser Mann wollte die Prämie haben, die man auf sie ausgesetzt hatte. Vielleicht veranlasste ihn ja einfach nur die Habsucht dazu, vielleicht brauchte er aber auch unbedingt Geld – vielleicht brauchte er es so verzweifelt, dass er bereit war, ein Leben dafür zu opfern. Außerdem würde jeder, der ihr half, sein eigenes Leben aufs Spiel setzen. Und es gab nicht viele Menschen, die bereit waren, ihr Leben für eine Frau zu riskieren, die vielleicht eine Mörderin war.

Sie musterte die übrigen Männer, die bei den Pferden von Louis und George warteten. Sie hatten harte Gesichter und ein primitives Aussehen. Jeder von ihnen beobachtete sie ohne eine Spur von Mitgefühl oder Unbehagen. Nigel hatte ihr gesagt, dass sie hübsch war, aber sie war eindeutig nicht hübsch genug, um in einem von ihnen Nachsicht zu wecken. Aus diesem Lager würde sie keine Unterstützung erhalten.

»Versuch bei mir nicht, dich auf deine Unschuld zu berufen«, knurrte Louis, als er ein Stück Seil von seinem Sattel nahm und ihr die Hände fest auf dem Rücken zusammenband. »Es interessiert mich nicht, ob du den Mistkerl umgebracht hast oder nicht. Sir Vachel will dich haben, und ich habe vor, dich ihm zu geben«, sagte er, während er sie in seinen Sattel schubste und hinter ihr aufstieg.

»Sir Vachel umgibt sich offensichtlich mit geistlosen, unterwürfigen kleinen Sklaven«, murmelte sie, und schrie auf vor Schmerz, als er ihr unvermittelt eine Ohrfeige gab, dass ihr Hören und Sehen verging.

»Wenn du dich verteidigen willst, dann spar dir das Betteln für seine Ohren.«

»Ich habe noch keinem DeVeaus den Gefallen getan, mich betteln zu hören.«

»Ich glaube langsam, dass du deinen Mann getötet hast, indem du seinen Körper mit deiner scharfen Zunge in kleine blutige Stücke zerschnitten hast«, knurrte Louis. »Am besten hältst du jetzt den Mund, Weib. Vachel will dich lebend haben, aber er hat nicht gesagt, dass er dich gesund und unversehrt haben will.«

Gisèle schickte sich an zu sprechen, sah aber, wie George den Kopf schüttelte, und beschloss zu schweigen. Wenn sie sagte, was sie dachte, mochte das die Angst und die Wut, die in ihr tobten, lindern, aber es würde ihr nichts nutzen, wenn sie bewusstlos geschlagen auf dem Herrensitz von Sir Vachel ankam. Es würde einerseits bedeuten, dass sie nicht versuchen konnte, durch ein Gespräch einen Weg aus ihren

Schwierigkeiten zu finden, andererseits, dass sie eine vielleicht winzig kleine Chance zur Flucht verpassen konnte oder zu schwach war, sie zu nutzen. Sie wusste, dass sie wahrscheinlich in den Tod ritt, aber sie entschied sich, dies am besten mit klarem Kopf zu tun. Wenn sie verprügelt und stumm vor ihren Widersacher geschleppt wurde und zu schwach war, wenigstens ein paar letzte Worte zu äußern, bevor er sie erschlug, würde das alles andere als ein würdiger Tod sein.

Sie ritten über die Felder, vorbei an einer großen Baumgruppe, auf eine große Burg mit hohen, dicken Mauern und äußerst eindrucksvollem Aussehen zu. Gisèle fluchte innerlich. Sie wäre geradezu auf Sir Vachels Tore zugeritten. Sollte sie diese Katastrophe überleben, musste sie unbedingt lernen, wie sie den richtigen Weg fand, oder zumindest so viel lernen, um zu wissen, wohin sie sich nicht wenden durfte. Jetzt erkannte sie, dass es eine Dummheit gewesen war, sich durch Gefühle von Nigels Seite und seinem Schutz vertreiben zu lassen, und reinste geistige Umnachtung, sich alleine auf den Weg zu machen, wo sie doch eine wahre Begabung hatte, sich zu verlaufen.

»Als wir Euch so dreist über Sir Vachels Felder reiten sahen, dachten wir, Ihr würdet kommen, um Euch selbst auszuliefern«, sagte George.

»Und Euch die Möglichkeit rauben, blutiges Geld zu kassieren?«, erwiderte sie, die Wut über ihre eigene Dummheit machte ihre Stimme rau.

George hob nur eine Augenbraue und starrte sie einen Augenblick an, bevor er antwortete. »Es schien die einzige Erklärung für Euer Kommen zu sein, nachdem ihr ein Jahr lang frei und im Verborgenen geblieben seid.«

In seiner Stimme schwang eine Spur von Bewunderung, doch Gisèle war zu niedergeschlagen, um geschmeichelt zu sein. »Nun, ich habe eine andere Erklärung. Es wäre nett, wenn sie Euch etwas von dem Ruhm rauben würde, den ihr glaubt, mit der Gefangennahme dieser gefährlichen Mörderin geerntet zu haben, aber vermutlich wird sie mich nur als dumm erscheinen lassen. Ich habe mich verirrt.« Sie zuckte die Achseln, als sich seine Augen vor Überraschung weiteten.

»Ihr habt Euch verirrt?«

»Ich habe mich verirrt.« Sie starrte auf die riesigen eisenbeschlagenen Tore, durch die sie gleich reiten würden. »Sehr, sehr verirrt«, flüsterte sie.

Sie betete, dass Nigel ihr nicht folgte, dass er beschlossen hatte, einfach nach Hause zu reisen, nachdem sie nicht mehr da war. Er hatte geschworen, sie zu beschützen, und war ein Mensch, der so etwas sehr ernst nahm. Aber sie hatte ihn ganz bestimmt schwer beleidigt, indem sie ihn in der Stille der Nacht und ohne ein Wort verlassen hatte. Sie hoffte, dass ihn diese grobe Unverschämtheit zwingen würde, sie aufzugeben. Diese Burg war uneinnehmbar und gut bemannt. Sollte er versuchen, sie aus der Falle, in die sie geritten war, herauszuholen, konnte er leicht selbst getötet werden. Gisèle war sich sicher, dass sie schon bald tot sein würde, und das Letzte, was sie in ihrer Todesstunde erfahren wollte, war, dass ihre Dummheit auch Nigel getötet hatte.

Nigel starrte mit finsterem Blick auf die Felder hinunter. Ein derart offenes Gelände erweckte ein unbehagliches Gefühl in ihm, und Gisèle hatte er nicht mit solchen Gefahren vertraut gemacht. Er sah die aufgewühlte Erde und stieß einen Fluch aus. Etwas war dort unten vorgefallen, und er hatte das ungute Gefühl, dass Gisèle ein Unglück zugestoßen war.

Er war ihrer Spur bis zu diesem Punkt gefolgt, es war leicht, die unverkennbaren Hufabdrücke ihres Pferdes auszumachen. Irgendwann einmal, dachte er bei sich, müsste er eigentlich hingehen und dem Hufschmied, der das Tier mit einem verschrammten Hufeisen beschlagen hatte, ein kleines Geschenk bringen. Die Tatsache, dass einer der Hufe von Gisèles Pferd einen Abdruck hinterließ, der sich von anderen durch einen kleinen Einschnitt unterschied, hatte es fast schon empörend einfach gemacht, ihrer Spur zu folgen. Wenn er sie aus den Schwierigkeiten, in denen sie sich mit Sicherheit befand, herausgeholt hatte, musste er das Eisen in Ordnung bringen. Denn konnte er den Abdruck als den ihres Pferdes identifizieren und ihm so leicht folgen, konnte es auch ein anderer.

Er stieg ab und betrachtete die Abdrücke auf dem Boden eingehender. Mit seinem Pferd am Zügel ging er in den Wald und folgte der Spur bis zu dem kleinen Erdwall, hinter dem Gisèle sich versteckt hatte. Dort fand er die deutlichen Spuren eines Kampfes. Sein Schock ließ nach, als er kein Blut finden konnte, aber er wusste, dass sie nicht in Sicherheit war. Zwei Männer waren bei ihr und hatten sie mitgenommen, aber sie war am Leben. Er hätte zu gerne gewusst, wann das war, und ob sie noch immer lebte. Wohin sie sie gebracht hatten, war einfach herauszufinden, denn sie hatten auch ihr Pferd dabei. So brauchte er nur noch der Spur zu folgen.

Allein der Gedanke, dass sie vielleicht tot war und die DeVeaus das Spiel gewonnen hatten, jagte Nigel Schauder über den Rücken. Die Kälte dieses Gedankens drang bis tief in sein Herz hinein. Er konnte nicht glauben, dass Gott eine solche Ungerechtigkeit zulassen würde, und klammerte sich an diese Vorstellung. Gott und Glück hatten dieses Mädchen ein Jahr lang am Leben erhalten, obwohl so viele Leute nach ihr auf der Suche waren. Sie mussten sie einfach noch etwas länger am Leben erhalten, gerade lang genug, damit er sie aus der Gefahr, in der sie sich befand, befreien konnte. Eine andere Möglichkeit war einfach undenkbar.

Nachdem er tief durchgeatmet hatte, um sich zu beruhigen, fing Nigel wieder an, die Spuren zu lesen. Als er sich auf dem Hügel wiederfand und die Felder überblickte, war ihm klar, was geschehen war. Sein Unbehagen über das offene Gelände war berechtigt, denn als Gisèle es betreten hatte, was für alle deutlich zu sehen war, hatten die DeVeaus sie entdeckt. Sie war verfolgt und schließlich im Wald, wo sie Zuflucht gesucht hatte, gefangen worden. Als Nächstes waren die DeVeaus über die Felder zurückgeritten und hatten dabei ihr Pferd am Zügel hinterhergeführt.

Die Felder unter ihm waren sogar noch ungeschützter als der kleine Hügel. Es war schneller und einfacher, ihrer Fährte direkt zu folgen, aber es würde ihn dem gleichen Schicksal aussetzen wie Gisèle. Die DeVeaus wussten, dass sie einen Gefährten hatte, dass ein Schotte an ihrer Seite ritt. Sie konnten noch immer nach ihm suchen. Schon die Tatsache, dass er unübersehbar auf dem Kamm des moosigen Hügels stand und sich überlegte, was zu tun sei, setzte ihn der Gefahr aus.

Eilig ritt er auf die hohen Hecken zu, die die Felder umgaben. Sie versprachen einen gewissen Sichtschutz. Nigel beschloss, an der Hecke entlangzureiten, bis er wieder auf die Spur seiner Jagdbeute stieß. Es war schwer, aber er bewegte sich langsam, ritt im Passgang und führte sein Pferd, als sei er nicht in Eile, sondern nur ein Reisender, der höflich genug war, nicht den direkten Weg zu nehmen und damit das frisch gesäte Getreide zu zerstören.

Als er mit seiner Suche nach Gisèle begonnen hatte, war er innerlich zerrissen gewesen. Sie hatte ihn verlassen, freiwillig und heimlich in der Mitte der Nacht. Ein vernünftiger Mann würde das als eine deutliche Zurückweisung empfinden. Vermutlich war es das auch, aber Nigel wusste, dass er nicht sonderlich vernünftig reagierte, wenn es um Gisèle ging. Er hatte sich einzureden versucht, dass er sie verfolgte, weil es eine Frage der Ehre sei, sie zu beschützen, immerhin hatte er ein Versprechen geleistet. Doch ihm war klar, dass das nicht der einzige Grund war. Sie hatte ihn letzten Endes aus ihrem Dienst entlassen, als sie weggeritten war. Niemand würde ihm die Schuld geben, wenn er einfach ging, wenn er aufgab und nach Hause reiste.

Nigel musste der Wahrheit ins Gesicht sehen. Er eilte hinter Gisèle her, weil er sie zurückhaben wollte. Er wollte sichergehen, dass es ihr gut ging. Sie hatte es zwar geschafft, ein Jahr lang am Leben zu bleiben, bevor er sich zu ihr gesellt hatte. Aber jetzt hatte er Anzeichen von ernsthaften Schwierigkeiten entdeckt, und zu allem, was ihn vorher bewogen hatte, ihr zu folgen, war die Angst um ihre Sicherheit gekommen.

Herz und Verstand waren so verwirrt, dass er Kopfschmerzen bekam, und Nigel lud die Schuld daran auf Gisèles Schultern. Sie hatte ihn mit der süßesten, wildesten Leidenschaft beschenkt, die er jemals kennengelernt hatte, und dann war sie wortlos verschwunden. Er wusste nicht, was er ihr gegenüber empfand – oder wenigstens, ob er seinen Gefühlen trauen konnte –, dennoch fühlte er sich unwohl, wenn sie nicht an seiner Seite war. Ihm war, als sei ihm gerade ein Stück aus seinem Herzen herausgerissen worden, und das, so viel wusste er, sollte ihm eigentlich etwas sagen.

Ein Lächeln überflog sein Gesicht, und er schüttelte den Kopf. Gisèle und er mussten jemanden finden, der sehr viel klüger war, als sie selbst, um Ordnung in ihren Gefühlswelten zu schaffen. Sein Instinkt sagte ihm, dass auch sie verwirrt und in Zweifel verstrickt war. Ein wenig rachsüchtig hoffte er, dass sie von ebenso vielen Zweifeln geplagt wurde, wenn es nicht sogar mehr waren als bei ihm. Wenn er schon gequält wurde, sollte es ihr nicht anders ergehen.

Als er am anderen Ende des Feldes angekommen war, fand er die Spur, die er suchte. Vorsichtig folgte er ihr mit zunehmend unheilvollem Gefühl im Magen. Die Spur führte um eine große Baumgruppe herum, aber er ritt in ihren willkommenen Schatten hinein. In dem Augenblick, in dem er sah, was auf der anderen Seite stand, erstarrte er zu Eis.

»Du bist ihnen genau in die Hände gelaufen, nicht wahr, mein Schatz?«, schimpfte er.

Er fluchte, band sein Pferd an einen Ast, setzte sich auf den laubbedeckten Boden und starrte auf die befestigte Burg. Nigel wusste, dass sie dort war, und auch, dass es sich um eine Feste der DeVeaus handeln musste. Jede Faser seines Innersten verriet ihm, dass Gisèle von ihm weg direkt in den tödlichen Griff ihres Feindes geritten war.

Einen flüchtigen Moment fragte er sich, ob das womöglich ihre Absicht gewesen sei. Sie war zunehmend gereizt gewesen über die Gefahr, der sie ihn aussetzte, hatte große Schuldgefühle gehegt, als er verwundet worden war. Er hatte gedacht, sie davon geheilt zu haben, aber er hatte sich vielleicht geirrt. Vielleicht war sie in einem merkwürdigen Anfall von Ritterlichkeit zu der Überzeugung gekommen, dass der einzige Weg, die DeVeaus davon abzuhalten, auch ihn zu verfolgen und zu töten, darin bestand, sich ihnen zu ergeben.

»Nein«, flüsterte er, »so eine Närrin ist Gisèle nicht.«

Noch als er die Worte aussprach, wusste er, dass sie der Wahrheit entsprachen. Gisèle mochte so etwas vielleicht tun, wenn sie keine andere Wahl hatte, wenn ein DeVeau ihm das Schwert an die Kehle halten und ihr klarmachen würde, dass sie sich ergeben oder er sterben musste. Aber eine solche Drohung hatte es nicht gegeben. Nach wie vor hatte sie verschiedene Möglichkeiten gehabt. Ihr Cousin David hatte ihr berichtet, dass ein großer Teil ihrer Familie inzwischen an ihre Unschuld glaubte, also hätte sie zu einem von ihnen gehen und um Hilfe bitten können. Gisèle hatte viel zu viel Kampfgeist, um einfach aufzugeben, einen zu großen Lebenswillen, um sich freiwillig in die Hände von Leuten zu begeben, die darauf brannten, sie umzubringen.

Er musste einen Plan entwerfen, wie er sie dort herausbekam. Je länger er auf die Festung starrte, desto verrückter schien ihm schon der bloße Gedanke an ihre Befreiung. Bei dem Versuch, zu ihr zu gelangen, würde er entdeckt und getötet werden oder man würde ihn neben ihr auf dem Schafott hinrichten. Es war eine stark befestigte, gut bemannte Burg, und sie wirkte uneinnehmbar.

Erneut schüttelte er den Kopf. Jede Burg hatte – wie jeder Mensch auch – ihre Schwachstelle. Immerhin war sie ja von Menschen erbaut worden. Und jede Burg hatte außerdem ihre Schlupflöcher. Wege, die die Bewohner im Belagerungsfall ins Freie hinausführten. Wenn aber jemand ungesehen hinausgelangen konnte, konnte auch jemand ungesehen hineingelangen. Manchmal waren sogar die Verteidigungsanlagen selbst die Schwachstellen. Fühlten sich die Männer an den Toren und auf den Mauern zu sicher, weil es lange her war, dass sie einen Kampf um die Burg erlebt hatten, konnten sie bei ihrer Wache nachlässig werden. Nigel wusste, dass es nur einen Moment der Unaufmerksamkeit bedurfte, und er würde ins Innere gelangen.

Es war schwer, ein enttäuschtes Stöhnen zu unterdrücken, das ihm entschlüpfen wollte, und Nigel legte seinen Kopf in die Hände. Was aber sollte er tun, sobald er im Inneren war? Seine Kleidung würde ihn nicht verraten, aber wenn er mit jemandem sprechen musste, würde sein grauenhaftes Französisch sofort jeden wissen lassen, dass er keiner der DeVeau-Männer war. Außerdem dürfte es nicht einfach sein, Gisèle zu finden, sie aus dem Loch, in welches man sie geworfen hatte, zu befreien und sie aus der Festung zu schaffen.

Nigel fing wieder an, auf die Burg zu starren. Es war verrückt. Er konnte nichts unternehmen, er hatte keinen Plan, der nicht voller Gefahren für ihn und für Gisèle steckte. Ein kluger Mann würde die Niederlage hinnehmen, über den Verlust der Frau trauern und mit eingezogenem Schwanz nach Hause kriechen. Er seufzte resigniert und schüttelte den Kopf, weil er wusste, dass er sitzen bleiben würde, bis er verfaulte oder bis ihm etwas einfiel. Nigel betete inbrünstig, dass ihm ein Weg gezeigt würde, Gisèle zu befreien, bevor sie mit ihrem Leben für ein Verbrechen zu zahlen hatte, dessen sie nicht schuldig war.

17

Louis zerrte Gisèle in die große Halle, und George folgte ihnen schweigend. Sie fluchte, als er sie auf einen großen, schlanken Mann zustieß, der am Ende des Haupttisches in einem gewaltigen Lehnstuhl saß. Louis gab ihr einen so heftigen Stoß, dass sie stolperte und sich kaum aufrecht halten konnte, um nicht dem großen Mann in den Schoß zu fallen. Gisèle atmete zur Beruhigung tief durch, wischte sich ihre Kleider ab und blickte den Mann an.

Ihr Herz schien aussetzen zu wollen und das Blut erstarrte ihr in den Adern zu Eis. Einen Augenblick lang glaubte sie, ihren Ehemann vor sich zu sehen, dann unterdrückte sie diese verrückte Vorstellung. Sie hatte absolut keine Zweifel daran, dass ihr Mann tot war.

Sie hatte seine Leiche gesehen. Dies hier musste Vachel sein, aber die Ähnlichkeit zwischen ihm und ihrem Mann war so auffallend, dass es sie erschreckte.

Vachel war groß, wirkte in seiner Schlankheit fast zerbrechlich und schön. Er besaß die gleichen vollkommenen Gesichtszüge wie ihr verstorbener Gatte, die gleiche makellose Haut, sogar das gleiche volle, lange rabenschwarze Haar. Als sie die Kraft fand, ihm in die Augen zu sehen, wurde ihr übel. Es waren die gleichen wunderschönen, aber kalten dunklen Augen, Augen, die eben den Ausdruck verschlagener Lasterhaftigkeit besaßen wie die von Michael.

»Endlich lernen wir uns kennen, Cousine«, sagte er geziert und mit einer tiefen, weichen, ja beinahe melodiösen Stimme. »Darf ich so dreist sein und sagen, dass Euer Aussehen im Moment nicht gerade vom Feinsten ist?«

»Ich bin zutiefst verletzt«, erwiderte sie ebenso geziert und duckte sich gerade noch rechtzeitig, um einem weiteren Schlag auf den Kopf durch Louis auszuweichen.

»Wage es nicht, sie zu berühren«, drohte Vachel.

Selbst Gisèle verspürte das Bedürfnis, einen Schritt zurückzutreten, als sie seine eisige Stimme vernahm. Ein schneller Blick auf Louis verriet ihr, dass der Mann ein wenig blass geworden war. Er hatte mindestens zwei Schritte rückwärts gemacht und verschränkte seine dicken Finger hinter dem Rücken, um seinen Gehorsam zu demonstrieren.

Wenigstens gab es einen Unterschied zwischen Vachel und ihrem Ehemann, dachte Gisèle bei sich, als sie wieder zum Herrn des Hauses schaute. Michael wäre einfach auf den Mann zugesprungen und hätte ihn bewusstlos geschlagen. Sie wusste in ihrem Inneren, dass Vachel den gleichen Hang zur Gewalt in sich trug, aber gelernt hatte, ihn zu kultivieren. Seine Stimme verlangte absoluten Gehorsam, und er brauchte weder zu schreien noch die Faust zu erheben. Ihr war auch bewusst, dass es Vachel viel gefährlicher machte, als Michael es jemals gewesen war. Er war so auch erheblich bösartiger und furchteinflößender. Michaels Unmenschlichkeit trat zutage, wenn er wütend war oder in seiner offenkundig verrückten Art; sie verlief blindlings, ohne dass er nachdachte, und oft, ohne dass er eine erkennbare Absicht verfolgte. Vachel konnte gelassen bleiben, würde vollkommen bewusst grausam und so schrecklich wie möglich handeln.

»Habt Ihr Angst, dass er mich umbringt, bevor Ihr die Möglichkeit dazu habt?«, fragte sie, entschlossen, vor diesem DeVeau nicht klein beizugeben. Sie hatte es einmal getan und nicht nur bitter bereut, sondern auch als sinnlos empfunden.

»Und was bringt Euch zu der Annahme, dass ich Euch töten werde?«, fragte Vachel und beobachtete sie über den Rand seines reich verzierten silbernen Kelches hinweg, während er an seinem Getränk nippte.

»Ich bin seit meiner Flucht aus dem Haus Eures Cousins zum Tode verurteilt. Wurde das Urteil geändert, während ich mich versteckt hielt?«

»Euer Urteil, Eure Strafe für die Beendigung von Michaels armseligem, miserablem Leben, lautet so, wie es meinem Willen entspricht.«

Gisèle zitterte innerlich und hoffte inständig, dass ihr die Angst nicht anzusehen war. Sie hegte den Verdacht, Vachel könnte dafür sorgen, dass sie den langsamen Erstickungstod am Galgen geradezu als eine Gnade empfand. Es fiel ihr zunehmend schwer, ihr herausforderndes Benehmen aufrechtzuerhalten, denn Vachel versetzte sie in Angst und Schrecken, und zwar weitaus mehr, als es ihr brutaler Ehemann jemals getan hatte.

»Sir«, sagte George, als er neben Gisèle trat. »Man hat mir gesagt, dass auf den Kopf dieser Frau eine Prämie ausgesetzt ist?«

»Selbstverständlich, das Geschäftliche sollte immer erledigt sein, bevor man in seinen kleinen Freuden schwelgt«, murmelte Vachel und gab dem Mann, der mit kaltem Gesichtsausdruck zu seiner Rechten saß, ein Zeichen, worauf dieser schnell und schweigend den Raum verließ.

»*Freuden?*«, dachte Gisèle und wiederholte das Wort im Geist. Es klang eisig und unheilverkündend. Alles war so verwirrend, und sie versuchte sich zu beruhigen, indem sie sich sagte, dass Vachel nur ein kranker Mann war, der es genoss, eine Frau hängen zu sehen. Wenn das der geringste aller Schrecken war, die er ihr zufügen wollte, wollte sie lieber nicht an die schlimmsten denken. Solche Überlegungen konnten ihr leicht den wenigen verbliebenen Mut nehmen.

Vachels Gefolgsmann kehrte mit einem kleinen Beutel voll Münzen zurück und übergab ihn George. Er besaß immerhin so viel Verstand, nicht hineinzusehen und Vachel mit einer solchen Misstrauensbekundung zu beleidigen. Als sich George umwandte, um zu gehen, begegnete er Gisèles Blick.

Sie erkannte in seinen Augen einmal mehr den Ausdruck des Zweifels, doch schnell schaute er weg und eilte aus der großen Halle hinaus. Es tat nichts zur Sache, denn selbst wenn sie sich diese Zweifel zunutze machen könnte, würde das im Augenblick wenig helfen, und George würde bald weg sein. Louis sah ihm nach und fragte sich offensichtlich, ob es ihm seinen Anteil an der Prämie kosten würde, wenn er darauf wartete, von Vachel entlassen zu werden.

»Du eilst ihm am besten nach, Louis«, sagte Vachel gedehnt. »George könnte sonst vergessen, dir die Münzen zu geben, die du dir verdient hast.« Er lächelte kalt, als Louis aus dem Raum hastete und warf dann einen Blick auf seinen Gefolgsmann, der sich wieder zu seiner Rechten niedergelassen hatte. »Wie viele, denkst du, Ansel, werden den Streit um das Kopfgeld wohl überleben?«

»Die Hälfte«, antwortete Ansel mit einer Stimme, die kaum mehr war als ein heiseres Flüstern.

Vachel wandte seine volle Aufmerksamkeit wieder Gisèle zu, bemerkte, wie sie neugierig den muskulösen Ansel musterte, und sagte: »Seine Stimme wurde durch die Hände meines Vaters an seinem Hals für immer zu einem Flüstern. Ansels Loyalität mir gegenüber ist bedingungslos. Er trat dazwischen, als mein Vater versuchte, mich totzuschlagen, weil ich mit seiner dritten Frau geschlafen hatte.«

Der Fluch ihrer übergroßen Neugier hätte Gisèle fast zu der Frage veranlasst, was denn mit seinem Vater geschehen sei, doch sie kam schnell zur Vernunft. »Wenn Ihr versucht, mich mit grausamen Geschichten zu schockieren, dann verschwendet besser Euren Atem nicht darauf. Ihr erinnert Euch vielleicht daran, dass ich mit einem von Euren Verwandten verheiratet war.«

»Michael war nur ein blasser Schatten von mir.«

»Insbesondere jetzt«, murmelte sie. Sein gedämpftes Lachen erschreckte sie.

»*Oui*, Michael ist nicht mehr der Mann, der er einmal war.

Ihr müsst ihn an das Bett gebunden haben, während er wieder einmal im Vollrausch lag. Selbst Michael hätte eine winzigkleine Frau wie Euch abwehren können.«

Sie verdrehte in einer Geste überdrüssiger Enttäuschung ihre Augen. »Ich habe Michael nicht getötet.«

»Nach allem, was ich gehört habe, habt Ihr kein Geheimnis daraus gemacht, wie sehr ihr ihn gehasst habt.«

»Ihn zu hassen ist weit entfernt von Festbinden, Verstümmeln und Ersticken. Vom Aufschneiden seiner Kehle ganz zu schweigen.«

»Wirklich? Ich war immer der Meinung, dass Hass und Mord sehr gut miteinander zu vereinbaren sind. Und es scheint für eine Frau eine äußerst passende Art zu sein, ihren Gatten zu töten.«

»Ihr mögt so denken.« Sie wusste, dass es keinen Sinn hatte, vernünftig mit diesem Mann zu sprechen, weil seine Gedanken finstere Wege entlangwanderten, die sie sich nicht einmal vorstellen konnte.

»Das tue ich. So viel interessanter als Gift oder jemanden zu dingen, der ihm ein Messer in den Rücken jagt.« Er sah Ansel an. »Führe sie in einen Raum, wo sie baden kann, und bring ihr ein Gewand.«

»Ihr wünscht, dass ich sauber und passend gekleidet bin, bevor Ihr mich hängt?«, fragte sie, als Ansel aufstand, zu ihr kam und sie am Arm nahm.

»Euer Erscheinungsbild ist ausgesprochen unschicklich, Gisèle. Man möchte die armen Leute, die Eurer Hinrichtung beiwohnen, doch nicht schockieren, nicht wahr?«

»Oh, in der Tat, das möchte man nicht«, murmelte sie, als Ansel sie aus der großen Halle zerrte.

Gisèle verstand nicht, was vorging, und das machte ihr Angst. Wenn Vachel einfach nur plante, sie hinzurichten, wen interessierte dann ihre Sauberkeit und Kleidung? Sie schlug seine erklärenden Worte in den Wind. Das war nur ein schlechter Witz. Für ihn gab es, soweit sie sehen konnte, nur einen Grund, sie sauber und als Frau gekleidet sehen zu wollen: Vachel teilte mit ziemlicher Sicherheit den Gefallen seines Cousins an Vergewaltigung.

Ansel schob sie in einen großen Raum, wo er eine verschüchterte Magd packte und ihr einige Anweisungen zuflüsterte, bevor er die Tür schloss. Gisèle schenkte dem muskulösen, stillen Ansel, der Wache stand und sich in dem Raum umsah, keine Beachtung. Doch ihre Angst wurde stärker. Dies war das Gemach eines Mannes, und obwohl sie sich innig wünschte, unrecht zu haben, fürchtete sie doch, dass es Vachels Gemach war.

Einen kurzen Augenblick gab sie sich der trügerischen Hoffnung hin, dass er ihr im Gegenzug für ihre Gunst die Freiheit schenken würde. Doch dann rief sie sich ins Gedächtnis, mit wem sie es zu tun hatte. Zitternd schlang sie ihre Arme um sich, aber nichts konnte den Schauder der Angst aufhalten. Wenn sie Vachel DeVeau richtig beurteilte, hatte er sie angesehen und beschlossen, dass er sie besitzen und benutzen wollte, bis er ihrer schließlich überdrüssig wurde. Dann konnte er sie immer noch wegen des Mordes an seinem Cousin hinrichten lassen. Es war eine sehr saubere Art, sich eine Geliebte zu halten und sie dann loszuwerden, sobald man gelangweilt war. Und Gisèle vermutete, dass Vachel das Unkomplizierte dieses Arrangements ausgesprochen zu schätzen wusste.

Wieder und wieder blickte sie sich in dem Gemach um, fand aber keine Fluchtmöglichkeit. Ein Blick auf Ansel verriet ihr, dass von ihm keine Hilfe zu erwarten war. Vachel hatte sie vor der bedingungslosen Treue dieses Mannes gewarnt, und sie glaubte ihm. Aber ihre einzige Hoffnung war die Flucht, denn sie wusste, dass Vachel keine Gnade würde walten lassen. Sollte kein Wunder geschehen, saß sie in der Falle. Gisèle unterdrückte das Bedürfnis, über ihre Hilflosigkeit zu weinen, denn sie wollte nicht, dass Ansel sie so sah. Er würde es Vachel erzählen, und Gisèle war sich sicher, dass dieser Mann Vergnügen an ihrem Leid und ihrer Angst finden würde.

Als der Bottich gebracht und mit heißem Wasser gefüllt wurde, beobachtete sie aufmerksam die Mägde. Diese Frauen waren alle still und hielten die Köpfe gesenkt, man hatte ihnen den Willen gebrochen. Von ihnen war keine Unterstützung zu erwarten. Sobald der Bottich gefüllt war und sich die Frauen davongeschlichen hatten, wandte sie sich um und sah Ansel unverwandt an.

»Ihr könntet Euch wenigstens umdrehen«, fuhr sie ihn an, die Angst versetzte sie in gereizte Stimmung. Sollte er auch eine Kostprobe von ihr bekommen?

»*Non*«, krächzte er.

»Ich werde mich nicht vor Euch ausziehen.«

»Ihr werdet es, oder ich tu' es für Euch.«

Gisèle zögerte einen Augenblick, doch Ansel machte einen Schritt auf sie zu. Zitternd vor Verlegenheit, drehte sie ihm den Rücken zu und warf ihre Kleider von sich. Gerade als sie bereit war, in das Bad zu steigen, packte er sie am Arm und drehte sie zu sich um. Gisèle stand starr da, während er sie von oben bis unten musterte, als sei sie ein Stück Fleisch, das auf den Tisch seines Herrn gestellt werden sollte. Die Wut, die sie bei dieser Erniedrigung empfand, brannte vorübergehend ihre Angst weg. Als er sie freigab, spie sie ihm eine Verwünschung entgegen und stieg in den Zuber. In ihrer Verachtung konnte sie ihn jetzt leicht übersehen und baden, als sei sie allein im Raum.

Sobald sie aus dem Wasser gestiegen und sich mit einem weichen Badetuch abgerieben hatte, zeigte Ansel auf eines der Kleidungsstücke, die eine Magd auf dem Bett ausgebreitet hatte. Alles in ihr sträubte sich dagegen, sie anzuziehen, weil es ihr schien, als würde sie damit ihr Schicksal annehmen. Doch unglücklicherweise hatten die Mägde ihre Jungenkleidung mitgenommen, und die einzige andere Möglichkeit bestand darin, nackt zu bleiben. Nachdem sie sich angezogen hatte, musterte Ansel sie erneut, nickte dann und ließ sie allein. Sie fuhr zusammen, als sie hörte, wie ein schwerer Riegel vor die Tür geschoben wurde.

Würgend vor Angst und Verzweiflung warf sich Gisèle auf das Bett und gönnte sich ein kurzes, heftiges Weinen. Zwar fühlte sie sich danach nicht viel besser, aber sie hoffte, dass es sie eine Zeit lang davor bewahrte, nochmals zu weinen. Vor Vachel oder einem seiner Günstlinge ein Zeichen der Schwäche zu zeigen war das Allerletzte, was sie wollte.

Sie hatte einer Vergewaltigung ins Auge zu sehen. Nichts konnte etwas an ihrer Überzeugung ändern, dass dies das Schicksal war, welches Vachel für sie vorgesehen hatte. Jemand, der die DeVeaus nicht kannte, hätte vielleicht denken können, dass man ihr vergeben, sie vielleicht sogar auf freien Fuß setzen wollte, aber sie kannte diese Männer. Ansel hatte sie nicht so prüfend angesehen, weil er sichergehen wollte, dass sie unverletzt war. Er hatte es getan, um sicherzugehen, dass sie sauber war und seinen Gebieter nicht beschmutzen würde, wenn er ihr Gewalt antat.

Nigel hatte ihre Ängste so vorsichtig behandelt, ihr gezeigt, dass Leidenschaft etwas Wunderbares sein konnte, aber es hatte sie nicht all die grausamen, hässlichen Dinge vergessen lassen, die ihr Ehemann ihr zugefügt hatte. Sie würde es wahrscheinlich auch niemals vergessen können, aber Nigel hatte ihr geholfen, die scharfen Kanten ihrer Erinnerung abzuschleifen. Jetzt war ein anderer DeVeaus dabei, Nigels Bemühungen zunichtezumachen. Sie würde neue Schrecken, neue Demütigungen zu ertragen haben. Alles, was sie mit Nigel erlebt hatte, würde zerstört werden. Selbst die schönen Erinnerungen würden von Unmenschlichkeit und Schmerz erstickt werden, was Gisèle als das Traurigste von allem empfand.

Der Riegel vor der Tür wurde zurückgeschoben, und Gisèle widerstand kaum dem Bedürfnis, sich wie ein verängstigtes Kind irgendwo in dem großen Raum zu verstecken. Als

Vachel hereinkam, stand sie groß und aufrecht da. Eine kleine Magd trippelte schweigend hinter ihm her und setzte ein Tablett mit Essen und Getränken in der Nähe des Bettes auf einem Tisch ab. Als sie die Tür hinter sich schloss, erhaschte Gisèle einen Blick auf Ansel, der unmittelbar davor stand.

Sie verspannte sich, als Vachel näher kam und mit langen, blassen Fingern an ihren nachwachsenden Locken zupfte. Es war schwer, in ein so schönes Gesicht zu sehen und zu glauben, dass es einem herzlosen, böse gesinnten Menschen gehörte, doch Gisèle zweifelte keinen Moment an seiner wahren Natur. Auch Michael war schön gewesen. Sie dachte bei sich, dass es eine Form von Gerechtigkeit wäre, wenn solche Männer mit Gesichter herumliefen, in denen sich ihre verzerrten Seelen widerspiegelten, wodurch man sie leichter erkennen könnte.

»Ihr habt Euch das Haar abgeschnitten«, murmelte Vachel. »War es Eitelkeit, dass Ihr es in Locken gelegt habt, als es wieder wuchs?«

»Ich habe es nicht in Locken gelegt.« Die Art, wie er sie musterte, als sei sie ein ungewöhnliches Wesen, dass er im Wald gefunden hatte, machte sie nervös. Gisèle hielt es nicht für ungefährlich, wenn ein Mann wie er sie anziehend fand. »Es wächst so.«

»Höchst interessant. Habt Ihr erraten, was ich mit Euch vorhabe?« Er legte seine Hände auf ihre Brüste, sein Blick war fest auf sie gerichtet. »Ihr müsst Euch nicht zurückhalten.«

Es war schwer, aber Gisèle gab sich, als würde ihr seine Berührung gleichgültig sein, als würde sie absolut nichts empfinden, nicht einmal die tiefe Abscheu, die ihr in der Magengrube wühlte. »Es wird ziemlich schnell deutlich, dass ihr mir nicht mit dem Tod schmeicheln wollt«, sagte sie gedehnt.

»Ich werde vielleicht dennoch ein paar Schmeicheleien anbringen. Ich bin sicher, dass mein verstorbener, unbeweinter

Cousin Euch nichts beibringen konnte, aber ich bin neugierig darauf, was der ungehobelte Schotte Euch vielleicht gezeigt hat.«

»Er zeigte mir, wie man Eurer Familie entkommt und wie man kämpft. Gebt mir ein Schwert, und ich werde es Euch beweisen.«

Vachel trat einen Schritt zurück und ging langsam um sie herum, bevor er sie kalt anlächelte. »*Non*, aber ich werde mir Eure Prahlerei merken. Wenn Ihr die Wahrheit über Eure Fähigkeit sagt, wäre ich vielleicht imstande, ein interessantes Spiel daraus zu machen.«

Gisèle wollte nicht einmal daran denken. »Es wird schwer sein, Euch das zu zeigen, wenn ich tot bin, und die Hinrichtung wird bald stattfinden, nicht wahr?«

»Wird sie nicht«, raunte er. »Ich habe andere Pläne. Meine Familie verlangt nach Rache, aber sie kann noch eine Weile länger danach verlangen. Sie muss nicht wissen, dass man Euch gefunden hat. Ihr könnt es Euch hier, in diesem Gemach, bequem machen – mit mir. Wir werden uns eine Zeit lang miteinander vergnügen.«

»Glaubt Ihr, ich werde für Euch die Hure spielen, nur um meinen Hals zu retten?«

»Ich habe nicht behauptet, dass es Euch Euren hübschen Hals retten wird.« Er umfasste mit den langen, kalten Fingern einer seiner Hände leicht ihre Kehle.

»Wenn es mich nicht vor dem Henker retten wird, warum sollte ich dann überhaupt in Erwägung ziehen, Euch zu erlauben, mich zu berühren?«

Sie bemühte sich, nicht nach Luft zu schnappen, als er seinen Griff an ihrer Kehle verstärkte. Einen kurzen Moment glaubte sie, er werde sie hier und jetzt töten. Gisèle hatte erwartet, dass sie einen schnellen Tod begrüßen würde, wenn sie keine andere Wahl hatte, doch sie erkannte, dass sie das Leben allem anderen vorzog. Sie packte seine Hand, aber er fuhr fort, seinen Griff zu verstärken, scheinbar unbeeindruckt davon, dass ihre Fingernägel sich in das Fleisch seiner Hand gruben. Dann ließ er sie los, ebenso unvermittelt und ruhig, wie er sie ergriffen hatte. Sie rieb sich ihre mitgenommene Kehle und holte tief Luft.

»Ihr werdet tun, was ich wünsche, weil Ihr nicht sterben wollt.«

»Aber Ihr habt mir eben gesagt, dass es egal ist, was ich mache oder was ich nicht mache. Es wird nichts ändern. Ihr habt trotzdem vor, mich zu hängen. Es ist nur eine Frage des Zeitpunkts.«

»Es ist eine Frage, wie viel Schmerz ihr bereit seid zu erdulden, bis ihr mir schließlich gebt, was ich von Euch haben will. Und dann gibt es noch dieses nette, wenn auch nutzlose Ding, an das sich die Leute zu klammern pflegen, wenn alles verloren zu sein scheint – die Hoffnung. Ich denke, Ihr seid sehr gut darin, Euch an die Hoffnung zu klammern. Ihr wollt so lange wie irgend möglich am Leben bleiben, weil Ihr hofft, dass Ihr mir entkommen könnt.« Er lächelte matt. »Oder mich töten könnt.«

Sie beobachtete ihn schweigend, als er zur Tür ging. »Ich glaube, dass ich mehr als nur hoffe, Euch zu töten«, sagte sie mit heiserer Stimme, als er den Raum verließ. »Ich glaube, ich werde darum beten, ja, vielleicht so weit kommen, ihn mir sehnlichst zu wünschen.«

»Gut so. Solche Leidenschaft bringt Farbe auf Eure Wangen, und Ihr seht nicht ganz so zerbrechlich aus. Ruht Euch aus. Ich werde nach meinem Mahl in Eure süßen Arme zurückkehren.«

Die Tür schloss sich hinter ihm, und sie sank auf der Bettkante nieder. Sie hatte keine Ahnung, was sie lieber wollte – sich übergeben oder schreien. In einer Sekunde würgte ihr dieser Mann fast das Leben aus dem Leib, in der nächsten sagte er ihr, sie solle sich ausruhen, damit sie ihn vollkommen zufriedenstellen konnte, wenn er zurückkam. Die Geisteskrankheiten nahmen in dieser Familie offensichtlich überhand. Sie hatte richtig vermutet, Vachel war weitaus gefährlicher und bösartiger als sein Cousin.

Sie blickte auf die Speisen, überlegte flüchtig, ob sie sich vielleicht zu Tode hungern sollte, nahm dann aber doch etwas Brot und fing an zu essen. Vachel hatte recht. Solange sie am Leben war, würde sie die Hoffnung nicht aufgeben. Sie würde die Demütigungen und Schmerzen aushalten und versuchen, sich durch Hoffnung zu stärken. Sie würde hoffen, dass sie fliehen konnte und dass ihre Familie ihre Unschuld beweisen und man sie freisprechen würde. Und sie würde hoffen, dass Vachel DeVeau einen grausigen, qualvollen Tod sterben musste.

Zum Essen trank Gisèle eine Menge Wein. Müßig fragte sie sich, ob sie sich genug betrinken konnte, um für das, was Vachel ihr antun würde, gefühllos zu werden, oder noch besser, um so betrunken zu sein, dass er das Interesse verlor, und sei es nur für eine Nacht. Noch während sie diese Möglichkeiten erwog, schenkte sie sich einen weiteren Kelch voll Wein ein, und plötzlich war der schwarze Lederkrug leer. Sie schüttelte ihn über ihrem halb vollen Kelch aus, fluchte und warf ihn durch den Raum.

Dieser Mann hatte selbst daran gedacht, grübelte sie und verspürte ein fast überwältigendes Bedürfnis zu schreien und zu weinen. Wie konnte sie gegen einen Mann ankommen, der nicht nur unmenschlich, sondern auch klug war? Wenn er an alles dachte, was sie tun könnte, bevor sie selbst daran dachte, gab es keine Möglichkeit, ihn zu überlisten.

Um sich davon abzuhalten, zu tief in ihrem eigenen Elend zu versinken, stand sie auf und fing an, das Gemach gewissenhaft abzusuchen. Es besserte ihre Stimmung kaum, dass sie nichts entdeckte, was sie als Waffe benutzen konnte. Das war seltsam, denn sie war sich sicher, dass es Vachels Gemach war, und ein Mann wie er musste so viele Feinde haben, dass er es niemals wagen würde, ohne eine Waffe in seiner Reichweite zu Bett zu gehen.

Sorgfältig untersuchte sie den Raum von Neuem und fluchte. Es war nicht sein Gemach, es sah nur so aus. Gisèle war erstaunt über die Verschlagenheit dieses Mannes und über seine Verschlossenheit. Sie nahm an, dass jeder, der Vachel besuchte, und wahrscheinlich jeder, der hier lebte und arbeitete, dachte, dass dies das Schlafgemach des Hausherrn sei. Aber sie bezweifelte aufrichtig, dass Vachel jemals hier schlief – vermutlich nicht einmal, nachdem er hier an irgendeiner armen Frau sein Vergnügen gehabt hatte. Vachels wirkliches Schlafquartier lag irgendwo versteckt, wo ihn niemand finden konnte. Die einzige Person, die mit Sicherheit wusste, wo der Herr des Hauses zu Bett ging, war ganz bestimmt Ansel, und dieser Mann würde zu Grabe getragen, bevor er Vachel verriet.

Trotzdem könnte sich ein kleiner Schlupfwinkel sogar innerhalb der Mauern befinden, grübelte sie, während sie im Zimmer herumging und mit der Hand über die Mauer strich. Gisèle wusste nicht so recht, was sie eigentlich suchte, vielleicht eine raffinierte Vorrichtung, an der man ziehen oder die man drücken konnte, um einen Geheimgang zu öffnen. Wenn sein eigentliches Schlafgemach nicht in diesen Mauern war, dann musste es einen Gang geben, der dorthin führte, denn man konnte ihn nicht von diesem Raum aus kommen oder gehen sehen.

»Was macht Ihr da?«, fragte eine kalte Stimme direkt hinter ihr.

Gisèle hielt vor Überraschung den Atem an und drehte sich zu Vachel um. Sie hatte nicht einmal gehört, wie sich die Tür geöffnet hatte, dennoch verriet ihr ein schneller Blick über seine Schulter, dass sich Ansel ein letztes Mal im Zimmer umschaute, bevor er die Tür schloss. Vachel DeVeau hatte offensichtlich den gleichen kleinen Trick gelernt wie Nigel. Vermutlich sollte sie nicht überrascht sein. Ein Mann wie er würde es als sehr hilfreich ansehen, sich lautlos umherbewegen zu können.

»Ich habe nach Eurem Fluchtweg gesucht«, antwortete sie wahrheitsgemäß.

»Was meint Ihr damit?«

»Das, was ich sagte.«

»Warum sollte ich aus meinem eigenen Gemach fliehen wollen?«

An der Art, wie seine Stimme kälter und leiser wurde, konnte sie erkennen, dass er ärgerlich wurde. Es war nicht klug, ihm zu verraten, dass sie hinter eines seiner größten Geheimnisse gekommen war, aber im Grunde war es ihr auch egal. Vielleicht hatte sie sogar Glück und sagte oder machte etwas, das seine starre Selbstkontrolle schließlich aufbrach und ihn dazu brachte, sie zu töten – und zwar schnell.

»Weil Ihr so sehr gehasst seid, dass Eure Feinde in die Tausende gehen. Wo Euer Bett steht, wird wohl das Letzte sein, was Ihr ihnen verraten wollt. Das Schlafgemach kann der Ort sein, wo ein Mann ausgesprochen verletzbar ist.«

»Klugheit wird an einer Frau nicht immer geschätzt.«

»Auch Euer Cousin liebte es, mir das zu sagen, entweder bevor oder nachdem er mich schlug.«

»Mein Cousin hat Euch eindeutig nicht oft genug oder nicht heftig genug geschlagen.«

»Er hat sein Bestes gegeben«, erwiderte sie, entfernte sich von ihm und hob den Weinkrug auf, den sie gegen die Wand geschleudert hatte.

»Michael hatte nichts Entsprechendes.«

Sie hatte den Krug eben auf dem Tisch neben dem Bett abgestellt, als sie seinen Körper nah an ihrem Rücken spürte. Er hatte sie geschickt zwischen sich, dem Tisch und dem Bett in die Enge getrieben. Gisèle verdammte ihre eigene Dummheit. Sie hätte ihn besser beobachten sollen.

»Ihr habt nicht genug Wein heraufgeschickt«, beklagte sie sich, aber ihre Stimme schwankte leicht, als sie sich umdrehte, um ihm ins Gesicht zu sehen, während ihre Körper nur einen tiefen Atemzug voneinander entfernt waren.

»Ich habe so viel hochgeschickt, wie Ihr braucht«, sagte er und streckte die Hand aus, um ihr Haar zu streicheln.

Seine Berührung war sanft, aber sie wusste, dass sich das jeden Augenblick ändern konnte. Er hatte ihr ja bereits gezeigt, dass er innerhalb eines Wimpernschlags ausgesprochen heftig und brutal werden konnte. Und sanft oder nicht, geschickt oder nicht, er hatte noch immer vor, sich von ihr etwas zu nehmen, das sie ihm freiwillig niemals geben würde. In dem vergeblichen Versuch, seiner Berührung zu entkommen, drückte sie sich fest an den Tisch.

Auch wenn sie sonst gern recht behielt, fand sie es nicht sonderlich tröstlich, dass es ihr mit dem Wein so ging. Vachel hatte eine sorgfältig abgemessene Menge hochschicken lassen. Er hatte tatsächlich vermutet, dass sie in Erwägung ziehen würde, sich zu betrinken. Als er ihr mit seinen erstaunlich weichen Fingern über die Wange streichelte, wünschte sie sich inständig, dass er nicht so klug gewesen wäre. Gerade jetzt wäre es ausgesprochen angenehm, aufgrund übermäßigen Weingenusses das Bewusstsein zu verlieren.

Unwillkürlich entfuhr ihr ein leiser Schreckensschrei, als er sie plötzlich packte und auf das Bett warf. Ihr ganzer Körper versuchte, sich tief in die weiche Federmatratze zu pressen, als er sich auf ihr ausstreckte. In seinen Augen lag ein beunruhigend nachdenklicher Ausdruck, während er auf sie hinuntersah.

»Ihr habt also meine Wände liebkost, um eine Geheimtür zu finden«, murmelte er, während er langsam anfing, ihr das Kleid aufzuschnüren.

»Ihr wisst genau, was ich getan habe.«

Gisèle kämpfte darum, sich ganz still zu verhalten. Die brutalen Aufmerksamkeiten ihres Mannes hatten sie gelehrt, dass Widerstand ihr nur noch mehr Qualen einbrachte. Sie hatte keine Waffe, um Vachel zu töten oder zum Krüppel zu machen, und er war größer und kräftiger. Ihre Ehre mochte es verlangen, dass sie sich gegen ihn zur Wehr setzte, aber ihre Ehre hatte nicht den Schmerz der Schläge zu erdulden, die ihr eine Gegenwehr einbringen würde.

»Wenn ich ein kleines Versteck habe, dann muss Euch doch klar sein, dass es ein Geheimnis bleiben soll. Wenn Ihr mir aber sagt, dass Ihr meine Geheimnisse kennt, dann dürft Ihr nicht überrascht sein, wenn ich beschließe, Euch zum Schweigen zu bringen.«

»Ist es nicht sinnlos, mir mit dem Tod zu drohen? Ihr habt mir ja bereits klargemacht, dass ich nichts tun oder sagen kann, was mir das Leben retten würde.«

»Ein Mensch kann auf viele Arten zum Schweigen gebracht werden.« Er ließ seine Hand unter ihr Mieder gleiten und streichelte ihre Brüste. »Ihr wehrt Euch nicht?«

»Euer Cousin hat mir beigebracht, dass alles, was ich davon habe, nur noch mehr Schmerzen sind.«

»Ihr habt also vor, wie eine Leiche unter mir zu liegen.«

»Wenn es Euch stört, schlage ich vor, dass Ihr geht und Euch woanders vergnügt.«

Er lächelte nur. »Ich habe nicht gesagt, dass es mich stört. Ich hätte allerdings gedacht, dass Ihr mehr Kampfgeist besitzt.«

»Kampfgeist macht einen nicht dumm. Ich habe keine Waffe, und ich kann mich nicht mit Eurer Stärke messen. Das Verbrechen, das Ihr an mir begeht, wird mir Schmerzen und Demütigungen zufügen. Wenn ich versuche, Euch davon abzuhalten, wird mir das nur noch mehr von alldem einbringen. Ich hebe mir meinen Kampfgeist für den Augenblick auf, in dem ich Euch die Kehle durchschneide.«

»So wie Ihr es mit meinem Cousin gemacht habt?«

»Ich habe Euch gesagt, dass ich Michael nicht getötet habe. Ihr solltet Euch geehrt fühlen. Ihr werdet mein erstes Mordopfer sein.«

»Vielleicht glaubt Ihr ja, dass Euer Schotte daherreitet, um Euch zu helfen«, sagte er.

»*Non*, ich habe ihn verlassen. Er wird mir nicht folgen.«

»Dann wird er überleben. Wir geben auf ihn acht, musst du wissen.«

»Wenn Nigel in Eure Festung gelangen wollte, würdet Ihr es niemals mitbekommen. Er ist wie der Rauchfaden eines ausgehenden Feuers. Er könnte hier hereinschlüpfen und Euch die Kehle durchschneiden, bevor Ihr überhaupt bemerkt, dass sich die Tür geöffnet hat.«

»Die leeren Prahlereien einer vernarrten Geliebten.«

»Ich werde Euch daran erinnern, was ihr gesagt habt, wenn Ihr daliegt und in Eurem eigenen Blut ertrinkt.«

»Genug geredet. Ich bin nicht um einer Konversation oder belangloser Scherze willen hier.«

»*Non*, Ihr seid hier, um Euch etwas zu nehmen, das Euch niemals freiwillig gegeben wird.«

»Stimmt. Wer könnte mich auch daran hindern?«

»Ich könnte bereit sein, es ein Stück weit zu versuchen«, antwortete eine gedehnte Stimme mit einem starken schottischen Akzent.

18

Die Dämmerung ließ schnell die Schatten um ihn herum zunehmen, und Nigel stand auf, um sich zu strecken. Obwohl er mehrere Stunden dagesessen hatte, hatte ihn niemand gesehen und niemand war gekommen. Es musste wohl tatsächlich ein anmaßendes Macht- und Sicherheitsgefühl die Wachen nachlässig gemacht haben. Nigel war überzeugt, dass er ungesehen in die Burg gelangen konnte, doch trotz stundenlanger Überlegungen hatte er noch immer keinen Plan, wie er vorgehen sollte, wenn er einmal im Inneren war. Bald würden sie die schweren Tore schließen, und das würde ihm nur zwei Möglichkeiten lassen – entweder vorher in die Burg zu gelangen und das Beste zu hoffen oder die restliche Nacht über zu bleiben, wo er war, und zu beten, dass sie Gisèle nicht umbrachten, bevor er sich einen Plan zu ihrer Rettung ausdenken konnte, der wenigstens eine kleine Aussicht auf Erfolg bot.

Als er sich gerade entschlossen hatte, durch die Tore zu schlüpfen und den übrigen Plan innerhalb der Burgmauern auszuhecken, sah er einen einzelnen Mann durch die Tore herausreiten. Dieser Mann hielt geradewegs auf die Bäume zu, und Nigel eilte, ihn abzufangen. Auf dem schmalen Gesicht des Mannes lag ein finsterer, brütender Ausdruck, woran Nigel erkannte, dass ihn etwas belastete. Besser also jetzt zuschlagen, wo der Mann tief in seinen eigenen Problemen versunken war und alles um sich herum vergaß. Diese Zerstreutheit würde es Nigel erlauben, sich unbemerkt an sein Opfer anzuschleichen und es lebend zu erwischen, sodass er ihm wichtige Informationen abringen konnte.

Kaum ein Ton entwich dem Mann, als Nigel aus dem

Schatten sprang, ihn vom Sattel riss und auf den Boden warf. Er zog seinen Dolch, kniete sich auf ihn und hielt ihm die Klinge an die Kehle. Nigel runzelte die Stirn, als er das Gesicht seines Gefangenen genauer in Anschein nahm. Er sollte wenigstens überrascht aussehen, vorzugsweise verängstigt, doch dieser Mann sah eher ein wenig belustigt aus.

»Ich bin George«, sagte er. »Ihr müsst der Schotte sein.«

»Der Schotte?«, fragte Nigel auf Englisch. Er hoffte sehr, dass der Mann seine Sprache nicht nur verstand, sondern auch sprach.

»*Oui.*« George sprach mit starkem Akzent, als er auf Englisch fortfuhr zu sprechen. »Ihr seid der Mann, der mit Lady Gisèle DeVeau unterwegs ist. Alle wissen Bescheid. Ich war überrascht, dass wir sie allein vorgefunden haben.«

»Ihr meint, als Ihr sie gefangen genommen und sie den Hurensöhnen ausgeliefert habt, die sie töten wollen«, erwiderte er kalt, während er seinen Dolch fester an Georges Halsschlagader drückte.

»Man hat mir gesagt, dass sie eine Mörderin ist, die ihren Gatten auf besonders grausame Weise umgebracht hat.«

»Und Ihr glaubt alles, was man Euch sagt, ohne es zu hinterfragen? Oder wurde Eure schnelle Bereitschaft, zu glauben, dass dieses kleine Mädchen eines solchen Verbrechens fähig sei, durch die Münzen verstärkt, die jetzt Euren Beutel schwer machen?«

»Ich bin ein armer Mann, Sir, mit sechs jammernden Kindern und einer jammernden Frau. *Oui*, ich habe nach der Prämie gehungert und gedacht, dass sie ehrlich verdient sein würde. Wie ich schon sagte, ich habe geglaubt, dass ich mich auf die Jagd nach einer Mörderin machen würde. Das ist kein Verbrechen.«

Langsam stand Nigel auf, hielt aber seinen Dolch bereit und beobachtete George genau, als dieser sich aufsetzte. George hatte recht, es war kein Verbrechen, wenn man versuchte, sich einen Anteil an einer Prämie zu holen, die auf eine Mörderin ausgesetzt war. Er hatte selbst eine Weile gebraucht, bis er daran glaubte, dass Gisèle ihren Ehemann auf keinen Fall getötet hatte, und dabei hatte *er* die ganze schmutzige Wahrheit über ihre schreckliche Ehe gekannt. George kannte sie nicht. Männer von Stand und Reichtum hatten ihm gesagt, dass einer der Ihren von einer Frau umgebracht worden war. Warum sollte er daran zweifeln? Dennoch hatte Nigel den Eindruck, dass George einen Sinneswandel durchgemacht hatte.

»Habt Ihr sie verletzt?«, fragte er kalt, nicht bereit, diesem Mann zu schnell zu vertrauen.

»*Non*, ich bin mit dem Schwert in der Scheide auf sie zugekommen. Ich hatte zugestimmt, sie gefangen zu nehmen. Es war aber nicht mein Amt, ihr ihre Strafe zuzuteilen. Trotzdem hatten wir einen kleinen Kampf. Wahrscheinlich hätte ich ihn gewonnen, wenn nicht einer der anderen Männer gekommen wäre und ihn beendet hätte.«

»Ihr habt sie nicht ausgelacht, oder?«, fragte er, und konnte sich ein flüchtiges Lächeln nicht verkneifen bei der Vorstellung, wie Gisèle dem Mann gegenüberstand, das Schwert in der Hand und zum Kampf bereit.

»Ich gebe zu, dass ich es lustig gefunden habe, aber ich habe nicht gelacht. Und seid versichert, meine Belustigung hat nicht lange angehalten. Ihr habt sie gut unterrichtet.«

»Und sie wird noch besser werden. Sie hat Talent dazu, wenn auch nicht die Kraft. Ihr habt sie also nicht verletzt, aber hat sie sonst jemand verletzt?«

»Einer von den Männern hat sie ein paar Mal auf den Kopf geschlagen.«

»Ein paar Mal?«

»Einmal, um dem Kampf ein Ende zu machen. Es war ein leichter Schlag, der sie auf die Knie hat gehen lassen, weiter nichts. Der Mann ist dazu getrieben worden, sie noch ein oder zwei Mal zu schlagen, weil sie ihn heftig verspottet hat.«

Nigel fluchte leise. »Sie sollte lernen, ihre Zunge zu hüten.« – »Sie ist ein bisschen scharf.«

»Ein bisschen?«, murmelte Nigel. Dann musterte er George eingehend. »Ihr habt Eure Meinung geändert.«

George nickte und seufzte, verzog das Gesicht und schaute auf den Geldbeutel hinunter, der an seinem Gürtel hing. »Das habe ich. Ich habe diese kleine Frau angesehen und konnte nicht glauben, dass sie das getan hat, was man von ihr sagt. Nicht einmal, als sie versucht hat, mich aufzuspießen. Mehr noch aber war es die Art, wie Sir Vachel sie angesehen und zu ihr gesprochen hat.«

»Wer ist Sir Vachel?«

»Der Herr dieser Burg. Er ist der Cousin ihres Gatten.«

»Ihr glaubt nicht, dass er sie für schuldig hält?«

»Ich glaube nicht, dass es ihn interessiert, ob sie es ist oder nicht ist. Und ganz gewiss interessiert es ihn nicht, dass jemand seinen Cousin umgebracht hat. Sir Vachel ist ein angsteinflößender Mann. Ich bin froh, dass ich frei bin von ihm und diesem Ort hier. Er wird sie hängen, aber noch nicht so bald. Erst wenn er genug von ihr hat.« Georg rückte hastig von Nigel ab, als dieser fluchte.

»Seid Ihr Euch sicher?«

Es fiel Nigel schwer, seine Wut ihm Zaum zu halten, aber er wusste, es würde nichts bringen, George zu erschrecken, zumal es auch nicht George war, dem seine Wut galt, sondern die DeVeaus. Zuerst hatte Michael versucht, Gisèle zu unterwerfen, hatte sie wiederholt vergewaltigt und geschlagen. Jetzt wollte sein Cousin sein Erbe antreten. Nigel hatte endlich die Leidenschaft in Gisèle geweckt, sie von den Ketten ihrer Angst und der Abscheu, die ihr Ehemann ihr eingeflößt hatte, befreit. Nun beabsichtigte ein anderer DeVeau all seine Bemühungen zunichtezumachen und die arme Gisèle mit noch mehr Wunden zu übersäen. Nigel war sich nicht sicher, ob sie noch mehr Grausamkeiten und Demütigungen überleben würde. Dieses Mal konnte die wunderbare Leidenschaft, die er viel zu kurz hatte kosten dürfen, auf immer zerstört werden.

»Ihr müsst mir helfen, sie dort herauszuholen«, sagte Nigel.

»Nun, Sir …« Georges Widerspruch erstickte in einem Kreischen, als Nigel in an seinem wattierten Wams ergriff und ihm wütend ins Gesicht blickte.

»Ihr werdet mir helfen, diese kleine Frau dort herauszuholen. Glaubt mir, Hängen wäre ein Segen für sie, wenn Vachel vorhat, sie zu missbrauchen. Das ist es nämlich, was ihr Ehemann während ihrer ganzen, Gott sei Dank kurzen Ehe mit ihr gemacht hat. Gisèle hat Michael DeVeau nicht umgebracht, aber er hätte es verdient, für jede Vergewaltigung und jede Tracht Prügel, die er dieser kleinen Frau angetan hat, mindestens zehnmal zu sterben. Sie hatte gerade angefangen, sich von den Narben, die der Mann in ihrem Herzen und ihrem Kopf zurückgelassen hat, zu erholen. Mehr davon wird sie nicht überleben. Sie würde vielleicht atmen, gehen, sprechen und essen, aber innerlich wäre sie tot.«

»Ihr habt gesagt, Michael sei ihr Gatte gewesen. Ein Ehegatte kann nicht …«

»Seine Frau vergewaltigen? Natürlich kann er das. So ein großer Dummkopf könnt Ihr doch wohl nicht sein. Wenn eine Frau den Beischlaf nicht will, dann will sie ihn eben nicht, und es macht keinen Unterschied, wer ihn verlangt. Ja, und selbst, wenn die Frau den Beischlaf als ihre eheliche Pflicht erlaubt, kann der Mann sich, in der Art, wie er sie nimmt, als Mistkerl erweisen, oder nicht?«

George legte die Stirn in Falten. »Es hat so einfach ausgesehen, mir diese Münzen zu verdienen, die ich zum Überleben brauche, aber es wird von Stunde zu Stunde komplizierter.«

»Ihr habt geglaubt, dass Ihr einfach nur eine Mörderin fangt und sie zu denen bringt, denen sie Unrecht zugefügt hat. Selbst wenn ihr nicht an ihre Unschuld glaubt, und sie ist unschuldig, könnt ihr nicht dulden, was Vachel, wie Ihr sagt, ihr antun will.«

»*Non*, das kann ich nicht. Es fiel mir nicht leicht, sie zurückzulassen, nachdem ich erfahren habe, was der Mann vorhat. Er scheint zu denken, dass er sie vor seiner Familie geheim halten, nach Lust und Laune mit ihr spielen und sie wie geplant hängen kann, wenn er genug von ihr hat. Das ist eine Sünde, an der ich keinen Anteil haben will. Ich weiß nur nicht, wie ich Euch helfen kann. Ich reite gelegentlich mit Vachels Männern, aber ich bin nicht sein Vasall und ich betrete diese Burg nur selten.«

Nigel stieß einen Fluch aus und fuhr sich mit der Hand durch die Haare.

»Ich muss wissen, wohin man sie in diesem Steinhaufen gebracht hat.«

»In Vachels Schlafgemächer. Er hat befohlen, sie zu baden und ihr ein Kleid anzuziehen.« George wich zurück, als Nigel vor Wut blass wurde.

»Es wäre besser gewesen, wenn man sie in einem Verließ eingesperrt hätte. Ich kann mir nicht vorstellen, wie ich in die Burg hineinkommen und in das Schlafgemach des Hausherrn schlüpfen soll, ohne gesehen zu werden.«

»Um ehrlich zu sein, ich glaube, dass Ihr ungesehen in das Schlafgemach des Herrn kommen könnt, zumindest in den Raum, den er jedem gegenüber als sein Schlafgemach *ausgibt*.« George lächelte schwach angesichts von Nigels gereiztem und verwirrtem Gesichtsausdruck. »Vachel denkt, dass keiner es weiß, aber er handelt mit der Überheblichkeit, die so vielen Reichen und Mächtigen eigen ist. Die Leute, die umherhuschen und die Befehle ihres Herrn ausführen, sind weder blind noch dumm. Sie können sehen und hören, und sie kommen hinter alle Geheimnisse.«

Nigel nickte, während er den Weinschlauch nahm und George wortlos einen Schluck anbot. »Meine Familie hat vor Jahren diese harte Wahrheit kennengelernt. Wir haben zudem erfahren, dass diese unscheinbaren Leute auch eine Quelle des Verrats sein können.«

»*Oui*, und ich habe den Verdacht, dass Vachel in seinem kleinen geheimen Bett durch die Hände von ihnen oder von jemandem, dem sie den Weg dorthin gezeigt haben, sterben wird.«

»Ich mache mir wenig Gedanken um das Schicksal dieses Mannes, wenn er jenen Tag überhaupt erlebt. Jene Tore werden sich bald schließen, und ich muss das Mädchen da herausholen.«

George nahm einen großen Schluck Wein und wischte sich den Mund mit dem Ärmel ab. »Kommt also mit, und ich werde Euch zeigen, wie Ihr in das Schlafgemach dieses Mannes gelangt, hinein und heraus, und zwar ungesehen.«

»Warum macht Ihr es nicht selbst, wenn es so einfach ist?«

»Weil ich einer von denen bin, deren Mut nicht so groß ist, wie er sein sollte«, antwortete George, während er aufstand und sich abklopfte. »Manchmal muss ich den Stich eines Messers an meiner Kehle spüren, damit ich das mache, was ich für richtig halte.«

Nigel zögerte, als sie zu ihren Pferden gingen und George aufstieg. Es schien alles viel zu einfach zu sein. Er hatte nicht nur einen Mann gefunden, der mit ihm zusammenarbeitete, sondern auch einen Weg, um ungesehen in die Burg hinein- und hinauszuschlüpfen. Es konnte sein, dass er eine Antwort auf die Gebete, die er stundenlang gemurmelt hatte, erhalten hatte, es konnte aber auch eine Falle sein. Sir Vachel musste wissen, dass Gisèle einen Gefährten hatte, einen Mann, der ihr in ihrem Kampf ums Überleben beistand. Er konnte George ausgesandt haben, um ihn ausfindig zu machen und zu täuschen.

George sah Nigel an und lächelte. »Ihr habt eigentlich kaum eine andere Wahl. Ich bin die einzige Hoffnung, die ihr habt. Kein anderer wird diesen Ort verlassen, nicht allein. Und ich glaube nicht, dass ihr unter denen dort noch einen finden könnt, der meinen widerspenstigen Sinn für Recht und Unrecht hat.«

»Es wirkt alles verdächtig unkompliziert«, sagte Nigel, als er aufstieg. »Werden wir einfach so hineinreiten?«

»Ja. Ich überlege mir gerade eine Erklärung dafür, dass ich umgekehrt bin und Euch mit hineinnehme. Hat Euch jemand aus der Nähe gesehen?«

»Niemand, der es überlebt hat.«

»Ich werde danach diesen Ort verlassen müssen«, seufzte George, »denn man wird sich bestimmt daran erinnern, dass ich einen Mann mitgebracht habe.«

»Dann reitet Ihr hinein, und ich werde mich hineinschleichen.«

»Ihr könnt Euch da hineinschleichen?«

»Ja, und Eure Rückkehr wird mir dabei helfen.« Nigel stieg ab und zog aus seinem Beutel ein Geldsäckchen. »Sagt Ihnen, dass Ihr das Pferd des Mädchens kaufen wollt.« Er gab George etwas Geld. »Dann sagt, dass Ihr etwas tun müsst, irgendetwas, das Euch in das Innere der Burg zurückbringt. Ich werde Euch dorthin folgen. Danach könnt Ihr mich zu dem Versteck bringen.«

»Ihr müsst aber mit dem Mädchen auch wieder herauskommen.«

»Ich kann mich mit ihr so leicht wieder herausschleichen, wie ich hineingeschlichen bin. Ihr müsst das Pferd an diesen Platz hier bringen.«

»Wenn Ihr Euch so leicht hinein- und herausschleichen könnt, warum braucht Ihr dann mich?«

»Ich weiß ja nicht, wo das Mädchen ist, oder? Und« – er sprach auf Französisch, um diesen Punkt noch klarer zu machen – »ich spreche diese Sprache, aber allen, die mich hören, ist klar, dass ich kein Franzose bin.«

George machte ein übertrieben angewidertes Gesicht. »Ich habe selten unsere Sprache so durch und durch entstellt gehört.«

»Haut ab. Ich werde Euch drinnen treffen«, befahl Nigel. Er beobachtete, wie George davonritt. Der Mann schien gutherzig und vertrauenswürdig zu sein. Er schien genau das zu sein, was er von sich sagte, ein Mann mit mangelndem Mut, der gedacht hatte, dass er nichts Unrechtes macht, und nur einen Stoß brauchte, um das Richtige zu tun. Es war auf alle Fälle besser, wenn sie die Burg einzeln betraten. Wenn Nigel feststellen musste, dass es falsch war, George zu vertrauen, würde es ihm nicht möglich sein, ihn einfach an seinen Feind auszuliefern. Er würde ihn erst finden müssen. Es war nur ein kleiner Vorteil, aber besser als nichts.

Es war erschreckend einfach, sich in die Burg zu schleichen. Nigel fragte sich, wie es der Burgherr und seine Leute geschafft hatten, so lange zu überleben. Um in die Burg zu gelangen, nutzte er die Deckung, die ihm die Menge im Vorhof bot, indem er sich geschickt unter die Leute mischte, die durcheinander schwärmten, um ihre Arbeit zu beenden, bevor das Tageslicht völlig schwand.

Sobald er im Inneren war, verbarg er sich in einem kleinen, dunklen Alkoven nahe der Treppe und wartete auf George. Als George endlich dahergeschlendert kam, hatte Nigel so angespannt darauf gewartet, ob er tätig werden könnte oder entdeckt würde, dass er den Mann fast laut angerufen hätte. So, wie sich George gab, stieg allerdings die Chance, entdeckt zu werden. Der Mann bemühte sich so offensichtlich, unverdächtig auszusehen, dass er jedem, der Augen im Kopf hatte, erst recht verdächtig erscheinen musste. Nigel zischte, um Georges Aufmerksamkeit zu erregen, und zog ihn schließlich neben sich in den kleinen dunklen Alkoven.

»Ihr müsst noch üben, George«, flüsterte er. »Ihr seid fast so verstohlen wie eine Kuh.«

»Und Ihr seid beunruhigend verstohlen – wie ein Geist.«

»Wohin jetzt?«

»Ihr müsst mir einfach nur folgen. Es ist eines dieser ganz verwickelten Dinge – durch diese Tür hinein, aus einer anderen hinaus, zur Halle hinunter, die Treppen hinauf, um die Ecke herum.« Seine Augen weiteten sich, als Nigel ihm kurz eine Hand über den Mund legte.

»Geht einfach los, ich werde direkt hinter Euch sein.« Sie glitten aus dem Schatten heraus, doch nachdem George erst ein paar Schritte gemacht hatte, sah er schon über die Schulter. Nigel fluchte. »Hört auf, Euch nach mir umzudrehen. Ihr werdet nur die Augen der anderen auf uns ziehen.«

Während sie durch die Hallen der Burg gingen, wurde Nigel klar, dass George nicht übertrieben hatte. Sir Vachel mochte sich täuschen, wenn er glaubte, dass keiner das Geheimnis seines heimlichen Gemachs kannte, aber er schwebte vermutlich in keiner großen Gefahr. Jeder, der versuchte, dorthin zu gelangen, riskierte, sich hoffnungslos zu verirren oder von jemandem gesehen zu werden. Er selbst musste sich mehrere Male im Schutz der Dunkelheit verbergen, doch er wusste, dass er dafür eine wahre Begabung besaß. Es war keine Selbstüberschätzung, wenn er von sich glaubte, dass nur wenige Leute darin so gut waren wie er.

Als sie sich in den, wie George ihm versicherte, letzten Korridor stahlen, war es völlig dunkel. »Wie habt Ihr hiervon erfahren?«, flüsterte er, während sie sich Schritt für Schritt, mit den Händen zur Orientierung an der feuchten Wand, vorwärtsschoben.

»Ich habe Euch erzählt, dass ich nicht mit großem Mut gesegnet bin«, flüsterte George. »Ich muss einfach alle Verstecke und Fluchtwege suchen, wenn ich auf eine von diesen Burgen komme. Einmal, ich war damals kaum mehr als ein bartloser Jüngling, bin ich in den Sturmangriff auf eine Burg geraten. Ich habe mich gerettet, indem ich mich unter den Toten versteckt habe. Jetzt durchsuche ich jede Burg, auf die ich komme, ganz genau. Das hier sind nicht meine Herren und nicht meine Ländereien. Ich weiß nicht, was es bringen soll, für diese Idioten zu sterben.«

Nigel wusste darauf nichts zu sagen. Es ergab alles Sinn.

George war ein Freigelassener; am Ende zählten nur er selbst und seine große Familie. Er ächzte leise, als er in George hineinlief, wurde aber sehr ruhig, als er das gedämpfte Murmeln von Stimmen vernahm.

»Sind wir da?«, fragte er.

»Ich versuche gerade, den Türriegel zu finden.«

»Lasst mich.«

Er schob sich an George vorbei und glitt mit seinen Händen über die schwere Tür, bis er den Riegel fand. Mit angehaltenem Atem, angespannt, weil er absolut lautlos sein musste, entriegelte er die Tür. Ihr heimliches Tun wurde etwas erleichtert, als Licht den beengten Raum füllte. George schob sich Zentimeter für Zentimeter hinter ihm her, als Nigel in das Gemach trat, doch dieser legte kurz seine Hand auf Georges Brust, um ihn aufzuhalten. George hatte sich beim Umherschleichen nicht gerade als geschickt erwiesen, doch er konnte vielleicht ohne jegliches Aufsehen aus dieser Rettungsaktion hervorgehen, wenn er außer Sichtweite blieb.

In der Sekunde, in der Nigel in das Gemach schlüpfte, entdeckte er das Paar auf dem Bett. Es bedurfte all seiner Willenskraft, nicht vor Wut aufzuschreien und den Mann, der Gisèle berührte, unverzüglich anzugreifen. Als er sich zum Bett schlich, konnte er Gisèles Schmerz und Angst beinahe körperlich spüren. Sie klang tapfer, doch ihre Hände lagen völlig verkrampft neben ihrem Körper, sodass die Handknöchel im Kerzenlicht weiß aufleuchteten. Nigel bemerkte eine winzige Blutspur und sah, dass sie sich mit ihren Nägeln die Handfläche aufgekratzt hatte. Er bewegte sich vorsichtig entlang der Bettkante und zog lautlos sein Schwert.

»Wer könnte mich auch daran hindern«, sagte Sir Vachel gerade.

Nigel drückte die Spitze seines Schwerts senkrecht zwischen Sir Vachels schmale Schulterblätter. »Ich könnte bereit sein, es ein Stück weit zu versuchen.«

Der Mann, der auf Gisèle lag, fuhr zusammen. Nigel sah,

wie er einen Blick auf die Haupttür warf und seinen Mund öffnete. In weniger als einem Herzschlag packte er ihn an den Haaren, hob ihn so weit hoch, dass er sein Gesicht genau sehen konnte und versetzte ihm einen Kinnhaken. Danach zog er den schlaffen Körper von der staunenden Gisèle und legte ihn geräuschlos auf den Boden. Als er sah, dass Gisèles Kleid offen und ihre Brüste entblößt waren, geriet er außer sich vor Wut, steckte sein Schwert in die Scheide, zog seinen Dolch und griff nach dem bewusstlosen Sir Vachel.

Gisèle löste sich aus ihrem Schock, als sie erkannte, dass Nigel Sir Vachel die Kehle aufschlitzen wollte. Sie riss sich hoch und packte ihn am Arm. Als er sie ansah, zitterte sie. Noch nie hatte sie ihn so rasend vor Wut erlebt.

»Du kannst ihn nicht umbringen«, flüsterte sie.

»Ich kann nicht glauben, dass du in deiner Seele auch nur einen Tropfen Gnade für diesen Mistkerl übrig hast.«

»Das nicht, aber ich habe eine Menge Angst um dich. Denk nach, Nigel. Mach deinen Kopf frei von dieser Wut und denk nach. Ich habe gerade ein Jahr meines Lebens verloren, weil ich vor dem Zorn und der Rachsucht der DeVeaus davonlaufen musste, weil ich mich vor der Strafe für einen Mord verstecken musste, einen Mord, den ich noch nicht einmal begangen habe. Du hattest immer die Möglichkeit, einfach wegzugehen, frei von alldem. In der Sekunde, in der deine Klinge diesem Mann die Kehle durchschneidet, wirst du deine Freiheit verlieren und das erleiden, was ich erlitten habe. Wir werden beide verfolgt werden, Prämien werden auf unsere Köpfe ausgesetzt sein. Wenn du ihn umbringst, werde auch ich die Last davon tragen, und dieses Mal wird es nicht möglich sein, sie zu leugnen.«

»Sie hat recht«, flüsterte George, als er auf Zehenspitzen an ihnen vorbeiging und die Tür zur äußeren Halle verriegelte.

»George?« Gisèle starrte den Mann überrascht an, errötete und raffte hastig ihr Kleid zusammen.

»Ich habe meine Meinung geändert«, knurrte George, der zum Bett ging und genau zusah, wie Nigel mehrmals tief durchatmete, um seine Wut zu dämpfen, während er Vachel fesselte und knebelte und sich schließlich von diesem Mann entfernte.

»Ich verstehe«, murmelte Gisèle, als sie vom Bett aufstand. »Ihr wollt mich für einen Mord hängen lassen, lasst dies aber gleichzeitig nicht zu.« Sie musste fast lachen, als George nur die Achseln zuckte, und drehte sich zu Nigel um. »Ich bin äußerst interessiert daran, zu erfahren, wie du hier hereingekommen bist. Im Augenblick interessiere ich mich allerdings noch mehr dafür, wie wir hier hinauskommen.«

Nigel umarmte sie kurz, aber innig, froh keine Anzeichen von Zurückweisung zu spüren. Dann nahm er sie bei der Hand und führte sie zu dem Durchgang. »Es gibt auch ein paar Dinge, auf die ich neugierig bin. Zum Beispiel wie ein normalerweise kluges Mädchen der Sicherheit entfliehen und sich ihren Feinden ausliefern kann.«

Während sie sich fest an seine Hand klammerte und sie sich zu dritt Schritt für Schritt ihren Weg durch den dunklen Korridor bahnten, flüsterte sie protestierend: »Ich habe mich nicht selbst ausgeliefert.«

»Du bist praktisch auf ihre Tore zugeritten und hast angeklopft.«

»Ich hatte mich verirrt.«

Obwohl es zu dunkel war, um etwas zu erkennen, wusste Gisèle, dass Nigel sie eben angesehen hatte. Sie wusste auch, dass dieser Blick nicht gerade schmeichelhaft war. Plötzlich erschien es ihr seltsam, ja sogar ein bisschen amüsant, dass sie nach dem ersten Schock, den sie empfunden hatte, als sie Nigel am Bett stehen sah, die Rettung durch ihn als etwas gar nicht so Außergewöhnliches hingenommen hatte. Sie hatte nicht gewollt, dass er sein Leben für sie riskierte, noch nicht einmal damit gerechnet, dass er es tun würde, nachdem sie ihn verlassen hatte, dennoch war sie nicht sehr überrascht, dass er hier war und sie durch einen dunklen Gang der Freiheit entgegenzog. Sie wurde in ihren Gedanken unterbrochen, als Nigel stehen blieb und George gleich darauf in sie hineinlief.

»Sind wir da?«, fragte George.

»Wo sind wir?«, fragte sie.

»Am Ende von Sir Vachels kleinem Versteck«, antwortete Nigel, als er die Tür ein paar Zentimeter aufschob und hinausspähte, um sicherzugehen, dass niemand da war, der sie beim Verlassen des Geheimgangs beobachten konnte.

»Schläft er in diesem kalten, feuchten Korridor?«

»Nein, von diesem führen ein oder zwei Wege ab. Sein kleines Bett steht vermutlich an einem der anderen Enden « Nigel sah Gisèle an und verzog das Gesicht. »Es wäre leichter gewesen, dich hier 'rauszubekommen, wenn sie dir nicht deine Jungenkleidung genommen hätten.«

»Wartet«, sagte George und schlüpfte an ihnen vorbei aus der Tür.

»Bist du sicher, dass du diesem Mann trauen kannst?«, fragte Gisèle, als Nigel die Tür so weit zuzog, dass sie nicht zu sehen waren.

»Inzwischen schon. Anfangs hatte ich meine Zweifel, aber jetzt nicht mehr. Er mag nicht der tapferste und ehrbarste Mann sein, aber ihm gefiel nicht, was man dir antun wollte. Er zweifelte wohl sogar an deiner Schuld, nachdem du ihm Schwert gegen Schwert begegnet warst.«

Sie war froh, dass man in dem schwachen Licht nicht viel sehen konnte, denn sie spürte, dass sie rot wurde. »Ich weiß nicht, wie gut ich war, denn ich wurde unterbrochen, bevor mein Talent auf die Probe gestellt werden konnte.«

»Es macht den Anschein, als hält er dich für sehr gut. Ah, George«, er begrüßte den Mann, der zurückkehrte und ihnen einen Umhang reichte. »Nicht nur schlau, sondern wohl auch ein guter Dieb.«

Gisèle sah, wie George die Stirn runzelte, und gab ihm einen Klaps auf den Arm. »Er meint das als großes Kompliment.«

Sobald sie sich in den Umhang gehüllt hatte, schlüpften sie alle zusammen aus dem Korridor. Bis Nigel ihm ein Zeichen gab, dass sie alleine weitergehen konnten, führte George sie sicher durch all die verwirrenden Biegungen und Windungen der Burg. Gisèle sagte nichts, während Nigel sie den restlichen Weg durch das Gebäude hinausführte, sondern drückte sich jedes Mal gegen die Wand oder duckte sich in irgendwelche Ecken, wenn er es machte. Als sie den Vorhof betraten, fing ihr Herz an, so heftig und schnell zu schlagen, dass sie Angst hatte, die Leute um sie herum, könnten es hören.

Plötzlich waren sie außerhalb der Tore. Gisèle fühlte sich wie benommen, weil es so schnell gegangen war. Sie konnte es an der Anspannung in Nigels schlankem Körper ablesen, dass er ebenso gerne losgerannt wäre wie sie, stattdessen aber schlenderten sie zu dem Wäldchen, als hätten sie nichts zu befürchten. Sobald sie im Schutz der Bäume angekommen waren, setzte sie sich auf den Boden, ihre Beine waren zu schwach, um sie noch länger zu tragen. Ihr ganzer Körper wurde geschüttelt, und ihr wurde bewusst, dass sie sich ihre Gelassenheit schwer abgerungen hatte, ja, dass sie selbst für sie nur Fassade gewesen war.

George stieß nur wenige Augenblicke später zu ihnen und nahm gierig den Wein an, den Nigel ihm anbot. »Ich glaube, das war für lange Zeit meine letzte gute Tat«, sagte George und wischte sich mit dem Ärmel den Schweiß von der Stirn.

»Gut gemacht, George«, sagte Nigel, als er die Zügel von Gisèles Pferd übernahm. »Ich bin froh, dass Ihr es geschafft habt, dieses dumme Tier zurückzubekommen.«

»Seine Lordschaft war sich noch nicht bewusst, dass er ein Reitpferd dazugewonnen hatte«, erklärte George, als er Nigel den Rest des Geldes, das er ihm dafür gegeben hatte, aushändigte. »Sein Stallmeister war mehr als erfreut, es ziehen zu lassen und die Münzen in die Tasche stecken zu können.«

»Wenn sie irgendwie erraten, was Ihr damit gemacht habt, und Ihr dieses Land verlassen müsst, dann seid Ihr auf meinen Ländereien willkommen. Fragt nach den Murrays of Donncoill. Ihr könnt in Perth erfahren, wie Ihr zu uns kommt. Genau genommen in fast jedem Hafen, denn wir betreiben etwas Handel.«

George nickte dankbar, dann schenkte er Gisèle ein kleines Lächeln und ritt schnell davon. Da sie noch immer sehr schwach war, ließ sie sich von Nigel auf das Pferd helfen. Sie sehnte sich danach, sich auszuruhen, sich hinzulegen, die Augen zu schließen und sich vorzustellen, dass das Grauen der vergangenen Stunden nie Wirklichkeit gewesen sei. Doch sie wusste, wie wichtig es war, von hier wegzukommen. Vachel war nicht tot, und wenn er aufwachte, würde er nicht gerade besonders guter Laune sein. Als sie Nigel aus dem Wäldchen folgte, kam ihr der Verdacht, dass sie mit ihrem Bemühen um Freiheit nichts weiter erreicht hatte als eine noch entschiedenere Verfolgungsjagd.

19

»Wir werden unser Nachtlager hier aufschlagen, Mädchen.« Diese angenehmen Worte reichten aus, um Gisèle aus ihrer Starre zu lösen. Sie sah sich um, nahm aber kaum etwas wahr, bis sie einen kleinen Bach bemerkte. Ohne ein Wort zu sagen, glitt sie von ihrem Pferd, packte ihr Handtuch und ein Stück Seife aus und ging zum Ufer. Noch immer schweigend entkleidete sie sich, machte ein paar Schritte in das seichte kalte Wasser, setzte sich langsam nieder und begann, sich zu waschen.

Sie konnte hören, wie Nigel die Pferde versorgte und das Lager aufbaute, aber sie drehte ihm weiterhin den Rücken zu. Sobald sie sich auf den Weg gemacht hatten, um so weit wie möglich aus dem Wald und von Vachels Ländereien zu fliehen, hatte sie es nicht mehr geschafft, die Gedanken an das, was ihr passiert war, zu unterdrücken. Von Zeit zu Zeit hatte Nigel sie angesprochen, und sie hatte sich bemüht zu antworten, doch sein Stirnrunzeln verriet ihr jedes Mal, dass es ihr nur schlecht gelang. Nichts, weder Nigels Besorgnis noch ihr eigener starker Wille, konnten sie daran hindern, in einer gefährlich dunklen Stimmung zu versinken.

Von dem Augenblick an, in dem Sir Vachel sie berührt hatte, hatte sie sich nach einem Bad gesehnt. Sie empfand das gleiche Gefühl von Krankheit und Unreinheit, das ihr Ehemann immer in ihr hinterlassen hatte. Während ihrer kurzen Ehe hatte sie sich manchmal die Haut nahezu blutig geschrubbt und war nur von den wachsamen Mädchen daran gehindert worden, sich ernsthaften Schaden zuzufügen. Diese hatten lang genug im Haus von Michael gelebt, um zu verstehen, was mit ihr los war. Wie nach Michaels Übergriffen, so hatte sie auch jetzt das Gefühl, sich jedes Stückchen Haut, das Vachel berührt hatte, abpellen zu müssen. Nur ein einziges Mal hielt sie in ihrer Waschung inne, um überrascht auf die Wunden in ihren Handflächen zu schauen. Als sie sie kurz ins kalte Wasser tauchte, fragte sie sich, wie sie ihre Fingernägel so tief in ihr eigenes Fleisch hatte eingraben können, ohne es überhaupt wahrzunehmen. Danach fing sie wieder an, ihre Haut wie von Sinnen zu schrubben.

Nigel lehnte sich an einen schlanken Baumstamm, nahm einen Schluck aus dem Weinschlauch und beobachtete Gisèle. Seit sie die DeVeaussche Burg verlassen hatten, hatte sie kaum mehr gesprochen. Aus Angst, dass sie einschlafen würde und aus dem Sattel gleiten könnte, hatte er immer wieder einen Blick nach hinten geworfen. Jedes Mal war ihm unwohl gewesen beim Anblick ihres leblosen Gesichtsausdrucks und der befremdlichen Abwesenheit in ihren Augen. Die wenigen Male, die er sie angesprochen hatte, um sie aus ihrem tiefen Schweigen zu reißen, hatte sie mit einer Stimme geantwortet, die fast so leblos war wie ihr Blick.

Unmittelbar nachdem er sie gerettet hatte, schien es ihr gut zu gehen, sie hatte nur aufgewühlt gewirkt. Jetzt war er sich dessen nicht mehr so sicher. Und er war sich auch nicht mehr sicher, ob er rechtzeitig gekommen war, um sie vor allem, was Vachel mit ihr vorhatte, zu retten. Vielleicht hatte dieser Mann ja nicht zum ersten Mal mit ihr auf jenem Bett gelegen. Bevor er eine Möglichkeit gefunden hatte, zu ihr zu gelangen, hatte sie mehrere Stunden allein auf der Burg zugebracht. Das war mehr als genug Zeit für diesen Mann, sie einmal, vielleicht sogar mehrmals zu vergewaltigen.

Er fluchte leise und fuhr sich mit der Hand über das Kinn. Man musste nicht besonders klug sein, um zu merken, dass etwas Gisèle zutiefst bedrückte. Dagegen erforderte es eine Menge Klugheit, herauszufinden, wie er ihr helfen konnte. Über so etwas wünschte eine Frau meist nicht zu sprechen, doch woher sollte er wissen, wie er ihr helfen konnte, wenn sie sich weigerte, darüber zu reden? Allerdings widerstrebte auch ihm der Gedanke an dieses Gespräch, denn er wollte gar nicht unbedingt erfahren, was ihr auf Vachels Burg alles zugestoßen war. Wenn er nichts davon hören und sie nicht darüber sprechen wollte, würden sie aber nicht sehr weit kommen, dachte er missmutig.

Es gab etwas, was er *tun* konnte, beschloss er, indem er den Weinschlauch beiseitewarf und zum Bach ging. Er konnte ihrem ununterbrochenen Abschrubben ein Ende bereiten. Wenn sie noch länger damit fortfuhr, würde von ihr nichts weiter als ein kleiner Klumpen rohen Fleisches übrig sein. Wobei Nigel das beunruhigende Gefühl beschlich, dass genau das ihre Absicht war. Sie wollte die von Vachel beschmutzte Haut entfernen. Zudem fand er es erstaunlich, dass sie so lange in dem kalten Wasser sitzen bleiben konnte. Ihr wohlgeformtes Hinterteil musste an dem felsigen Bachbett geradezu festgefroren sein. Sie schien ihm wie in einem Traum verloren, als würde sie nicht richtig wahrnehmen, was sie sich antat, fast so, als sei der geistige Verfall der DeVeaus nun auch auf sie übergesprungen.

»Gisèle«, rief er, aber sie beachtete ihn nicht. Er streckte die Hand aus und berührte sie sanft an der Schulter. »Gisèle!«

»Ich habe dich schon beim ersten Mal gehört«, sagte sie ruhig und starrte auf ihre leere Hand. »Meine Seife ist alle.«

»Du bist sauber genug.«

»Bin ich das?«

Obwohl sie noch immer das Bedürfnis hatte, sich zu waschen, ließ sie es zu, dass Nigel sie aus dem Wasser zog. Sie stand schweigend da, während er sie rasch mit dem Handtuch abtrocknete, wobei er gleichzeitig versuchte, sie warm zu reiben. Als er nach ihren Kleidungsstücken griff und das Kleid sah, zögerte er, dann schaute er sie mit zusammengekniffenen Augen an. Gisèle konnte sich schließlich so weit zusammennehmen, um mit ihm zu sprechen.

»Ich hege gegenüber den Kleidern keine Abneigung.«

»Ich meine das nicht böse und ich will auch keine schlimmen Erinnerungen in dir wecken, aber ich bin überrascht, wie schnell er etwas gefunden hat, das dir so gut passt.«

Sie schenkte ihm den traurigen Schatten eines Lächelns. »Der Schnitt der Kleider spricht dafür, dass sie wahrscheinlich einer jungen Magd gehörten. Das Unterkleid tut es für den Augenblick.«

Nigel zog ihr das Unterkleid sanft über den Kopf und schnürte es zu, dann führte er sie zu ihrem Schlafplatz, der am Feuer lag. Einen kurzen Augenblick hatte er sich überlegt, ihre Betten entfernt voneinander auszubreiten, befürchtete aber, sie würde womöglich denken, dass er sie wegen dem, was Vachel ihr angetan hatte, ablehnte.

Schnell sammelte er die Sachen ein, die sie am Bach zurückgelassen hatte, und packte sie zu ihrem Sattelgepäck. Während er Wein und Käse holte, behielt er Gisèle ständig im Auge. Die Art und Weise, wie sie einfach nur dasaß und ins Feuer starrte, beunruhigte ihn. Nigel hatte das Bedürfnis, wieder Leben in sie hineinzuschlagen, schüttelte jedoch den Kopf, als er sich neben sie setzte und ihr etwas zu essen gab. Schließlich waren ihre Qualen durch Brutalität verursacht worden. Er würde sich nicht besser aufführen als DeVeau, wenn er Gewalt anwandte, um sie ihrer dunklen Stimmung zu entreißen.

»Hat er dich vergewaltigt, Mädchen?«, fragte er, nachdem er entschieden hatte, dass der direkte Weg der beste Weg war, um ihre Probleme zu lösen.

»*Non*«, antwortete sie, während sie langsam zu essen anfing, wobei sich dabei ihr Hunger zu regen begann.

»Gott sei gepriesen«, murmelte er und drückte kurz ihre Hand. »Ich hatte befürchtet, dass du Schaden erlitten hast, während ich im Wäldchen saß und deine Rettung plante. Dass du Qualen ertragen musstest, weil ich nicht schnell oder klug genug war.«

»Nigel, du bist rechtzeitig gekommen. Vachel hat mich

kaum berührt. Selbst wenn du mich nicht vor den unerwünschten Aufmerksamkeiten dieses Bastards hättest retten können, hast du mich vor dem Strang bewahrt. Das ist keine Kleinigkeit. Ehrlich gesagt, habe ich deine Hilfe überhaupt nicht erwartet.«

»Warum? Weil du dich wie ein Dieb in der Nacht von mir geschlichen hast?« Er sah sie prüfend an und war erleichtert, als sie ihm einen Blick zuwarf, der eine belustigende Mischung aus Verlegenheit und Entrüstung war. Sie fing an, sich zu erholen.

»Ich hatte meine Gründe.« Sie hoffte, dass die Diskussion damit beendet sei, doch ein schneller Blick auf Nigel verriet ihr, dass es ihr nicht erlaubt war, diese Angelegenheit einfach so fallen zu lassen.

»Und ich würde gerne hören, was das für Gründe waren.«

»Mir ist plötzlich klar geworden, dass diese Jagd immer erbitterter wurde und weitaus gefährlicher geworden ist. Ich wollte nicht länger dein Leben aufs Spiel setzen und dich als Schutzschild vor meinen Feinden benutzen.«

»So, du willst mir also einreden, dass du, nachdem wir Wochen damit verbracht haben, uns unseren Weg durch die Gefolgsleute der DeVeaus zu schlagen, plötzlich mitten in der Nacht aufgewacht bist und beschlossen hast, dass es zu gefährlich geworden ist? Und dass es für uns beide sicherer ist, wenn du, ohne zu wissen, wohin du unterwegs bist, auf eigene Faust weiterreitest und mich in meinem geschwächten Zustand allein lässt?«

So, wie er es darstellte, klang ihr Verhalten bemerkenswert töricht, aber Gisèle hatte nicht die Absicht, sich das anmerken zu lassen. Sie war außerdem nicht dazu bereit, Schuldgefühle in sich wecken zu lassen, wenn er von seinem ›geschwächten Zustand‹ sprach. Nigel hatte Vachel DeVeau herumgeworfen, als währe er nichts weiter als ein leerer Sack. Das war wohl kaum die Vorgehensweise eines kränklichen Mannes. Gisèle empfand es als hart von Nigel, sie auszufragen und vernünftige Antworten von ihr zu erwarten, nach allem, was sie hatte durchmachen müssen.

»Du hattest mir erst am vergangenen Abend erklärt, dass wir uns entweder in der Nähe oder direkt auf DeVeau-Land befinden würden. Und das bedeutete, dass der Hafen, zu dem du uns bringen wolltest, mit seinen Leuten überschwemmt sein würde. Ich hatte einfach das Gefühl, dass alles viel zu kompliziert wurde. Ich war immer der Ansicht gewesen, dass wir einen Hafen erreichen, ein Schiff besteigen und so meinen Schwierigkeiten davonsegeln könnten. Plötzlich aber sah es so aus, als wäre das nicht mehr möglich.« Gisèle stieß einen leisen Fluch aus und blickte Nigel wütend an, als er ihre Erklärung mit einem spöttischen Ton, der seine Zweifel bekundete, abtat. Sie war der Meinung, ziemlich intelligent argumentiert und etwas Besseres verdient zu haben als seinen unverhohlenen Spott.

»Du magst das ja gedacht haben, Mädchen, aber ich glaube nicht so recht, dass das die ganze Wahrheit ist.« Ein schneller Blick auf ihren eigensinnigen, gereizten Gesichtsausdruck genügte, und Nigel war klar, dass sie ihm für den Moment nicht mehr verraten würde. »Du bist deinen Feinden genau in die Arme gelaufen, Liebes«, fügte er ruhig hinzu, als er ihr einen Arm um die Schultern legte und sie an sich zog, froh darüber, dass sie weder Angst noch Widerstand zeigte.

»Das weiß ich«, murmelte sie, worauf sie sich stöhnend an ihn lehnte. »Ich war unterwegs zu meiner Cousine Marie. Zumindest dachte ich das. Jetzt ist mir klar, dass ich den Weg zu ihr tatsächlich nicht kannte. Marie lebt nicht in der Nähe eines DeVeau. Das zumindest weiß ich genau, denn ich habe sie früher schon einmal um Hilfe gebeten.«

Nachdenklich nahm er ihr das Medaillon von der Brust und musterte es eine Weile. »Du hattest Glück, dass es dir keiner dieser Männern abgenommen hat«, sagte er, während er es wieder losließ. »Es ist ein schönes Stück, das ihnen einige Münzen hätte einbringen können.«

»Ich weiß nicht, ob es einer von ihnen gesehen hat. Gott sei Dank. Es war unter meinem Wams versteckt, wo es fast immer war, seit du mich darauf aufmerksam gemacht hast, dass Knaben keinen solchen schönen Flitter tragen. Die, die es gesehen haben, Vachel und sein Gefolgsmann Ansel, haben es wohl nicht für etwas Wertvolles gehalten. Offensichtlich bringt es mir noch immer Glück.«

»Ja, das tut es, Gisèle. Ich bezeichne dich nicht als Lügnerin, aber etwas lässt mir keine Ruhe.«

»Und was ist das?«

»Du hast gesagt, dass Sir Vachel dich nicht vergewaltigt, sondern nur ein bisschen berührt hat.«

»Stimmt.«

»Aber warum versuchst du dann, dir durch endloses Schrubben die Haut von deinen kleinen Knochen zu reißen? Das ergibt keinen Sinn.«

Gisèle lächelte traurig und ließ es zu, dass er sie sanft auf das Bett drückte. Das Gewicht seines Körpers, als er sich leicht auf sie legte, fühlte sich ebenso tröstlich wie aufregend an, und sie war froh. Die Zerstörung dessen, was sie für Nigel empfand, war das Allerletzte, was sie mit ihrer Dummheit und Vachels erbarmungsloser Überheblichkeit hatte ereichen wollen. Es wäre für Vachel ein Leichtes gewesen, aus ihr wieder die verstörte Frau zu machen, die sie war, bevor sie Nigel kennengelernt hatte. Und das wäre ein zu hoher Preis für ihre Feigheit gewesen.

Und es war Feigheit, dachte sie bei sich. Sie war vor ihren Gefühlen für Nigel davongerannt, hatte versucht, so schnell und so weit wegzulaufen, wie sie nur konnte. Es war vollkommen töricht. Vor ihm gab es kein Weglaufen. Die Liebe, die sie für ihn empfand, würde sie immer begleiten. Sie würde damit nur erreichen, dass sie sich selbst daran hinderte, ihn zu sehen, ihn zu berühren und seine Berührungen auf ihrer Haut zu genießen. All dem zu entfliehen war unmöglich für sie, die Erinnerung würde sie immer begleiten.

Sie begegnete seinem Blick und seufzte. Er wartete geduldig auf eine Antwort auf seine Frage. Nigel konnte aufreizend stur sein. Gisèle hegte den Verdacht, dass er sehr viel länger gelassen auf eine Antwort würde warten können, als sie es gelassen aussitzen konnte.

»Ich weiß nicht, ob mein Verhalten für mich mehr Sinn ergibt«, erwiderte sie endlich. »Vachel sieht meinem Mann Michael sehr ähnlich. So sehr, dass ich flüchtig befürchtete, mir wäre sein Geist erschienen.«

Nigel legte die Stirn in Falten. Diese Neuigkeit beunruhigte ihn ein wenig. Obwohl er Vachel nur kurz und durch den Nebel der Wut gesehen hatte, hatte er die Schönheit dieses Mannes bemerkt. Doch dann schimpfte er sich selbst einen Dummkopf und unterdrückte seine Eifersucht. Es mochte sein, dass die DeVeauschen Männer eine Augenweide waren, aber sie waren auch Mistkerle mit schwarzen Seelen, die Gisèle nur Qualen und Demütigungen eingebracht hatten. Keiner wusste das besser als sie. Er bezweifelte, dass die Schönheit dieser Männer sie in irgendeiner Weise berühren konnte.

»Das muss es für dich noch viel qualvoller gemacht haben«, sagte er, während er mit seiner Hand langsam an ihrer Seite auf und ab glitt.

»Das hat es«, flüsterte sie und atmete tief ein, um sich zu beherrschen. »Es war schlimmer, als ich mir in meinen schlimmsten Träumen hätte ausmalen können. *Oui*, Vachel sah aus wie Michael, aber während sich Michaels Grausamkeit in Wutausbrüchen und Anfällen von geistiger Umnachtung gezeigt hat, ist Vachels Grausamkeit von eiskalter Art. Vachel schlägt nicht blindlings zu. Er bleibt ruhig. Er denkt genau über sein Tun nach, und ich glaube, er genießt es. Er beabsichtigte, mich bei sich zu behalten und zu benutzen, bis er meiner überdrüssig war, und mich dann zu hängen.«

Nachdem er einen Augenblick lang heftig vor sich hingeflucht hatte, wünschte sich Nigel einmal mehr, Vachel getötet zu haben. »Das hat auch George gesagt, aber ich wollte es nicht so recht glauben. Es ist vorbei, meine schöne französische Rose. Du musst es vergessen. Dieser Mistkerl ist nicht eine einzige schlimme Erinnerung wert.«

»Ich würde gern alles vergessen, aber Vachel DeVeau ist nicht der Mann, der leicht vergisst. Er ist wirklich bösartig, Nigel. Ich meine, dass er verrückt ist, aber es ist eine beängstigende Verrücktheit, eine, die die Seele verdreht und ihn dennoch gesund erscheinen lässt. Zudem ist er ein sehr intelligenter Mann.«

»Du glaubst also nicht, dass du ihn abgewaschen hast.«

Gisèle lächelte als Antwort auf sein Verständnis und wortloser Zustimmung, denn er fing an, vorsichtig ihr Hemd aufzuschnüren. »*Oui*, ich habe versucht, seine Berührung abzuwaschen. Ich habe das Gleiche gemacht, wenn mein Ehemann mich berührt hatte. In meinem armen, verwirrten Verstand bedeutete es dasselbe. Irrsinn nimmt von mir Besitz, und ich habe den Wunsch, die Haut an allen Stellen, an denen ich berührt wurde, abzustreifen. Im Haus meines Mannes unterbrachen mich die Mägde, bevor ich mir schaden konnte. Diesmal, fürchte ich, habe ich diese traurige Aufgabe dir übertragen. Ich bitte dich aufrichtig um Entschuldigung.«

»Du musst für nichts um Verzeihung bitten.«

»*Oui*, das gibt es schon. Was mich in diesem Fall quält, hat nichts mit dir zu tun. Du solltest dich nicht mit den Folgen der Verbrechen abgeben müssen, die andere Männer mir zugefügt haben.«

Mehr, so war Nigel klar, konnte er nicht sagen, um ihr zu versichern, dass es ihm nichts ausmachte, also küsste er sie und versuchte in seinen Kuss all seine Zärtlichkeit für sie zu legen. Er wusste, dass sie seiner Stärke nicht bedurfte. Sie hatte ihre eigene. Auch konnte er ihre Wunden nicht heilen, er konnte sie nur verstehen. Die Bereitschaft dazu versuchte er ihr in seiner Berührung mitzuteilen.

Er sehnte sich danach, sie jetzt zu lieben. Etwas in ihm wünschte sich verzweifelt, alle Erinnerungen an Vachels Hand auf ihrer Haut wegzuliebkosen, die Spuren dieses Mannes an ihr wegzustreicheln. Es war ein Besitzergreifen, und er wusste das. Wie ein wildes Tier aus dem Wald wollte er seinen eigenen Geruch auf ihre Haut zurückbringen. Gleichzeitig wünschte er, ihr durch ihre gemeinsame süße, zärtliche Leidenschaft ins Gedächtnis zu rufen, dass nicht alle Männer wie die DeVeaus waren. Sie musste feststellen, ob sie ihre schlimmen Erinnerungen jemals würde überwinden können. Allerdings war sich Nigel nicht sicher, ob sie jetzt in der Stimmung dazu war.

Vorsichtig ließ er seine Hand unter ihr Unterkleid gleiten. Als sie ihn nicht davon abhielt, sich nicht einmal unter seiner Liebkosung verspannte, atmete er erleichtert auf. Vachel hatte ihr nicht so viel angetan, dass ihre Leidenschaft abgetötet worden war oder sie vor jeder Berührung zurückschreckte. In erster Linie, gestand er sich ein, war das eine selbstsüchtige Erleichterung. Er hatte Angst davor verspürt, Gisèles Lust niemals mehr genießen zu dürfen. Hand in Hand mit dieser Selbstsucht ging jedoch eine tiefe Dankbarkeit einher, weil zu den Narben, die Gisèle bereits hatte, nur sehr wenige neue hinzugekommen waren. Solche Herzlosigkeit hatte sie nicht verdient.

»Ich kann nicht verstehen, wie dich deine Eltern in eine solche Familie geben konnten«, murmelte er, während er ihr langsam das Kleid auszog. »Kaum zu glauben, dass niemand von der Geisteskrankheit der DeVeaus wusste.«

»Das stimmt«, pflichtete sie ihm bei, wobei sie ihn anlächelte, als er seine eigenen Kleider auszog. »Meine Eltern sind seit Langem tot, Gott möge ihren Seelen Ruhe schenken. Meine Vormunde, ein alternder Onkel und ein entfernter Cousin, trafen das Heiratsabkommen.« Bereitwillig empfing sie ihn wieder in ihren Armen. »Überwiegend wurde ich von *Grandmère* großgezogen, aber auch sie starb, bevor mich dieses Unglück ereilte. Ich ziehe es vor, zu glauben, dass meine Eltern oder *Mamie* niemals eine solche Verlobung vereinbart hätten, wären sie noch am Leben gewesen. Zumindest hätten sie mir geholfen, als Michaels wahre Natur zum Vorschein kam.

Ehrlich gesagt, fange ich an zu glauben, dass der Weg, den man mich gezwungen hat zu gehen, mein Schicksal war, seit ich schreiend aus dem Schoß meiner Mutter kam.« Sie zuckte die Achseln, als Nigel sie verständnislos ansah. »Der Junge, mit dem ich zuerst verlobt wurde, starb kurz darauf, und meine Eltern arrangierten nichts Neues, bevor sie starben. Meine Vormunde veranlassten ein weiteres Verlöbnis, aber jener Mann wurde von einem eifersüchtigen Ehemann getötet. Zu der Zeit, als Michael mich am Hof des Königs gesehen hatte und sich an sie wandte, hatten meine Vormunde Schwierigkeiten, eine weitere Heirat für mich zu arrangieren. Sie beide, ja eigentlich meine ganze Familie, alle konnten ihr Glück nicht fassen. Ich wurde begutachtet, man gab ein Gebot auf mich ab, und ich war verkauft, bevor ich überhaupt richtig gemerkt hatte, was da vorging.«

»Es war ein Fehler, der nie wieder gutzumachen ist, aber wenn deine Verwandten jetzt ihren Irrtum einsehen und dir helfen, wird der stechende Schmerz vielleicht etwas nachlassen.«

»Ich bete, dass es so ist.« Sie schlang ihre Arme um seinen Körper. »So, mein tapferer schottischer Ritter, hast du wirklich vor, weiter über meine Familie und ihre Probleme zu sprechen?«

Gisèle war überrascht, wie sehr sie sich danach sehnte, mit Nigel zu schlafen. Nach allem, was sie erlitten hatte, sollte sie eigentlich vor der Berührung eines Mannes zurückschrecken, wenigstens für eine Weile, gerade so lange, bis die Angst, die Vachel ihr eingeflößt hatte, von ihr wich. Als sie ihren Körper an Nigels Körper rieb und ihn wortlos ermutigte, musste sie sich eingestehen, dass dieses Mal ihre Leidenschaft rein egoistischer Natur war. Gisèle war zuversichtlich, dass Nigels Berührung die Erinnerung an Vachels weiche, aber kalte Hände von ihrer Haut tilgen konnte. Wenn sie sich mit Nigels Geruch umgab, würden die letzten Spuren von Vachels Parfum verschwinden, und zwar auf eine Weise, die sowohl Nigel als auch sie genoss. Zudem würde es sie daran erinnern, dass nicht alle Männer so herzlose, gewissenlose Bestien waren wie die DeVeaus, dass Leidenschaft nichts mit Macht und Schmerz zu tun haben musste.

Nigel liebte sie langsam und zärtlich. Begierig erwiderte Gisèle jeden seiner Küsse, jede seiner Berührungen, sie brannte darauf, von diesen Gefühlen durchtränkt zu werden. Mit einem leisen Aufschrei des Begehrens und der Verzweiflung gab sie sich ihm hin. Sie genoss die Art, wie ihr Körper bebte, die Art, wie Nigel sich anspannte und ihren Namen stöhnte, als er ihre völlige Hingabe teilte. Nachdem er in ihren Armen zusammengesunken war, hielt sie ihn fest, schmiegte ihren Körper an ihn und protestierte, als er schließlich ihre innige Umarmung löste.

»Hat es geholfen?«, fragte er, während er eine Decke um ihre fröstelnden Körper wickelte. Sie lachte leicht auf und schmiegte sich erneut in seine Wärme. Wahrscheinlich sollte sie entsetzt darüber sein, wie gut dieser Mann sie kannte und jeden ihrer Gedanken und jede ihrer Stimmungen mit Leichtigkeit zu erraten schien, aber sie war es nicht. Gisèle war ihm dadurch nur näher. Und in seiner Gegenwart fühlte sie sich wohl und geborgen. Sie wusste, dass sie ihm alles erzählen konnte und er sie selbst dann noch verstehen würde, wenn sie nicht die richtigen Worte fand. Einzig die Angst, dass er tiefer in ihr Herz sehen könnte, als sie es wollte, dass er erraten könnte, wie sehr sie ihn liebte, beunruhigte sie an dieser so reichen Freundschaft. Sie hoffte, dass er so rücksichtsvoll sein würde, es zu verbergen, falls er entdecken sollte, dass er ihr Herz in seinen großen Händen hielt, vor allem wenn er ihre Gefühle nicht erwidern konnte.

»*Oui*, hat es. Ich wollte aber nicht, dass du dich benutzt fühlst«, fügte sie leise hinzu, weil sie sich plötzlich ein wenig schuldig fühlte.

»Wenn das die einzige Art ist, auf die du mich benutzt, hast du die Freiheit, mich so oft zu benutzen, wie es dir gefällt.« Er lächelte flüchtig, wurde aber ernst, als er ihr mit den Fingern durch die vollen Locken fuhr. »Ich muss zugeben, dass ich dich in gewisser Weise und aus denselben Gründen auch benutzt habe. Ich wollte, dass dieser Mistkerl ganz und gar verschwindet. Ich wollte alle Gedanken an ihn, alle Gefühle, die er ausgelöst hat, von deiner schönen Haut tilgen, ja, und auch seinen Geruch. Um ganz ehrlich zu sein, mein Mädchen, ich wollte seine Spuren von deinem hinreißenden Körper entfernen und stattdessen meine eigenen wieder darauf hinterlassen.« Nigel wartete angespannt auf ihre Antwort und war sowohl erleichtert als auch überrascht, als sie nur schmunzelte und ihn auf die Wange küsste.

Er schien eifersüchtig, und Gisèle freute sich insgeheim darüber. Ihr war klar, dass sie sich keine Hoffnungen machen sollte, aber dieser deutliche Hinweis auf seine Eifersucht zeigte, dass er durchaus tiefere Gefühle für sie hegte. Nur ein schwacher Abglanz von der Liebe, nach der sie sich sehnte, aber sie würde dieses kleine Trostpflästerchen für ihre Eitelkeit und ihr mitgenommenes Herz freudig annehmen.

»Wir befinden uns auf demselben Weg, *mon cher*. Was du so widerwillig zugibst, ist das, was ich mir gewünscht habe. Auch ich wollte Vachels Berührung wegschrubben, wollte, dass sein Geruch von meiner Haut weicht. Und ich habe dank unserer körperlichen Liebe etwas entdeckt.« – »Ach ja? Und was?«

Sie zwinkerte ihm zu. »Dass das Herumrollen mit dir auf dem Boden ein sehr guter Weg ist, meinen Kopf von allen Schwierigkeiten und Ängsten freizubekommen.«

»Es freut mich, wenn ich Euch zu Diensten sein darf, Mylady.«

»Nun, da Ihr darauf beharrt, hier herumzustehen, muss ich Euch wohl etwas Sinnvolles zu tun geben.«

Gisèle quiekte vor Lachen und gespielter Empörung, als er sich mit Kitzeln rächte. Als er schließlich mit dieser Folter aufhörte, war sie außer Atem und fühlte sich plötzlich auch sehr müde. Sie schmiegte sich in seine Arme und versuchte, ein Gähnen zu unterdrücken, verlor diesen Kampf aber hörbar.

»Schlaf jetzt, Liebes«, drängte Nigel sie und streichelte ihr das Haar, während sie ihren Kopf an seine Schulter bettete. »Du hast einen langen und aufregenden Tag erlebt und du hast letzte Nacht wenig geschlafen, weil du sie damit verbracht hast, von mir weg und direkt in die Arme deiner Feinde zu laufen. Es kann sehr ermüdend sein, solch einen großen Fehler zu begehen.« Er stöhnte in vorgetäuschtem Schmerz auf, als sie ihn leicht auf die Brust schlug.

»Du hast nicht vor, mich das vergessen zu lassen, oder?«

»Nein, es könnte von Zeit zu Zeit nützlich sein, dich daran zu erinnern, um dich bescheiden zu machen.« Er küsste sie auf den Kopf. »Ruh dich aus. Vor uns liegt noch ein weiter Weg.«

Den ich möglicherweise noch verlängert habe, dachte sie bei sich, als sie die Augen schloss. Auch wenn Nigel es eindeutig liebte, sie aufzuziehen, hatte er das nicht gesagt, zumindest nicht laut, und sie war von Herzen froh darüber. Ihre Dummheit hätte sie beide leicht das Leben kosten können, und außerdem hatte sie ganz gewiss ihre Reise zu einem Hafen, von dem sie absegeln konnten, um mindestens einen Tag verlängert. Sie war eine ganze Nacht und einen Teil des nächsten Tages in genau die entgegengesetzte Richtung geritten, die Nigel gewählt hatte. Sie betete darum, dass sie die verlorene Zeit schnell wieder aufholen konnten.

Nigel stieß einen Fluch aus, als eine kleine, harte Faust kräftig auf seinem Kinn landete. Er hielt Gisèle am Handgelenk fest, bevor sie einen zweiten Treffer auf seinem Gesicht landen konnte. Ihre Augen waren geschlossen, und er merkte, dass sie träumte. Sofern er das schnelle Französisch, dass sie ausspuckte, richtig verstand, war es nicht schwer zu erraten, von wem sie träumte und dass es kein schöner Traum war.

Als er die ganze Gewalt ihres Knies auf der Innenseite seines Oberschenkels zu spüren bekam und ihn nur eine schnelle Bewegung nach rechts vor größeren Schmerzen bewahrte, fluchte er erneut und beschloss, nicht darauf zu warten, bis sie sich selbst aus ihrem Albtraum befreien konnte. Er nahm sie fest in die Arme und hielt sie umschlungen, bis das Umherschlagen ihrer Arme und Beine abebbte und sie ruhiger wurde.

»Gisèle!«, schrie er sie an. »Wach auf. Mädchen, hörst du mich«, fügte er etwas leiser hinzu, dämpfte seine Stimme und lockerte seinen Griff. »Ich bin's, Nigel, den du versuchst, blutig zu schlagen. Wach auf, Mädchen, damit du sehen kannst, wer wirklich hier ist, und die Schatten aus deinen Gedanken verbannst. Komm jetzt, schau mich an und nicht die Geister in deinem Kopf.«

Gisèle spürte, wie das Entsetzen wich, als sie langsam erwachte. Dann fluchte sie. Sie hatte sich für stark genug gehalten, die Erinnerung an das, was Vachel ihr angetan hatte, loszuwerden, aber es war ihr nicht gelungen. Ihrem Kopf war es egal, dass er es nicht geschafft hatte, sie zu vergewaltigen, dass Nigel sie vor diesem schrecklichen Schicksal bewahrt hatte. Die Angst lauerte noch immer, die schauderhafte Erinnerung war noch da und bereit, ihre Träume zu verfinstern. Und was noch schlimmer war, die Erinnerung an Vachel brachte die Erinnerungen an Michael zurück. All die Angst und Beschämung, die sie unter seinen unbarmherzigen Fäusten erlitten hatte, waren wieder wie neu und glasklar. Vorsichtig öffnete sie die Augen und meinte, sich erinnern zu können, dass sie in ihrem Traum einen kräftigen Schlag auf Vachels Kinn gelandet hatte, so wie sie es sich sehnlichst gewünscht hatte, während er sie gefangen hielt. Zögernd streckte sie die Hand aus, um Nigels Kinn zu berühren.

»Es tut mir leid«, flüsterte sie. »Ich habe dich geschlagen, oder?«

»Ja, das hast du, und es war ein guter, kräftiger Schlag. Und«, fügte er mit einem Kuss auf ihre kleine Nase hinzu, »es gibt keinen Grund, mich um Entschuldigung zu bitten. Es war nur ein Traum. Du hast nicht wirklich mich geschlagen. Ich stand nur im Weg deiner Geister.«

»*Oui*, ich vermute, dieser Bastard Vachel ist noch nicht weg. Keiner von ihnen ist weg«, sagte sie leise und kämpfte gegen das Bedürfnis zu weinen. Sie fragte sich, ob sie je frei sein würde von den Ängsten und schlimmen Erinnerungen.

Nigel hielt sie fest im Arm und küsste sie auf die Wange. »Ich beharre noch immer darauf, herumzustehen.«

Es dauerte einen Moment, bis Gisèle sich die Unterhaltung, die Nigel und sie unmittelbar vor dem Einschlafen geführt hatten, ins Gedächtnis rufen konnte. Schließlich lachte sie und umschlang seinen Körper in wortlosem Einverständnis. »Es ist offensichtlich, dass Ihr Euren Dienst noch nicht erfüllt habt. Ihr müsst härter arbeiten, um all die Dämonen, die meinem armen Kopf zusetzen, zu verjagen.«

Als er sich umdrehte und sie unter sich schob, antwortete Nigel gedehnt. »Ich bin mir nicht sicher, ob ich noch viel härter arbeiten und den Sonnenaufgang trotzdem noch erleben werde.«

Sie kicherte nur und erwiderte voller Hingabe seinen Kuss. Es mochte nicht richtig sein, die Leidenschaft zwischen Nigel und ihr zu benutzen, um die finsteren Erinnerungen, mit denen sie zu kämpfen hatte, fernzuhalten, aber es war nicht zu übersehen, wie gut es funktionierte. Gisèle betete, es möge dieses Mal so gut und so lang funktionieren, dass sie bis zum Morgengrauen, wenn es Zeit war, ihr Pferd zu besteigen und ihren Dämonen auf alltäglicherem Weg zu entfliehen, in einen tiefen, traumlosen Schlaf fallen konnte.

20

»Woher kommen denn all diese Leute?«, wollte Gisèle wissen, als sie um die Ecke des Gebäudes spähte.

Nigel zog sie in den Schutz des Schattens zurück. »Ich denke, dass heute Markttag ist. Noch betrüblicher ist allerdings, dass Sir Vachel vermutlich schlecht gelaunt und rachsüchtig von dem Schlag erwacht ist, den ich ihm verabreicht habe. Viele der Männer, die sich in der Menschenmenge des Markttages bewegen, sind gut bewaffnet. Es ist ziemlich offensichtlich, dass sie nach etwas suchen, und das dürfte weder Tuch noch Bier sein.

»Das bin ich«, flüsterte sie.

Trotz ihres kurzen Versuchs, Nigel und all den Problemen, die er mit sich brachte, zu entfliehen, hatten sie in nur zwei Tagen den Hafen erreicht. Sie war über ihren Erfolg sehr erfreut, fast hoffnungsvoll gewesen, denn sie hatten es sogar geschafft, ohne gesehen zu werden oder vor einem DeVeau fliehen zu müssen. Nun war ihr klar, warum sie keinen ihrer Widersacher zu Gesicht bekommen hatten. Die DeVeaus und ihre vielen neuen Verbündeten waren hier und warteten darauf, dass Nigel und sie versuchen würden, Frankreich zu verlassen.

»Wie können sie so davon überzeugt sein, dass wir das Land verlassen und versuchen wollen, davonzusegeln und außerhalb ihrer Reichweite zu gelangen?«, fragte sie, indem sie sich gegen die kühle Steinmauer des kleinen Gebäudes sinken ließ. »Wir haben unsere Pläne nur Guy und David anvertraut, und ich will nicht hoffen, dass einer von ihnen uns betrügen und es den DeVeaus sagen würde.«

»Entspann dich, Mädchen. Sie haben es niemandem erzählt. Das brauchten sie gar nicht.« Nigel lehnte sich neben ihr an die Wand. »Sobald die DeVeaus erfahren haben, dass du mit mir unterwegs bist, hat es nicht viel Verstand gebraucht, um zu erkennen, wohin ich dich bringen würde. Und du hast selbst gesagt, dass du Vachel für einen intelligenten Mann hältst. Falls er der Anführer dieser Verfolgungsjagd ist, sollte uns das ganz und gar nicht überraschen. Ich habe das auf gewisse Weise zwar eingeplant, aber ich dachte nicht, dass so viele Wachen am Hafen sein würden«, schimpfte er, während er sich mit der Hand durch das Haar fuhr.

»Du glaubst also nicht, dass wir durch sie hindurchkommen oder sie umgehen können?«

Er seufzte und schüttelte den Kopf. »Nein, und es ist nicht gut, wenn wir hierbleiben und nicht herausfinden können, wer nach Schottland segelt. Das bringt man nur am Pier in Erfahrung oder in einer Bierschänke, die dort in der Nähe ist.«

»Und das wissen auch die DeVeaus, nicht wahr?«

»Ja, und sie werden diese Orte sehr viel sorgfältiger beobachten als alles andere.«

»Müssen wir also weiterreiten und uns einen anderen Hafen suchen?«, fragte sie verärgert und wünschte, etwas dagegen unternehmen zu können.

»Das können wir, aber ich glaube nicht, dass einer von den Häfen hier in der Nähe sicherer sein wird als der hier. Und ich fürchte, nicht in jedem Hafen ist jemand zu finden, der nach Schottland segelt. Zumindest nicht so leicht wie in diesem hier.«

Als er schwieg und auf den matschigen Boden der engen, dunklen Gasse starrte, in der sie Schutz gesucht hatten, zwang sich Gisèle zu schweigen. Er konnte keine weiteren Fragen brauchen. Er musste nachdenken und überlegen, was sie als Nächstes tun sollten. Gisèle betete darum, dass er ihr schwerwiegendes Problem lösen konnte, denn sie wollte nicht weiterhin durch das Land reiten müssen. Sie wollte nicht mehr weglaufen und sich verstecken müssen, und sie hatte sich der Hoffnung hingegeben, dass das alles ein Ende hatte, wenn sie nur endlich diesen Hafen erreichen würden. Die Tatsache, dass Nigel mindestens so enttäuscht sein musste wie sie, hellte ihre Stimmung auch nicht gerade auf. Er wollte nicht nur den DeVeaus entkommen, sondern nach Hause und zu seiner Familie segeln, die er sieben Jahre lang nicht gesehen hatte.

Untätig bürstete sie sich den Schmutz von ihrem wattierten Wams und stellte überrascht fest, dass sie das Kleid vermisste, welches sie bei ihrer Rettung getragen hatte. Es war zwar befremdlich, dass sie sich etwas zurückwünschte, das Vachel berührt hatte, aber es war so. Gisèle war es leid, ein Knabe zu sein, und hätte sich Nigel gern einmal im Putz einer Frau gezeigt. Das war alles Eitelkeit, und sie wusste es auch, aber sie konnte diesen heftigen Wunsch nicht so leicht aufgeben. Nicht einmal, als sie sich deutlich machte, dass Nigel keine Probleme damit hatte, sie als Frau zu sehen, und zwar als eine begehrenswerte Frau. Aber sie fragte sich sogar, ob die Frau, die Nigels Herz beanspruchte, elegante Kleider für ihn getragen hatte.

In der Hoffnung, sich diesen Unsinn dadurch aus dem Kopf schlagen zu können, drehte sie sich zu Nigel um, und der Atem stockte ihr. Zwei Männer betraten die enge Gasse vom anderen Ende her und schlichen sich an sie und den nichts ahnenden Nigel heran. Beide hatten bereits ihre Schwerter gezogen, weshalb kein Zweifel daran bestand, dass sie Schwierigkeiten mit sich brachten. Sie stieß Nigel heftig in die Seite und holte ihren Dolch aus der Scheide.

Nigel fluchte und zog sein Schwert, gerade als der erste Mann ihn angreifen wollte. Es war ein kurzer Kampf, denn sein Widersacher erwies sich als äußerst untalentiert. Er hatte gehofft, das Überraschungsmoment würde ihm zum Sieg verhelfen, war aber auch nicht sonderlich begabt darin, jemanden zu überraschen.

Mit festem Blick auf den zweiten Mann wischte Nigel sein Schwert am zerrissenen Wams des Toten ab, dann streckte er sich langsam. Dass der große, rothaarige Mann im Hintergrund blieb und nichts unternahm, seinem Kameraden beizustehen, irritierte Nigel, allerdings nur, bis er ihn etwas sorgfältiger musterte. Der Mann hielt, das Schwert in der Hand, dem Blick stand. Was aber Nigels Aufmerksamkeit am meisten auf sich zog, was das Clan-Abzeichen auf dem Wams jenes Mannes. Nigel begann, Hoffnung zu schöpfen, versuchte aber, sie vorerst noch zu unterdrücken und gelassen und achtsam zu bleiben. Der Mann war vielleicht Schotte, aber er war noch immer bewaffnet, stand ihm noch immer in feindlicher Haltung gegenüber, bedrohlich schweigend. Wenn es nur um ihn selbst gegangen wäre, dann hätte er bei diesem Landsmann sein Glück versucht. Aber er musste erst gar nicht Gisèles leichtes Zittern in seinem Rücken spüren, um sich daran zu erinnern, dass er an wesentlich mehr als nur an sich selbst zu denken hatte.

»Ihr seid ein Schotte«, sagte er.

»Ja«, antwortete der Mann.

»Ich bin mir nicht sicher, welchem Clan Ihr angehört, obwohl ich das Abzeichen, das Ihr tragt, kenne.«

»MacGregor.«

»Ach, natürlich. Ich bin Sir Nigel Murray of Donncoill.«

»Weiß ich«, erwiderte der Mann schleppend und mit einem flüchtigen Lächeln. »Ich seid in diesem Land bei vielen gut bekannt. Mein Name ist Duncan. Ich bin nicht sehr bekannt.«

Obwohl er nicht hätte sagen können, warum, begann sich Nigel langsam zu entspannen. Nur weil der Mann freundlich schien und sogar Humor zeigte, hieß das nicht, dass Gisèle und er in Sicherheit waren. Und es hieß genauso wenig, dass dieser Mann ihnen auf irgendeine Weise helfen würde. Schließlich waren es nicht nur die Franzosen, die sich von der hohen Prämie auf Gisèles Kopf verführen lassen konnten.

»Seid Ihr hier, um das Mädchen ihren Feinden auszuliefern?«, forderte er zu wissen.

»Na ja, ich hab' daran gedacht. Deswegen bin ich mit dem kleinen Dummkopf hier hergekommen.« Duncan kam so nah, dass er den toten Franzosen mit der Stiefelspitze berühren konnte. »Es ist eine Menge Geld, und wir MacGregors haben schon immer Verlangen nach Münzen gehabt.«

»Davon habe ich gehört. Ich werde sie Euch nicht mitnehmen lassen.«

»Das kann ich mir denken. Was hat sie mit ihrem Haar gemacht?«

Gisèle holte tief Luft, als sie an Nigel vorbeischaute, um sich den Mann anzusehen. Sie war der Ansicht, man könnte ihr keine Vorwürfe machen, wenn sie langsam zu glauben begann, dass alle Schotten verrückte Esel seien. Die beiden Männer standen sich mit gezogenen Schwertern gegenüber, der Hafen war überschwemmt mit ihren Widersachern, ein Toter lag ausgestreckt zu ihren Füßen, und sie unterhielten sich einfach. Jetzt wollte der Mann namens MacGregor auch noch wissen, warum sie sich das Haar abgeschnitten hatte. Noch seltsamer kam ihr vor, dass Nigel von dieser eigenartigen Frage nicht im Mindesten überrascht zu sein schien, beleidigt oder wenigstens belustigt.

»Na ja, sie versucht wie ein kleiner Junge auszusehen«, erwiderte er.

»Das tut sie nicht. Selbst wenn sie sich jede einzelne Locke abrasiert, würde sie es, glaub' ich, nicht tun.«

»Ich glaube das auch nicht. Habt Ihr vor, die Prämie einzukassieren?«, fragte er einmal mehr.

Der Mann zögerte einen Moment, dann seufzte er und steckte sein Schwert in die Scheide. »Nein. Ich hab' einen vollen Beutel, weil ich drei Jahre lang gekämpft hab'. Ich muss kein blutiges Geld zu den Münzen aus ehrbarem Kampf dazuverdienen. Schon gar nicht, wenn dieses Geld für so ein kleines Mädchen und einen Landsmann geboten wird. Sind das um die Ecke Eure Pferde?«, fragte er mit einem Kopfnicken in die Richtung, aus der sie gekommen waren.

»Ja.« Nigel steckte sein Schwert langsam in die Scheide.

»Die kleine graue Stute ist ein feines Vieh.«

Nigel lachte beinahe. Der Mann hatte nicht vor, das, was er blutiges Geld nannte, einzukassieren, aber er wollte offensichtlich nicht mit leeren Händen gehen. Er musste unbedingt versuchen, diesen Mann zu überreden, ihnen auf ein Schiff zu helfen, und da war es gut zu wissen, entschied Nigel, dass Duncan MacGregor etwas begehrte, was er besaß. Nach Bezahlung würde er nicht fragen, aber Nigel riskierte, ihn zu kränken, wenn er ihm keine anbot.

»Ja, das ist sie. Glaubt Ihr, sie ist fein genug, um mit ihr dafür zu bezahlen, dass zwei Leute an Bord eines Schiffes nach Schottland geschleust werden?«

»Könnte sein.«

»Ich muss dieses Mädchen außer Landes bringen. Ich möchte außerdem wieder das Heidekraut riechen. Für mich waren es sieben lange Jahre.«

»Zu lang, Mann. Viel zu lang.«

»Stimmt.«

Duncan runzelte einen Moment lang die Stirn, dann nickte er. »Es gibt ein Schiff, das in ein paar Stunden ablegt. Wir sind fast ein Dutzend. Werden wohl alle dem Mitglied eines Clans und einem kleinen Mädchen helfen.«

Nigel wusste nicht recht, ob so viele Leute über ihren Aufenthaltsort Bescheid wissen sollten. Es steigerte die Wahrscheinlichkeit, auf jemanden zu treffen, der sich von seiner Habsucht leiten ließ, sodass Gisèle und er sich statt auf dem Schiff nach Schottland in der Gefangenschaft von Sir Vachel wiederfanden. Dieses Mal würde der Mann nicht so einfach zu schlagen sein, und Gisèle würde zweifelsohne sehr teuer dafür zahlen, dass sie nicht in seinem Bett geblieben war.

»Keine Sorge, Mann. Es sind gute Männer, die auch kein blutiges Geld wollen. Schon gar nicht, wenn die, die von den französischen Dummköpfen verfolgt werden, ein Schotte und ein kleines, dünnes Mädchen ohne Haare sind.«

»Ich habe Haare«, schimpfte Gisèle, doch keiner der Männer schenkte ihr Beachtung.

»Wartet hier«, ordnete Duncan an.

»Ich weiß nicht so recht, ob diese Stelle sicher genug ist«, sagte Nigel.

»Sicher genug und viel sicherer als andere Stellen. Der Esel und ich haben Euch nur entdeckt, weil ich die Pferde haben wollte. Wollte unbedingt wissen, wem die Viecher gehören, hab' gesehen, dass Ihr Euch hier versteckt und wurd' sehr aufgeregt. Wie ich schon gesagt hab', einen kurzen Augenblick haben mich die Münzen verlockt, und er hat mich überredet, ihm zur Hand zu gehen.« Duncan zuckte die Achseln. »Fürchte, ich hatt' mein Meinung schon geändert, als ich die Gasse betreten hab', aber es war nicht möglich, es ihm zu sagen.«

»Dann werden wir hier so lange warten, bis ich das Gefühl habe, dass die Gefahr zu groß wird.«

Sobald Duncan fortgeschlichen war, drehte sich Nigel zu Gisèle um und war nicht überrascht, dass sie ihn ansah, als habe sie einen Irren vor sich. Er war sich selbst nicht sicher, ob sie so ganz unrecht mit ihren Bedenken hatte. Hätte sie ein paar der Geschichten über die MacGregors gehört, die er kannte, würde sie sich sogar noch mehr Sorgen machen. Es gab keinen Beweis für Duncans Vertrauenswürdigkeit, aber er vertraute ihm. Nigel hoffte nur, dass er sich nicht nur von der Tatsache leiten ließ, dass dieser Mann ein Schotte war.

»Du kennst diesen Mann nicht, oder?«, fragte sie.

»Nein, ich sehe ihn heute zum allerersten Mal«, erwiderte Nigel.

»Ich verstehe. Hat dir irgendetwas an der Art, wie er dir sein Schwert an die Kehle gehalten hat, verraten, dass er genau der Mann ist, dem du unser Leben anvertrauen willst?«

Gisèle wusste, dass das gemein, ja, sogar beleidigend klang, aber sie konnte sich nicht helfen. Duncan MacGregor hatte bei ihr nicht den Eindruck hinterlassen, dass er der Mann war, dem man etwas anvertrauen konnte, schon gar nicht eine Angelegenheit auf Leben und Tod. Er hatte zufällig einfach nur dieselbe Sprache und dasselbe Geburtsland wie Nigel.

Nigel musste über die Schärfe ihrer Zunge lachen. Wann immer Gisèle ihren Worten Biss geben wollte, tat sie es auf sehr treffende Art und Weise. Er war fast versucht, sich eingehend zu untersuchen, um sicherzugehen, dass sie ihn mit ihren Worten nicht zum Bluten gebracht hatte.

»Liebes, ich wünschte, ich könnte dir sagen, warum wir ihm meiner Meinung nach vertrauen können. Aber ich kann meine Gründe nicht in Worte fassen. Ich vertraue ihm einfach.« Er zuckte mit den Achseln. »Vielleicht, weil er uns tatsächlich nicht angegriffen und seinen Widerwillen von Anfang an verraten hat.«

»Angenommen, ich erlaube dir diese schwache Begründung für dein Vertrauen. Kannst du sie aber uneingeschränkt auf alles, was er vielleicht sagt, übertragen? Er hat zugegeben, dass er von der Prämie, die auf mich ausgesetzt ist, in Versuchung geführt war. Inzwischen wird es vermutlich sogar auch eine für dich geben. Kann es nicht mehr Männer geben, die davon angezogen werden? Männer, denen er in diesem Augenblick davon erzählt?«

»Das könnte sein.« Er zog sie in seine Arme und gab ihr einen flüchtigen Kuss. »Wir sitzen in der Falle, Mädchen. Eventuell könnten wir uns ungesehen von hier wegschleichen, aber in jedem Hafen, in den wir kommen, wird es dasselbe sein. Bald wird ein Schiff nach Schottland segeln. Ich habe vielleicht jemanden gefunden, der uns hilft, auf dieses Schiff zu kommen. Dürfen wir wirklich unserer Angst nachgeben und vor dem fliehen, was vielleicht unsere einzige Chance ist, aus diesem Land zu entkommen?«

Gisèle fluchte und ging eine Weile vor ihm auf und ab. »*Non*, das können wir nicht. Gibt es eine Möglichkeit, uns zu schützen, falls er mit ein paar habgierigen Freunden zurückkommt?«

»Wir können davonlaufen.« Er versuchte mit einem schnellen Lächeln ihren wütenden Blick zu besänftigen, wurde dann aber wieder ernst. »Nein, es gibt keine Möglichkeit, uns gleichzeitig zu schützen und ihm zu vertrauen.«

Sie starrte ihn lange Zeit an, bevor sie sich gegen die Mauern sinken ließ und leise auf Französisch fluchte. Es wäre zu schön, wenn sie jemanden gefunden hätten, der ihnen helfen wollte, aber sie konnten niemandem vertrauen. Nigel hatte recht, wenn er sagte, dass sie keine große Auswahl hatten. Es gab ein Schiff, das bald nach Schottland ablegen würde. Es gab einen Mann, der sagte, er würde sie an Bord bringen. Und alles, was sie zu tun hatten, war zu warten und zu Gott zu beten, dass er nicht versuchte, sie an Ort und Stelle zu halten, bis er genug Männer herbringen konnte, die ihm halfen, sie gefangen zu nehmen. Gisèle gefielen die Chancen dabei nicht.

Als Nigel sich neben sie an die Wand lehnte, schenkte sie ihm ein schiefes Lächeln. Er teilte ihre Bedenken. Sie konnte es in seinen bernsteinfarbenen Augen lesen. Es war müßig, ihn auch noch mit ihren Sorgen zu plagen, so nahm sie seine Hand in die ihre. Genau genommen hatte sie mehr Angst um ihn, aber auch das wollte sie ihm nicht sagen. Wenn sie gemeinsam betrogen wurden, würden sie auch gemeinsam sterben. Wenn man sie zu Vachel brachte, würde dieser Tod höchst unerfreulich sein, ganz besonders für Nigel, der diesen Mann geschlagen hatte. Sie wünschte, es gäbe eine Möglichkeit, Nigel während ihres Glücksspiels mit Duncan MacGregor besser zu schützen, aber ihr wollte keine einfallen. Außerdem wusste sie tief in ihrem Innersten, dass Nigel sie sehr wahrscheinlich nicht angenommen hätte.

»Ich muss mir ständig vor Augen halten, dass ich selbst und meine Probleme dich das Leben kosten können«, murmelte sie.

»Nein, die DeVeaus mit ihrer Brutalität können mich das Leben kosten«, sagt er, indem er ihr tröstend die Hand drückte. »Du musst aufhören, dir die Schuld an all unseren Problemen zu geben.«

»Das mag schon stimmen, aber durch Reden allein fühle ich mich nicht weniger schuldig.«

»Weil du ein eigensinniges Mädchen bist, das die Wahrheit nicht hören will, vor allem dann nicht, wenn du dadurch deine Meinung ändern müsstest.«

»Ich und eigensinnig? Dieses Urteil aus dem Mund des Königs allen Eigensinns macht mich bescheiden.«

»Was für eine scharfe Zunge.«

»Wenn ihr beide damit fertig seid, Euch gegenseitig den Hof zu machen, können wir gehen«, warf eine schleppende Stimme rechts von Nigel ein.

Seite an Seite mit der Angst, die Gisèle bei Duncans plötzlichem Erscheinen packte, ging restloses Staunen über die Tatsache, dass sich einmal jemand an Nigel so herangeschlichen hatte, wie er sich immer an sie herangeschlichen hatte. Nigel war bereits mit der Hand auf dem Schwert herumgewirbelt, bevor er erkannte, dass es Duncan war. Auch wenn er sein Schwert nicht zog und Duncan sowie der dünne Mann, der neben ihm stand, keine Anstalten machten, ihre Waffen zu ziehen, behielt Nigel seine gespannte Haltung bei. Gisèle bemerkte, dass Nigel nicht alles von dem glaubte, was er ihr erzählt hatte. Er traute Duncan nicht ganz über den Weg und ihm gefiel die Situation, in der sie sich befanden, genauso wenig wie ihr.

»Ihr solltet Euch vorsehen, Euch an Leute heranzuschleichen«, sagte Nigel mit ruhiger Stimme.

»Alte Angewohnheit«, erwiderte Duncan, dann nickte er in Richtung des Mannes neben ihm. »Dieser Schatten von einem Mann ist mein Cousin Colin. Dachte, ich könnt' jemanden brauchen, der Euch den Weg freischaufelt, wenn ich Euch beide durch die Menge Mist durchbringen soll.«

»Ich hatte den Eindruck, dass viele von ihnen wie DeVeaussche Leute aussahen.«

»Fast die Hälfte, wenn ich richtig schätze. Kann das Mädchen mehr wie eine Frau aussehen?«

»Ja«, antwortete Nigel vorsichtig. »Muss sie das denn?«

»Na ja, wenn wir so aussehen wie ein paar betrunkene Männer mit einer Hure, die durch die Menge torkeln, dann kommen wir vielleicht zum Schiff, ohne dass wir uns einen Weg durch die Franzosen hauen müssen.«

»Das könnte funktionieren.« Nigels Zustimmung war seiner Stimme deutlich zu entnehmen, doch dann sah er auf Gisèle und runzelte die Stirn. »Es gibt keinen Ort, wo sie sicher genug ist, um sich Kleid und Umhang anzuziehen, die wir im Sattelgepäck haben.«

»Auf der Rückseite von diesen Häusern ist niemand, sie sind alle auf den Straßen, wo Markt ist. Ich will genauso wenig dabei beobachtet werden, wenn ich drei Pferde stehle, wie Ihr und das Mädchen.«

»Ihr seid da«, sagte Gisèle ruhig. Sie wusste, dass seine Idee gut war, fühlte sich aber bei der Vorstellung, sich in Anwesenheit von zwei fremden Männern die Kleider wechseln zu müssen, nicht wohl.

»Na, Mädchen, ich glaub', Ihr müsst Euch entscheiden. Sorgt Ihr Euch mehr um Eure Sittsamkeit oder um Euer Leben?«

Gisèle starrte Duncan einen Moment lang an, danach seinen schweigenden Cousin, und sie war etwas verärgert über das Vergnügen, das sie in ihren Augen aufblitzen sah. Dann blickte sie zu Nigel, der sie in offensichtlicher Unentschlossenheit stirnrunzelnd musterte. Es war klar, dass ihm der Gedanke genauso wenig gefiel wie ihr, dass er aber deutlich den Vorteil von Duncans Plan erkannte.

»Na gut, wenn einer von Euch eine Decke hochhalten kann. Ich denke, ich bin klein genug, um mich dahinter zu verbergen.«

Duncan lachte schallend, schluckte aber sein Lachen sofort hinunter, als sie ihn wütend anblitzte. Ohne ein weiteres Wort zu verlieren, gingen sie alle zur Rückseite des Gebäudes, wo Nigel die Pferde angebunden hatte. Sie streckte die Hand aus, um das Kleid, das Vachel ihr hatte geben lassen, aus dem Gepäck zu nehmen, doch Nigel hielt sie fest. Gisèle schaute ihm verwirrt zu, als er aus seinem Sattelgepäck ein anderes Kleidungsstück nahm, wobei er kurz innehielt, um etwas herauszunehmen, das darin eingewickelt war. Erst als er ihr dieses Kleid reichte, erkannte sie, dass es jenes war, das Guy und sie am Fluss vergraben hatten.

»Was machst du denn damit?«

»Ich habe nicht eingesehen, warum du ein perfekt sitzendes, gutes Kleid wegwerfen solltest«, antwortete er.

Überrascht, in welch gutem Zustand es sich befand, nachdem es solange im Sattelgepäck gesteckt hatte, schüttelte sie es aus. »Es hat einige Falten«, murmelte sie.

»Es ist besser, als durch eine mit DeVeaus Leuten verstopfte Stadt zu laufen, mit dem Kleid, das dir ihr Herr gegeben hat. Ich zweifle nicht daran, dass er seinen Männern eine ziemlich exakte Beschreibung davon gegeben hat.«

»Stimmt, und es ist schön genug für eine Hure«, sagte Duncan. Der Mann zuckte die Achseln, als sowohl Nigel als auch Gisèle ihn wütend anschauten. »Eigentlich sieht es ein kleines bisschen zu fein aus«, schimpfte er.

»Wenn das der Versuch war, eine Beleidigung zurückzunehmen, dann war es ein armseliger«, sagte Gisèle.

»Wisst Ihr, ich fand es etwas komisch, als es in der Beschreibung von Euch hieß, dass ihr eine scharfe Zunge führt. Egal wie Ihr ausseht, ich verstehe jetzt, warum.«

»Es hieß, ich hätte eine scharfe Zunge?«

»Ja. Sie haben gesagt, Ihr seid ein kleines dünnes Mädchen mit schwarzen Locken und einer scharfen Zunge. Ach ja, und dass ihr in schlecht sitzenden Jungenkleidern rumlauft.« Er warf einen Blick auf Nigel und überging Gisèles empörtes

Schnappen nach Luft. »Und von Euch hat es geheißen, Ihr seid ein gut aussehender, tapferer Schotte mit rotem Haar. So rot ist es aber nicht.«

»Es hat nur einen kleinen Rotton«, murmelte Gisèle. »Es ist eher goldbraun.«

»Das ist alles äußerst interessant«, fuhr Nigel sie an, während er die Decke hochhielt. »Aber ich finde, wir sollten hier möglichst schnell verschwinden.«

Während sie zwischen der Decke und den Pferden stand, bemühte sich Gisèle, ihre Jungenkleider auszuziehen und sich das Kleid überzustreifen. Die Art und Weise, wie Nigel die anderen beiden Männer keinen Moment aus den Augen ließ, damit sie auf keinen Fall einen Blick auf sie werfen konnten, sicherte ihr eine fast vollständige Privatsphäre zu. Sobald sie sich angezogen hatte, ließ ihr Nigel keine Zeit zum Nachdenken. Er warf ihr den Umhang über die Schultern und nahm sie am Arm. Duncan konnte ihn gerade noch davon abhalten, den nächstbesten Weg zum Schiff einzuschlagen. Vorübergehend befürchtete Gisèle, dass sie jetzt den Verrat des Mannes erleben mussten. Im nächsten Moment fühlte sie sich schuldig, da Duncan ihnen erklärte, dass er schlicht und einfach darüber nachdenke, wie er sie auf ihrem gefährlichen Gang zum Schiff am besten beschützen konnte.

»Sie muss an meinem oder Colins Arm gehen, wenn Ihr nichts dagegen habt.«

»Und warum das?«, wollte Nigel wissen.

»Weil man den ganzen Boden nach Euch beiden abschnüffelt. Es ist besser, wenn wir uns trennen, bis wir an Bord sind.«

»Das ergibt Sinn«, erwiderte Nigel vorsichtig und schob Gisèle auf Colin zu. »Euer Cousin ist die bessere Wahl, weil er dunkles Haar hat. Eine Frau mit einem rothaarigen Schotten würde noch immer ein oder zwei hochgezogene Augenbrauen erregen, und wir wollen nicht, dass diese Hunde irgendwo in unsere Nähe kommen.«

»Was ist mit den Pferden«, fragte Gisèle, als Colin sie am Arm nahm und mit ihr aus der Gasse ging.

»Ich schick' zwei andere Männer hierher und lass' sie holen«, antwortete Duncan. »Noch zwei Gesichter, nach denen sie nicht suchen. Sie denken bestimmt, dass die Männer ihre eigenen Pferde heimführen.« Er schaute sich nach Colin und Gisèle um. »Versuch' dich dran zu erinnern, dass du bis oben hin mit Wein voll bist, betrunken und liebestoll, und zieh' dem Mädchen die Kapuze über, um ihr Gesicht zu verstecken.«

Colin machte, was sein Cousin ihm befohlen hatte. Gisèle versuchte, sich zu entspannen, als der Mann ihr einen seiner dünnen Arme um die Schultern legte und sie an sich drückte. Nigel starrte ihn wütend an, bis Duncan ihm selbst einen Arm um die Schultern legte, sich an ihn lehnte, als ob er auf unsicheren Füßen stünde, und sie schwankend auf die Straße leitete.

Als sie die vollen Straßen betraten, verspannte sich Gisèle aus Angst, entdeckt zu werden, und wäre am liebsten losgerannt. Colin verstärkte seine Umarmung, und sie war über die Kraft in diesem dünnen Arm überrascht. Er presste ihr seine Wange auf den Kopf und fing an, in einer Sprache mit ihr zu reden, die sie nicht verstand. Sie sah zu ihm auf, zwang sich zu einem Grinsen und fing seinen Blick auf, der fest auf ihr Gesicht geheftet war.

»Englisch? Französisch?«, fragte sie leise.

»Nein, Gälisch. Lächelt. Ihr seid eine glückliche Hure, die dabei ist, sich ein paar Münzen zu verdienen.«

Ohne eine rechte Vorstellung davon, wie sich eine Frau in diesem Fall verhalten würde, versuchte Gisèle sich zu benehmen, als sei sie mehr betrunken als nüchtern und als würde sie darauf brennen, den Mann, der mit ihr die Straße hinunterstolperte, zu Gefallen zu sein. Gelegentlich riskierte sie einen hastigen Blick zu Nigel und Duncan, die sich tatsächlich sehr betrunken aufführten und ein oder zwei Mal sogar derbe Gesänge anstimmten. Die Art, wie Duncan dabei sogar Leute anrempelte, mochte das richtige Verhalten eines Betrunkenen sein, aber es machte sie so nervös, dass sie wegschauen musste.

Nur ein einzigen Mal versuchte jemand, sie aufzuhalten, aber geistesgegenwärtig schlug Duncan Nigel bäuchlings zu Boden, als er die Arme weit ausbreitete, um den neugierigen Franzosen zu begrüßen. Er tat so, als hätte einzig seine schwankende Stütze Nigel auf den Beinen gehalten. Colin zog Gisèle noch fester an sich und gab vor, mit der Nase ihren Hals zu liebkosen. Sie konnte seine langen Wimpern auf ihrer Haut spüren, wusste aber, dass er die ganze Begegnung genau beobachtete. Als der Franzose Duncan einen Esel nannte und abmarschierte, half Duncan Nigel wieder auf die Beine.

Ansonsten hatten sie auf ihrem Weg zum Schiff nur mit ein paar Flüchen und groben Scherzen zu tun. Sobald sie an Bord waren, befreite Gisèle sich aus Colins Umarmung, und Duncan gab Nigel frei. Er rief zwei Männern zu, dass sie gehen und die Pferde holen sollten. Als die Männer auf dem Weg vom Schiff an ihr vorbeieilten, schlang sie ihre Arme um sich und begann, leicht zu zittern. Als Nigel plötzlich eine Hand auf ihre Schulter legte, machte sie erschrocken einen Satz zur Seite.

»Ist alles in Ordnung mit dir, Liebes?«, fragte Nigel weich.

Sie nickte. »Ich werde mich einen Moment dorthin setzen, um die Angst, die dieser lange Weg in mir geweckt hat, zum Schweigen zu bringen.«

»Ich war nicht unhöflich zu ihr«, sagte Colin, »oder wenigstens hab' ich's versucht. Aber sie sollte ja wie eine Hure sein.«

Als er sah, wie sich Gisèle auf einer dicken Taurolle niederließ und in ihren Umhang wickelte, schaute Nigel sich nach dem unruhigen Colin um. »Das hat nichts mit Euch zu tun. Sie ist von ihrem Ehemann und seinem Cousin nicht gut behandelt worden. Sie schreckt vor der Berührung eines fremden Mannes zurück, das ist alles. Außerdem waren wir mitten unter denen, die sie zu diesen Bastarden zurückbringen wollen. Wenn die DeVeaus sie erwischen, ist sie eine tote Frau.«

»Ja«, murmelte Duncan, der einen jungen Mann scharf unter Beobachtung nahm. »Aber Ihr seid genauso tot. Die Männer, die das kleine Dorf hier durchkämmen, suchen nicht nur nach dem Mädchen. Ein gewisser Lord Vachel brüllt danach, Euren Kopf aufgespießt zu sehen.«

Bevor Nigel etwas erwidern konnte, fluchte Duncan, zog seinen Dolch und warf ihn. Ein leiser Schrei hinter seinem Rücken ließ Nigel herumfahren. Duncans Messer hatte einen pockennarbigen Jüngling sauber an die Reling geheftet, und Nigel hatte den Eindruck, als sei die Klinge dem Fleisch des Jünglings ziemlich nahe gekommen. Er folgte Duncan zu dem Jüngling.

»Und wohin gedenkst du zu gehen, Jungchen?«, fragte Duncan den blassen, zitternden jungen Mann, als er den Dolch herauszog.

»Ian und Thomas mit den Pferden helfen?«, antwortete dieser mit zitternder Stimme.

»Nein, das denk' ich nicht. Wir haben einstimmig beschlossen, dass wir einen der unseren nicht an die Franzosen verkaufen, oder? Aber vielleicht hast du ja gedacht, du kannst das ganze Kopfgeld für dich kassieren.«

»Nein!«

»Bist ein schlechter Lügner, Robert.« Duncan rief einem anderen Schotten an Bord zu: »Nimm dieses habgierige Kind mit unter Deck und sorg' dafür, dass es dir nicht aus den Augen kommt, bis wir auf hoher See sind. Dann entscheid' ich, ob ich ihn über Bord werf' oder nicht.«

»Viele Männer wurden durch die Prämie angelockt«, sagte Nigel.

»Ich weiß. Ich eingeschlossen. Keine Sorge, ich werd' dem Jungen nichts tun. Aber es wird ihm guttun, eine Zeit lang vor Angst zu schwitzen.«

Nigel lächelte verstehend und ging zu Gisèle, setzte sich und nahm ihre Hand in seine. »Hast du dich beruhigt, mein Schatz?«

Sie nickte langsam. »Glaubst du, dass wir uns wirklich sicher von hier davonstehlen können?«

»Ich fange an, es zu glauben.« Er beobachtete einen Augenblick die Männer, die auf dem Schiff arbeiteten. »Wir werden sehr bald Segel setzen. Dann können wir uns ungefähr drei Tage lang ausruhen und müssen nicht jede Minute einen Blick über die Schulter werfen.« Das klang herrlich, und sehnsüchtig wartete Gisèle auf diese kurze Kostprobe einer Zeit, die frei von Verfolgung war.

Aber ihre Freude war nur von kurzer Dauer, denn als das Schiff Fahrt aufnahm, sie die Küste von Frankreich sogar noch sehen konnten, musste Gisèle feststellen, dass sie niemals ein Seemann werden würde.

Bebend nahm sie das feuchte Tuch entgegen, das ihr Nigel hinhielt, und wischte sich das Gesicht, nachdem sie ihren Magen in hohem Bogen über die Reling entleert hatte. Sie ballte es fest in ihrer Hand zusammen und spürte mit Schaudern erneut das Bedürfnis, ihren Kopf über die Reling zu hängen. Sie hatte von der *mal de mer* gehört, hätte allerdings auch gern eine Vorstellung davon gehabt, wie lang sie wohl darunter würde leiden müssen.

»Schade, Mädchen. Du bist kein Seemann, nicht wahr?« Nigel klopfte ihr auf den Rücken. »Mach dir keine Sorgen. Es geht vorbei, wenn du deine Füße wieder auf festen Boden setzt.«

Gisèle klammerte sich ans Geländer und kam zu dem Schluss, dass sie Nigel wirklich sehr lieben musste, denn sie unternahm nicht einmal den Versuch, ihn in die See zu stoßen.

21

Gisèle ächzte und setzte sich auf einen großen, feuchten Stein, unbeachtet der Tatsache, dass sie sich wahrscheinlich das Kleid damit ruinierte. Es war zweifelsohne sowieso in einem sehr traurigen Zustand, nach allem, was sie in den vergangenen Tagen durchgemacht hatte. Sie bewegte sich auf unsicheren Beinen, hatte einen flauen Magen, und es mangelte ihr an Kraft, sich einen sauberen Sitzplatz zu suchen. Ihrer Meinung nach waren sie drei Tage lang gesegelt, aber sicher war sie sich nicht, denn die meiste Zeit war ihr so übel gewesen wie nie zuvor in ihrem Leben. Die ganze Seereise war für sie ein einziger Albtraum, und da die einzige Möglichkeit, je wieder nach Frankreich zurückzukehren, die Reise per Schiff war, beschloss sie, dass Schottland für sie zu einem sehr schönen neuen Zuhause werden würde.

»Mädchen, du machst dich dreckig und wirst nass, wenn du weiterhin da sitzen bleibst«, bemerkte Nigel.

Sie sah zu ihm und seinen beiden neuen Freunden, Duncan und dem wortkargen Colin, auf. Keiner hatte angemessen Anteil an ihrem Zustand genommen, sondern sie ständig mit Banalitäten vertröstet. Es war nahezu unverzeihlich, dass sie kein Wunder bewirkt hatten, um sie aus ihrem Elend zu erlösen. Wäre ihr nicht so übel gewesen, sie hätte dafür gesorgt, dass ihnen das sehr leidtun würde.

»Ich muss eine Weile Ruhe haben«, sagte sie, nahm aber dennoch Nigels Hilfe beim Aufstehen an.

»Bald bekommt Ihr wieder Eure Landbeine«, sagte Duncan.

»Wie nett. Und wann bekomme ich meinen Magen wieder? Soweit ich das beurteilen kann, muss er von den Gezeiten angespült werden, denn ich habe ihn ein paar Stunden nach dem Ablegen von Frankreich verloren.« Gisèle blitzte Duncan und Colin wütend an, als die beiden laut auflachten. Sie warf einen Blick zu Nigel und stellte fest, dass er wenigstens genug Verständnis hatte, sich nur lautlos zu amüsieren.

Während Nigel den Männern für ihre Hilfe dankte und Duncan die graue Stute schenkte, auf die er so versessen war, bemühte sich Gisèle an Ort und Stelle stehen zu bleiben, ohne dabei zu schwanken. Sie schaute auf die gesattelten Pferde und stöhnte innerlich. Es war klug, den Hafen so schnell wie möglich zu verlassen. Wenn die DeVeaus hinter ihnen herkamen oder Verbündete in Schottland hatten, würden sie hier zu allererst suchen. Aber Gisèle betete, dass Nigel sie nicht zu weit reiten ließ. Es war kein Scherz gewesen, als sie sagte, sie müsse eine Weile Ruhe haben. Es war auch nicht nur der Wunsch, auf tragfähigem, unbeweglichem Boden zu stehen. Nachdem sie mehrere, nicht enden wollende Tage lang krank gewesen war, war sie völlig erschöpft.

Aufrichtige Dankbarkeit und ihre gute Erziehung gaben ihr trotzdem die Kraft, sich in Bewegung zu setzen, als sich Duncan und sein Cousin zur Abreise bereit machten. Sie ging zu den Männern hinüber, murmelte ihren herzlichen Dank und umarmte beide nacheinander, wobei sie in sich hineinlachen musste, als beide Männer bei ihren Küssen auf die Wangen heftig erröteten. Auf dem Schiff hatte sie weder Zeit noch Lust, sich zu ihnen zu gesellen und sie besser kennenzulernen, aber sie hatten versucht, wie ungeschickt auch immer, ihr zu helfen. Nigel mochte die zwei, und das hatte sie als zuverlässigen Beweis für ihren Wert betrachtet. Zudem hatten die beiden Nigel und sie sicher durch eine Hafenstadt voller DeVeaus geleitet und aus Frankreich geholt. Sie hatten weitaus mehr als einen Kuss und ein Pferd verdient, aber beide Männer sahen sehr zufrieden aus mit dem, was sie bekommen hatten.

In der Minute, in der die beiden MacGregor sie verließen,

hob Nigel Gisèle schon in den Sattel. »Wir werden nicht lange reiten, Liebling.«

»Du brauchst dich nicht zu entschuldigen«, sagte sie, während sie beobachtete, wie er sich elegant in den Sattel schwang. »Ich verstehe durchaus, dass es nicht klug ist, hier zu verweilen. Wenn die DeVeaus erraten haben, dass wir in Frankreich zu einem Hafen unterwegs sind, werden sie auch erraten, dass wir hierher segeln.«

»Und sie beobachten diese Häfen vielleicht schon«, sagte er, als er sie durch die vollen Straßen und aus der Stadt hinausführte. »Hier und in anderen solchen Städten fallen ein paar herumlaufende Franzosen nicht weiter auf.« Er warf einen Blick über die Schulter und runzelte die Stirn, als er sah, wie blass sie war. »Wenn du es nicht mehr aushältst, lass' es mich wissen, und ich suche uns einen Platz für das Lager.«

»Jetzt, wo ich nicht mehr an Bord bin, werde ich mich wohl erholen.«

Nigel ritt langsam, und sie war dankbar für diese Rücksichtnahme. Die frische Luft und die regelmäßige Gangart ihres Pferdes ließen sie wieder aufleben. An die Bewegungen ihres Pferdes war sie gewöhnt. Für Gisèle waren Schiffe Beförderungsmittel der Hölle, und sie war verblüfft darüber, dass manche Menschen freiwillig darauf leben und Tag für Tag auf so einem verdammten Ding herumsegeln konnten. Würden die Fastenzeit oder eine der vielen anderen Regeln der Kirche ihr es nicht gebieten, so würde sie vermutlich nicht einmal mehr Fisch essen.

Mittlerweile erweckte das umliegende Land ihr Interesse. Der Hafen und die Menschen dort waren eine Mischung aus Arm und Reich gewesen, doch Unterschiede dieser Art hatte sie auch in Frankreich gesehen. Aber das Land war anders. Auch Frankreich besaß Berge, Felsen, Bäume und all das, aber hier sah alles so viel wilder, ja, herber aus. Das graue, neblige Wetter mochte seinen Teil dazu beitragen, aber nicht allein deshalb erschien ihr alles so fremd. Und doch, so grübelte sie, war es wunderschön. Sie atmete tief ein und konnte die Wildnis beinahe riechen, die Herausforderung, die das Land für jeden bereithielt, der versuchen wollte, hier zu überleben. Gisèle kam zu der Überzeugung, dass sie dieses Land fast ebenso leicht würde lieben lernen können, wie sie einen seiner Söhnen liebte.

Während sie ritten, heftete sie ihren Blick fest auf Nigels breiten Rücken. Jetzt, wo er sich auf schottischem Boden befand, konnte sie sein starkes Verlangen, zu seiner Familie und auf seine Ländereien zurückzukehren, fast körperlich spüren. Gisèle hätte gern an seiner Vorfreude teilgenommen, doch sie war noch immer des Mordes an ihrem Ehemann angeklagt. Und bis jetzt wusste sie nicht zu sagen, ob Nigel von ihrer Unschuld überzeugt war. Es war schwer zu glauben, dass seine Familie sie als seinen hochgeschätzten Gast empfangen würde. Selbst wenn sie ihr erlaubten, auf die Burg zu kommen, und ihr Obdach anboten, konnte ihr eine Menge Ärger auf dem Fuß folgen. Sie empfand es als höchst unverschämt, die Gefahr vor die Tore der Familie zu bringen, und Gisèle beschloss, diese Angelegenheit gründlich mit Nigel durchzusprechen, wenn sie ihr Nachtlager aufschlugen.

»Unverschämt?» Nigel hielt beim Absatteln inne, um Gisèle anzustarren. »Du fürchtest, unverschämt zu sein?«

»Das ist nicht das Einzige, worüber ich mir Sorgen mache, *oui*, es ist eine Überlegung«, erwiderte sie. So wie Nigel sie ansah – als sei ihr Verstand zusammen mit dem Inhalt ihres Magens über Bord gegangen –, fühlte sie sich angegriffen. »Es ist keine Kleinigkeit, seine Familie zu bitten, jemandem Obhut zu geben, den halb Frankreich sucht, und, wenn ich dich daran erinnern darf, von dessen Unschuld nicht einmal du selbst überzeugt bist.«

»Ich verbürge mich für dich, und das ist alles, was sie hören wollen.«

Leise fluchend machte sie Feuer und breitete ihr Bettzeug aus, während Nigel sich um die Pferde kümmerte. Sie nahm gerade Essen aus dem Gepäck, als ihr bewusst wurde, was er eben gesagt hatte. Er würde sich für sie verbürgen. Schnell unterdrückte sie die aufkeimende Hoffnung, dass Nigel inzwischen an ihre Unschuld glaubte. Das hatte er nicht genau so gesagt. Vielleicht meinte er ja nur, er werde seiner Familie versichern, dass sie ihn nicht umbringen oder all ihr Hab und Gut stehlen und sich bei Nacht davonschleichen werde. Im Grunde hatte sie keine Ahnung, was er damit gemeint hatte, und befahl sich, nicht mehr jedes seiner Worte auf die Goldwaage zu legen.

Nachdem sie ihre Mahlzeit auf die Decken gelegt hatte, verschwand sie kurz, um ihren Bedürfnissen nachzukommen und sich den Staub dieses Tages abzuwaschen. Außerdem musste sie eine Weile für sich alleine sein, um sich zu fassen. Von ihm zu verlangen, ihr zu erklären, was er mit ›verbürgen‹ gemeint hatte, war unsinnig. Würde er ihr nicht unumwunden versichern, dass er inzwischen von ihrer Unschuld überzeugt war, wäre sie erneut schmerzlich enttäuscht. Und dieses Mal, so fürchtete sie, könnte er ihr die Verletzung, die er ihr damit zufügte, deutlich ansehen. Jetzt, wo sie wusste, dass sie ihn liebte, wo sie widerwillig diese Wahrheit akzeptiert hatte, waren ihre Gefühle so stark und so nahe an der Oberfläche, dass sie nicht mehr glaubte, sie vor diesem Mann verbergen zu können. Immer öfter musste sie ihr Gesicht abwenden oder sich für einen Augenblick zurückziehen.

Als sie sich wieder stark genug fühlte, ihm zu begegnen, kehrte sie zum Lager zurück und setzte sich neben ihn. Er reichte ihr Brot und Käse, und sie seufzte resigniert, während sie aß. Das Essen sättigte und schmeckte gut, aber sie wurde es zunehmend leid. Sie konnte sich kaum mehr daran erinnern, wann sie das letzte Mal an einem Tisch gesessen und ein anständiges Mahl zu sich genommen hatte. Selbst wenn sie bei einem von ihren Verwandten untergekommen war, die ihr Obdach gewährten, musste sie im Verborgenen bleiben und durfte nicht an einem Familienmahl teilnehmen. Zwar sollte sie dankbar dafür sein, dass Nigel und sie überhaupt zu essen hatten, doch diese Dankbarkeit linderte nicht die Sehnsucht nach den Bequemlichkeiten, mit denen sie aufgewachsen war.

»Etwas Essen im Bauch wird dir helfen, dich zu erholen«, sagte Nigel, indem er ihr den Weinschlauch reichte.

Gisèle nahm einen langen Zug, bevor sie ihn Nigel zurückgab. »Es hat bereits geholfen. Ich fühle mich ruhiger und kräftiger.«

»Ich habe mich gefragt, warum du so nachdenklich aussiehst.«

Sie lächelte. »Ich habe mich nur bemitleidet. Versteh' mich nicht falsch. Du hast mich sehr gut versorgt, aber ich habe eben darüber nachgedacht, dass es sehr lange her ist, seit ich mich zu einem anständigen Mahl an einem Tisch niedergelassen habe.«

Nigel schmunzelte und legte ihr den Arm um die Schultern, dann nickte er. »Es ist auch für mich lange her. Ich verstehe diese Sehnsucht. Ja, nicht nur die, an einem Tisch zu sitzen, sondern auch die, eine Auswahl an Essen zu haben.«

»*Oui*, das wäre wunderbar. Das Wild, das du gefangen und zubereitet hast, war köstlich und sehr willkommen«, fügte sie hastig hinzu.

»Aber knapp. Ich weiß, und ich weiß auch, dass du keine Kritik üben wolltest. Die Leute meines Bruders wissen den Tisch gut zu decken. Du wirst alles darauf finden, was du begehrst, und zwar in Mengen. Wenn nichts dazwischenkommt, werden wir wahrscheinlich in einer Woche an diesem Tisch sitzen.«

Bei diesem Gedanken lief ihr das Wasser im Mund zusammen, doch schließlich schob sie ihre selbstsüchtigen Sehnsüchte beiseite. Nigel hatte ihre wachsenden Bedenken, sie dränge sich seiner Familie geradezu auf, mit einem Achselzucken abgetan, doch sie mussten darüber sprechen. Als er ihr sein Vorhaben zum ersten Mal unterbreitet hatte, hielt sie es für eine sehr gute Idee, aber inzwischen hatten sich die Umstände geändert. Die Jagd nach ihr hatte sich verstärkt, und wenn Vachel so außer sich vor Wut über ihr Entkommen war, wie sie vermutete, konnte die Hatz sogar noch schlimmer werden. Das waren eine Menge Schwierigkeiten, die sie auf der Türschwelle von Menschen abladen würde, die sie nicht einmal kannten.

»Mit uns werden sich ungezählte Probleme an den Tisch setzen«, sagte sie leise.

»Du machst dir darüber zu viele Sorgen, Mädchen.«

»Einer von uns sollte sich Sorgen machen. Du bist drauf und dran von deiner Familie viel zu verlangen. Tatsache ist, dass sie durch dich vielleicht in einen heftigen Kampf verstrickt wird, der nicht ihr Werk ist und der ihr nichts bringt.«

»Dein Leben ist kein Nichts«, widersprach er mit weicher, ernster Stimme. »Liebling, sie werden sich diesem Kampf anschließen wollen, und zwar nicht nur, weil ich es von ihnen erwarte oder ich bei meiner Ehre geschworen habe, dich zu beschützen. Sie werden dir helfen, weil es richtig ist. Es ist Unrecht, dass dich die DeVeaus auf diese Art und Weise jagen, dass sie dein Blut für das Leben jenes Mistkerls fordern, den du unter Zwang hast heiraten müssen. Jeder Esel kann das sehen, und in meiner Familie gibt es keine Esel. Zumindest nicht im Augenblick.«

Sie lächelte flüchtig, von seinem letzten Satz erheitert, doch dann sah sie ihm direkt in die Augen und versuchte nicht, ihre Bedenken zu verbergen. »Du musst ihnen die Möglichkeit geben, selber zu wählen. Du musst Ihnen die volle Wahrheit darüber erzählen, warum ich verfolgt werde.«

»Das habe ich vor. Es wird nichts ändern. Sie werden sehen, warum Ehr...«

»*Non*«, unterbrach sie ihn scharf. »Erzähl' ihnen nichts von deinem Gelübde und sprich nicht von Ehre, weder von deiner noch von ihrer. Erzähl ihnen nicht, dass du gelobt hast, mich zu beschützen. Damit würdest du sie dorthin drängen, wo wir sie haben wollen. In ihren Herzen würden sie aber vielleicht lieber *non* sagen. Sie werden denken, dass sie ebenso moralisch dazu verpflichtet sind wie du, weil sie nicht wollen, dass dein Name befleckt wird.«

»Sie werden *ja* sagen und dich in ihre Obhut nehmen«, versicherte er ihr.

»Kein Wort von deinem Gelübde. Einverstanden?«

»In Ordnung. Du wirst sehen, dass ich die Wahrheit sage. Sie werden nicht handeln, weil sie meine arme, kleine angeschlagene Ehre verteidigen möchten, sondern weil sie dich tatsächlich retten wollen.«

Gisèle schrie überrascht auf, als er sie unvermittelt auf das Bett zog. »Und somit hat diese Diskussion nun ein Ende?«

Nigel lachte, als er ihr die Kleider auszuziehen begann. »Hast du dem noch etwas hinzuzufügen?«

»Nur noch eins. Wenn sie zu der Überzeugung kommen, dass ich mehr Schwierigkeiten auf ihren Schultern ablade, als ihnen lieb ist, darf ich wenigstens einmal, bevor ich gehen muss, etwas Anständiges essen?«

Sie stimmte in sein Lachen ein und erwiderte gierig seinen Kuss. Es war ganz gewiss töricht, aber sie fühlte sich sicher. Und sie spürte ihr Verlangen nach Nigel. Zwischen Frankreich und Schottland war sie so gut wie jede Seemeile über krank gewesen, und die einzige Berührung von Nigels Seite hatte darin bestanden, ihr gelegentlich tröstend auf den Rücken zu klopfen oder ihren Kopf zu halten, während ihr übel war. Obwohl sie müde war, wollte sie nicht noch eine Nacht ohne die Leidenschaft zwischen ihnen erleben.

Während sie ihm Liebkosung für Liebkosung, Kuss für Kuss antwortete, enthüllte sie wortlos ihre Liebe zu ihm. Als sie beide fest im Griff ihres Begehrens gefangen waren, besaß sie weder die Stärke noch den Willen, ihre Gefühle zu verbergen. Und da Nigel genauso hingerissen war wie sie, hatte Gisèle keine Angst vor Entdeckung, denn sie war überzeugt, dass solche Gefühle mit Worten ausgedrückt werden mussten, um ihre Existenz zu bestätigen.

Wenn sie ihre Liebe durch Leidenschaft, durch jede Liebkosung, durch jeden Kuss ausdrückte, gab ihr das auch die Kraft, sie die übrige Zeit zu verbergen. Manchmal hatte es den Anschein, als würden ihre Gefühle so stark werden, dass sie drohten, ihr zu entgleiten, und dann, so befürchtete Gisèle, würde sie einem unwilligen Nigel gegenüber in einem verwirrten Geständnis alles ausplappern. Auf keinen Fall wollte sie diesem Mann ihr Herz entblößen, nur um dann gnädig von ihm zurückgewiesen zu werden. Aber innerhalb der Grenzen ihres Liebesspiels erlaubte sie sich, ihrem Herz zu folgen.

Sobald sie beide zum Höhepunkt gefunden hatten, dessen Heftigkeit sie immer wieder erstaunte, gab sich Gisèle ihrer Erschöpfung hin. Sie schmiegte sich an Nigel, genoss das wärmende Gefühl seines Körpers und schloss die Augen. Wenn Leidenschaft ein Hinweis auf die dahinterstehenden Gefühle war, musste Nigel sie lieben, aber ihr war klar, dass das die Hoffnung einer Närrin war. Anders als bei Frauen beherrschte bei Männern die Leidenschaft keineswegs die Herzen. Bestenfalls würde sie vielleicht zur wundervollsten Geliebten werden, die er jemals hatte, und das sei besser als gar nichts, beschloss Gisèle, bevor der Schlaf sie übermannte. Wenigstens würde sie als süße Erinnerung in seinem Gedächtnis bleiben. Es wäre ein Glück, wenn ihre Liebe erwidert würde, aber es lag ein gewisser Trost darin, nicht vergessen zu werden.

Nigel schaute auf die kleine Frau, die in seinen Armen schlief. Bald würden sie vor den Toren von Donncoill stehen, und Gisèle würde Maldie begegnen. Die Tatsache, dass jeder, der auf Donncoill für ihn wichtig war, Maldie eingeschlossen, den Grund für seine Abreise kannte, würde seine Verlegenheit ganz und gar nicht lindern.

Eine Weile hatte er sich vorzumachen versucht, dass die Ähnlichkeit zwischen den beiden Frauen gar nicht so groß sei. Doch schon mit dem ersten Schritt auf schottischen Boden hatte sich diese bequeme Lüge in Luft aufgelöst. Sowohl Gisèle als auch Maldie waren kleine Frauen mit schwarzem Haar und grünen Augen, und sie besaßen ein auffallend ähnliches Temperament. Selbst wenn er sich weiter an seinen Selbstbetrug klammern könnte, wäre er der Einzige, der daran glauben würde.

Irgendwie musste er Gisèle zwischen hier und den Toren von Donncoill ein Stück weit darauf vorbereiten. Andererseits würde er riskieren, dass seine warme Geliebte, die er so fest an sich drückte, plötzlich sehr kalt werden würde. Und diesen Verlust wollte er nicht erleiden. Allerdings konnte die Wahrheit dasselbe Resultat hervorrufen.

Nigel fluchte innerlich und akzeptierte die Tatsache, dass er wahrscheinlich wenig Schlaf finden würde, bis die gefürchtete Begegnung vorüber war. Zudem hatte er das üble Gefühl, seiner Feigheit die Herrschaft zu überlassen und auf das Beste zu hoffen. Aber am Ende würde es auf dasselbe Ergebnis hinauslaufen, egal, ob er es ihr jetzt oder später sagte oder ob er sie selbst sehen ließ. Warum also sollte er sich der paar Nächte in ihren Armen berauben?

»Was ist das«, fragte Gisèle, während sie sich setzte und mit der Hand leicht über einen weichen Hügel zarter weißer Blumen strich.

»Heidekraut«, antwortete Nigel und setzte sich neben sie.

»Aha, nach dessen Duft Duncan und du Euch so gesehnt habt.«

Er lächelte und berührte die Pflanze ehrfurchtsvoll. »Stimmt, das haben wir gesagt. Trotzdem meinen wir damit wohl mehr als das. Wir meinen das ganze Land, den Geruch von Schottland selbst. Das Heidekraut ist, so herrlich es auch aussieht, wenn es die Berge mit Farbe überzieht, nur ein kleiner Teil des Ganzen.«

Sie küsste seine Wange, als er das Gesicht verzog. »Ich verstehe. In der Luft hier liegt Unbezähmtheit, eine Herausforderung für die Leute, die durch die Berge kommen.«

Nigel drückte sie sanft auf den moosbedeckten Boden, überrascht und erfreut darüber, dass sie ihn verstand und seine Gefühle teilte. Sie waren nur wenige Stunden von Donncoill entfernt, aber er hatte seine Sehnsucht nach dem Ende dieser Reise gezügelt und eine Rast eingelegt, in der Hoffnung, sie noch einmal zu lieben, denn es war durchaus möglich, so gestand er sich traurig ein, dass sie sich schon bald von ihm abwenden würde. Ihre Worte verrieten ihm, dass sie bereits anfing, sich mit diesem Land vertraut zu machen, und das machte es noch erheblich schwerer, sie zu verlieren.

Es gab da etwas, dass er tun konnte, etwas, dass sie vielleicht davon abhalten würde, nur das Schlechteste von ihm zu denken. Er konnte Gisèle sagen, dass er sie liebte, konnte ihr die Ehe anbieten. Sie würde noch immer verletzt sein, wenn sie Maldie sah, und sie würde bestimmt die Aufrichtigkeit seines Gelübdes infrage stellen, aber diese drei kleinen Worte konnten ihm vielleicht die Möglichkeit verschaffen, ihn alles erklären zu können. Trotzdem wusste Nigel, dass er sie nicht fragen würde. Er war sich nicht sicher, er war zutiefst und unerbittlich verwirrt. Keine Frau hatte ihn bisher so erregt wie Gisèle, keine hatte seine Leidenschaft derart heftig geweckt, wie sie es mit nur einem kleinen Lächeln fertigbrachte, und bislang war es keiner Frau gelungen, auch in seinem Kopf das Interesse an ihr für so lange Zeit aufrechtzuerhalten. Keine außer Maldie. Er wollte Gisèle nicht Liebe und Ehe, Treue und Ergebenheit versprechen, dann aber einen Blick auf Maldie werfen und wissen, dass alles Lüge war. Wenn er ihr schon sonst nichts geben konnte, würde er Gisèle wenigstens nicht verletzen, indem er ihr ein Herz anbot, das noch immer fest an eine andere Frau gebunden war.

Gisèle streckte ihre Hand aus und glättete die Sorgenfalte zwischen seinen Augen. »Für einen Mann, der nur ein paar Meilen von seinem geliebten Heim entfernt ist, das er sieben Jahre lang nicht gesehen hat, siehst du aber nicht sehr glücklich aus.«

»Ich glaube, ich bin nicht mehr überzeugt, ob ich willkommen bin«, erwiderte er.

»Wegen dem, warum du gegangen ist?« Innerlich gewappnet, fragte sie sich, ob er ihr nun endlich verraten würde, was ihn so lange von dem Land, das er eindeutig liebte, ferngehalten hatte.

»Ja, auch deswegen. Aber auch, weil sich nach so langer Zeit die Dinge verändert haben können, und die Menschen dazu. Ich glaube, auch ich habe mich ein bisschen verändert.«

Nigel verfluchte sich insgeheim als den größten Feigling auf zwei Beinen. Das war die ideale Gelegenheit, alles zu gestehen, und er war ihr so schnell ausgewichen wie einem Schwertstreich. Es war ein Geheimnis, wenn auch kein sehr gut gehütetes, das er ihr nicht verraten wollte, zumindest nicht, bis er dazu gezwungen sein würde. Nigel betete, dass Gisèle ihm wenigstens eine Chance geben würde, ihr alles zu erklären, wenn das bevorstehende Treffen mit seiner Familie ungünstig verlaufen sollte.

Schwer enttäuscht darüber, dass er nicht von jener Frau gesprochen hatte, deretwegen er gegangen war, wie sie sicher wusste, brauchte Gisèle einen Augenblick, um sich zu fassen, und sie verteilte Küsse über sein Gesicht, damit er ihr die Verletzung nicht an den Augen ablesen konnte. Hoffentlich ließ er sie diese schmerzliche Wahrheit nicht mittels hinter vorgehaltener Hand geflüsterter Gerüchte oder durch ihre eigenen Augen herausfinden. Selbst wenn ihr nicht gefiele, was er ihr zu sagen hatte, zog sie es vor, die Wahrheit von ihm selbst zu hören. Allerdings blieb nicht mehr viel Zeit dafür, und die Frage, wie vernichtend sein Geheimnis wohl sein mochte, raubte diesem Augenblick die Schönheit, was sie jedoch ganz und gar nicht wollte. Sie atmete tief durch, um sich zu beruhigen, zwang sich zu einem Lächeln und versuchte eingehend, Nigels Unbehagen zu lindern.

»Sie werden hocherfreut sein, dich lebend und unversehrt vor sich zu sehen«, sagte sie. »Sollte es auf Donncoill oder unter seinen Bewohnern Veränderungen gegeben haben, werden es vermutlich keine sein, mit denen du dich nicht vertraut machen und mit denen du nicht leben kannst. Abgesehen davon, wird es immer noch die Familie sein, die du kennst.«

»Du hast recht. Es war schwer, Neuigkeiten über sie zu erfahren oder ihnen eine Nachricht von mir zukommen zu lassen. Ich habe schon angefangen zu glauben, dass ich mich unter Fremden wiederfinden werde oder dass ich es zumindest so empfinden würde. Das ist dumm, vielleicht aus der Sehnsucht geboren, nach Hause zu kommen.«

»Sollen wir also wieder zu den Pferden gehen?«

»Nein, noch nicht.« Er schnürte ihr langsam das Kleid auf. »Es ist ein schöner, warmer Tag, und du wirst nicht lange brauchen, um zu sehen, was für ein Segen das ist. Ich wollte ihn gern etwas genießen.«

»Aha, es ist also der Tag, den du genießen willst«, murmelte sie, während sie den Kopf nach hinten bog, damit er ungehindert ihren Hals erreichen konnte.

Nigel lachte leise und fuhr in seinem Liebesspiel fort. Er hatte das dringende Bedürfnis, genau hier zu verweilen, eine Hütte zu bauen und sie darin festzuhalten. Er würde seiner Familie nahe genug sein, um sie zu sehen, wann immer er wollte, aber Gisèle würde Maldie niemals erblicken. Er wusste, dass solche Tagträume der reine Irrsinn waren und verdrängte sie. Selbst wenn er Gisèle von seiner Familie würde fernhalten können, dann vermutlich nur für kurze

Zeit. Jemand würde eine Bemerkung machen, oder Maldie würde auftauchen, um zu sehen, was er da verberge. Er konnte die Begegnung, die er so fürchtete, nicht verhindern, nur beten, dass sie nicht zu schlimm verlief.

Gisèle sah nachdenklich aus, als ihr Körper Nigel willkommen hieß. Ihre Leidenschaft war brennend und unbezähmbar, aber dieses Mal ließ sie sich nicht von ihr blenden, und so bemerkte sie, dass etwas in Nigels Verhalten anders war. In seinen Liebkosungen, in der heftigen Art, wie er sie zu den Höhen des Begehrens drängte, lag eine winzige Spur von Verzweiflung, als ob es das letzte Mal sei, dass sie sich liebten. Gisèle wollte nicht wissen, warum er so etwas denken sollte, ja, sie fürchte sich sogar davor, darüber nachzudenken. Sie umschlang ihn mit ihrem Körper und versuchte lieber, völlig in dem Empfinden aufzugehen, das er in ihr auslöste. Wenn es das letzte Mal sein sollte, dass sie in seinen Armen lag, wollte sie sich nicht die Freude daran verderben, indem sie zu viel nachdachte.

Nigel sprach kaum etwas, als er ihre Umarmung schließlich löste und die Kleider wieder anzulegen begann. Er hatte ein paar schmeichelnde Worte gemurmelt, aber Gisèle hatte sich nicht zum Narren halten lassen. Normalerweise lösten seine schönen Worte in ihr das Gefühl aus, schön und begehrt zu sein. Dieses Mal hatte sie eher den Eindruck, oft gebrauchte Worte zu hören, hinter denen sich weder Gefühl noch Empfindung verbarg. Sie fühlte sich benutzt, wie eine der Huren in Frankreich, bemühte sich aber, diesen entsetzlichen Gedanken zu unterdrücken. Es war nicht leicht. Erschreckt stellte sie fest, dass sie sich plötzlich voneinander entfernt hatten.

Als sie aufsaßen und ihre Reise wieder aufnahmen, befahl sie sich, nicht töricht zu sein und damit aufzuhören, Schatten zu suchen, wo keine waren. Nigel war sich nicht sicher, was er auf Donncoill vorfinden würde, und seine Gedanken waren von Ängsten und Sorgen besetzt. Mehr als das würde es nicht sein. Schließlich hatte ihr die eigene Unsicherheit über das Zusammentreffen mit seiner Familie eben erst Unbehagen bereitet. Vielleicht würde sie jetzt versuchen, Nigel die Schuld daran in die Schuhe zu schieben.

Sie hatte sich fast schon selbst überzeugt, als Donncoill endlich in der Ferne zu sehen war. Ein imposanter, wenn auch unvollendeter Herrensitz. Gisèle erkannte, dass das Gebäude, sobald es fertig war, mit vielen Gebäuden in Frankreich konkurrieren konnte. Nigel kam nicht zu einem armen und engen Turm nach Hause, wie sie manche auf ihrer Reise gesehen hatte, sondern zu einer mächtigen Burg, auf die jeder Mann stolz sein konnte. Dennoch verringerte er sein Tempo immer mehr, je näher sie kamen, und sie überfiel das ungute Gefühl, dass Nigel wenden und weglaufen würde, hätte er nur einen guten Grund dafür. In ihren Augen ergab das alles keinen Sinn, und sie sehnte sich danach, anzuhalten, ihn vom Pferd zu zerren und aufzufordern, ihr endlich zu sagen, was ihm Sorgen bereitete.

Die Begrüßung, die ihnen zuteil wurde, als sie durch die hohen Eisentore ritten, war so herzlich, wie man sie sich nur wünschen konnte. Doch selbst das schien Nigels düstere Gedanken nicht aufhellen zu können. Als er ihr vom Pferd half, musste sie sich auf die Zunge beißen, um nicht zu fragen, was ihn bedrückte. Gisèle liebte keine Überraschungen, und sie hegte zunehmend den Verdacht, dass sie im Begriff war, eine sehr große und ausgesprochen unerfreuliche Überraschung vor sich zu haben.

Ein großer Mann packte Nigel, als er in die Burg hineinging, und umarmte ihn fest. Die gleiche liebevolle Begrüßung erfuhr er von einem älteren Mann und einem lächelnden, wunderschönen Jüngling. Sollte Nigel wirklich befürchtet haben, nicht willkommen zu sein oder dass seine Familie Abstand zu ihm hielt, musste diese Angst inzwischen restlos zerstreut worden sein. Als er sich jedoch umwandte, um sie bei der Hand zu nehmen, konnte sie deutlich seine Augen sehen, und sie fröstelte. Er war noch immer unsicher, beinahe ängstlich. Plötzlich wollte sie nicht mehr wissen, was diesen Ausdruck in seinen Augen hervorgerufen hatte. Sie musste den unerwarteten Drang niederkämpfen, sich umzudrehen und aus Donncoill wegzulaufen. Wenn Nigel etwas fürchtete, dann war es keine Schande für sie, davor in Panik zu geraten. Andererseits hätte sie aber doch zu gern gewusst, was es war.

Sie erwiderte die höfliche Begrüßung, die jeder ihr entgegenbrachte, als sie Nigels Brüdern Balfour und Eric sowie dem Gefolgsmann James vorgestellt wurde. Die Art und Weise, wie die Männer zuerst sie und danach Nigel ansahen, machte sie nervös. Es war, als würden sie alle ein düsteres Geheimnis teilen.

»Nigel«, rief eine sanfte Stimme, und alle Männer drehten sich um, um die Frau anzusehen, die die Treppe heruntereilte.

Gisèle beobachtete, wie diese Frau Nigel umarmte und mit einem Kuss begrüßte, bevor sie sich ihr zuwandte. Sie konnte spüren, wie jeder sie anstarrte, machte sich aber keine Gedanken. Ihre ganze Aufmerksamkeit galt der Frau, die Nigel ihr als Frau seines Bruders Balfour vorstellte, Maldie. Es war schwer, nicht zu zittern, als ihr Blut in den Adern zu Eis gefror.

Die Ähnlichkeiten zwischen ihr und Maldie waren nicht zu übersehen. Während Gisèle eine Übereinstimmung nach der anderen entdeckte, fühlte sie sich immer schlechter. Ihr Herz krampfte sich so heftig in ihrer Brust zusammen, dass ihr jeder Atemzug wehtat. Vor ihr stand die Frau, vor der Nigel davongelaufen war, doch das war nicht der Grund, warum Höllenqualen ihr die Eingeweide zerrissen.

Maldie war etwas älter als sie und wirkte mit dem Kind, das sie unter ihrem Herzen trug, sehr schwerfällig, aber das war auch schon alles, was sie davor bewahrte, wie Schwestern auszusehen. Maldie hatte das gleiche volle schwarze Haar, die gleichen tiefgrünen Augen und fast die gleiche Statur und die gleiche Größe. Die ganze Zeit, während sie sich in diesen Mann verliebt hatte und sich fragte, ob sie ihn jemals dazu bringen konnte, sie zu lieben, während sie ein Liebespaar waren, das auf dem Weg durch Frankreich und Schottland gierig seiner Leidenschaft gefrönt hatte, hatte Nigel nicht wirklich sie gesehen. Er hatte sie benutzt. Da sie nicht sicher war, sein Herz zu gewinnen, hatte sie Trost in dem Gedanken gefunden, dass seine Leidenschaft und seine Freundschaft für eine Weile ihr gehört hatten, dass sie wenigstens eine schöne Erinnerung sein würde. Sie war durch und durch eine törichte Närrin gewesen. Nicht einmal hatte er Gisèle DeVeau geliebt, sondern immer nur Maldie, die Frau seines Bruders.

22

»Du hättest es mir erzählen müssen, Nigel«, sagte Gisèle ruhig, obwohl sie lieber wütend auf ihn losgegangen wäre, doch sie wusste, dass es weder der Ort noch die Zeit dafür war. »Es war äußerst gemein von dir, es nicht zu tun.«

»Gisèle …«, fing er an.

Es war viel schlimmer, als er erwartet hatte. Er hatte sie noch nie so betroffen gesehen, seit sie versuchte hatte, sich Vachel DeVeaus Berührung von der Haut zu schrubben. Nigel sehnte sich schmerzlich danach, diesen Ausdruck von ihrem Gesicht zu streicheln, wieder Leben in ihre Augen zu bringen, aber er befürchtete, eben alle Möglichkeiten dazu verspielt zu haben. Und, traurig genug, jetzt wusste er, dass er sich genau diese Möglichkeiten wünschte, dass er Gisèle haben wollte und niemanden sonst. Es hatte nur einen Blick auf Maldie werfen müssen, um ohne jeden Zweifel zu wissen, dass von den Gefühlen, die er ihr einst entgegengebracht hatte, nichts mehr übrig war. Er liebte Maldie nicht mehr, und hatte es vermutlich schon seit Langem nicht mehr getan. Er liebte Gisèle, die Frau, die ihn nun ansah, als sei er der widerwärtigste und grausamste aller Männer, die sie jemals getroffen hatte. Ihr nichts von Maldie zu sagen war wohl der größte und folgenreichste Fehler, den er jemals begangen hatte.

»*Non.*« Sie schreckte vor seiner Berührung zurück, als er die Hand nach ihr ausstreckte. »Zu spät.«

Gisèle fühlte sich innerlich so zerrissen, dass sie sich wunderte, warum die frischen Schilfmatten unter ihren Füßen nicht voller Blut waren. Die angespannten, unbehaglichen Gesichter von Nigels Familienmitgliedern halfen ihr, den

Schmerz zu unterdrücken, obwohl ihr klar war, dass es nur eine vorübergehende Erholung sein konnte. Ein solch heftiger Schmerz konnte nicht lange verborgen bleiben, und Nigels Familie hatte es nicht verdient, Zeuge davon zu werden, noch wollte sie ihre Seele vor ihr entblößen. Und ganz gewiss wollte Gisèle sie auch nicht vor Nigel bloßlegen. Wenn Nigels Herzlosigkeit Auseinandersetzungen und Nachwirkungen zur Folge haben sollte, dann musste er sie alleine durchstehen. Verdient hatte er es ganz sicher. Sie wollte alleine sein und sich mit den Gefühlen auseinandersetzen, die in ihr wüteten.

»Es ist mir eine Ehre, Euch kennenzulernen«, sagte sie, froh, dass ihre Stimme gelassen und nur wenig angestrengt klang. »Trotzdem, wenn ich mir diese Freiheit gegenüber Eurer Freundlichkeit erlauben darf, würde ich sehr gern zu einem Gemach geführt werden. Ich muss mir den Reisestaub abwaschen und mich etwas ausruhen.«

»Selbstverständlich könnt Ihr das«, sagte Maldie, die einen Schritt auf sie zu machte. Nachdem sie Nigel einen verärgerten Blick zugeworfen hatte, der ernsthafte Vergeltungsmaßnahmen verhieß, nahm sie Gisèle am Arm und brachte sie zu einer rundlichen, älteren Frau, die am Fuß der Treppe stand. »Margaret, bring bitte Lady Gisèle zu einer Kemenate und sorge dafür, dass sie alles bekommt, was sie braucht.«

Nigel schüttelte endlich sein Entsetzen und sein Zögern ab, doch als er Gisèle die Treppen hinauf folgen wollte, stellte sich ihm Maldie entschlossen in den Weg. »Ich muss mit Gisèle sprechen.«

Flüchtig zog er in Erwägung, Maldie einfach beiseitezuschieben, schaute dann aber auf ihren gewölbten Bauch. Balfour würde es nicht zu schätzen wissen, wenn er so mit seiner schwangeren Frau umginge. Außerdem hegte Nigel den Verdacht, dass sie damit recht hatte, ihn aufzuhalten. Gisèle würde ihm im Augenblick nicht zuhören wollen, und er wiederum wusste nicht so recht, was er ihr eigentlich sagen wollte oder sollte. Sie würde es möglicherweise gerne gehört haben, wenn er sie um Verzeihung gebeten hätte, aber es würde nicht ausreichen, das Gefühl von Verrat, das sie empfinden musste, zu mildern.

»Mit ihr hättest du schon lange vorher sprechen müssen«, fuhr Maldie ihn an, packte ihn am Arm und zog ihn zur großen Halle. »Jetzt musst du mit uns sprechen.«

»Wann wurde Maldie denn zum Laird auf Donncoill?«, fragte Nigel und warf einen Blick auf seine Brüder und James, während Maldie die vier zum Haupttisch scheuchte und nur einmal stehen blieb, um einem Pagen zu sagen, dass er ihnen etwas zu essen bringen solle.

James lächelte schwach, als er sich Nigel gegenübersetzte. »Wohl bald, nachdem sie durch diese Tore geritten kam. Wir haben nur etwas zu lange gebraucht, um festzustellen, dass wir die Macht abgegeben haben.« Danach schaute er den jüngeren Mann streng an. »Mein Junge, ich glaube, du hast dich in dieser Sache nicht gut verhalten.«

Maldie stieß einen verächtlichen Ton aus, während sie sich zu Balfours Rechten niederließ. »Ich finde, dass er sich wie ein Mistkerl betragen hat, und vermutlich wie ein großer Esel«, sagte sie, ohne auf das protestierende Gemurmel von Nigels Brüdern und James zu achten. »Doch bevor wir dieses Hühnchen miteinander rupfen, kannst du uns vielleicht sagen, wer unser Gast eigentlich ist und warum sie den langen Weg gekommen ist.«

Nachdem er flüchtig in Erwägung gezogen hatte, aus dem Raum zu flüchten, atmete Nigel tief durch und erzählte Gisèles Geschichte.

Er zögerte nur einen Augenblick, bevor er hinzufügte, was er über ihre Zeit an der Seite des grausamen Michael DeVeau wusste. Seine Familien würde niemals das Vertrauen missbrauchen.

Als er fertig war, gab es keinen Zweifel daran, dass sie die ganze Stärke Donncoills zwischen Gisèle und die DeVeaus werfen würden. Nigel wünschte nur, Gisèle wäre anwesend, um die Entschlossenheit mit eigenen Augen zu sehen.

»Und wann warst du dir sicher, dass sie diesen Mann nicht getötet hat?«, fragte James, der sich seinen Teller nebenbei mit etwas von dem Essen füllte, das der Page gebracht hatte.

Nigel starrte ihn an und fragte sich, wie er die Fähigkeit dieses Mannes, einem direkt ins Herz zu schauen, vergessen haben konnte. »Es hat ein bisschen gedauert. Ich habe sie vorher schon für den möglichen Mord an diesem Bastard nicht verurteilt, da ich verstand, was sie dazu getrieben haben könnte. Als sie aber darauf bestand, zu lernen, wie man ein Schwert führt, kam der Augenblick, in dem ich deutlich erkannte, dass dieses Mädchen keinen Menschen töten kann. Oh, sie hätte es vielleicht getan, wenn ihr Leben oder meines ernsthaft in Gefahr gewesen wäre, was sie an dem Tag, an dem ich verwundet wurde, auch bewiesen hat. Aber einen Mann ermorden und verstümmeln, während er fast bis zur Bewusstlosigkeit betrunken war? Nein, das würde sie niemals fertigbringen, egal, wie sehr dieser Hurensohn es verdient hat. Ich vermute, dass es die Verwandten eines der Mädchen waren, die er sich genommen und wahrscheinlich halb totgeschlagen hat.«

»Wenn Gisèles Verwandte ihre Unschuld beweisen, könnte es sein, dass jene Leute teuer für etwas bezahlen, das nur gerecht war«, warf Balfour ein.

»Ja«, stimmte ihm Nigel widerwillig zu, »aber wenigstens sind es die wahren Mörder. Wenn niemand sonst der Tat überführt wird, dann wird ein unschuldiges Mädchen mit seinem Leben dafür bezahlen. Um ehrlich zu sein, ich finde, dass diese Leute eine Bestrafung verdienen, weil sie nicht gestanden haben, als Gisèle angeklagt wurde, und auch weiterhin schwiegen, während sie ein Jahr lang auf der Flucht war und sich verstecken musste.«

»Das stimmt«, pflichtete ihm Balfour bei.

»Und können wir jetzt vielleicht über das neuste Verbrechen an diesem Mädchen sprechen?«, forderte Maldie mit einem finsteren Blick auf Nigel.

»Liebling, er hat diesem Mädchen das Leben gerettet«, sagte Balfour ruhig und tätschelte sanft Maldies Hand.

»Das weiß ich, und dafür sollte er auch gelobt werden, obwohl ich den Verdacht habe, dass er anfangs nicht die edelsten Beweggründe hatte. Das tut alles nichts zur Sache. Es fällt mir schwer, es zu sagen, aber wir wissen alle, warum du vor sieben Jahren weggegangen bist. Jetzt kommst du zurück und bringst ein Mädchen mit, das mir so ähnlich sieht, dass es meine Schwester sein könnte. Ich hoffe aufrichtig, nein, ich bete, dass du nicht ...« Unfähig diesen Gedanken auszusprechen, hielt sie inne.

Balfour schaute seinen Bruder an. »Du hast dieses arme Mädchen nicht auf diese Weise benutzt, oder doch, Nigel?«

Nigel verzog das Gesicht. Es war fast lachhaft, wie sehr alle versuchten, nicht genau auszusprechen, was sie dachten. »Nein, ich habe nicht versucht, die Frau, die ich einst begehrte, durch dieses arme Mädchen zu ersetzen.« Er sah Maldie zusammenzucken, und es tat ihm aufrichtig leid, ihr durch dieses Gespräch Unbehagen zu bereiten, doch dieses Mal mussten sie die hässliche Wahrheit unverblümt aussprechen.

»Bist du sicher, Nigel?«, fragte Eric, dessen schönes Gesicht beinahe feierlich wirkte. »Wenn wir die Ähnlichkeit sehen, kannst du nicht behaupten, dass du es nicht auch tust.«

»Oh ja, ich habe sie gesehen. Selbst als sie das Haar kurz geschnitten trug, selbst in der Knabenkleidung, die sie die längste Zeit während unserer Flucht durch Frankreich anhatte, und trotz der etwas seltsamen Art, wie sie unsere Sprache spricht. Ja, ich habe es sehr deutlich gesehen, und das hat mir auf Schritt und Tritt Kummer bereitet. Immer, wenn ich dachte, ich wüsste, was ich für dieses Mädchen empfinde, habe ich es schon wieder bezweifelt. Wie auch nicht?«

»Du hättest es ihr sagen müssen. Selbst wenn du ihr deine

eigene Verwirrung hättest gestehen müssen, hättest du es ihr sagen müssen.«

»Junge, wir haben immer deine Aufrichtigkeit bewundert und uns gewünscht, wir könnten die Wahrheit so schnell aussprechen wie du, aber manchmal ist es nicht so einfach.«

»Ihr seid ein Liebespaar. Das Mädchen hat im vergangenen Jahr oder noch länger eine Menge Verrat erlebt. Dadurch, dass du es ihr nicht gesagt hast, hast du in ihren Augen den Schmerz noch vermehrt. Sie hat von dir kein warnendes Wort zu hören bekommen, keinen Hinweis darauf, dass du in deinen Gefühlen hin und her gerissen bist, und dennoch habe ich den Verdacht, sie weiß, dass du dieses Land wegen einer Frau verlassen hast. Trotzdem kommt sie her, glaubt, ihr Geliebter bringe sie an einen Ort, wo sie vielleicht Sicherheit und Frieden findet, doch was findet sie wirklich? Die Schatten seiner Vergangenheit. In dem Augenblick, in dem ihr Blick auf Maldie gefallen ist, wusste sie, wen du verlassen hast, warum du gegangen bist, und sie hat ziemlich schnell das Urteil gefällt, warum du dich ihrer angenommen hast.«

»Eric hat recht«, sagte Maldie leise. »Du hast sie herkommen lassen, ohne ihr ein Wort der Erklärung zu geben, nicht ein Wort, um ihr das Gefühl zu geben, dass dir all das, was zwischen Euch war, etwas bedeutet. Selbst wenn sie sich eingeredet hat, dass du sie ein bisschen gernhast, hat sich mit meinem Anblick alles als scheinbar unrichtig erwiesen. Nigel, denk nach. Das Mädchen muss etwas für dich empfinden, schließlich hat sie dir trotz all ihrer Wunden und all des Verrats erlaubt, dass du ihr Geliebter wirst. Wer weiß schon, was Gisèle sich vorgestellt hat, aber ich bezweifle, dass sie jemals gedacht hat, sie würde nur Lückenbüßerin für jemanden sein, den du begehrst. Und ich kann dir versichern, dass sie das in eben diesem Augeblick denkt. Sie hält sich für die größte Närrin.«

»Da du schon davon überzeugt warst, dass es nicht so ist,

bevor du hergekommen bist«, sagte Balfour, »warum hast du es ihr denn nicht gesagt? Hättest du mit ihr geredet, müsstest du jetzt nichts weiter tun, als ein paar Zweifel zu beseitigen.«

»Ich war mir nicht sicher, bis ich Maldie und Gisèle nebeneinander gesehen habe«, antwortete er leise.

»Gott im Himmel«, fluchte Maldie bei sich. »Du hast gewartet, bis du uns vergleichen konntest?«

»Nein, ganz so unrühmlich war es nicht. Es war aber die einzige Möglichkeit, meine letzte Verwirrung zu beseitigen. Ich konnte sie nicht verletzen, indem ich ihr etwas sagte, das sich als Lüge herausstellen konnte.« Er verzog in Selbstverachtung das Gesicht. »Stattdessen habe ich geschwiegen und sie wahrscheinlich noch viel schlimmer verletzt.«

»Willst du das Mädchen haben?«, fragte James.

Nigel lächelte schief. »Ja, ich will das Mädchen haben.«

»Dann musst du ihr den Hof machen.«

»James, ich glaube nicht, dass sie mir überhaupt erlaubt, in Sichtweite zu kommen. Es wird sehr schwer sein, aus der Ferne um sie zu werben.«

»Sie muss hierbleiben. Sie kann nirgends anders hin, es suchen Leute nach ihr, um ihr eine Schlinge um den hübschen Hals zu legen. Es mag vielleicht nicht einfach sein, sie dazu zu bringen, sich hinzusetzen und zuzuhören, aber genau das musst du tun. Du musst ihr jetzt die ganze Wahrheit sagen, und du musst ihr sagen, dass du sie willst, und zwar sie allein. Komm Junge, du hast noch nie Probleme mit den Mädchen gehabt. Wenn du dich daran erinnerst, denke ich, kannst du diese hier für dich gewinnen. Es wird Zeit in Anspruch nehmen, aber ist sie das nicht wert?«

»Oh ja, das ist sie. Aber ich bin nicht davon überzeugt, dass ich nach alldem es noch wert bin für sie.«

Gisèle streckte sich auf dem Bett aus und starrte an die Decke, ihre Hände lagen fest verkrampft neben ihr. Sie hatte gebadet, das Essen verzehrt, das man ihr gebracht hatte, auch wenn es in ihrem Mund wie schale Asche schmeckte, und das frische, saubere Leinennachtgewand angezogen, das Margaret ihr aufs Bett gelegt hatte. Weiter gab es für sie nichts zu tun, nichts, womit sie sich hätte ablenken können. Sie war mit ihren Gedanken ganz allein, und sie wünschte sich sehnlich, es nicht zu sein.

Da es ihr sinnlos schien, das heftige Bedürfnis zu weinen zu unterdrücken, gab sie ihm nach. Sie drehte sich auf den Bauch und schluchzte in die weichen Kissen, bis sie keine Tränen mehr hatte, bis ihre Augen leer waren und brannten. Zu ihrer Bestürzung war sie davon zwar erschöpft, aber nicht erschöpft genug, um einschlafen zu können. Außerdem dämpfte es ihren Schmerz nicht genug.

Sie konnte noch immer nicht glauben, dass Nigel sie betrogen hatte. Trotz des Beweises, den sie mit eigenen Augen gesehen hatte, gab es in ihr noch immer eine törichte Stimme, die sie glauben machen wollte, dass sie sich geirrt hatte, dass es eine Erklärung dafür gab. Er war, neben einigen Verwandten, der einzige Mensch, dem sie lange Zeit vertraut hatte. Es war schwer zu glauben, dass sie falsch damit gelegen hatte.

Er hatte sie benutzt, und sie würde eine noch größere Närrin sein, würde sie diese herbe Tatsache weiterhin leugnen. Sie sah genau so aus wie jene Frau, die er geliebt hatte und nicht haben konnte. Selbst wenn sie ihren Stolz hinunterschlucken und dies hinnehmen könnte, würde es ihr sehr schwerfallen, wenn diese Frau Teil seines Lebens war. Man konnte nicht mit einer Lüge leben, wenn einem die Wahrheit jeden Tag begegnete. Es würde ihm niemals möglich sein, sich ganz von dem Objekt seiner Sehnsucht zurückzuziehen, es sei denn, er würde sich ganz von seiner Familie trennen. Aber das würde er, wie sie wusste, niemals tun.

Ein sanftes Pochen an der Tür zog ihre Aufmerksamkeit auf sich, und rasch setzte sie sich auf und wischte sich die Augen trocken, während sich langsam die Tür öffnete. Sie war sowohl erleichtert, als auch enttäuscht, als Maldie und nicht

Nigel vorsichtig hereintrat. Ein Teil von ihr wollte Nigel niemals wiedersehen, doch ein anderer Teil sehnte sich schmerzlich danach, dass er angekrochen käme, um Verzeihung bitten und ihr alles erklären würde. Sie hoffte inständig, dass er nicht jemand anders geschickt hatte, um dies für ihn zu erledigen.

»Schaut bitte nicht so misstrauisch, Lady Gisèle«, sagte Maldie, als sie sich am Bettrand niederließ. »Dieser närrische Tor und Bruder meines Mannes weiß nicht einmal, dass ich hier bin.«

»Ich werde am Morgen abreisen«, sagte Gisèle, über ihre Worte selbst überrascht. Ihr wurde jedoch bewusst, dass sie diesen Entschluss bereits in dem Augenblick gefasst hatte, als sie erkannte, wie dumm sie gewesen war.

»Nein, Ihr könnt nicht abreisen. Ihr könnt nirgends hin, denn ihr befindet Euch in Gefahr. Donncoill mag im Moment der letzte Ort sein, an dem ihr verweilen wollt, aber er ist der sicherste.«

»Ich könnte nach Frankreich zurückkehren«, sagte sie und verdammte die Abneigung, die sie aus ihrer Stimme heraushören konnte.

»Und hängen. Das ist keine Antwort auf all das Durcheinander, obwohl ich mir vorstellen kann, dass ihr das Hängen für nicht schlimmer haltet als die Wunden, die Ihr davongetragen habt. Ich kenne dieses Gefühl. Ich habe es erlitten, bevor Balfour und ich den Verstand hatten zu erkennen, dass wir zueinander gehören. Na ja, ich habe es als Erste erkannt, aber Frauen sind in solchen Angelegenheiten oftmals viel geschickter als Männer.«

»Nigel und ich gehören nicht zusammen.«

Maldie streckte ihre Hand aus und nahm sanft Gisèles Hand in ihre. »Ich stelle für Euch keine Gefahr dar. Ich habe niemals einen anderen Mann als Balfour geliebt, und werde es auch niemals tun.« Sie strich sich mit der anderen Hand über ihren gewölbten Bauch. »Wir bekommen unser drittes

Kind und werden mit Gottes Hilfe sicherlich noch mehr bekommen.«

»Ich fürchte nicht Euch, Mylady, noch lade ich die Schuld für all das auf Euren Schultern ab. Es ändert nichts daran, dass Nigel Euch liebt. Dass ich aussehe wie Ihr, ist der einzige Grund, warum ich überhaupt hier bin, der einzige Grund selbst für die geringsten Empfindungen mir gegenüber.« Gisèle atmete tief durch, um sich in den Griff zu bekommen, denn allein darüber zu sprechen fühlte sich an, als würde man in einer offenen Wunde ein Messer umdrehen.

»Stimmt, Nigel ist weggegangen, weil er mich begehrt hat und wusste, dass ich seine Gefühle niemals erwidern würde. Er hatte Angst, dass er Balfour und mir Schwierigkeiten machen oder diese Situation ihn und seinen Bruder auf gewisse Weise auseinanderbringen würde. Das entspricht aber nicht mehr der Wahrheit. Ich weiß nicht einmal, ob es jemals der Wahrheit entsprochen hat, selbst damals. Ich bin nicht die Frau, die Nigel liebt, nicht mehr, und vielleicht schon seit Langem nicht mehr.«

»Seid Ihr sicher, dass er Euch nicht hergeschickt hat?«, fragte Gisèle und zog ihre Hand zurück. Maldies Worte weckten Hoffnung in ihrem Herzen, und das wollte sie nicht.

»Ja, ganz sicher. Ich bin die Frau, von der Ihr glaubt, dass er sie begehrt. Ich hatte den Eindruck, dass ich kommen und es ansprechen sollte. Ich bin vielleicht nicht das ganze Problem und gewiss trage ich keine Schuld an dem Schmerz, den Euch dieser Esel zugefügt hat, aber ich bin ein kleiner Teil dieses Durcheinanders.«

»Es tut mir leid«, murmelte Gisèle und fuhr sich mit den Fingern durchs Haar. »Es war gemein, Euch einer Lüge zu bezichtigen. Sehr gemein.«

»Ich weiß, dass ihr nicht in der Verfassung seid, mir zuzuhören, aber passt bitte einen Augenblick auf. Nehmt meine Worte in Euren Verstand und Eurem Herzen auf und lasst sie dort ruhen, denkt ab und zu an sie. Was Nigel getan hat, ist scheinbar so herzlos, dass es nicht in Worte zu fassen ist, aber ich schwöre Euch, dieser Mann ist nicht herzlos. Er hat aus Unwissenheit gehandelt, aus seiner eigenen Verwirrung heraus und aus Feigheit.«

»Nigel ist kein Feigling.« Sie war verblüfft, wie schnell sie ihn verteidigte, und wusste nicht so recht, wie sie das flüchtige sanfte Lächeln, das über Maldies Gesicht huschte, deuten sollte.

»Wenn es um Angelegenheiten des Herzens geht, kann jeder Mann zum Feigling werden. Ihr habt mühelos erraten, wer ich bin und was das alles zu bedeuten hat, und dass Ihr vielleicht nicht mehr als die leibliche Verkörperung eines Geistes seid, an den er sich zu klammern versuchte. Glaubt Ihr nicht, dass er das ebenfalls gesehen hat, dass er sich selbst darüber gewundert hat? Dass er vielleicht jedes seiner Gefühle infrage stellte? Dass es das Letzte war, was er bekennen wollte?«

»Er hätte es mir sagen sollen, mich auf irgendeine Weise warnen müssen. Wenigstens hätte er mir die Wahrheit sagen müssen, bevor er mit mir zum ersten Mal geschlafen hat.«

»Ihr werdet keinen Widerspruch hören. Er hat dafür eine ordentliche Tracht Prügel verdient. Aber ich bitte Euch, hört eine Weile zu und beobachtet ihn. Ihr liebt ihn, und ich werde Euch keinen Glauben schenken, wenn Ihr es leugnet. Schaut wenigstens, ob es einen Weg gibt, ihm die Wunde, die er Euch zugefügt hat, zu verzeihen. Wenn Ihr das nicht schafft, tja, dann ist es das Ende des Ganzen. Wie auch immer, selbst wenn ihr Euch für den größten Dummkopf haltet, ihr wärt in meinen Augen ein noch größerer, wenn ihr nicht zumindest kurze Zeit bleibt und zuseht, was er als Nächstes tun wird.«

Mit einem schwachen Lächeln stand Maldie auf, streckte die Hand aus und fuhr sanft durch Gisèles Locken. »Es ist dem Haar meines Sohnes sehr ähnlich. Ruht Euch aus, Gisèle. Holt Euch Eure Kraft zurück, weint, verflucht den

Mann, weil er ein netter Esel ist, und schafft all diese Wut aus Eurem Herzen. Ihr werdet in den nächsten Tagen einen klaren Kopf brauchen. Und denkt daran«, fügte sie hinzu, indem sie an der Tür stehen blieb, »manchmal hält ein Esel so lange an einer Überzeugung fest, dass er es nicht erkennt, wenn sie längst nicht mehr der Wahrheit entspricht. Es ist längst keine Überzeugung oder kein Traum mehr, nur eine Gewohnheit.«

Maldie lächelte in sich hinein, als sie in die Halle trat und leise die Tür hinter sich schloss. Überrascht schrie sie auf, als eine tiefe, vertraute Stimme sagte: »Du hast dich eingemischt, nicht wahr, mein Herz?«

»Na ja, ein bisschen«, bekannte sie, als Balfour sie von der Tür wegzog.

»Das ist Nigels Problem.«

»Ich weiß, und ich weiß auch, dass er der Einzige ist, der es wirklich lösen kann. Trotzdem bin ich ein kleiner Teil davon. Außerdem bin ich die einzige Frau, mit der sie außer den Mägden sprechen kann. Ich hatte einfach das Gefühl, dass ich etwas sagen muss. Sie liebt ihn.«

»Bist du dir sicher?«

»Oh ja, sehr sicher. Nigel hat sie tief verletzt, aber ihre Gefühle für ihn hat er nicht getötet. Wenn er klug ist und sie fähig, ihm zu vergeben, werden sie es schaffen.«

Gisèle fluchte und warf sich auf das Bett zurück. Verzeihen, hatte Maldie gesagt. Das würde nicht einfach sein. Nigel hatte sie angelogen, vielleicht nicht mit Worten, aber in seinem Herzen. Er kannte sie besser als irgendjemand sonst. Sie hatte ihm viele ihrer dunkelsten Geheimnisse anvertraut, solche, die sie nicht einmal ihrer Familie hatte verraten können. Er musste geahnt haben, wie sehr sie von Maldies Anblick betroffen sein würde, dennoch hatte er nichts unternommen, den Schlag zu mildern. Vergeben, das würde nicht leicht werden.

Maldie hatte aber trotzdem recht. Sie liebte ihn, liebte ihn noch immer, auch wenn er sie stärker verletzt hatte als sonst jemand. Michael hatte ihren Stolz und ihren Körper verletzt, hatte sie gedemütigt und ihr Angst gemacht. Ihre Familie hatte sie verraten und ihr das Gefühl gegeben, einsam und unerwünscht zu sein. Nigel aber hatte ihr Herz zerrissen. Dennoch war sie, neben all dem Schmerz, den sie erlitten hatte, noch immer voller Liebe. Gisèle wusste nicht, ob es klug war. Wie oft musste sie eigentlich niedergeschlagen werden, bevor sie einsah, dass es ihr mehr Schmerz als Glück bereitete, ihn zu lieben?

Und was ist mit meinem Stolz, dachte sie in einem Anflug von Wut. Musste sie den zum Wohl ihrer Liebe hinunterschlucken? Sie war diejenige, die hinters Licht geführt worden war. Sie war nicht diejenige, die nicht wusste, was sie fühlte und für wen. Es schien ungerecht, dass man ausgerechnet von ihr die Bereitschaft erwartete, zu verzeihen und zuzuhören.

Aber sie würde es dennoch tun, gestand sie sich mit einem Seufzen ein. Wenigstens für kurze Zeit. Maldie hatte recht. Sie wäre eine Närrin, wenn sie nicht wenigstens lang genug auf Donncoill blieb, um zuzuhören. Immerhin bestand ja eine kleine Chance, dass er all das sagen würde, was sie hören wollte, dass er die Worte finden würde, um den Schmerz, den er ihr zugefügt hatte, zu lindern. Und ihre Liebe zu ihm sorgte dafür, dass sie diese Chance ergreifen wollte. Gisèle betete um die Fähigkeit, ihm soweit zu verzeihen, dass sie nicht jedes Wort aus seinem Mund für eine Lüge hielt.

Nigel starrte auf die Tür zu Gisèles Schlafgemach. Er vermisste sie bereits jetzt, und dieses Gefühl wurde noch verschärft durch die Angst, dass er sie vielleicht niemals mehr in seinen Armen halten durfte. Unsicherheit nagte an ihm. Er war bereit, ihr seine Seele offenzulegen, aber würde sie bereit sein, ihm zuzuhören?

»Ich halte es nicht für vernünftig, sie noch heute Abend sehen zu wollen«, sagte Eric, als er Nigel am Arm packte und ihn die Halle hinunter zu dem Raum zog, den sie sich teilten.

»Vermutlich nicht. Doch ich fürchte, dass sich ihre Wut verfestigen wird, wenn ich warte.«

»Dann solltest du über die Worte nachdenken, mit denen du sie erweichen kannst.«

»Ich weiß, ihr alle glaubt, dass ich jede Frau mit Worten erweichen kann, aber Gisèle ist nicht wie jede Frau.«

»Nein, das konnte ich sehen, auch wenn mein Zusammentreffen mit ihr sehr kurz und nicht sehr erfreulich war.«

Sobald er in eben dem Raum war, den er sich eine Weile mit Eric teilen würde, streckte sich Nigel auf dem Bett aus. »Diese Frau gibt mir vielleicht niemals die Gelegenheit, das zu sagen, was ich zu sagen habe. Und bedenkt man, wie übel sie im vergangenen Jahr von anderen behandelt wurde, wird sie mir, falls sie überhaupt zustimmt, mich anzuhören, wahrscheinlich kein Wort glauben.«

»Dann musst du es so lange sagen, bis sie es dir glaubt«, riet ihm Eric mit gedämpfter Stimme, während er sein Wams auszog.

»Wenn ich mich wiederhole, wird das der Wahrheit den passenden Ton hinzufügen, oder was?«

»Vielleicht«, erwiderte Eric, der Nigels Sarkasmus überging.

»Ich warte sehnsüchtig auf den Tag, an dem du dich in ein Mädchen verliebst.«

Eric lächelte flüchtig und schlüpfte unter die Decken. »Mit dir und Balfour als Vorbilder, kann ich nur beten, dass ich Verstand genug habe, aus Euren vielen Fehlern zu lernen.« Er lachte, als Nigel ihn in den Arm kniff.

»Du magst der klügste Junge sein, der jemals innerhalb dieser Mauern gelebt hat, aber glaube mir, wenn ich dir sage, dass sich der Verstand eines Mannes in Nichts auflösen kann, wenn ein Mädchen sein Herz berührt.« Nigel stand auf und zog sich ebenfalls aus. »Ich hätte es besser wissen müssen. Trotz all meiner Erfahrung bin ich jeden nur erdenklichen Weg in die Irre gelaufen.«

»Du musst dich nicht so quälen«, murmelte Eric, als Nigel ins Bett schlüpfte. »Es ist noch nicht vorbei.«

»Du hast nicht den Ausdruck in ihren Augen gesehen, Junge, nicht so wie ich. Ich habe ihn vorher nur einmal gesehen, und damals hat er mich frösteln lassen. Es war mir möglich, sie aus der düsteren Stimmung, in die sie gefallen war, herauszuholen, aber damals war ich nicht derjenige, der sie verursacht hatte. Dieses Mal ist ihr Schmerz allein mein Werk. Wer soll sie jetzt herausholen?«

»Wir werden es tun, ich werde es tun. Du liebst sie, und ich habe den Eindruck, dass sie nahe daran ist, dich zu lieben, falls sie dich im Moment nicht mehr lieben sollte. Sei einfach nur ehrlich.«

Nigel seufzte, als er zur Decke starrte. Bei Eric klang alles so einfach, aber er konnte die Zuversicht des Jungen nicht teilen. Er würde Gisèle die Wahrheit sagen und er würde gewiss ehrlich sein, aber er würde ihr nicht den geringsten Vorwurf machen, sollte sie auf beides pfeifen und weggehen.

23

Es war nicht leicht, aber Gisèle verbiss sich ein Lächeln, als sie beobachtete, wie Nigel sich ihrem Sitzplatz in der Nähe der Küchengärten näherte. Zwei Wochen lang hatte er sie umworben, und sie hatte es ihm gestattet. An jenem Morgen, nachdem die Begegnung mit Maldie alles zerstört hatte, hatte er sie gezwungen, sich ruhig hinzusetzen, und begonnen zu erzählen, angefangen damit, wieso er damals geglaubt hatte, Maldie zu lieben, und warum er trotz der Proteste seiner Familie Donncoill verlassen habe. Bereitwillig hatte er ihr gestanden, warum er an seinen Gefühlen für Gisèle gezweifelt hatte, und sogar, warum er so unnachgiebig darauf bestanden hatte, ihr zu helfen, und hatte sie außerdem dafür um Verzeihung gebeten, ihr das alles nicht früher erzählt zu haben. Sie stellte fest, dass sie tatsächlich verstand, warum er so unsicher gewesen war, bis er Maldie nach sieben langen Jahren endlich wiedergesehen hatte.

Trotzdem hatte sie sich in der ersten Woche dazu gezwungen, uninteressiert zu scheinen. Sie wollte nicht, dass ihr Bedürfnis, ihm zu glauben, sie vom richtigen Weg abbrachte oder sie dazu verführte, ihm Vertrauen zu schenken, nur damit es erneut missbraucht würde. Er aber war so ernsthaft in seiner Werbung, so liebevoll und aufmerksam, dass ihr Widerstand zu schmelzen begann. Gewiss konnte sich ein Mann nicht so anstrengen, sie zu gewinnen, wenn er sie nicht aufrichtig liebte, oder?

Diese Spur von Unsicherheit warf den einzigen Schatten auf ihr Glück, Nigel umwarb sie, sprach davon, wie sehr er sie bewunderte, aber er sagte kein Wort von Liebe. Die wenigen zärtlichen Küsse, die er ihr geraubt hatte, verrieten ihr, dass ihre Leidenschaft füreinander noch immer heftig war, aber das reichte ihr nun nicht mehr aus. Die Verletzung, die sie erlitten hatte, als sie denken musste, er habe sie nur benutzt, zeigte ihr, dass sie nicht mehr nur seine Geliebte sein konnte, die darauf hoffte, für ihn eine süße, erfreuliche Erinnerung zu bleiben. Sie brauchte Liebe, Ehe, Kinder und alles, was dazugehörte. Sie wollte nicht einfach nur eine schöne Erinnerung sein. Sie wollte sein Leben sein.

»Du bist also herausgekommen, um die Sonne zu genießen«, stellte Nigel fest, während er sich neben sie auf eine niedrige Steinbank setzte.

»Ich habe schnell festgestellt, dass du recht hattest. Dieses Land ist nicht mit vielen Sonnentagen gesegnet, und man sollte sie voll ausnutzen, wenn sie da sind.«

Er legte seinen Arm um sie und küsste sie sanft auf die Wange, bevor er den Stoff berührte, den sie in Händen hielt. »Näharbeit?«

»Du musst nicht überrascht sein. Werden nicht alle Damen von Stand darin unterricht, wie man eine Nadel benutzt?«

»Stimmt, und du musst mir nicht die Zähne zeigen. Ich wollte dich nicht kränken. Vermutlich habe ich mich zu schnell daran gewöhnt, dich mit dem Schwert in den Händen zu sehen.

Sie lächelte und nickte. »Ich vermisse unsere Übungsstunden sehr.«

»Es gibt keinen Grund, warum wir nicht damit fortfahren sollten.«

»Noch nicht«, murmelte sie. »Ich denke, ich sollte noch etwas länger hier sein, bevor ich deine Leute voll und ganz schockiere.«

Nigel schmunzelte, sagte aber nichts. Er sehnte sich danach, von Ehe zu sprechen, fürchtete aber, dass es noch zu früh war. Sie hatte eben erst angefangen, ihm gegenüber milder gestimmt zu sein. Trotzdem war es schwer, sich zurückzuhalten. Er wollte mehr haben als ein paar züchtige Küsse.

Er wollte sie wieder in seinem Bett haben. Und er wollte auch sicher sein, dass sie es nicht wieder verlassen würde.

Es gab noch einen weiteren Grund für sein Zögern. Am Tag nach ihrer Ankunft hatte er durch einen seiner schnellsten Gefolgsleute ihre Familie benachrichtigt. Nigel war überzeugt, dass Gisèle dem Vorschlag, ihn zu heiraten, gegenüber viel offener sein würde, wenn sie wusste, dass über sie kein Todesurteil mehr verhängt war. Er hatte darum gebeten, über den Stand der Dinge benachrichtigt zu werden, zu erfahren, wie nah man daran sei, ihre Unschuld zu beweisen, und er hatte um die Erlaubnis nachgesucht, sie zu heiraten. An Ersterem war er sehr interessiert, an Letzterem nicht, außer dass es Gisèle vielleicht freuen würde. Wenn sie ihn haben wollte, würde er sie mit oder ohne die Zustimmung ihrer Familie heiraten.

So lange er nur konnte, saß Nigel neben Gisèle, hielt ihre kleine Hand und raubte ihr gelegentlich einen zärtlichen Kuss, bevor er sich mit dem Hinweis, Arbeit erledigen zu müssen, entschuldigte. Sein ganzer Körper schmerzte von Verlangen nach ihr, aber er wagte es nicht, sie dieses Verlangen spüren zu lassen. Gisèle musste merken, dass er sie nicht nur wegen der Leidenschaft, die sie miteinander teilten, haben wollte. Nigel fluchte, als er zum Brunnen ging, einen Eimer voll kaltem Wasser hochzog und ihn über den Kopf schüttete. Er hatte nicht gedacht, dass es so schwer sein würde, Gisèle den Hof zu machen. Während er sich das Wasser aus dem Haar schüttelte, hörte er jemanden lachen. Er wandte sich um und sah hinter sich seinen Bruder Balfour stehen.

»Du findest es ein bisschen schwer, das Werben durchzustehen, nicht wahr?«, fragte Balfour den Jüngeren mit breitem Grinsen.

»Ich mache es nicht unbedingt zu meiner Erheiterung«, antwortete Nigel schleppend, während er sich gegen die Steinmauer des Brunnens lehnte.

»Ich weiß, aber es erfüllt seinen Zweck und scheint reibungslos zu verlaufen.«

»Ja, hinreichend reibungslos. Gisèle sieht mich nicht mehr so an, als wünsche sie, dass ich in einem Erdloch verschwinden möge, und zwar idealerweise in einem, das direkt in die Hölle führt. Ich weiß allerdings nicht, wie weit wir in den vergangenen vierzehn Tagen gekommen sind.«

»Wie weit wärst du denn bis zu diesem Zeitpunkt gerne gekommen?«

»So weit, dass ich nicht hier sein müsste, um mir den Kopf zu wässern, damit ich das Fieber in meinem Blut kühlen kann.«

Balfour lachte, legte Nigel einen Arm um die Schultern und ging mit ihm zur Burg zurück. »Vielleicht ist es an der Zeit, von mehr als nur schönem Wetter zu sprechen oder darüber, wie schön sie aussieht.«

Nigel nickte. »Könnte sein, aber ich hatte gehofft, ein kleines bisschen mehr Zärtlichkeit von ihr zu erfahren, einen deutlichen Hinweis darauf, dass meine Liebesschwüre willkommen sind.« Er hielt die Hand hoch, als Balfour etwas erwidern wollte. »Ich weiß, was du sagen willst. Ich bin zuerst am Zug und kann nur auf das Beste hoffen. Ja, ja, das weiß ich. Ich bin nichts weiter als ein Feigling. Ein oder zwei Tage werde ich mich noch davon beherrschen lassen, länger nicht. Und dann, die Feigheit möge zur Hölle fahren, sage ich es ihr.«

Gisèle lächelte den jungen Eric freundlich an, bis er den Garten verlassen hatte, dann fiel ihr ganzer Körper vor Müdigkeit in sich zusammen. Verstellung war anstrengend, dachte sie bei sich. Sie versuchte so sehr, liebenswürdig zu bleiben und unbesorgt auszusehen, während ihr Verstand voller unbeantworteter Fragen und Zweifel war, sodass ihr der Kopf zu dröhnen begann.

Nigels Werben war plötzlich viel heftiger, seine Küsse waren fordernder und seine Worte anspielungsreicher geworden. Es schien, als habe er unvermittelt beschlossen, dass er sie genug verwöhnt oder ihr genügend Zeit gelassen hatte, ihm voll und ganz zu vergeben. Es war dennoch eine derart große Veränderung im Vergleich zum vorhergehenden Tag, zu den netten Komplimenten und dem vorsichtigen Werben, dass sie beunruhigt war. Seine ganze Familie war zu ihr gekommen und hatte mit ihr gesprochen, wobei ihre Andeutungen mühelos zu entziffern waren, und das zeigte ihr, dass es wahrscheinlich keine Eitelkeit war, die ihr sagte, Nigel beabsichtige, sich zu erklären und von Heirat zu sprechen. Aber ob er auch von Liebe sprechen würde, wusste sie nicht zu sagen, und diese Unsicherheit schmerzte, doch sie konnte das intensive Gefühl nicht loswerden, dass sie sehr bald eine äußerst wichtige Entscheidung zu treffen hatte.

Sie barg ihr Gesicht in den Händen und fluchte vor sich hin. Alles schien zu ihrem Besten zu verlaufen. Nachdem sie Nigel und Maldie beobachtet hatte, war sie überzeugt, dass er diese Frau nicht länger liebte, zumindest nicht mehr als wie ein Bruder seine Schwester. Er hatte sie zwei Wochen lang sehr nett umworben, hatte versucht, ihr alles gründlich zu erklären. Wenn er sie fragte, würde Gisèle ihn heiraten, selbst wenn er nicht von Liebe sprechen sollte. Auch wenn es töricht sein mochte, sie liebte ihn hinreichend, um ihn zu heiraten und zu hoffen, mit der Zeit sein Herz zu gewinnen. Ihr war bewusst, dass sie niemals widerstehen könnte, diese Wette einzugehen.

Allerdings gab es da etwas, das zu vergessen sie sich erlaubt hatte – die DeVeaus. Die ganze Zeit über hatte sie nichts von ihrer Familie gehört. Offensichtlich war die Jagd nach ihr noch immer im Gange. Jetzt, wo sie die Murrays kennengelernt hatte und ihre Gastfreundschaft genoss, durfte sie nicht die Ursache für Ärger werden. Sollte einer von ihnen verletzt oder getötet werden, weil sie ihre Feinde nach Donncoill geführt und die Murrays dazu missbraucht hatte, sich hinter ihnen zu verstecken, würde sie sich das niemals verzeihen.

Sie war so egoistisch gewesen, entschied sie, hatte die Bequemlichkeiten, das gute Essen und die Freundlichkeit genossen, ohne an die Folgen für die Menschen zu denken, die ihr all das schenkten. Gisèle fragte sich, ob der Glaube der Murrays an ihre Unschuld sie eingelullt hatte. Vermutlich war inzwischen sogar Nigel davon überzeugt, auch wenn er zu ihrem großen Ärger nichts gesagt hatte. Dennoch bedeutete dies nicht zwangsläufig, dass inzwischen auch noch andere an sie glaubten, und dieser eisigen Wahrheit musste sie ins Auge sehen. Es bestand wenig Aussicht, dass die Überzeugung der Murrays reichen würde, die DeVeaus zum Rückzug zu bewegen.

Also bestand kein Zweifel daran, was sie zu tun hatte. Sie musste abreisen, musste gehen und all ihre Probleme mit sich nehmen. Zudem lag es in ihrer Verantwortung, ihre Unschuld zu beweisen. Sie hatte es viel zu lange anderen überlassen. Gisèle seufzte und schüttelte den Kopf. Sie hatte alles anderen überlassen, angefangen bei ihrer Sicherheit bis hin zum Essen, das sie verzehrte. Es war an der Zeit, Rückgrat zu zeigen und damit aufzuhören, vom Rest der Welt zu erwarten, dass er ihr half. Wenn schon sonst nichts, so dachte sie sich lächelnd, würde sie wenigstens den Vorteil der Überraschung auf ihrer Seite haben. Niemand würde von ihr erwarten, dass sie nach Frankreich zurückkehrte und ihren Anklägern gegenübertrat.

Die Leichtigkeit, mit der sie sich in der Abenddämmerung aus Donncoill wegschlich, erstaunte Gisèle. Sie fühlte sich ein bisschen schuldig, weil sie sich das Vertrauen und die Freundschaft der Murrays zunutze machte. Ihr einziger Trost bestand darin, dass ihr Handeln zu deren eigenen Sicherheit erfolgte. Sie trieb ihr Pony den Pfad entlang, den Nigel und sie vor zwei Wochen auf ihrem Weg nach Donncoill gekommen waren, und zwang sich, nicht zurückzusehen, aus Angst, in ihrer Entscheidung schwankend zu werden.

Als sie ein kleines Dorf erreichte, war es vollkommen dunkel. Gisèle nahm an, dass es sicherer sei, außerhalb des Dorfes ein Lager aufzuschlagen, aber sie war zu feige. Während sie einsam durch Frankreich geritten war, hatte sie ein oder zwei Mal allein im Wald übernachtet, allerdings nur, wenn gar keine andere Möglichkeit bestanden hatte, und sie hatte jede Minute davon gehasst. *Und jetzt ein Dieb*, dachte sie mit einem beschämten Zusammenzucken, als sie einem skeptisch dreinschauenden Wirt Geld für ein Zimmer aushändigte. Sie hoffte, Nigel würde ihr vergeben, seinen Geldbeutel erleichtert zu haben, wenn sie ihm den Betrag, wie beabsichtigt, in voller Höhe erstattete. Selbst wenn sie die Heimreise nicht überleben sollte, würde sie dafür sorgen, dass ihre Familie eine klare Anweisung erhielt, all ihre Schulden zu begleichen.

Sobald sie allein im Raum war, zog sie sich bis auf das Unterkleid aus und streckte sich auf dem kleinen Bett aus. Sie fühlte sich wie in der Falle, hatte Angst und war unglücklich, obwohl sie überzeugt davon war, das einzig Richtige zu tun. Die Murrays betrachteten es als eine Frage der Ehre, ihr Sicherheit und Unterstützung zu gewähren, aber es schien ihr nicht recht und billig, dies zu ihrem Vorteil auszunutzen. Sie schämte sich, das schon viel zu lange getan zu haben.

Gisèle schloss die Augen. Sie wusste, dass es lange dauern würde, bis der Schlaf sie überkam, aber sie hatte vor, ihr Bestes zu geben, um Ordnung in ihre Gedanken zu bringen und so viel Erholung wie möglich zu bekommen. Die Erholung würde sie für die vor ihr liegenden Tage dringend benötigen, um sich die für ihren Weg erforderliche Stärke zu erhalten. Sie würde sie ganz sicher auch brauchen, um sich zu zwingen, ein Schiff zu betreten und nach Frankreich zu segeln. Es gab zu vieles, was sie zur Rückkehr nach Donncoill veranlassen konnte, etwa ihre tief sitzende Angst vor dem Alleinsein, vor der Begegnung mit den DeVeaus, ja sogar die Angst davor, sich gründlich und vollständig zu verirren. Und dann war da natürlich auch noch Nigel. Er war nahe daran gewesen, ihr etwas von dem zu schenken, nach dem sie sich verzehrte – ein Leben an seiner Seite und schließlich die Hoffnung, seine Liebe zu gewinnen. Sie betete, dass er ihr nicht nachkommen würde, denn sie wusste, wie leicht er sie überreden konnte, zu ihm und nach Donncoill zurückzukehren, und das wäre falsch.

»Wo ist Gisèle?«, fragte Nigel Maldie, als er in die große Halle marschierte und am Haupttisch vor ihr und Balfour stehen blieb.

»Ich habe sie seit vielen Stunden nicht mehr gesehen«, antwortete Maldie und sah dann Balfour an, der die Achseln zuckte und den Kopf schüttelte. »Um ehrlich zu sein, war ich ein bisschen überrascht, dass sie nicht heruntergekommen ist, um an unserer Mahlzeit teilzunehmen. Ich hatte schon daran gedacht, Margaret zu ihren Gemächern zu schicken, um zu sehen, ob sie sich nicht wohlfühlt.«

»Gisèle ist nicht in ihren Gemächern. Ich habe dort bereits nachgesehen.« Nigel gab einem Pagen ein Zeichen und schickte den Jungen zu den Stallungen, setzte sich dann an den Tisch und stocherte müßig in dem Essen herum, das man ihm aufgetischt hatte.

»Glaubst du, dass sie von Donncoill geflohen ist«, fragte Balfour nach einigen Augenblicken angespannter Stille.

»Ich weiß es nicht«, erwiderte Nigel. »Es ist die einzige Möglichkeit, die ich in Betracht ziehen kann. Sie ist, soweit ich sehen kann, nicht innerhalb der Burgmauern, und warum sollte sie sich vor mir verstecken? Vor uns allen?« Als der atemlose Page zurückkehrte und berichtete, dass Gisèles Pferd weg war, schlug Nigel mit der Faust auf den Tisch und fluchte. »Sie ist weggelaufen.«

»Aber warum?«

»Woher soll ich das wissen?«, fuhr Nigel auf, atmete dann

aber langsam und tief durch, um sich zu beruhigen. »Es ist offensichtlich, dass sie niemandem ihre Pläne verraten hat, sonst wäre ich inzwischen davon unterrichtet, also kann ich die Gründe für ihr Weglaufen nur erraten. Ich kann mir in der Tat ein paar stichhaltige denken.«

»Du glaubst doch nicht, dass ihre Feinde hier an sie herangekommen sind, oder?«

»Nein«, antwortete Nigel, ohne zu zögern. »Gisèle wäre niemals friedlich mit ihnen mitgegangen, und ich habe keine Anzeichen dafür entdeckt, dass innerhalb der Burg ein Kampf stattgefunden hat. Außerdem hätte irgendjemand etwas davon bemerkt, vorausgesetzt ein Fremder wäre überhaupt ungesehen innerhalb dieser Mauern gelangt, was ich sehr bezweifle.«

Balfour nickte. »Sie hätten genauso wenig mit einem widerstrebenden Mädchen von hier fort können. Suchst du sie?«

»Oh ja, aber es muss Zeit haben bis zur Morgendämmerung. Ich kann in der Dunkelheit ihrer Spur nicht folgen.«

»Nigel, das ergibt in meinen Augen alles keinen Sinn«, warf Maldie ein. »Sie war hier in Sicherheit. Warum sollte sie allein losreiten? Sie hat doch gewiss nicht vergessen, dass sie Feinde hat, die sie töten wollen?«

»Nein.« Nigel schüttelte den Kopf. »Um ehrlich zu sein, ich wette, dass sie uns aus genau diesem Grund verlassen hat. Das Mädchen hat immer geschwankt zwischen dem Annehmen von Hilfe und dem Gefühl, dass es falsch oder feige sei, andere dadurch in Gefahr zu bringen.«

»Aha, ich verstehe.« Beide Männer starrten sie an, als habe sie den Verstand verloren, doch Maldie zuckte nur die Achseln. »An ihrer Stelle hätte mein Denken wohl dieselbe Richtung eingeschlagen. Es sind ihre Schwierigkeiten, nicht unsere. Wenn diese Probleme diejenigen, die du gernhast, in Gefahr bringen, verschwindest du und hältst diese Gefahr so weit, wie es dir möglich ist, von ihnen fern.«

»Vielleicht«, gab Nigel widerwillig zu. »Hätte dieses törichte Mädchen einen Tag länger gewartet oder mir von ihren Ängsten erzählt, hätte ich ihnen ein Ende bereiten können.« Er hielt ein Stück Papier hoch, das er fest umklammerte. »Es besteht keine Gefahr mehr. Sie ist begnadigt. Die wahren Mörder ihres Gatten wurden gefunden und, traurig genug, bestraft. Es ist alles vorbei.«

»Dann beeilst du dich am besten und machst sie ausfindig. Sie mag vor den DeVeaus jetzt sicher sein, aber es ist nicht sicher für ein Mädchen, ganz alleine zu reiten.«

»Das weiß ich. Ich werde sie finden, und es kann gut sein, dass ich sie hier an einer Mauer festkette, bis ich ihren netten kleinen Kopf zur Besinnung gebracht habe«, antwortete Nigel mit fester Stimme.

Die Stunden bis zur Dämmerung schienen Nigel nur so dahinzukriechen. Er fand keinen Schlaf, ging stattdessen in seinem Gemach auf und ab und verdammte die Sonne, weil sie zu langsam aufging. Obwohl er es zu vermeiden suchte, dachte er an jede nur erdenkliche Gefahr, die auf Gisèle da draußen lauern konnte, in einem Land, das sie nicht kannte. Hinzu kam ihr mangelndes Orientierungsvermögen, ihre Neigung, verloren zu gehen, und er fürchtete, dass er viel Zeit verlieren würde, weil er in der ganzen Landschaft nach ihrer Spur suchen musste.

Das Licht der Morgendämmerung hatte kaum angefangen, den Himmel zu färben, als er schon zu den Stallungen eilte, einen schlaftrunkenen Eric an seinen Fersen. »Bist du sicher, dass du mich nicht dabeihaben willst?«

»Ja, Junge«, antwortete Nigel, während er sein Pferd sattelte. »Geh wieder zu Bett.«

»Es könnte hilfreich sein, wenn zwei Augenpaare nach der Spur des Mädchens suchen.«

»Nein, denn das Pferd hinterlässt einen ganz bestimmten Abdruck auf dem Boden. Ich hatte schon vor, das Vieh neu beschlagen zu lassen aus Angst, andere könnten ihre Spur dadurch genauso leicht ausmachen wie ich, fand aber nie die Möglichkeit dazu. Jetzt bin ich von Herzen froh darüber.«

»Außerdem willst du mit ihr allein sein, wenn du sie gefunden hast«, sagte Eric vorsichtig und beobachtete seinen Bruder scharf, als der sein Pferd aus dem Stall führte.

»Stimmt.« Nigel saß auf und lächelte zu Eric hinunter. »Es gibt eine Menge, was ich diesem dummen Mädchen zu sagen habe, und ich mache das lieber allein.«

»Wirst du zu dem Hafen reiten, wo ihr gelandet seid, und dort auf sie warten?«

»Das würde ich tun, wenn ich dem Mädchen zutrauen würde, den Hafen zu finden, aber sie hat die Neigung, sich zu verirren. Mach dir meinetwegen keine Sorgen, Junge. Ich werde sie finden und ich werde sie hierher zurückbringen, sofern ich sie nicht dafür erwürge, dass ich mich wegen ihr halb zu Tode geängstigt habe.«

Als er aus den Toren von Donncoill ritt, winkte Nigel seinem lachenden Bruder zum Abschied, doch seine Zuversicht geriet schnell ins Wanken. Gisèle war bereits seit Stunden fort und vielerlei Gefahren ausgesetzt. Selbst wenn er sie gesund und lebendig finden sollte, konnte sich herausstellen, dass er sich geirrt und sie gute Gründe gehabt hatte, Donncoill zu verlassen. Vielleicht war sie sogar vor ihm davongerannt. Und dies war kein Gedanke, den er sonderlich tröstlich fand, während er ihrer deutlichen Spur zu folgen begann.

Gisèle verzog das Gesicht, als sie absaß und sich den Huf des Pferdes ansah. Sie war kaum eine Stunde von dem Dorf entfernt, in dem sie eine schlaflose Nacht verbracht hatte, als das Pferd anfing, den rechten Huf stärker zu belasten. Zu ihrer Erleichterung hatte sich nur ein Steinchen im Huf verfangen, aber sie beschloss, ein Stück zu laufen, um festzustellen, ob das Pferd eine ernsthafte Verletzung erlitten hatte. Es war offensichtlich, dass sie heute nicht viele Meilen zurücklegen würde, und beides enttäuschte und beunruhigte sie.

Jetzt, da sie den Entschluss gefasst hatte, brannte sie darauf, es trotz ihrer Angst hinter sich zu bringen. Sie wollte zudem nicht einen Tag länger in Schottland verweilen, als es nötig war, um einen Hafen zu erreichen. Nigel würde sonst eine größere Chance haben, sie zu finden und aufzuhalten. Sie musste sich erst von den DeVeaus befreien, bevor sie an ein gemeinsames Leben mit diesem Mann denken durfte, aber sie war überzeugt, dass er das nicht verstehen würde.

Ein leises Geräusch in ihrem Rücken schreckte sie aus ihren Gedanken, und sie schaute sich um. Obwohl sie nichts entdecken konnte, zogen sich ihre Eingeweide vor Angst zusammen. Irgendetwas war da, lauerte in den Schatten der Bäume. Sie warf einen Blick auf ihr Pferd, sah, dass es noch immer leicht hinkte, und fluchte. Selbst wenn sie jetzt schnell aufstieg und das Tier zum Galopp anhielt, würde sie nicht weit kommen, bevor sie wieder halten musste. Außerdem konnte sie dadurch dem Tier unheilbaren Schaden zufügen.

Der scharfe Ton eines knackenden Zweiges sandte ihr Schauder den Rücken hinunter. Sie legte ihre Hand auf das Schwert und dankte Gott, dass sie trotz ihrer Verwirrung und Fassungslosigkeit bei ihrer Abreise aus Donncoill genug Verstand besessen hatte, die Waffe mitzunehmen. Da sie nicht darauf hoffen konnte, der Gefahr, die auf sie lauerte, entkommen zu können, band sie ihr Pferd fest. Wenn sie dem, was ihr nachschlich, lebend entkommen sollte, wollte sie sich nicht umschauen und feststellen müssen, dass ihr Pferd verscheucht worden war.

Aus den Schatten heraus brachen zwei dreckige, armselig gekleidete Männer, und Gisèle zog schnell ihr Schwert. Sie grinsten sie breit an, und sie spürte, wie die Wut sich einen Weg durch ihre Angst bahnte. Männer waren so überheblich. Sie mochte ihnen in Größe und Stärke nicht ebenbürtig sein, aber sie war plötzlich versessen darauf, ihnen zu zeigen, dass ihr Spott hier äußerst fehl am Platz war.

»Wenn ihr mir vom Dorf aus gefolgt seid, um euch zu bereichern, würde ich an eurer Stelle jetzt umkehren«, sagte sie, froh über den harten, kalten Ton in ihrer Stimme. »Ich besitze nichts Wertvolles.«

»Du bist nicht aus Schottland«, schimpfte der kleinere der beiden Männer.

»Ein kluger Dieb«, erwiderte sie geziert. »Ich zittere durch und durch vor Euch.«

Die Art, wie die beiden Männer unter den zottigen Strähnen ihrer verfilzten Haare die Augen zusammenkniffen, sagte Gisèle, dass es vielleicht nicht sonderlich klug war, sie zu reizen, doch sie tat diesen Zweifel mit einem Achselzucken ab. Sie waren hergekommen, um sie auszurauben, vielleicht sogar, um sie zu vergewaltigen und zu töten. Sie glaubte nicht, dass Liebenswürdigkeit und Schmeicheleien etwas daran ändern konnten. Es half ihr, ruhig zu bleiben, wenn sie sie verhöhnte, und schenkte ihr zudem ein wenig Genugtuung.

»Du hast vielleicht nicht die Münzen, die wir haben wollen, obwohl Dein Beutel bestimmt nicht leer ist, aber es gibt da noch ein oder zwei kleine Sachen, die wir möchten«, sagte der kleinere Mann.

»Stimmt«, pflichtete ihm sein großer, hagerer Genosse zu. »Zum Beispiel dein Pferd, der feine Flitter, der an deinem Hals hängt, und dein hübscher kleiner Körper selbst, hä, Malcolm?«

»Du hast recht, Andrew«, stimmte Malcolm zu und schob sich näher an Gisèle heran.

»Kommt nur näher, ihr verdreckten Mistkerle, und ich garantiere euch, dass ihr nichts mehr haben werdet, mit dem ihr mich nehmen könnt«, drohte sie, für einen Moment froh, dass sie beide einen Schritt zurücktraten.

»Du solltest freundlicher sein, Mädchen«, sagte Malcolm. »Es könnte das alles ein bisschen leichter für dich machen. Ja, wir lassen dich dann vielleicht sogar am Leben.«

»Eure Großzügigkeit überwältigt mich.« Sie stellte sich in Kampfposition und beobachtete, wie beide Männer die Stirn runzelten. »Seid ihr bereit, für einen so mageren Gewinn mit euren armseligen Leben zu bezahlen?«

Sie zögerten einmal mehr, und Gisèle war klar, dass ihre Haltung ihnen wahrscheinlich verriet, dass sie mehr Übung hatte, als sie vielleicht gedacht hatten. Sie betete, dass sie beide um Gnade winselnde Feiglinge waren. Wenn ja, bedurfte es womöglich nur eines kleinen Aderlasses, um sie davon zu überzeugen, dass sie keine so leichte Beute war, sodass sie die Flucht ergriffen.

Malcolm schlug als Erster zu, und Gisèle wich seinem plumpen Schwerthieb mit Leichtigkeit aus. Er war kein Kämpfer, handhabte seine Waffe mehr wie eine Axt oder einen Stock, aber sie wollte nicht zu zuversichtlich werden. Andrew stand mit vor Überraschung und Unentschlossenheit weit offenem Mund daneben, und sie hoffte inständig, dass dies anhalten möge, weil sie nicht gleichzeitig gegen zwei Männer kämpfen konnte. Nach nur wenigen Augenblicken machte Malcolm ein paar Schritte rückwärts, er schwitzte und fluchte leise.

»Ich denke, ihr habt jetzt verstanden, dass das keine einfache Arbeit ist«, sagte sie und nutzte die Pause, um wieder zu Kräften zu kommen.

»Na ja, Malcolm«, knurrte Andrew. »Ich finde nicht, dass sie etwas hat, für das es wert ist zu sterben.«

»Dummkopf, das Mädchen, hält es nicht lang genug aus, um mich zu töten«, fuhr ihn Malcolm an und warf einen wütenden Blick auf seinen Genossen. »Es würde sehr viel schneller gehen, wenn du herkommst und mir hilfst.«

Andrew runzelte die Stirn und rieb sich mit der schmutzigen Hand über sein spitzes Kinn.

»Na ja, ich weiß nicht, ob ich Lust dazu habe, gegen ein kleines Mädchen zu kämpfen.«

Gisèle gestand sich einen kurzen innerlichen Seufzer der Erleichterung zu. Hier war eine Schwachstelle, die sie sich eventuell zunutze machen konnte. Auch wenn Andrew nichts weiter als ein gemeiner Dieb war, besaß er offenbar einen vagen Sinn für das, was recht war, gab es vielleicht eine Grenze, die er nicht überschreiten würde. Sie konnte nur hoffen, dass Malcolm, der augenscheinlich der Anführer war, ihn nicht dazu überreden konnte.

»Du willst also lieber danebenstehen und zuschauen, wie ich abgeschlachtet werde?«, schrie Malcolm.

»Na ja, nein, aber du hast gerade gesagt, dass sie dich nicht töten kann.« Andrew wich vorsichtshalber einen Schritt zurück, als Malcolm ihn ansah, das gezückte Schwert in der Hand. »Ich glaube nicht, dass es etwas bringt, wenn du auf mich loshackst.«

»Wir können für das Pferd eine Menge Geld bekommen«, schmeichelte Malcolm mit verführerischer Stimme.

»Ich glaube, es lahmt.«

»Nein. Wir haben gesehen, wie sie den Kiesel herausgeholt hat. Es ist nur eine kleine Druckstelle, die geht vorbei. Der Flitterkram, den sie da umhängen hat, bringt auch einen schönen vollen Beutel. Und, mein Freund, wie lange ist es her, seit du zum letzten Mal ein so schönes Mädchen wie dieses gehabt hast, hä?« – »Ist schon richtig.«

Gisèle kam zu der Überzeugung, dass es nicht gut für sie stand, ihre aufkeimende Hoffnung erstarb. Andrew erlaubte es seiner Habgier zusehends, über die wenigen moralischen Grundsätze, die er hatte, zu siegen. Gisèle kämpfte dagegen an, sich von ihrer zunehmenden Angst den Verstand umnebeln zu lassen. Wenn sie es mit beiden zu tun bekam, hatte sie keine Chance, aber sie würde ihr Leben auch nicht einfach hergeben. Die beiden würden teuer dafür bezahlen müssen, wenn sie ihr zu nahe kamen. Eine seltsame Ruhe überkam sie, als sie beschloss, dass sie gegebenenfalls gezwungen sein würden, sie zu töten. Sie würde alles in ihrer Macht Stehende tun, nicht Opfer einer Vergewaltigung zu werden. Und wenn das hieß, dass sie durch eines der beiden Schwerter sterben musste, dann würde sie sterben.

»Komm, Junge, hilf mir. Zusammen können wir ihr das Schwert aus der Hand hauen, und alles gehört uns – das Pferd, die Halskette und das Mädchen. Wir können uns eine schöne Zeit machen.«

»Entschuldigung, Mädchen«, sagte Andrew, indem er sich mit dem Schwert in der Hand neben Malcolm stellte. »Ein Mann muss etwas zu essen haben, weißt du.«

»Ich wusste nicht, dass eine Vergewaltigung Essen auf den Tisch bringt«, erwiderte sie.

»Na, das nicht«, sagte Malcolm, »aber sie kann einem Mann das Essen noch besser schmecken lassen. Also, wenn du ein kluges Mädchen bist, legst du das kleine Schwert aus der Hand und lässt uns unser Geschäft erledigen. Du wirst auf diese Weise weniger leiden.«

»Ich denke, das Mädchen ist klug genug, zu wissen, dass du der größte aller Lügner bist«, ertönte eine kalte, tiefe und schleppende Stimme hinter den Männern.

24

Gisèle starrte Nigel mit dem gleichen völlig überraschten Ausdruck an, der die Gesichter der beiden Räuber verzerrte. Wie konnte dieser Mann sie nur immer wieder ausfindig machen? Obwohl sein Erscheinen in genau diesem Moment herzlich willkommen war, war ihr bewusst, dass die Freude nur von kurzer Dauer sein würde. Er würde ihr eine Menge Fragen stellen, und er würde die Antworten nicht mögen. Nigel gegenüber standhaft zu bleiben konnte sich als schwerer erweisen, als gegen Malcolm und Andrew zu kämpfen.

Sie schüttelte ihre Verblüffung ab und beobachtete die beiden Strauchdiebe. Für einen kurzen Augenblick sahen sie Nigel direkt an, dann begann Malcolm, sich wegzuschleichen, indem er sich rückwärtsgehend auf die Bäume zuschob. Eine Minute später erkannte Andrew, dass sein Gefährte dabei war, ihn im Stich zu lassen, und folgte ihm eilig. Nigel machte einen schnellen Ausfallschritt in Richtung der beiden Männer, die sofort Fersengeld gaben und zwischen den Bäumen verschwanden. Es ärgerte Gisèle, dass Nigel solche Angst erregen konnte, während sie nur Belustigung und Verärgerung hervorgerufen hatte.

Sobald die Männer weg waren, steckte Gisèle ihr Schwert in die Scheide und hörte, wie Nigel dasselbe tat. Sie atmete tief durch, um sich zu stärken, blickte ihm entgegen, fuhr aber innerlich zusammen. Er sah nicht gerade zufrieden mit ihr aus.

»Ich denke, wir werden nun in das Dorf zurückkehren«, sagte Nigel, der die Zügel ihres Pferdes ergriff und beobachtete, wie das Tier ein paar zögerliche Schritte machte. »Das hast du gut gemacht, nicht wahr? Eine einzige Nacht allein, und du hast es fast geschafft, vergewaltigt und getötet zu werden und dieses arme Vieh zum Krüppel zu machen.«

»Es ist kein Krüppel«, fauchte sie, folgte Nigel aber zu der Stelle, wo er sein Pferd angebunden hatte. »Es hatte ein Steinchen im Huf und ist nur noch ein bisschen empfindlich. Es wird heilen.«

Nigel warf ihr einen Blick zu, der es Gisèle sicherer erscheinen ließ, für eine Weile zu schweigen. Er hob sie auf das Pferd, legte die Zügel ihres Pferdes vorn über den Sattel und saß vor ihr auf. Zu gerne hätte sie ihm zu verstehen gegeben, dass er überheblich sei und kein Recht habe, sie herumzukommandieren, aber die Begegnung mit den beiden Räubern ließ sie an ihrem eigenen Urteil zweifeln. So gemein und gehässig seine Worte auch waren, es war doch auch etwas Wahres daran. Sie war nur kurze Zeit auf sich allein gestellt gewesen und hatte sich bereits in ernsthaften Schwierigkeiten wiedergefunden. Vielleicht war es ja doch verrückt gewesen, zu glauben, dass sie den ganzen Weg nach Frankreich auf eigene Faust schaffen könnte.

Auf dem Rückweg zum Dorf legte sie sich Argumente zurecht, um ihr Weggehen überzeugend zu begründen. Allerdings war ihr Selbstvertrauen zutiefst erschüttert, und sie war nicht mehr davon überzeugt, dass ihre Gründe stichhaltig waren. War sie wirklich nach Frankreich aufgebrochen, um ihren Namen reinzuwaschen, oder war sie vor Nigel und ihren Gefühlen für ihn davongelaufen? Gisèle fluchte insgeheim, als ihr keine Antwort darauf einfiel.

Der Wirt warf ihr einen befremdlichen Blick zu, als Nigel denselben Raum bestellte, den sie erst vor Kurzem verlassen hatte. Wahrscheinlich hielt der Mann sie für Nigels abtrünnige Ehefrau, und Gisèle öffnete schon den Mund, um alles zu erklären, schloss ihn aber schnell wieder. Es war viel zu kompliziert, und sie würde den Mann vermutlich in der Überzeugung zurücklassen, dass sie vollkommen verrückt sei.

Sobald sie den Raum betraten, entzog sie sich Nigels Griff und setzte sich auf die Bettkante. Er lehnte sich gegen den dicken, grob gezimmerten Pfosten am Fuß des Bettes und schaute sie unverwandt an. Es bedurfte Gisèles ganzer Willensstärke, sich unter seinem finsteren Blick nicht schuldbewusst wie ein gescholtenes Kind zu winden. Schließlich hatte sie, sagte sie sich fest, keinen Grund, sich schuldig zu fühlen.

»Und wohin gedachtest du zu gehen«, fragte er endlich, bemüht darum, seine Wut unter Kontrolle zu halten.

Als er im Wald auf sie gestoßen war, wäre er am liebsten mit gezücktem Schwert auf sie zugestürmt, so wütend und gleichzeitig besorgt war er. Er hatte nicht lange gebraucht, um festzustellen, dass sie zwei Feiglingen gegenüberstand, die zwar bereit sein mochten, sich an einem kleinen Mädchen zu versuchen, sich aber niemals einem Ritter in voller Bewaffnung stellen würden. Obwohl die Angst, die er um sie verspürt hatte, sich legte, wütete noch immer der Ärger über ihr Verhalten in ihm. Aber Gisèle hatte das nicht verdient, und wenn er den Ärger an ihr ausließ, würde das jedes vernünftige Gespräch von vorneherein unmöglich machen.

»Ich war auf dem Rückweg nach Frankreich«, erwiderte sie und beobachtete erleichtert, wie die Wut langsam aus seinem Gesicht wich.

»Aha, du bist also lebensmüde, oder etwa nicht? Selbstmord ist eine solch große Sünde, dass es vermutlich einfacher ist, einfach zurückzukehren in die Hände derjenigen, die einen mit Begeisterung umbringen wollen.«

Er mochte vielleicht seine Wut überwinden, dachte sie bei sich, aber er hatte eindeutig nicht die Absicht, seine verletzende Zunge zu zügeln. »Ich hatte vor, nach Hause zu gehen und meinen Namen reinzuwaschen. Ich kam zu der Überzeugung, dass ich schon viel zu lange anderen diese Aufgabe in die Hände gelegt hatte. Es hat nicht funktioniert, sich hinter ihnen zu verstecken, also fand ich es an der Zeit, die Konfrontation zu suchen.«

»Hast du dir wirklich eingeredet, man könne mit den DeVeaus sprechen wie mit vernünftigen Leuten?«

Sie schaute ihn finster an. Dieser Mann besaß wirklich die Gabe, Schwachstellen aufzudecken. »Sie sind nicht die Einzigen, vor denen ich meinen Fall vertreten kann.«

»Hier, es gibt keinen Grund mehr, ihn vor irgendjemandem zu vertreten«, sagte er, indem er ihr ein Stück Papier zuwarf.

Gisèle musste den Brief dreimal lesen, bevor sie die Worte glauben konnte, die da standen. »Ich bin frei?«

»Sehr frei, und den DeVeaus wurde angedroht, dass sie nicht näher benannte Konsequenzen zu erwarten hätten, sollten sie dich und deine Verwandten nicht in Ruhe lassen. Diese Drohung kam vom König höchstpersönlich. Offensichtlich hat deine Familie fast so viel Druck ausgeübt wie die DeVeaus, als sie sich endlich dazu entschlossen hatte, dir Glauben zu schenken und deine Unschuld zu beweisen.«

»Aber sie schienen so viel Angst vor jener Familie, vor deren Reichtum und Macht zu haben.«

»Die Entrüstung über deine Behandlung hat wohl dazu geführt, dass sie diese Angst überwunden haben.«

»Ich bin so dankbar, so glücklich, allerdings habe ich meine Freiheit auf Kosten von anderen erhalten. Es wurden zwei Männer gehängt.«

»Sie waren die wirklichen Mörder, Mädchen«, sagte er sanft. »Dein Gatte hat seinen Tod verdient, aber das heißt nicht, dass die Art und Weise, wie er getötet wurde, richtig oder legal war. Außerdem hatten sich diese beiden Männer damit zufrieden gegeben, ruhig dazusitzen und zuzusehen, wie einem kleinen Mädchen die Schuld in die Schuhe geschoben wurde. Genau genommen waren sie auch bereit, dich zu töten. Es war ehrenwert von ihnen, die Vergewaltigung und die Prügel ihrer Verwandten zu rächen, aber ihre Ehre wurde befleckt, indem sie es zuließen, dass einer unschuldigen Frau die Schuld aufgeladen wurde.«

»Ich weiß. Aber es ist dennoch eine Schande, dass sie sterben mussten, denn ihnen blieb offensichtlich nur der Mord, um die Gerechtigkeit zu erlangen, die ihrer Verwandten und ihnen zustand.«

»Nun, es gibt also keinen Grund mehr, nach Frankreich zu reisen und dich zu opfern. Du könntest mit mir nach Donncoill zurückkehren.«

Er beobachtete sie scharf, während er sprach, und nahm sehr genau ihre plötzliche Erregung wahr. Sie wich seinem Blick aus und zupfte abwesend an der alten, fadenscheinig gewordenen Decke, die über dem kleinen Bett lag. Es würde also nicht so leicht sein, sie zur Rückkehr nach Donncoill zu bewegen, wie er gedacht hatte.

»Da ich frei bin, besteht nicht länger die Notwendigkeit, von dir beschützt zu werden. Du hast dein Versprechen gehalten. Deine Ehre hat keinen Makel davongetragen.« Gisèle wollte nicht, dass Nigel aus einem unangebrachten Pflichtgefühl heraus an ihr festhielt.

Nigel setzte sich neben sie und überging ihr Zusammenzucken, als er sie in die Arme nahm. »Wenn ich dich bitte, mit mir nach Donncoill zurückzukehren, hat das nichts mit Ehre zu tun.«

»Ich brauche kein Domizil. Ich bin nicht ohne Vermögen und besitze ein kleines Anwesen, auf dem ich mich niederlassen kann.«

»Auch bitte ich dich nicht aus fehlgeleitetem Pflichtgefühl.«

Sie fluchte leise, wehrte sich aber nicht, als er sie sanft auf das Bett drückte und sich geschickt über sie schob. Viel zu schnell erriet er jeden ihrer Zweifel und all ihre Bedenken, dennoch schaffte er es nicht, ihr das zu sagen, was sie hören wollte und musste. Allerdings fiel es ihr schwer, einen klaren Gedanken zu fassen, während sie seinen Körper auf sich spürte. Es war schon sehr lange her, seit sie ihr gegenseitiges Begehren gekostet hatten. Und es war so leicht, durch die

Sehnsucht danach jedes Interesse an einem Gespräch zu verlieren. »Ich werde nicht deine Geliebte sein«, sagte sie noch, während sie schon den Kopf zurückbog, damit er ihren Hals besser mit warmen, verlockenden Küssen bedecken konnte.

»Das habe ich nicht von dir verlangt.«

Bevor sie ihren Verstand soweit im Griff hatte, dass sie ihn nach seinen Absichten hätte fragen können, küsste er sie. Das Verlangen, das in seinem Kuss lag, rief rasend schnell ihr eigenes Begehren wach, und dieses ließ sich nicht übergehen oder beiseiteschieben.

Sie schlang ihre Arme um ihn und erwiderte seinen Kuss voller Hingabe. Gisèle wusste, dass sie Nigel damit wortlos, aber deutlich zustimmte, dass im Moment nicht die Zeit für Gespräche war, sondern einmal mehr die Zeit, um in der Hitze der Leidenschaft zu brennen. Als sie von Donncoill weggeritten war, hatte sie schmerzlich bedauert, nicht ein letztes Mal mit Nigel geschlafen zu haben. Falls sie am Ende dieses Tages noch immer glaubte, von ihm weggehen zu müssen, würde sie dies wenigstens nicht zu bedauern haben.

Sie hatten ihre Körper zu lange nicht miteinander vereinigt, um eine zurückhaltende oder sanfte Lust zu verspüren. Hastig rissen sie sich gegenseitig die Kleider vom Leib, und beide spürten sie die Schauer der Lust, als sie sich endlich Haut an Haut berührten.

Sie konnte nicht genug davon bekommen, jeden Zentimeter seines starken Körpers zu spüren und zu schmecken, zu streicheln und zu küssen. Nigel erwiderte jeden Kuss und jede Liebkosung mit der gleichen fiebrigen Intensität, bis sie beide zitterten vor gegenseitigem Verlangen.

Sie schrie in sehnsüchtiger Begrüßung auf, als Nigel schließlich ihre Körper vereinte, schlang ihre Gliedmaßen um ihn und kam jeder Bewegung seines Körpers begierig nach.

Die Art, wie ihre Stimmen sich mischten, als sie Erlösung fanden, steigerte nur noch die Lust, die durch ihre Körper tobte. Gisèle hielt Nigel fest, der in ihren Armen zusammensank, und klammerte sich mühsam an der verwirrenden Euphorie fest, die sie eben empfunden hatten. Sie wollte nicht zu denken anfangen, doch als sich ihr Atem beruhigte und ihr Herz wieder regelmäßig schlug, kam ihr zu Bewusstsein, dass sie nicht trunken vor Leidenschaft hier liegen bleiben und die Welt einfach ignorieren konnte.

Nur widerwillig lockerte Nigel die innige Umarmung. Er warf einen Blick auf Gisèles schmale Hand, die selbstvergessen über seine Brust strich, dann sah er ihr ins Gesicht. Ihr Blick war mit verbissener Aufmerksamkeit auf die Bewegungen ihrer Hand gerichtet, und obwohl es ein verführerischer Gedanke war, ihr Liebesspiel so lange zu treiben, bis sie beide in einen erschöpften Schlaf fielen, war ihm klar, dass jetzt nicht die Zeit dafür war. Keiner von ihnen verspürte offensichtlich den Wunsch zu sprechen, aber es musste sein. Zärtlich nahm er ihr Kinn in seine Hand und drehte ihr Gesicht ihm zu. Es dauerte einen Moment, bis sie sich gestattete, seinem Blick zu begegnen.

»Vielleicht habe ich dich etwas zu behutsam umworben«, sagte er, »und das hat nichts als Verwirrung gestiftet.«

Sie zog sich innerlich zusammen, argwöhnisch dem gegenüber, was er sagen wollte, antwortete aber ruhig: »Du hast ein wahres Talent dafür offenbart, einer Frau den Hof zu machen.«

»Danke, aber ich hatte eindeutig nicht genug Talent, um dich dazu zu bewegen, bei mir zu bleiben, oder?«

»Ich war auf dem Weg nach Frankreich, um meinen Namen reinzuwaschen, weiter nichts. Wie ich bereits gesagt habe, ist mir aufgefallen, dass ich von anderen verlangte, sich einer Gefahr auszusetzen, der ich mich selbst aus Feigheit nicht gestellt habe.«

»Bist du dir sicher, dass du nicht vor dem davongelaufen bist, was Ziel meines Werbens war?«

»Ich wusste nicht so recht, worauf es abzielte«, sagte sie

leise, als sie kurz seinem durchdringenden Blick auswich. Er musste nicht alle Zweifel kennen, an denen sie gelitten hatte.

»Auf das, worauf alles Werben abzielt – auf die Ehe. Du bist gegangen, bevor ich dich fragen konnte, ob du meine Frau werden willst.«

Ihr Herz machte einen so großen Sprung, dass es wehtat, aber sie wollte sich nicht von einer falschen Hoffnung oder der noch nachklingenden schönen Erinnerung an die Leidenschaft, die sie soeben miteinander erlebt hatten, in die Irre leiten lassen. »Warum?«

»Warum?« Er sah sie stirnrunzelnd und verwirrt an. »Warum was?«

»Warum willst du mich fragen, ob ich deine Frau werde?«

»Mädchen, es wird von dir erwartet, dass du mit ›ja‹ oder ›nein‹ antwortest und nicht mit ›warum‹.«

»Ich muss wissen, warum, bevor ich mit ›ja‹ oder ›nein‹ antworten kann. Nigel, bis du die Nachricht über meine Schuldlosigkeit aus Frankreich erhalten hast, hast du mich für fähig gehalten, einen Mann zu ermorden.«

»Nein.« Er verzog das Gesicht, als sie ihn mit einer Spur Misstrauen betrachtete. »Erinnerst du dich an die Zeit, als ich dir den Umgang mit dem Schwert beibrachte, an das erste Mal, als du mich entwaffnet hast, und ich dir sagte, dass du mir nun den Todesstoß geben musst?« Gisèle nickte langsam. »Allein dein Blick reichte aus, mir zu verraten, dass du deinen Gatten nicht umgebracht hast. In einem Kampf um dein oder mein Leben könntest du töten, wie du an jenem Tag, an dem ich verwundet wurde, bewiesen hast. Aber nicht eiskalt und brutal, wie man es bei deinem Ehemann gemacht hat.«

»Du hättest mir deine Entdeckung durchaus schon damals mitteilen können.«

»Es tut mir leid, mein Mädchen, aber es gab da ein paar andere Dinge, an die ich damals zu denken hatte.«

Gisèle lächelte und streichelte sanft seine Wange. »Ich weiß. Es war nicht sonderlich wichtig, meine Gefühle zu besänftigen, und ich hätte mich damit zufrieden geben sollen, dass du mich deines Schutzes und deiner Hilfe für wert gehalten hast.« Sie zog eine Augenbraue hoch und fuhr gedehnt fort. »Du hast aber meine Frage noch immer nicht beantwortet.«

»War denn das, was wir gerade miteinander erlebt haben, nicht Antwort genug?« Als sie die Stirn in Falten legte, fügte er hinzu. »Ich habe deine Familie um ihren Segen gebeten, und sie hat ihn uns gegeben. Und du musst inzwischen bemerkt haben, dass meine Familie dich begeistert in unseren Clan aufnehmen würde.«

Nigel wusste nicht so recht, warum es ihm so widerstrebte, die Worte auszusprechen, die sie hören wollte. Er war einfach ein riesiger Feigling. Nachdem er ihr durch sein Schweigen um die Sache mit Maldie so großen Schmerz zugefügt hatte, schuldete er Gisèle jetzt die ganze Wahrheit. Niemand verdiente es mehr als Gisèle, ihr sein Innerstes zu offenbaren, aber er schien die Worte nicht über seine Lippen zwingen zu können. Er brauchte ein Zeichen von ihr, das ihm zeigte, sein Liebesgeständnis sei willkommen und würde erwidert.

Gisèle fragte sich, ob die Worte, auf die sie so wartete, wohl aus seinem Mund herausfallen würden, wenn sie ihn nur energisch genug schüttelte. Langsam konnte selbst sie daran glauben, dass er sie liebte oder wenigstens nahe daran war. Sein fast schon lachhafter Widerwille, von etwas anderem außer familiärer Zustimmung und Leidenschaft zu sprechen, war der wohl sicherste Hinweis darauf. Nigel hatte eine ehrliche Begabung dafür, sie mit Worten davon zu überzeugen, dass sie eine Närrin war, sollte sie seinen Antrag ablehnen, dennoch sprach er nicht von Liebe. Diese Kunst schien er im Moment nicht zu beherrschen.

Dies ließ ihr zwei Möglichkeiten. Entweder konnte sie seinen Antrag annehmen und ihn in dem Glauben lassen, dass sein Gerede von Leidenschaft und Familie ihr genügten, oder sie konnte durchhalten, bis er gezwungen war, mehr zu sagen. Allerdings, so überlegte sie sich, hatte sie nicht die Geduld für Letzteres, und Ersteres konnte leicht dazu führen, dass sie unzufrieden und unglücklich wurde. Es gab noch einen Weg, ihm die Worte zu entlocken, und zwar wenn sie zuerst dieses Bekenntnis ablegen würde. Es war ein Glücksspiel. Sollte sie sich täuschen, und seine Gefühle gingen nicht über Leidenschaft hinaus, dann würde es wehtun, von Liebe zu sprechen und im Gegenzug kein Liebesversprechen zu erhalten. Gisèle zuckte insgeheim die Achseln. Ihr ganzes restliches Leben stand auf dem Spiel. Es war wert, es zu riskieren.

»Nigel, ich fühle mich durch die Bitte, deine Frau zu werden, sehr geehrt. Und es ist ganz gewiss schön zu wissen, dass meine Familie ebenso wie deine dieser Verbindung zustimmt. Ich muss wohl nicht sagen, dass ich die Leidenschaft zwischen uns sehr genieße und mehr als bereit bin, weiterhin diesem Vergnügen zu frönen. Aber ich fürchte, das alles reicht nicht.«

»Ich liebe Maldie nicht mehr. Das weißt du doch, oder nicht?«

»Das habe ich bereits innerhalb eines Tages nach unserer Ankunft auf Donncoill festgestellt, und es würde eine Ehe zwischen uns gewiss erheblich reibungsloser ablaufen lassen«, antwortete sie schleppend und mit einem flüchtigen Lächeln. Als er anfangen wollte zu sprechen, legte sie ihm ihre Finger auf den Mund. »Ich muss erst zu Ende reden, bevor ich den Mut dazu verliere. Ich brauche mehr als das, was du gesagt hast. Ich brauche dein Herz, Nigel, weil dir meins schon längst gehört.«

Sie beobachtete ihn genau und hatte fast Angst zu atmen. Er schien fassungslos, allerdings wusste sie nicht, ob dies ein gutes oder schlechtes Zeichen war. Als er sie in seine Arme zog und sie so fest umarmte, dass ihr der Atem stockte, begann langsam ein Gefühl der Sicherheit in ihr aufzusteigen. In seiner Berührung offenbarte sich eine tiefe Ergriffenheit.

»Wann wurde dir bewusst, dass du mich liebst?«, verlangte er zu wissen, während er ihr Gesicht mit Küssen bedeckte.

Gisèle musste schmunzeln. Er reagierte genau, wie sie gehofft hatte, abgesehen davon, dass er sich noch immer weigerte, das zu sagen, was sie hören musste. Indem sie sich dazu zwang, geduldig zu sein, fuhr sie ihm mit der Hand durch das Haar und hauchte ihm einen Kuss auf den Mund.

»Ich glaube, es geschah, als du verwundet warst. Jedenfalls scheint es mir schon sehr lange her zu sein. Erinnerst du dich daran, wie ich weggelaufen bin und von Vachel gefangen wurde?« Er nickte. »Ich bin vor dir weggelaufen, vor den Gefühlen für dich, die ich plötzlich entdeckt hatte. Ich hatte jede Menge Schwierigkeiten am Hals. Ich dachte törichterweise, ich könnte vor diesen neuen Problemen davonrennen, vor dem davonrennen, was sich in meinem Herzen eingenistet hat.«

»Nein, das ist schwer. Man kann sich auch nichts vormachen. Das Herz kennt die Wahrheit, egal was dein fieberndes Gehirn denken mag. Ich dachte so lange Zeit, ich würde Maldie lieben, dass ich jedem Gefühl, dass ich für dich empfand, misstraute.«

Gisèle kämpfte gegen die Anspannung, die die aufkeimende Vorfreude auslöste. Zudem unterdrückte sie das heftige Bedürfnis, ihn aufzufordern, ihr endlich zu sagen, was er für sie empfand. Er brauchte immer noch etwas Zeit, wenn sie auch nicht bereit war, ihm noch allzu viel davon zuzugestehen. Die Art und Weise, wie er so viel, aber niemals genug ausdrückte, trieb sie fast in den Wahnsinn.

»Das verstehe ich, Nigel. Ich war verletzt, aber ich musste schließlich erkennen, dass du mir nicht wirklich schaden wolltest. Du warst durcheinander, nichts weiter. Maldie war ein Traumbild, an das du dich sieben Jahre lang geklammert hast. Solche Traumbilder sind schwer abzuschütteln.«

»Manchmal schwerer als ein Albtraum. Keiner glaubt gern, dass er sein Herz für nichts hergeschenkt hat. Trotzdem hätte ich dir etwas davon sagen sollen. Vielleicht hätte sich meine Verwirrung schon früher gelöst, wenn ich sie dir gestanden hätte. In dem Moment, in dem ich Maldie wiedersah, wusste ich, dass sie nicht länger die Frau war, die mein Herz in ihren schmalen Händen hielt. Und was noch wichtiger ist, mir wurde zugleich bewusst, dass ich versucht hatte, an einem Trugbild festzuhalten. Ja, du siehst aus wie sie, aber du bist nicht sie. Ich war ein Esel, das nicht zu erkennen.«

»In deinem Herzen ist ein Platz für mich reserviert, nicht wahr?«, fragte sie sanft.

»Du füllst es aus, Mädchen. Dir gehört jeder Millimeter.«

Er lachte leise, als sie ihn fest umarmte. Es würde alles gut werden. Sie hatten beide gefunden, was sie gesucht hatten. Nigel konnte sein Glück kaum fassen.

»Ich war ein Esel und ein Feigling, mein Mädchen«, murmelte er nah an ihrer Haut. »Es überrascht mich, dass du die Geduld hattest, mich in deinem Herzen zu bewahren.«

»Manchmal hatte es den Anschein, als wärst du es wert«, sagte sie und lachte, als er ihr einen zärtlichen Stoß verpasste.

Er zog sich auf seine Ellenbogen und nahm ihr Gesicht in seine Hände. »Jetzt musst du dich mit mir herumschlagen, meine schöne französische Rose. Ich liebe dich, und kann keine Worte finden, um dir zu sagen, wie wunderbar es ist, dass auch du mich liebst.«

Ungeduldig erwiderte sie seine zärtlichen Küsse, dann zog sie ihn fest an sich und fuhr mit ihrem Fuß sein kräftiges Bein auf und ab. »Vor uns liegen viele Jahre, in denen du diese Worte erlernen kannst.« Sie schmunzelte, als sie ihn an ihrer Brust kichern hörte, legte aber die Stirn leicht in Falten, als er ihr Amulett nahm und es küsste. »Warum machst du das?«

»Nun ja, du hast erzählt, dass du es von deiner Großmutter hast und sie dir gesagt hat, es würde dir Glück bringen.«

Gisèle lächelte und strich selbstvergessen über das Medaillon. »Und das hat es auch. Ich bin frei, und was noch wichtiger ist, ich werde geliebt.«

»Oh ja, und ich glaube, es wird meine ganze Lebensspanne in Anspruch nehmen, dir zu zeigen, wie sehr ich dich liebe. Ich habe eben deiner Großmutter gedankt, weil ich das Gefühl habe, dass auch mir das Glück, das dieses Schmuckstück bringt, zuteil wird.«

»Mag sein, aber nicht so sehr wie mir.«

Er setzte sich andeutungsweise rittlings auf sie und fing an zu grinsen. »Du hast vor, dich in dieser Angelegenheit zu streiten?«

»Ich denke schon.«

»Dann bereite dich auf eine höchst lebhafte Auseinandersetzung vor, Mädchen. Wenn wir herausfinden wollen, wer von uns beiden der Glücklichste ist oder den anderen mehr liebt, kann das lange dauern.«

»Und viel Überzeugungsarbeit bedeuten.«

»Eine Menge süßer, erschöpfender Überzeugungsarbeit«, stimmte er zu und küsste sie auf den Mund. »Und ich habe nicht vor, damit aufzuhören, dich zu überzeugen, bis wir nichts weiter als Staub sind.«

Als sie seinen Kuss erwiderte, berührte Gisèle das Medaillon, das zwischen ihren Brüsten ruhte. *Danke, Mamie*, dachte sie. Dann gab sie sich der Leidenschaft hin, die ihr nun für immer gehören sollte.

Weltbild Buchverlag
–Originalausgaben–
Deutsche Erstausgabe 2007

Published by Arrangement with KENSINGTON PUBLISHING CORP., New York, NY, USA

Dieses Werk wurde vermittelt durch die Literarische Agentur Thomas Schlück GmbH, 30827 Garbsen.

Projektleitung: Gerald Fiebig
Übersetzung: Andrea Hahn
Redaktion: Hilke Bemm
Umschlag: Hauptmann & Kompanie Werbeagentur GmbH, München–Zürich
Umschlagabbildung: © by James Griffin (Agentur Luserke)
Satz: avak Publikationsdesign, München
Gesetzt aus der Sabon 10,5/12,5 pt
Druck und Bindung: GGP Media GmbH, Pößneck

Gedruckt auf chlorfrei gebleichtem Papier

Printed in the EU

ISBN 978-3-89897-731-9